한정동
선집

한정동.

경기도 시흥 물왕리에 있는 한정동 묘비.

《소년》지에 실린 한정동 친필.

동요집 『따오기』.

동화집 『꿈으로 가는 길』.

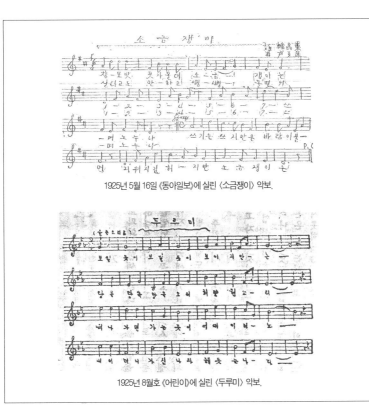

1925년 5월 16일 《동아일보》에 실린 〈소금쟁이〉 악보.

1925년 8월호 《어린이》에 실린 〈두루미〉 악보.

　한국현대문학은 지난 백여 년 동안 상당한 문학적 축적을 이루었다. 한국의 근대사는 새로운 문학의 씨가 싹을 틔워 성장하고 좋은 결실을 맺기에는 너무나 가혹한 난세였지만, 한국현대문학은 많은 꽃을 피웠고 괄목할 만한 결실을 축적했다. 뿐만 아니라 스스로의 힘으로 시대정신과 문화의 중심에 서서 한편으로 시대의 어둠에 항거했고 또 한편으로는 시대의 아픔을 위무해왔다.

　이제 한국현대문학사는 한눈으로 대중할 수 없는 당당하고 커다란 흐름이 되었다. 백여 년의 세월은 그것을 뒤돌아보는 것조차 점점 어렵게 만들며, 엄청난 양적인 팽창은 보존과 기억의 영역 밖으로 넘쳐나고 있다. 그리하여 문학사의 주류를 형성하는 일부 시인·작가들의 작품을 제외한 나머지 많은 문학적 유산들은 자칫 일실의 위험에 처해 있는 것처럼 보인다.

　물론 문학사적 선택의 폭은 세월이 흐르면서 점점 좁아질 수밖에 없고, 보편적 의의를 지니지 못한 작품들은 망각의 뒤편으로 사라지는 것이 순리다. 그러나 아주 없어져서는 안 된다. 그것들은 그것들 나름대로 소중한 문학적 유물이다. 그것들은 미래의 새로운 문학의 씨앗을 품고 있을 수도 있고, 새로운 창조의 촉매 기능을 숨기고 있을 수도 있다. 단지 유의미한 과거라는 차원에서 그것들은 잘 정리되고 보존되어야 한다. 월북 작가들의 작품도 마찬가지이다. 기존 문학사에서 상대적으로 소외된 작가들을 주목하다보니 자연히 월북 작가들이 다수 포함되었다. 그러나 월북 작가들의 월북 후 작품들은 그것을 산출한 특수한 시대적 상황의 고려 위에서 분별 있게 이해되어야 할 것이다.

　이러한 당위적 인식이, 2006년 한국문화예술위원회의 문학소위원회에서 정식으로 논의되었다. 그 결과, 한국의 문화예술의 바탕을 공고히 하기 위한 공적 작업의 일환으로, 문학사의 변두리에 방치되어 있다시피한 한국문학의 유산들을 체계적으로 정리, 보존하기로 결정되었다. 그리고 작업의 과정에서 새로운 의미나 새로운 자료가 재발견될 가능성도 예측되었다. 그러나 방대한 문학적 유산을 정리하고 보존하는 것은 시간과 경비와 품이 많이 드는 어려운 일이다. 최초로 이 선집을 구상하고 기획하고 실천에 옮겼던 한국문화예술위원회의 위원들과 담당자들, 그리고 문학적 안목과 학문적 성실성을 갖고 참여해준 연구자들, 또 문학출판의 권위와 경륜을 바탕으로 출판을 맡아준 현대문학사가 있었기에 이 어려운 일이 가능하게 되었다. 이런 사업을 해낼 수 있을 만큼 우리의 문화적 역량이 성장했다는 뿌듯함도 느낀다.

　〈한국문학의 재발견-작고문인선집〉은 한국현대문학의 내일을 위해서 한국현대문학의 어제를 잘 보관해둘 수 있는 공간으로서 마련된 것이다. 문인이나 문학연구자들뿐만 아니라 더 많은 사람들이 이 공간에서 시대를 달리하며 새로운 의미와 가치를 발견하기를 기대해본다.

2009년 11월

출판위원 염무웅, 이남호, 강진호, 방민호

한정동은 한국 아동문학 최초 신춘문예 등단 동요 작가이면서, 우리 나라 창작 동요사의 서두를 장식한 인물이다. 그는 1925년 《동아일보》에 〈소금쟁이〉 외 〈달〉, 〈갈잎 배〉, 〈초사흘달〉, 〈낙엽〉 등이 당선되면서 동화와 동극 등 다양하게 창작하였다. 특히 1920년대 동요 황금시대에 가장 왕성하게 활동하였으며, 지금의 동요가 발아할 수 있는 틀을 마련하였다.

한정동을 널리 알린 것은 동요 '따오기' 다. 어린 시절 누구나 한 번쯤 불러보았을 이 노래는, 돌아가신 어머니를 그리는 애틋함을 담은 작품으로 그의 동요 특징인 애상적 정조를 여실히 보여준다. 그는 초기(해방 이전)에는 향토적인 소재로 애상적 정조를 띠면서 당시 노래적인 동요로부터 벗어나 시성을 가미한 작품을 선보인다. 그리고 후기(해방 이후)에는 시각적인 효과를 염두에 두면서 정형률에서 탈피하여 자유로운 동시를 쓴다.

한정동은 동요를 쓰면서 '우러 동요는 어디까지나 우리 동요로' 라는 주체성을 강조하였다. 즉 외국 동요를 그냥 가져다 우리 것으로 만드는 무모함을 규탄하면서 우리 고유의 것(향그런 냄새, 찬란한 색채, 전래 풍습)에 대해 애정을 갖고 있다. 그리고 동요는 어린이들에게 주기 위한 것이므로 첫째도 동심, 둘째도 동심으로 써야 한다며 동심을 강조하였다. 특히 동요 작가가 되는 것은 무엇보다 동심을 많이 가진 사람이어야 하며 아동문학에 뜻을 둔 사람이라면 반드시 '동심으로 돌아가라' 라고 할 정도로 동심을 강조하였다. 순수한 동요는 교육의 한 방편이 될 수 없고 또 어떤 목적을 위한 보조용으로 쓰일 수 없다면서 동요는 동요 그 자체여야 한다는 동요 세계관을 가지고 있었다. 여기 수록한 선집을 통해 그의 작품세계를 살펴볼 수 있을 것이다.

한정동이 제정한 '한정동아동문학상' 은 그 명맥을 유지하고 있으나, 그에 대한 조명은 그리 활성화되지 않고 있다. 한정동이 아동문학상을 제정한 것은 아동문학가들의 사명감과 아동문학이 영구히 활성화되기를 바라는 데서 시작되었다. 그가 한국 아동문학 발전에 기여하고자 하는 마음을 이번 선집 발간을 통해 조금이나마 돌려줄 수 있는 기회로 삼고자 한다. 여러 가지 여건상 보다 많은 작품을 발굴, 수록하지 못한 점이 아쉽지만, 한정동이 남긴 작품을 살리고 그 뜻을 기리고자 한 것은 사실이다. 뿌리 없는 나무에 잎이 피지 않는 것처럼, 이 선집은 오늘날의 동요가 발아할 수 있는 그 원형을 찾아간다는 점에서 한 개인의 업적을 기리는 선線을 넘어서는 것이라고 할 수 있다. 하여 이번 『한정동 선집』은 한국 아동문학의 동요 뿌리를 찾는 길이기도 하다.

한정동 논문을 준비하면서 모았던 자료를 이렇게 기회가 닿아 책으로 내게 되었다. 낱 본으로 흩어져 있던 그의 작품(작품집)이 선집으로 나올 수 있게 되어 기쁘다. 이 자리를 빌어 한정동 자료를 챙겨주신 신현득 선생님께 고마운 마음을 전해드리고자 한다. 그리고 잊혀져가는 작고 문인을 발굴, 조명할 수 있는 기회를 준 한국문화예술위원회와 책을 만들어준 현대문학에도 감사드린다. 많은 분들이 이 책을 읽고 한정동에 대한 새로운 평가와 관심을 가졌으면 한다.

2009년 11월

장영미

1. 이 선집은 잡지나 신문에 발표한 한정동의 작품 원전을 저본으로 하였다. 수록 순서는 1부 동요 동시, 2부 동화, 3부 동극, 4부 기타다. 발표 지면이 없는 작품은 『갈잎 피리』와 『꿈으로 가는 길』 (이상 한정동 저), 『따오기』(한정동 저, 박경종 엮음)를 저본으로 하였다. 그 외 발표 지면과 발표 연 월 일은 글 뒤에 표기하였다.

2. 이 선집의 표기법은 현행 한글 맞춤법과 외래어 표기법에 의거하였다. 현대어 표기는 국립국어 원의 표준국어사전을 북한말은 조선어사전을 참조하였다.

3. 원문을 가능하면 살리되 현대 독자들이 읽기 쉽도록 현대어로 고치고 필요한 한자는 국문과 병 기하였다. 그러나 동요 동시에서, 작품의 의미가 달라지는 경우 구어를 그대로 살려두고 각주 를 달았다. 그 외 어려운 내용과 북언 방언은 우리말로 대체하거나 각주를 달아놓았다.

4. 동요 동시에서 마침표와 쉼표는 원전을 따랐다.

5. 음수율을 맞추기 위해 사용한 물결무늬(~)는 그대로 살렸다.

6. 자료 수집 후 찢겨져 볼 수 없는 부분을 ☑로 표기하였다.

7. 명백한 오식은 바로잡았다.

8. 책 이름에는 겹낫표(『 』)를 시 작품명에는 꺾쇠괄호(〈 〉)를, 시 외의 작품명에는 낫표(「 」)를 사용하였다.

9. 그 밖의 경우는 일반적인 관례에 따랐다.

차례

I. 동요 동시

II. 동화

Ⅲ. 동극

Ⅳ. 기타

해설_동요 황금시대의 선구자 • 463

I 동요 동시

꿈길

어딘지도 모를 북사北使 나라
겨울 가까운 빈 벌판에
때때로 고요하게 바람이 불면

희멀쑥한 그 빛이 더욱 슬퍼요
보기도 싫게 쓸쓸한 이 마을에
어두움 온 내리시옵소서!

황혼黃昏은 왜 이리도 가기를 더디갑니까
뵙지 못할 님이 더욱 그리워요
소리 없는 만상萬象과 같이 이 몸에도
잠은 내리시옵소서!

《조선문단》, 1925. 1)

소금쟁이

창포밭 못 가운데
소금쟁이는
1234567
쓰며 노누나

쓰기는 쓰지만도

바람이 불어
지워지긴 하지만
소금쟁이는

싫다고도 안 하고
뺑뺑 돌면서
1234567
쓰며 노누나

(《동아일보》, 1925. 3. 9)

달

높은 달아 저 달아
기러기도 왔는데
새 가을도 왔는데
어머니도 안 오니

가을밤에 귀뚜라미
고운 노래 부를 때
기럭* 함께 오시마
약속하신 어머님

| * 기러기의 줄인 말로 음수율을 맞추기 위한 것.

밝은 달아 저 달아
우리 엄만 왜 안 와
앞집 곤네* 읍**하고
정성 들여 묻는다

《동아일보》, 1925. 3. 9)

갈잎 배

외대박이*** 두대박이
청갈잎 배야

새빨간 아이들의
꿈을 태우고

달아나라 갈잎 배야
얼른 가거라

아이들의 단꿈이
깨기나 전에

한껏한껏 달아나라

---

* 특별한 의미가 있는 것이 아니라 앞집 친구를 일컫는다.
** 인사하는 예禮의 하나.
*** 돛대가 하나인 배. 돛대가 두 개이면 두 대박이.

어디까지든

꿈나라의 복판까지
얼른 가거라

《동아일보》, 1925. 3. 9

초사흘 달

초사흘 날 달님은
하늘님 스켓*
잡아만 탔으면은
별나라까지
별나라엔 어머님
계시건만은
한 짝은 어디 가고
한 짝만 있네
오늘밤 한 짝 하고
내일 또 한 짝
얻기만 하였으면
별나라까지
그러나 서산으로
들어버려서

| * 스케이트.

보아도 스켓 달님
보이지 않네

(《동아일보》, 1925. 3. 12)

낙엽

달 밝고 명랑한 밤
등 모아 숨기 내기
나 숨고 너 찾아라
바스락 소리 나기
범 아가 찾아왔나
눌* 내여 돌아보니
범아는 흔적 없고
마른 잎 팔팔팔팔
바람에 날아온다

(《동아일보》, 1925. 3. 12)

봄은 가나요

양지바른 언덕에
새 움** 돋는데

* 누구를(누구)의 옛말.
** 새싹

점심때 지난 줄도
모르는 괭이*
잠만 자구요

아지랑이 자옥한
언덕가에는
솜털 같은 민들레
한가히 날고
종달새 비비배배
여름 온대요

(《동아일보》, 1925. 4. 9)

갈잎 피리

혼자서 놀을랴니**
갑갑하여서
갈잎으로 피리를
불어보았소

보이얀*** 하늘가엔
종달새들이

---

* 고양이.
** 놀려니.
*** 보얀.

봄날이 좋아라고
노래 불러요

내가 부는 피리는
갈잎의 피리
어디어디까지나
들리울까요*

어머님 가신 나라
멀고 먼 나라
거기까지 들리우면**
좋을 텐데요

《동아일보》, 1925. 4. 9)

두루미(당옥이)***

보일 듯이 보일 듯이
보이지 않는
당옥당옥 당옥 소리
처량한 소리

---

* 들릴까요.
** 들리면.
*** 원래는 〈두루미〉라는 제목으로 《어린이》 잡지에 게재하였지만, 지금은 〈두루미〉라는 말보다 〈따오기〉
　로 더 많이 알려져 있어서 작품 해설에서는 〈따오기〉로 표기한다. 한정동 역시 〈따오기〉로 표기하고 있
　기 때문이다. 그러나 〈따오기〉와 〈두루미〉는 제목만 다르지 같은 내용, 같은 제목임을 밝혀둔다.

떠나가면 가는 곳이
어디이드뇨?
내 어머님 가신 나라
해 돋는 나라

잡힐 듯이 잡힐 듯이
잡히지 않는
당옥당옥 당옥 소리
구슬픈 소리
날아가면 가는 곳이
어디이드뇨?
내 어머님 가신 나라
달 돋는 나라

약한 듯이 강한 듯이
또 연한 듯이
당옥당옥 당옥 소리
적막한 소리
흘러가면 가는 곳이
어디이드뇨?
내 어머님 가신 나라
별 돋는 나라

나도 나도 소리 소리
너 같을진데

달나라로 해나라로
또 별나라로
훨훨 활활 떠다니며
꿈에만 보고
말 못하던 어머님의
귀나 울릴걸

《어린이》, 1925. 5)

강촌의 봄

아지랑아지랑
아지랑이 타는 동리
갯가*의 동리
거기서는 기러기도
얄궂습니다

언덕에는
낡은 옷을 벗어버리고
새 움들이 깨고 하고
눈을 떴는데
강변에는
새파란 갈순**들이

* 조수가 드나드는 강이나 내의 가.
** 갈대의 순筍.

뾰족뾰족 나옵니다
옛 주인 뵈옵시다
인사하듯이
갓 온 제비 물을 찾는데
찾는 물을 살살 걷어주나니
춘풍입니다

《동아일보》, 1925. 5. 31)

봄비

보스락 봄비
오는 듯도 맞는 듯도
그 역시
밤사이 왔사오니
뉘* 아오릿가**

봄비는 금실인가요
금실이 봄비인가요
밤새에
실버들 금실 될 줄
뉘 아오릿가

* 누구.
** 알겠습니까?

뜰가에 티끌도 저젓거니와*
파릇파릇 언덕 빛 새로 왔어요
아니면
봄비가 오신 줄을
뉘 아오릿가

(《동아일보》, 1925. 5. 31)

고향 생각

청산포靑山浦 어구
살구꽃 복숭아꽃
피는 동리에
오막살이 초가 한 채
고향집이 그리워요
참 그리워요.

서늘한 달밤
우거진 갈밭 사이
창포 못가에
어미 오리 새끼 오리
머리머리 마주대고
꿈만 꾸지요.

| * 젖었거니.

차알삭 찰삭
찰삭이는 물결에
반짝이나니
금金가룬 듯 은銀가룬 듯
오리오리 머리들을
달이 비쳐요.

청산포靑山浦 어구
매*'찰벼** 고개 숙인
황금벌판에
오막살이 초가 한 채
고향집이 그리워요
참 그리워요.

(《어린이》 가을 특별호, 1925. 10)

바람

아닌 밤 문 때리는***
그것 누구가****
집 잃은 아이들이

---

* (어떤 명사 앞에 쓰이어) 하나하나, 마다, 각각의 뜻.
** 찰기 있는 벼.
*** 두드리는.
**** 누구인가.

집을 찾는가
엄마 없는 아이가
엄마 찾는가
동무 잃은 아이가
동무 찾는가
갈 바 몰라 헤매는
재넘이* 바람

뒷동산 나무숲에
불도 안 켜고
어머니는 흑흑흑
흐느껴 울고
네 집 근처 낙엽들
모여 앉아서
어디든 같이 가자
기다리누나
갈 바 몰라 헤매는
재넘이 바람

《어린이》, 1926. 3)

| * 산에서 내려 부는 바람.

할미꽃

할미꽃네 할머니
무엇하러 왔길래
이렇게도 이른 봄
해조차 져가는데
무연한* 벌 가운데
고개를 푹 숙이고
무슨 생각합니까

한울** 꽃은 몇만 리
벌판 꽃은 몇천 리
이렇게도 고적한***데
누구 찾아왔길래
할미꽃네 할머니
고개를 폭 숙이고
밤낮없이 웁니까

《어린이》, 1926. 4)

* 몹시 놀라는 모양. 크게 낙담하는 모양. 춤출 때 까는 자리.
** '한'은 큰, '울'은 우리의 준말로 온 세상 혹은 하늘이라는 뜻.
*** 고즈넉하다.

제비

제비를 잡아볼까
집을 허물까
아니면 두었다가
새끼를 잡을까
아니아니 그것은
불쌍하지요

우리집에 깃들인
고운 제비는
여름 동안 새끼를
길러놓고요
가을 되면 강남으로
건너간대요

다시금 봄이 되면
새끼 데리고
고향의 우리집을
찾아온다니
고이고이 길러서
두고 봅시다.

《어린이》, 1926. 5)

수양버들

못가에 수양버들
한가도 하다
바람에 홍겨워서
흐은작 흔작

못가에 수양버들
곱기도 하다
실실이* 늘어져서
바안짝 반짝

저편 가지 난 꽃에
그네를 매고
수양버들과 같이
놀고 싶어요

《어린이》, 1926. 6)

추석

팔월에도 열나흘 밤엔
떡을 치건만

| * 가느다란 가지마다 실처럼 늘어진 모습.

앞 냇가에 삿갓 쓴 이
낚시합니다.

푸른 갈밭 쌔한* 갈품**
늘어진 아래
해오라기*** 한발 걷고
잠을 잡니다.

저 건너편 산기슭에
희미한 등불
내 어머니 계신 무덤
지키는 등불.

쬘―쬘쬘 들귓드리****
외마디 울음
마른 풀꽃 이슬에도
달이 찼다고

해마다 추석에는
달이 밝지만
옛 어머니 뵈올 날은
왜 안 오나요

《어린이》, 1926. 10)

* 하얗다(평안도 방언).
** 아직 피지 아니한 갈꽃. 꽃 피기 전의 갈목.
*** 백조과科에 속하는 새.
**** 들귀뚜라미.

크기 내기

백두산白頭山을 베개 하고
드러누워서
손으로는 동해東海바다
고기를 잡고
발로써는 한라산漢拏山 범
죄다* 잡았네

동해東海바다 가득 찬 물
죄다 마시고
홀딱홀딱 뛰는 고래
잡아 던지니
히말라야 고개 넘어
지중해地中海 가네

날개를 한번 펼쳐
공중空中에 둥둥
사람 사는 지구地球덩이
잡아 삼켜도
먹었는지 말았는지
거취도 않네

| * 조금도 남기지 않고 모조리.

범을 잡고 고래 잡던
조그만 사람
지구地球덩이 통째 먹든
조금 큰 사람
손톱으로 튕겨내니
뵈지도 않네

(《별나라》, 1926. 11)

가을 꿈

산 넘고 바다 건너
멀고 먼 나라
밤마다 가다마는*
그린 꿈나라.

산길에 낙엽 동무
서리 차다고
바슬바슬 울어서
꿈은 깨지고

바다엔 물결 동무
바람 춥다고

| * 가다가 말다.

찰싹찰싹 울어서
꿈은 깹니다.

(《어린이》, 1926. 12)

폐학

푸른 풀 베면요
손에 옮나니
새파란 향내

새끼를 꼬면요
손에 남나니
새빨간 상처

그리고 언제나
눈에 뵈나니
서당 글동무

(《어린이》, 1926. 12)

토끼

달나라 토끼님은
추워 뵙니다

서리 찬 계수나무
눈 맞은 아래
밤마다 쉬지 않고
언제나 홀로
약 찧는 손가락에
얼음 박힐라.

가리* 속 토끼님은
더워 뵙니다
폭신폭신 흰 솜을
몸에 지니고
양지에 해바라기
언제나 혼자
바둑이는 귀에도
졸음이 가득

(《어린이》, 1927. 1)

빨래

복숭아 가지에
걸린 빨래
새빨갛게 꽃 피었네

| * (곡식섬, 곡식단, 땔나뭇단 따위를) 차곡차곡 높이 쌓은 큰 나무 더미.

  - 꼬까 저고리 -

실버들 가지에
걸린 빨래
새파랗게 잎 피었네
  - 누나의 치마 -

돌담 위에
널린 빨래
새-하얀 박꽃이 만발
  - 언니 두루막 -

《별나라》, 1927. 4)

이른 봄

『문화文化』*두 구월九月山엔
아직도 흰 눈
들에는 파릇파릇
밀보리 밭을

벌불 놓은 아이가
하나, 둘, 셋

| * 서해海西 고을 이름.

휘파람 불며불며
돌아가는데

어디서 나는지도
모르는 노래
종달새 쪼롱쪼롱
해가 집니다

《별나라》, 1927. 4)

물레 소리

집 떠나 십 년 만에
물레질 소리
부웅붕 지금 듣고
나는 울었소!

고향의 초가지붕
능짓불* 아래
주름진 엄마 얼굴
눈에 어려서…….

지금은 안 계시는

* 송진가루로 만든 등잔불.

어머니기에
부웅붕 물레 소리
나는 울었소.

《별나라》, 1927. 5）

옛날

꾸리* 겯는** 할머니
호―물 호물
옛말에 팔리어서
밤도 깊었네

―옛적에도 먼 옛적
토끼 한 놈이
산골 갔다 범한테
죽게 됐는데…….

겯던 꾸리 실올이
끊기어져서
잇느라고 손끝에
침 바를 새에

---

* 실을 감은 뭉치.
** 실꾸리를 만들기 위해서 실을 어긋나게 감다는 뜻.

―야속할 손 졸려서
머리를 끄덕
범과 토끼 꼬리를
마주 맺단다…….

무슨 얘길 했는지
말이 안 맞아
재미 잃고 사르르
자고 말았소.

이튿날 할머님이
물어보기를
―토끼 꼬리 어째서
없어졌느냐?

나는 그만 그 말에
대답 못하고
어물어물하다가
웃어버렸소.

《별나라》, 1927. 5)

별나라 만세

파란 잎에 빨간 꽃 피는 밤이면

새파랗게 빨갛게 별도 춤춰요
『별나라』만 보면은 반갑습니다.

언젠가 할머님이 말씀하기를
반짝~『별나라』 이상한 데다
이상한 이야기가 하나 있다구

한 옛적 비단집의 예쁜 처녀가
비단을 하도 곱게 잘 짠다 해서
『별나라』서 데려다 공주 삼았지

또 옛적 신 장사 집 고운 총각이
메투리*를 하** 곱게 잘 튼다 해서
『별나라』서 모셔다 왕자 삼았지

붉고 파란 『별나라』 왕자 공주가
땅에선 붉고 파란 꽃이랍니다
『별나라』~는 기쁜 나라요

동무~ 다 같이 두 손을 들어
『별나라』 만세~ 축복합시다
만만세 무궁하게 꽃이 피도록

《별나라》, 1927. 6)

---

* 미투리(황해, 함남의 방언).
** 기쁨, 슬픔 등 감정을 가볍게 나타내는 의성어.

여름

펄펄 뛰는 나뭇잎 활발도 하다
푸른 그늘 꽃보다 훨씬 좋아요
푸른 풀밭 한간데* 몸을 던지면
마음도 절로 뛰는 첫여름이다.

물차는 제비 따라 못가로 갈까
참새 새끼 따라서 산으로 갈까
하고 하고 돌아오는 모판 가에선
올챙이도 좋다고 찰딱입니다.

손과 발과 옷까지 모두 푸르러
하늘도 내 마음도 같이 춤춘다
엄마의 흰머리도 푸르렀으면
빌며~마중온 엄마 만났소

《별나라》, 1927. 8)

어머님의 혼

설국의 새** 한 꽃잎 바람에 한들
보내주는 향내에 새로운 생각

* 한가운데.
** 사이.

흰 가슴에 젖 냄새 완연합니다
엄마엄마! 그 꽃은 혼이십니까?

낙엽의 새빨간 잎 바람에 펄펄
아뢰는 가을 기발* 새로운 생각
움 돋던 그때에는 게 섰든걸요**
엄마엄마! 그 잎은 혼이십니까?

《별나라》, 1927. 10)

여름의 자취

어디로 갔는지도 모르는 자취
기운차던 여름의 지나간 자취
따를래 따를 수도 바이*** 없거든
누른 잎에 구태여 흰 서리더냐!

그래도 찾아보는 언덕 밑에는
피 묻은 붉은 잎이 흩어졌는데
머리 푼 으액만 흐느껴 운다
여름이 두고 가신 불쌍한 자취!

《별나라》, 1927. 10)

* 어떤 일이 미리 일어남.
** 거기 서 있었던걸요.
*** (별 도리 없이) 아주 전연.

기다림

왠지 몰라 새 설이
기다려져서
문턱에 올라서서
발등을 떴소
보일 듯 보일 듯만
안타까워서
엄마엄마 새 설님
언제 오나요.

옛적부터 용님은
거짓 없나니
하루 이틀 사흘만
자고 나라고
그렇지만 하루가
수태* 길어서
행여나 그 문턱에
또 올라본다

《어린이》, 1927. 12

* 많이(평안도 방언).

엿 장사 영감

외어깨*로 엿 고리** 둘러메고서
엿 사시오 외치는 엿 장사 영감
금년은 어디 가고 아니 오실까

앞마당 너른 마당 널뛰는 마당
내년도 널을 뛰는 정월보름엔
기어코 또 온다고 약속했건만

엿 장사 영감님은 잊어버렸나
아니면 늙어늙어 꼬부라졌나
오늘도 정월보름 널은 뛰건만

(《별나라》, 1928. 3)

산막의 늦봄

산막***집 늦은 볕에 복숭아꽃은
쓸쓸한 토방****가로 떨어집니다.

* 한쪽 어깨.
** 기름한 물건을 휘어서 맞붙여 만든 물건.
*** 산속에 아무렇게나 지은 막.
**** 마루를 놓을 수 있는 처마 밑의 땅.

가는 봄 긴 하루를 물레질 소리
졸음 오게 붕―붕 늙은 할머니.

뻐꾹새 외마디로 울고 가니까
또 한 잎 복숭아가 떨어집니다.

설님

엄마엄마 설님은
어찌 생겼나
곱기는 동그스름
절편 같을까

아빠아빠 설님은
뭣* 입고 오나
울긋불긋 색깔이
고깔 저고리

오빠오빠 설님은
뭣하러 오나
너 같은 고운 애와

| * 무엇.

놀러온단다

누나누나 설님은
뭣 하며 노나
널뛰고 연 띄우고
윷 뛰며 놀지

설님이 왔다가는
언제 가시나
대보름날 연 타고
달마중 가지

《어린이》, 1929. 1)

이른 봄

군데군데 남은 눈 해뜩*이건만
반짝이는 햇볕에 따스한 맛은
어제 그제 극 그제** 오늘도 그냥
종달이가 뜰 만한 봄 날씨로다

해 바른 신너동리 버들동에는
보아하니 양지도 움직이는데

* 흰 빛깔이 군데군데 섞이어 보이는 모양.
** 그 그저께.

버들동 새*에 오는 낮닭의 소리
이렇게 한가하게 봄날이로다

(《어린이》, 1929. 2)

봄

낫顔에 불어 간지랑 봄바람이지
어린 누이 풀 뜯어 세간** 놉니다.

먼데 둑에 아지랑 봄 햇볕이지
돛단배 간들간들 졸며 갑니다.

가는 가지 파르랑 봄비들이지
꾀꼬리 오소오소 손을 칩니다.

(《어린이》, 1929. 5)

봄비

보실보실 보실비는
오는 듯도 마는 듯도
그 역시

* 사이에.
** 소꿉질.

밤사이에 왔사오니
뉘 아오리까.
봄비봄비 금실인지
금실금실 봄비인지
밤새*에
수양가지 금실 될 줄
뉘 아오리까.
뜰에 티끌 곱게 젖고
언덕 빛도 새로웠다
아니면
보실 봄비 오신 줄을
뉘 아오리까.

(《별나라》, 1929. 5)

새끼 게

어슬어슬 강변에
새끼 게 한 놈
콜작콜작 우는 것
보았습니다.

실** 낮달만 서산에

---

* 사이에.
** (일부 명사 앞에 쓰이어) '가느다란, 썩 작은, 엷은'의 뜻.

빛도 없는데
어미 게를 찾아도
작은 구멍만—.

해는 벌써 달조차
맞아지면은
어린 몸 믿을 곳이
어디이냐고—.

(《별나라》, 1929. 5)

뻐꾹새 운다

아침 달 걸려 있는 저기 저 산엔
고비*도 고사리도 움을 낸다고
꺾어꺾어 가라고 뻐꾹새 운다

산 넘어 섬을 지나 포구 밖에는
흰 돛단 작은 배가 감실 온다고
마중마중 가라고 뻐꾹새 운다

언젠가 고비 뜯은 고수머리**가
언젠가 벌불 놓은 노랑머리가

* 고사리과科에 딸린 여러해살이 양치식물.
** 곱슬곱슬 꼬부라진 머리.

배 타고 온다고요 뻐꾹새 운다

《별나라》, 1929. 7)

굴레 벗은 말

살진 풀도 싫소 싫소
늘 먹는걸요
외양간도 싫소 싫소
늘 있는데요
멧부리*에 닫고 뛰는
굴레 벗은 말

산에 가면 높아 좋다
껑충 뛰고요
들에 가면 넓어 좋다
달아납니다
멋있게도 뛰며 닫는
굴레 벗은 말

벌거숭이 나도 나도
굴레 벗은 말
백두白頭 금강金剛 태백太白 한라漢拏

| * 산등성이나 산봉우리의 가장 높은 꼭대기.

모두 내 차지
거침없이 뛰며 놀을
내 땅이라네

(《어린이》, 1930. 2)

범나비

나비나비 범나비* 너 어디 가니
뒷마을은 아직도 춥다더라야.

나비나비 범나비 이리 오너라
우리 밭엔 장배기** 잔뜩 폈단다.

장배기 꽃밭에서 춤추며 놀자
춤추다 싫거들랑 앉아서 놀자.

(《어린이》, 1930. 4, 5월 합본호)

신소년

내 사랑 조선에

---

* 호랑나비.
** 장다리.

밭갈이 뉘뇨*
우리나 백의白衣의
신소년이지
붉은 피 타 끓는
팔뚝을 보소

이 나라 황금벌
거두리 뉘뇨
우리나 백의白衣의
신소년이지
붉은 피 날뛰는
다리를 보소

팔다리 올** 물이
범이라거니
앞산이 험한들
무서울 것가
우러러 기운찬
신소년 보소

《신소년》, 1930. 4)

* '누구이냐'의 줄인 말.
** 전체.

봄노래

언덕 아래 민들레
피면 봄이지
물레바퀴 채* 바퀴
딸딸 말려라

반공중에 솔개가
뜨면 봄이지
닭의 다리 줄거니**
뱅뱅 돌아라

외양간에 불이야
싹둑싹뚝 싹
대장간에 물이야
싹둑싹뚝 싹

《신소년》, 1930. 4）

베*** 짜기

우리 누님 금년에 시집간다고

* 달구지, 수레 따위 앞쪽의 양 옆에 댄 긴 장치.
** 줄 것이니.
*** 원문에 '배' 짜기로 잘못 표기된 것을 '베' 짜기로 수정하여 수록한다.

첫새벽 일찍부터 베 짜기까지
외인 손 바른손이 분주하더니
재끈재끈 베틀에 해가 뜹니다.

꾀꼬리는 버들에 봄이 왔다고
가지가지 단이며 베 짜기 하지
위아래 왔다갔다 드나들더니
꾀꼴꾀꼴 버들에 해는 높았다.

누님은 아룽아룽 알기* 한 필을
점심 전에 짜놓고 물을 긷는데
꾀꼬리는 버들**에 파랑잎 문에
덧칠내기 그만 하다 지웠소.

(《신소년》, 1930. 5)

왁새*** 놀이

왁새! 덕새!
키 큰 놈의 멀정새****
엉금 덩금
무엇 참고 있네

* 까만 실 흰 실로 섞어서 짠 수목水木.
** 버드나무.
*** 왜가리(평안도 방언).
**** 두루미과科에 속하는 새.

네 집에 불붙는다
얼른얼른
물 퍼내고 가려마
휘―이 휘―이 휘이―

왁새! 덕새!
키 큰 놈의 멀정새
우뚝 서서
무슨 생각하네
네 새끼 잡혀간다
얼른얼른
찾아보러 가렴아
휘―이 휘―이 휘이―

《신소년》, 1930. 6)

이상한 달나라

잠깐 새 떴다 지는 초사흘 날은
누님의 눈썹처럼 곱기도 하지

해지자 하늘 복판 초이레 달은
어머님 얼굴처럼 개우둠*하지

| * 갸름하다.

보름날 동산 위에 떠오는 달은
아버지 소반보다 더 둥글하지

이상코도* 야릇한 저 달나라엔
토끼가 떡방아도 찧고 있다지

《신소년》, 1930. 7)

바다와 바위

무섭다 성난 바위 구경을 하면
높은 물결 연달아 몰려와서요
금시**라도 산 넘고 또 산을 넘어
모든 것을 한입에 삼킬 것 같네
나는 나는 바다가 되렵니다요

거룩다*** 바닷가의 바위를 보면
천만 번 달려드는 급한 물결을
비웃는 듯 혼자서 우뚝 서서요
나중까지 싸워서 이기고 마네
나는 나는 바위가 되렵니다요

《별나라》, 1930. 7)

* '이상하고도'의 줄인 말.
** 바로 지금, 금방.
*** 거룩하다.

여름밤

밤도 밤도 무더운
여름의 밤은
빈대 벼룩 모결래*
잠잘 수 없어
논밭가 반딧불만
따뜻합니다

밤도 밤도 달 밝은
가을의 밤은
풀꽃에 구슬 알도
춤춘다길래
귀똘이** 동무 삼아
찾는답니다.

밤도 밤도 눈 내리는
겨울의 밤은
간*** 봄에 북간도로
가신 형님이
감은 눈에 아득여****

* 모기 때문에.
** 귀뚜라미.
*** 이미 지나간.
**** 아득하여.

새운답니다.

밤도 밤도 고요한
봄철의 밤은
온종일 종달새만
쫓든 몸이라
긴 밤 내내 아침 것*
잔답니다.

（《어린이》, 1930. 7)

햇살지겠네

높고 넓은 하늘이 맑기도 한데
여윈 듯한 달님이 더욱 밝고나
산산한 샛바람에 햇살지겠네

앞마을 뒷동리의 다듬이 소리
언덕의 반짝이는 이슬알에도
가을은 맑아 있네 햇살지겠네

푸른 풀 마르기로 또다시 나지
나뭇잎 진다기로 또다시 돋지

| * 내내.

들에 찬 곡식알에 햇살지겠네

(《어린이》, 1930. 8)

가을이 되면
― 어머님을 생각하며 ―

오라고 부르지도
않았것만은
누른 잎 뜰가로
다투어든다
*
『헐벗은 나무에는
저녁 엷은 빛
뎅그런 아치 둥지
춥지 않을까』
*
잊었노라 생각도
안 하것만은
햇 조밥의 땅콩알
보기만 하면
*
『어머님 계실 때엔
골라 스무 알
오히려 적을세라

좀더 달나늬』*

(《어린이》, 1930. 9)

기다림

달빛이 움직인다
서리가 반짝
낙엽이 날아든다
뜰가에 반짝
귀뚤이 울어쌌네
부엌 담 새서

앞마을서 컹컹컹
개가 짖는다
일꾼 사러 저녁에
가신 어머님
인제 인제 밤 깊어
오시나 보다

(《어린이》, 1930. 11)

* 지은이 註- (『달나늬』는 『주라』 혹은 『줄까』).

제석除夕날

금년도 마감한다
섭섭단 말가*
흰 눈꽃 내 귀 밑에
눈물지우네

가난한 몸이라서
떡치는 소리
소리소리 섧다고
우는지 몰라

《어린이》, 1931. 2)

고향 그리워

남으로 멀리멀리 하늘을 보면
그 아래 감실감실 산山도 그리워
산도 산도 넘어서 고향 그리워

보아도 또 보아도 산 넘어 하늘
하늘 아래 또 산이 끝이 없어서
멀어지는 고향이 더욱 그리워

| * 섭섭하단 말인가.

저 하늘 저 산 아랜 고향이거니
저 하늘이 보두새* 정다워지고
저 산 아래 엄마가 더욱 그리워

《어린이》, 1931. 6)

별당가

줄 듯도 안 줄 듯도
어루만대고**
발죽발죽 웃기만
야스꺼운*** 별
성가시어 돌로 다
때렸습니다.

때리고도 애처러****
쳐다보니까
정말로 맞았는지
박은 별 하나
서편 하늘가으로*****
떨어집니다.

《어린이》, 1931. 8)

* 보듬는다.
** 가볍게 살살 만지다.
*** (보며) 야한 데가 있다. 야스럽다.
**** 애처롭다.
***** 가까운 주변.

꼬아리*

저고리도 바지도
빨간 꼬아리
얼굴까지 새빨간
익은 꼬아리

수태수태 예뻐서
입맞춰주면
기쁘다고 빠가각
노래 부른다

《어린이》, 1931. 9)

제비와 복남

가을이 왔다구요 잎도 떨어져
강남을 가노라고 떠나는 제비

처마 끝에 절하고 지저귀기를
강남은 따스하니 같이 가자네

강남은 멀다구요 나는 들었네

| * 꽈리.

네 날개 너무 약해 믿음성 없네

가다 가다 봄 되면 되*와야 할 길
나 혼자 기다릴 건 쉬 다녀오게

《어린이》, 1931. 10)

의좋은 동무

앞집 뒷집 우리집
세낫** 동무는
의좋기로 유명한
이웃 형제요

학교 가면 한 교실
글동무 좋고
돌아오면 벌까에
벌불동무요

다 같은 가난뱅이
무에 있겠소
간혹 가다 떡 한 개
삼분三分 하지오

《어린이》, 1931. 12)

* 다시.
** 세 명의.

눈 온 아침

밤새에 나무나무
솜옷 입었네
혼자만 추워 뵈는
전주電柱 한 그루

볕에도 반짝반짝
흰 솜이 가득
좋아라고 날뛰는
개가 두 마리

뜰에도 폭신폭신
눈 온 아침에
싸다니는 아이가
하나, 두울*, 셋―.

(《어린이》, 1934. 1)

겨울밤

찬바람 하늬바람
불다 멎었소

---

* 둘.

그러나 밖에 달은
추울 것이오

이불을 뒤 쓰고서*
자다 나서도
발끝이 싸늘싸늘
추워온다고

아직도 옷을 짓는
어머님보고
불 때라고 발버둥
치곤 합니다

그러면 어머님이
하시는 말씀
『삯전 받아 솔 사야
불을 땐다』구

(《어린이》, 1934. 2)

졸업날 아침

희망에 떠오르는 붉은 저 해를

| * 뒤집어 쓰고.

뚝 따다 안고 지고 한아름 담뿍
오늘은 기다리던 졸업날 아침—.

아버지 어머니는 말할 것 없고
온 집안이 날보고 빙그레 웃네
오늘은 즐거울사 졸업날 아침—.

가만히 졸업가를 불러 봤더니
새들도 반가워라 지재거린다
오늘은 기쁠시고 졸업날 아침—.

《새벗》, 1954. 3)

칠월의 정서

더위도
이제 고비!

한나절 흘린 땀을
씻으려고
강가로 가니
언제 벌써 반딧불이 나왔다.

고요한 물 위를
흐르는 꼬마등불!

저도 물이 그리운지
나직이 나직이
날아간다.

꿈같은 밤장막이
반딧불을 좇는 듯
아물거리고
반딧불은 쫓기는 듯
반작거리고!

미역을 안 감아도
시원한 심정……

《가톨릭 소년》, 1965. 7)

하나, 둘, 셋

저기 저 서산 위에
별 아기 떴다.
하나, 둘, 셋…….

저기 저 동편에도
별 아기 떴다.
하나, 둘, 셋…….

어느덧 헬 수 없이
별 아기 떴다.
하나, 둘, 셋……

(《국민학교 어린이》 창간호, 1965. 11)

기러기

달 밝고 고요한 밤
외기러기가
날아온다.
〈북한서 피난 온다.〉
외치며 날아온다.

〈거기가 어떻기에
혼자만 오느냐?〉
물어봤더니

―말도 마오
―거기는 논·밭
―모두가 새빨개서
―아내는 굶어 죽었으니
―혼자 올밖에요.
대답도 서글퍼!

고향 소식 좀
들잤더니,
기운이 지쳤는지
갈 길이 바쁜지
내릴 듯 안 내리고
그냥 가버렸다.

《새소년》, 1965. 11)

낙엽

봐란 듯*
뒤넘이 재간을 치며
공중에서 춤추는
낙엽!

홀린 듯
갈 길을 잊고 바라보는
내 손에
사분히 쥐어지는
금빛 은행잎
그 많은 잎 중에도
제일 예쁜 은행잎!

| * 보란듯.

살짝
바람이 한바탕
우수수 날아드는
낙엽!
밟기엔 너무 귀여워
골라 짚지만
바삭, 바삭……
하소연하는
낙엽!

　　　　　　　　　　　　　　　《소년》, 1965. 11)

나무

나무!
나무!
나무!

나무들이 이야기한다.
나무들이 손을 잡았다.
나무들이 춤을 춘다.

나를 본다.
저편을 향한다.
머리를 댔다 뗐다 한다.

숨었다 나타나고
솟구치는 듯 낮아지고
법열한 듯도 친절한 듯도······.

멀어지는 듯 가까워지고
가까워지는 듯 멀어도 지고
고대* 희었다, 고대 푸르다.

오늘은 나무들의 생일이다.
나무들의 사랑과 빛이
우주에 차고 넘친다.

《가톨릭 소년》, 1967. 4)

아름다운 나라

백성 모두가
일하지 않는 이 없고
소년 소녀들까지
트렉터를 타 앉아
엔진 액셀을 밟으며
공부를 한다.

| * 이제 방금 또는 곧. 바로 가까이.

저녁만 되면
집집마다에서
음악이 흘러나온다.

이렇게 내일의 희망에 사는
아름다운 나라가 있다.

그것은 우리나라의 2분의 1도 못 되는
유럽의 조그만
"벨기에" 나라이다.

나는 어느 책에서
이런 글을 읽고
한숨을 쉬지 않을 수가 없었다.

강, 절도를 비롯하여
허영과 물욕에 찬 사람들이
신문 삼면을 독차지하는가 하면
노는 청년으로 극장은 찬다.

이 나라는,
이런 나라는
언제라야,
참말 언제나 돼야
행복하게 될 것인지?

나는 지금
크디큰 꿈을 꾸고 있다.

《가톨릭 소년》, 1970. 1)

어린이날에

멀리 긴 언덕에
아롱대는 비단 노을이
선녀인 양 춤을 추고
파아란 새싹의 물결은
오월의 살갗을
눈이 부시도록
빛나게 한다.

힘차게 자라는 꽃들이다.
아름다운 꽃들의 오월
오월에도 초닷새다.
남 몰래 피어오르는
어린 꽃들의 가슴에 찬
희망! 희망! 희망!

풀, 나무, 새……들도
찬미를 아끼지 않는
오늘 이날,

나는 삼가 두 손 모아
축복해 마지않는다.

(《가톨릭 소년》, 1970. 5)

해와 달과 사람

해님은
둥글넓적한 얼굴로
언제나 히죽이 웃으며
따스한 빛을 보내준다.

달님은
동글납작한 얼굴로
가끔 해죽이 웃으며
받아 얻은 빛을 되 보내준다.

하나는 낮에……
하나는 밤에……

달님이 만일
빛을 보낼 수 없는
돌덩어리뿐이었던들
우리들의 정은
달님에게 담겨지지 않았으리라

해님은 너무 열정이기에
맞대고 보기가 어려워
달님의 그 맑은 빛에
갖가지 사정을 심는다.

해님은
무한한 "에너지"를 주기에
모든 생명의 왕이다.

그 빛과 그 힘을
빨아들여 되 보내주는
달님은
해님을 찬양하는
밤의 시인이다.

이들 자연의 미와 힘을
잡아 쥘 능력을 가진
우리들이라서
사람은
모든 생물 중에
가장 뛰어난 존재인 것이다.

(《아동문학사상》, 1972. 3)

(※ 이하 게재된 시는 『따오기』에서 발췌)

갈잎* 피리

어디까지 갈는지
알 수 없지만

갈잎으로 피리를
나는 불었소

한번 생긴 노래가
사라지다니

이 세상과 같이 살
피리랍니다

제비

삼월에도 삼진날
날아온 제비야!

| * 갈대 잎.

강남 땅 소식을
갖고 왔느냐?

흥부네 박씨를
물고 왔느냐?

금방 피려고
부풀은 꽃망울이

예쁘다든지
에돌고* 감돌며

깜장 예복이랑 입고
봄을 춤추고

강 건너 저편
파르둥 늘어진

수양버들 아래엔
손에 손잡고
노래하는 인형들

앞산에 드문드문

| * 근처에서 이리저리 빙빙 돌다.

분홍 진홍의
진달래 철쭉!

밀밭 위에
비배비배
보이지 않는 종다리

겨울은
봄바람에 쫓겨
북으로 사라져 갔다

봄

솔 부는 봄바람이
예쁘지 않던

바닷길 천리라면
그 무슨 걱정!

넘노는 버들가지
미쁘지* 않던

* 미덥다. 믿음직하다.

제비야 날개 활짝
펴고 오렴아

봄이란 두 번 없네
풀 나무 꽃들

눈을 좀 얼른 뜨렴
해도 길잖니

보슬비의 재간

은실인 양 금실이요
금실언 양 은실이다

보슬보슬 보슬비는
금도 되고 은도 되죠

넓은 밭 벌 보슬비에
밀보리가 춤을 추니

은물결이 남실남실
금물결이 넘실넘실

고기들도 보슬비에

못물 위에 뛰노나니

나직 솟아 금 잉어요
높직 솟아 은 잉어다

봄날

눈이 저절로
감기는

따사로운
볕이다.

기지개를
켜고 나니

키가
커진 듯하다

자!
우리 키 대볼까?

이제 곧
벌들의 노래

나비 나비
춤추고

밀화부리*
꾀꼬리는

알자리를
찾을 게다

봄바람

봄바람이 놀고 있다
소금쟁이 동무 삼아
물 위에다 글씨 쓰며
소곤소곤 의도 좋게

봄바람이 놀고 있다
갈잎 피리 불다 말고
송아지 등 넘나들며
오락가락 장난친다

봄바람이 놀고 있다

| * 고지새. 참새과科에 딸린 기러기만 한 여름새.

저녁 북새* 아름 안고
파란 풀잎 부여잡고
가들가들 졸고 있다

종달새

포근하고 따스한
햇볕이외다

아지랑이 저 속에
종다리외다

비배비배 비비배
종다리외다

봄이 봄이 왔다는
소식이외다

* 노을(평안도 방언).

별과 꽃

금강석을 뿌린 듯한
많은 별들은

반짝반짝 명랑한 빛
아기 눈동자

밤중마다 피곤 하는
하늘 위의 꽃

산에서도 들에서도
피는 꽃들은

방긋방긋 항상 웃는
아기 입모습

낮 하루를 빛내주는
이 땅 위의 별

파랑새

새파란 조롱 속에
파랑새 한 놈

고요히 눈을 감고
무얼 생각노

새파란 하늘 아래
파란 녹두밭

옛적 놀던 파랑 잎
하도 그리워

새파란 마음속의
파란 꿈길도

눈만 뜨면 그대로
파란 조롱 속!

아침 해변에서

수없는 금물결이
반짝거리며

가만히 살금살금
몰려와서는

내 발로 기어들어

머리에 찰싹

그 물결 진주인 양
한아름 안고

갈 길을 잊고 서서
딴생각하다

갈매기 꺽 소리에
눈 뜨니 해변

바다

바다 바다 넓은 바다
끝없는 바다

해도 달도 게*서 뜨고
게서 집니다

바위인 듯 뫼**도 같은
커다란 물결

* 거기.
** 산의 옛말.

꿈틀꿈틀 어디까지
가는지 몰라

어기여차 배를 타고
나도 갔으면

그적 친구 만나러
나도 갔으면!

선창에서

모랫길 파삭파삭
가는 내 뜻을

하늘의 해님하고
나만 알지요

바다를 끼고 돌면
선창 있다오

거기서 흰 돛배가
떠나갔지요

팔월도 한가위엔

오신댔기에

고함을 쳐봤지요
바다 향해서

대답은 무슨 대답
있을 리 있소

께엑께엑 갈매기만
날아듭니다

발자국

해당화 피어 있는
모래밭 한기슭에

그 누가 왔던지요
발자국 하나

크잖고* 작지 않은
알맞은 그 발자국

| * 크지 않고.

저 옛날 어머님의
발 모습 같아!

어제도 또 오늘도
내 남만* 가보지만

싫잖은** 그 발자국
어여쁜 자국

우리 집 화단 위에
옮겨다 둘까 하고

손으로 움켜쥐니
깨지고 마네

이슬알

구를까 무서워서
손도 못 대는

그것은 별인 것을
구슬인 것을

밟다니 어찌 밟소
아침 이슬알!

따자니 손끝에서
깨어질 게고*

두자니 햇볕 따라
사라질 테니

어떻게 하오리까
아침 이슬알!

빨간 고추

빨간 잠자리
저녁 바람에

살랑 사알랑
벌판 찾아서

휘 날아가고

| * 것이고.

추수 노래가
끊겨버리자

둑에 뉘어진
한낱 허제비*

쓸쓸해 뵈고

낙엽 날으는
토방가에는

엷은 볕인데
빨간 고추가
널렸습니다

낮달

서쪽 산 솔밭 위에
자는 낮달은

하늘에 피곤 하는
분홍 장미꽃

* 허수아비(평안도 방언).

즐거운 봄이라서
밤새워 놀다

저 갈 길 다 못 가고
게서 잔단다

춤추는 아지랑이
뜨는 종달새

밀밭이 부럽잖니
또 놀러 오렴!

못에 뜬 달

못 가운데 둥근 달
건질 순 없고

돌을 던져봤더니
깨지고 만다

너무너무 아까워
한참 봤더니

누가 붙여놨는지

또 둥그래져!

자장가

우리 아기 이쁜 아기
어여쁜 아기

두둥두둥 잠 잘 자는
우리 이쁜이

달님같이 둥근 얼굴
어여쁜 아기

자장자장 우리 아기
잘 자는 아기

밤하늘에 깜박이는
별도 많지만

명사십리 바닷가에
모랜 많지만

우리 아기 예쁨에야
비겨나 보랴

자장자장 우리 아기
잘 자는 아기

구름

한강 둑에서
보는 구름은

물에 드나는
오리 같았다

목장 울에서
보는 구름은

갓난 송아지
염소 같았다

거리 골목에
보는 구름은

우리 어머니
모습 같았다

저녁 하늘에

보는 구름은

밥상 귀퉁에
수저 같았다

회오리 바람

저기서 오는 바람
여기서 가는 바람

오가다 마주치니
서서로 놀랄밖에

나무도 그 바람에
후닥닥 뛰었다오

조그만 동네

산 넘고 물 건너고
또 산 저편에

조그만 동네 하나
있다더군요

언젠가 무지개가
섰었던 동네

그 동네 한가운데
연못 있다네

해마다 그 못 가운데
연꽃이 피면

고기도 뛰며 놀고
새도 온다지

새랄지 고기랄지
모두 친구라

애들도 어우러져
잘도 논다지

언제나 보고 싶은
고요한 동네

언제나 가고 싶은
아늑한 동네

올챙이와 개구리

올챙이는 볼수록
귀엽습니다

몸뚱이는 땅콩 같고
꼬린 실오리

손도 발도 다 없지만
잘도 갑니다

논물 속에 요리조리
잘도 갑니다

올챙이는 볼수록
귀엽습니다

꼬랑지가 떨어지면
개굴 개구리

물속에선 헴 잘 치는
수영 선수고

뭍에서는 홀딱홀딱
광*도 명수죠

* 멀리뛰기.

첫여름 저녁

빨갛게 새빨갛게
북새가 뜨면

내일도 날이 좋다
기쁘다곤지

뽀각뽀각 개구리
노래 부른다

뽀각뽀각 개구리
노래 부르면

자던 별도 하나 둘
눈을 비비며

반짝반짝 논들을
내려다본다

구름

흰 구름은 햇솜인 양
포근한 마음

붉은 구름 비단인 듯
어머니 생각

회색 구름 조각조각
구슬픈 기분

눈을 뜨고 바라보면
사라져 가고

눈을 감고 생각하면
피어만 나고―

별과 꽃

별님과 꽃님은
동무이래요

별님은 하늘에
피는 꽃이면

꽃님은 땅 위에
돋는 별이지

밤마다 마주 보고

서로 웃다가

새벽에 헤지는*
설움인지요

꽃잎에 남겨진
이슬 한 방울

가을 나뭇잎

나뭇잎이 지네요
떨어지네요

바람 한 점 없는데
팔팔 지네요

한 잎 두 잎 자꾸만
지고 있네요

나뭇잎이 구네요**
살금 구네요

* 헤어지는.
** 구르네요.

정한 곳도 없다며
자꾸 구네요

떼굴떼굴 때때굴
굴러가네요

농촌의 저녁 풍경

붉은 노을 저녁노을
춤추는 멋에

저기 서산 살금 넘어
해님도 숨기

나는 간다 동무들아
집으로 말야

송아지야 너도 가자
엄마한테로!

우리들이 다 간 담엔*
다람쥐 한 놈

| * 다음에.

나무 구멍 살짝 나와
바라보지요

소반* 같은 둥근 달이
떠오는 것을

하늘에는 은빛 금빛
별이 빛나요

하루의 소풍

산을 끼고 오손도손
걸어가보라

산새들은 어서 오라
속삭여주고

우리 웃음 따라 웃는
곱상** 메아리

맑은 공기 파란 나무
즐거운 하루

* 자그마한 밥상.
** 예쁘다.

산꼭대기 높이 올라
내려다보면

아들 산도 손자 산도
품 안에 들고

하늘 땅은 저 멀리서
입을 맞추며

어리얼시* 춤을 추는
포근한 하루

길

길 지나 길이 있소
길이 연달려

가도 가도 끝없는
길이지마는

아니 가지 못하는
길이랍니다

| *춤을 추는 모습을 표현한 의태어.

십자길 만나거든
물어서 가세

가고 가면 정녕코
아늑한 동리

그 동리 찾아가는
길이랍니다

가을 소풍

날씨도 좋을시고
새파란 하늘

두둥실 흰 솜 같은
한 조각구름

힘차게 어깨 겯고
발 맞춰 가자

산으로 벌판으로
바닷가에로

바람도 살아올까

들국화 향기

죄쬘쬘 귀뚜리도
부르지 않니

가벼운 몸차림에
손잡고 가자

냇가로 언덕으로
수풀 사이로

기러기

해도 거의 져가는
저녁 하늘을

기러기 기럭기럭
어디로 갈까?

벌판 지나 산 넘어
바다를 지나

저 멀리 무슨 나라
가는 것일까?

거기에도 나 같은
동무 있을까?

보고파 가고파라
기러기 함께

늦가을

가을도 늦은 가을
거칠은* 들에

사람의 그림자도
사라졌는데

말라빠진 풀숲엔
한낱 벌레가

가을이 섧다고요
울기만 한다

얼마나 울었는지
목이 쉬었네

| *거친.

울어도 또 울어도
영 안 온다고

가는 가을까지도
긴 한숨 지며

수양버들 못가에
눈물 흘린다

예* 가신 어머님도
가을이든지

한번 가곤 오실 줄
영영 모르네!

단풍

지대기**를 치는지
춤을 추는지

날다가는 구르고
굴다가 날고

* 오래전에.
** 이리저리 돌아다니며 수양하는 승려의 옷.

고향 떠나가기가
쉽단 말인지

나의 어깨 툭 치는
붉은 단풍잎

단풍잎은 볼수록
한이 없길래

돌아서니 바스락
발 또 붙잡네

가을 저녁때

저녁 하늘 아래로
기러기 훨훨

벌판 지나 산 넘어
어디로 가나

누른 풀밭 사이로
시냇물 졸졸

언덕에는 송아지

집 찾아 매매

붉은 북새 속으로
해님도 뜬다

같이 못 온 엄마가
나는 그리워

(이하 게재된 시는 『갈잎 피리』에서 발췌)

봄

새 움은 예쁠시고
파란 냄새에
언덕의 아지랑이
입 맞추고요!

바람도 살가울사
보얀 맵시에
들가의 밀보리가
춤을 추고요!

언니요 동생일가

의좋게 앉아
봄노래 부르면서
나물 캐고요!

봄비의 자취

　－인생을 찾는 노래－

그리워 그리워서
찾아보았소
풀언덕 잔디밭을
휩싸 다녔소

할미꽃 앉은뱅이
민들레꽃은
봄비가 지나가며
장난한 자취.

따르고 쫓아가도
파란 그 자취
산에고 벌판에고
한없는 자취.

봄날 저녁

빨갛게 새빨갛게
북새가 뜨면
내일도 날이 좋다
기쁘다군지
빠각 뽀악* 며구리**
노래 부른다.

빠각 뽀악 며구리
노래 부르면
자던 별도 하나, 둘
눈을 비비며
반작반작 논틀을
내려 본다.

비 오는 날

곁집의 닭이
멀리서 우는 듯ㅡ.

하루 종일을

* 새 울음소리.
** 새의 일종.

봄비가 내린다.

비 오는 날

동생이
꾸중을 듣고
못 문 안으로 갔다.

한참 있다 보니
문창에는
구멍 둘이 생겼다.

밖에서는
부시럭부시럭
비가 그냥 내린다

봄

새로 새 봄 왔다기에
산에 들에 찾아봤소

작년 폈던 그 꽃밖에
아무것도 못 보았소.

누가 나를 속이었나?
새들한테 물었더니.

네 나* 한 살 더 먹었지
호호 웃고 날아가네!

아침 강가에서

수없는 금은물결
반작거리며
가만히 살금살금
몰려오더니
내 발로 기어들어
머리에 찰싹―.

그 물결 진주인 양
한아름 안고
갈 길을 잊고 서서
딴생각하다
갈매기 꺅 소리에
눈뜨니 강변―.

| * 너의 나이.

갈잎 배

그 누가 띄웠을까
작은 갈잎 배
사공은 어디 가고
혼자 떠갈고!

어디서 떠오는가
작은 갈잎 배
물어도 대답 없이
가기만 한다

어디라 마다리만*
작은 갈잎 배
새파란 꿈나라가
평생의 소원!

갈잎 피리

그 누가 부는지요
갈잎의 피리
사람은 안 보이고

* 마다하지 않겠냐만.

강 건너 저편.

이따금 파란 물결
남실거리면
오라구 가라군지*
갈새**가 운다.

강가엔 아지랑이
졸고 있는데
그 누가 부는지요
갈잎의 피리.

농촌에서

저녁때
아이가
소를 끌고 온다.

"음머어"
암소가
큰 고함을 친다

* 오라는지 가라는지.
** 개개비.

어디서
쇄지*가
깡충 뛰어온다

소금쟁이

장풍**밭 못 가운데
소금쟁이는
ㄱ(기역) ㄴ(니은) ㄷ(디귿)을
쓰고 익힌다.

바람은 심술쟁이
가끔은 지우네
그래도 소금쟁이
싫단 말없이.

ㄹ(리을) ㅁ(미음) ㅂ(비읍)과
ㅅ(시옷) ㅇ(이응)을
쓰고 또 쓰고 쓰고
쓰고 익힌다.

---

* 송아지(함경도 방언).
** 창포.

바람

풀잎들이
머리를 댔다 뗐다.
속삭임
무슨 속삭임일까?

갈새

물안개 속에서
깨라구 깨라구
갈새가 운다.

먼동이 텄으니
일하러 가자고
갈새가 운다.

아침 강가에서

아침 해 벙글벙글
떠오릅니다.
저기 저 말칫목*에

* 지은이 註- (말칫목 ─ 지명).

배가 옵니다
무엇을 싣고 올까

아침 해 무릭무릭
떠오릅니다.
태극기 펄럭펄럭
띄운 배 위다.
독립을 싣고 오네
여기는 남포*—.

하늘과 나

하늘을 누가 누가
넓다구 했노
풀잎만 따 들어도
안 뵈는 것을—.
내 몸은 풀잎보다
몇 배 넓은데!

하늘을 누가 누가
높다구 했노
저기 저 묏 봉**하구

* 지은이 註- (남포— 진남포의 약자).
** 봉우리.

122

입 맞추는걸ㅡ.
내 몸은 저 뙤*보다
수태 높은데!

차창에서

나는 보았다.
늠실늠실 물결 지는
밀밭을ㅡ.

　　종다리 노래가
　　들릴 듯 들릴 듯.

나는 보았다.
파란 물이 흘러가는
가람을ㅡ.

　　낚싯배 하나가
　　조는 듯 조는 듯.

나는 보았다.
산에 가득 우거 있는

　* 산山.

솔숲을—.

　얼룩진 칙범이
　나올 듯 나올 듯.

모란꽃

지나는
사람마다
넘겨다보네.

우리집
모란꽃이
한창 피었네

형제 딸기알

빨강 옷 같이 입은
형제 딸기알
커다란 파랑 이불
같이 덮고서
의도 좋게 나란히
누워 잡니다.

밤

저 멀리 거리에는
등불이 반짝
저 높이 하늘에는
별 애기 반짝.

등불은 별 애기를
별은 등불을
서서로 마주 보며
웃고만 있다.

달과 이슬

달님이 장식했던
구슬 목도리
매었던 끈이 끊겨
헤어졌는지!

저기 저 골짜기로
벌판 끝까지
풀잎에 반작반작
진주알이다.

잃어진* 진주알을
찾느라는지
달님은 깜빡 않고
내려다본다.

바람 부는 달밤

흰 구름 검은 구름
길 내기 한다.

별하고 달하고는
숨기 내기다.

나무는 잘한다고
손을 흔든다.

반딧불

반딧불 반딧불
너 어디 가니
파란 등 켜가지고

| * 잃어버린.

어디로 가니

뒷길은 혼자서
적적도 하리
박꽃이 웃지 않니
놀다가 가렴!

강가의 반딧불

강가의 반딧불
어디를 가니?
여울엔 물 말라
배도 없는데!

혼자서 건너다
등불 젖히면
오가지 못할 줄
너 왜 모르니!

잔잔한 바다

새파랗고 잔잔한
넓다란 바다

저 위를 걸어가면
걸을 듯도 하네.

상큼상큼 재빨리
내어 디디면
빠지지 아니하고
건널 듯도 하네

가을 나뭇잎

가을 나뭇잎은
심술쟁이
바보랍니다.

소제*를 끝냈는데
또 소제를
시킨답니다.

산 너머 저편

산 너머 저편에는

---

* 청소.

누가 살길래
뻐꾹새 뻐꾹뻐꾹
게*서만 울고!

산 너머 저편에는
누가 살길래
달님도 매일매일
게서만 뜨고!

참새와 마차

조금 날다 멎었다
날다 멎어서
번번이 돌아보는
새끼 참새는―.

엄마가 못 미더워
그러함인지
나는 법 앉는 법을
보란 말인지―.

어미 참새 짹, 짹, 짹

| * 거기.

걱정할 때면
쳐가라 물러가라
말 방울* 소리―.

장마 뒤

파란 하늘
빨간 잠자리―.

벼이삭이
쑥쑥 목을 뺀다.

자장노래

빠―그각빠―그각
개구리 운다
흉내를 내면은
울면은 되지
　　자거라 울애기
　　어여쁜 애기!

* 원문에는 망울로 되어 있는데 방울의 오기로 보인다. 망울은 작고 둥글게 엉기어 뭉쳐진 덩이를 뜻하기 때문이다.

빠드닥빠드닥
쥐 장난한다
울면은 어머니
오시다 가지
　　자거라 울애기
　　어여쁜 애기!

컹, 컹, 컹 콩, 콩, 콩
개가 짖는다
엄마가 온다는
기별*이란다
　　자거라 울애기
　　어여쁜 애기!

까마귀

까마귀 까마귀야
너 왜 꺼머니
굴뚝에 자고 왔니?
석탄일 했니?
심술을 부리다가
먹통 맞았니?

| *소식.

날갯짓 뽑아보자
그래도 검어 가죽을 베껴보자*
아직도 검어
속까지 검은 놈은
뒤댓** 까마귀.

* 벗기다.
** 지은이 註- (대체 어디일까요?).

II 동화

발

　명국이는 갑자기 급한 일이 생겨서 얼른 뛰어나오다가 얼결에 창수의 발을 밟았기 때문에 멈칫 서며

　"아야…… 잘못됐다. 급한 일이 있어서 덤비다가 네가 여기 있는 걸 모르고 발을 다치게 해서 미안하다. 용서해라"

　하고 사과하였습니다.

　그러나 창수는 "급하면 남의 발을 밟으라구 누가 그러던…… 잘못했다면 그만인 줄 알아? 이거야 이거……"

　하고 따귀를 한 대 갈기며 명국의 발을 터져라 하고 힘껏 내려 밟아 주었습니다.

　명국이는 본래부터 싸움이라면 십 리씩이나 피해가는 온순한 아이일 뿐 아니라 자기보다 한 반 위에 있는 창수는 못나게 굴기로 교내에서 알려져 있기도 하거니와 원체가 자기 잘못이라 아무 말도 못하고 몹시 아픈 발만 아물아물 놀리면서 울상을 하고 있었습니다.

　이 모양을 본 창수는 "옛! 이 못난 자식 같으니 바쁘면 어서 가" 하고

한마디를 남기고 어디론가 가버리는 것이었습니다.

창수네 집에는 뒷문이 있고 뒷문 밖은 이웃집 마당이었습니다. 그 뒷문 안 기둥 쯤에 사는 빈대네 여러 형제는 낮에는 나올 수가 없어서 가만히 있노라니까 마당가에서 노는 아이 하나가

"얘들아 이 집 창수 말이야— 오늘 명국이 발을 힘껏 밟아줬더니 고 자식 비죽비죽 울려고 하더구나. 그래서 가라고 고함을 쳤더니 비슬비슬 뒤꽁무니를 빼더라— 하고 자랑을 버럭버럭하고 갔단다. 글쎄 그렇게 얌전한 아랫반 애에게 왜 그렇게 못살게 굴지. 참! 이상도 하지 창수는……"

하고 이야기하는 것을 들었습니다.

그날 밤 빈대네 몇 형제는 회의를 열었습니다. 제일 맏이 빈대가

"자! 오늘은 고 창수란 놈의 피를 좀 먹기로 하자."

"그런데 너희들은 아직 모를 것이니까 내가 알려주지. 사람들은 곰의 발이 맛이 있다고 여덟 가지 맛있는 음식 가운데 넣는단다. 그와 마찬가지랄지 몰라도 우리에게는 사람의 발바닥 피가 제일 맛이 있느니라. 그도 그렇지만 아까 너희들도 다 듣지 않았니. 고놈의 바른발이 저보다 아랫반 아이 발을 몹쓸게* 밟아주어서 울었다고—. 그러니까 오늘은 고놈의 고 나쁜 발의 피를 빨아 먹잔 말이야. 응?"

하고 연설하듯 말했습니다. 여러 형제는 일제히

"그것 참 좋은 말씀입니다. 우리들이야 뭐 형님이 하라는 대로 하지요."

"그럼 이제부터 가보자!"

하고 맏이 빈대가 앞장을 섰습니다. 제각기 제 힘껏 창수의 발 피를

| * 몹시 악독하고 고약하게.

빨았을 것은 두말할 것도 없습니다.

"응응……" 앓는 소리를 내며 창수는 몸을 뒤챘습니다.

"이 자식……"

하고 잠꼬대하는 소리를 듣고 웃는 빈대도 있었습니다. "아직도 건방진 놈이로구나……"

하고 맏이 빈대가 화를 내며 더 힘껏 달라붙어 피를 빨자 다른 여러 빈대도 온 힘을 다하여 피를 빨았습니다. "응! 응! 으―응!……"

제아무리 허락 받은 장난꾼 창수지만 견딜 수 없으리만큼 가렵고 안타까워서 몇 번이든지 몸을 뒤챘습니다. 그러다가 창수는 다시 "응! 으―응!……" 하고 앓는 소리를 내고는

"잘못했다면 그만인 줄 알아?"

"이거야 이거……"

하고 명국이 발을 밟아주려 하였으나 발은 조금도 움직일 수가 없을 뿐 아니라 발바닥에 불이 붙는 듯 몹시 안타까웠습니다.

창수는 잠 가운데서 발바닥을 긁다가 문득 명국이 발을 생각하고는 혼잣말로

"명국아 오늘은 내가 잘못했다. 다시는 그따위 짓을 안 할 터이니 용서해라!"

하고 잠꼬대를 하였습니다.

옆에서 자던 어머니가

"야…… 너 무슨 잠꼬대를 그따위로 하니……"

하고 깨우는 바람에 눈을 뜨니 땀이 온몸에 흐르듯 나오고 있었습니다.

강군과 원군

원숭이네 원군과 강아지네 강군은 언제나 의좋게 잘 놀곤 하였습니다.

강군이 원군을 보고

"꿀이란 물건은 대체 어디에 있는 것이냐?"

하고 물었습니다. 원군은 본래 영리하기도 하지만 방금 며칠 전에 들은 일이 있는 까닭에

"무어! 꿀 말이냐. 그야, 나무 구멍 속에 있단다."

"그럼, 우리 오늘은 그놈의 꿀을 좀 먹으러 갈까?"

하는 강군의 말에 원군은 찬동하여 둘이는 어깨를 걸고 나무숲을 찾아갔습니다. 그러나 아무리 싸다녀도 꿀이 있는 나무는 보이지 않았습니다.

"이제는 둘이 같이 다닐 것이 아니라 서로 각각 찾아보기로 하자."

이렇게 의론이 맞아 서로 헤어졌던 것입니다. 이윽고 원군은 벌 한 놈을 볼 수가 있었습니다. 원군은 그 벌을 따라갔더니 아닌 게 아니라 어

떤 나무 구멍으로 들어갔습니다. 이것을 본 원군은 무심코 대가리를 쑥 하고 그 구멍에다 넣었더니 벌들은 와락 성을 내가지고

"이놈 도둑놈이로구나"

하면서 다짜고짜로 동침 같은 살을 끄집어내서 쏘아주었습니다.

원군은 혼이 나서 이마를 어루만지면서 뛰어 도망쳐서 숲속 깊숙한 곳까지 와서는 숨을 헐떡거리며 혼잣말로

"원! 고런 발칙한 벌 놈들 봤나! 아이 아파라 에에!……"

하면서 뒤를 돌아다보는데 방금 옆에 있는 나무 구멍에서 꿀이 줄줄 흐르고 있지 않겠습니까! 그래 원군은

"이것 보게, 여기 이렇게 꿀이 제창* 흘러내리고 있는 걸 두고……"

하고는 그 꿀을 얼른 한입 받아먹었습니다. 그러자

"응?! 남의 꿀을 먹는 게 누구냐!"

하고 고함을 지르며 나온 것은 세상에도 무서운 어미 곰이었습니다. 아차! 큰일이다. 걸음아 날 살려라 하고 또 도망을 치는데 곰은 뒤를 쫓아오고 있었습니다.

이렇게 되어 꿀 있는 나무 근처에는 아무도 있는 이가 없을 때 강아지네 강군이 꿀 냄새를 맡고 찾아와서

"하하– 이거야. 이거~ 이게 꿀이야! 이제야 진짜를 만났구만……"

하고는 먹기를 시작하였는데 너무 기쁘기도 하고 마음도 급하여 얼굴을 갑자기 가져다 대었기 때문에 강군 얼굴에 온통 꿀로 매닥질을 해놓고 말았습니다. 그때 벌도 꿀 냄새를 맡고 와서 그것을 보고

"야들아! 다들 이리로 와요. 이렇게 많은 꿀이 강군 얼굴에 묻어 있으니 아깝지 않니. 우리들이 다 빨아가지고 가자"

| * 줄곧, 계속.

하고 수많은 벌떼가 모여들어 얼굴을 뒤덮어놓는 것이었습니다.

방금 이때 어디서

"목숨 살려라!"

하는 비명이 들려왔습니다. 강군이 뛰어가 본즉 나쁜 놈의 승냥이*가 새끼 곰을 잡아가려고 막 덤비고 있었습니다.

강군은 그 새끼 곰을 구원해주고도 싶지만 속으로 무섭기도 해서

"깽깽깽……."

하고 큰 고함을 쳤더니 자기 얼굴에 붙어 있던 수많은 벌떼가 일시에 와! 하고 날아 덤비었습니다.

이 벌떼의 위세에 놀라기도 하였지만 새끼 곰보다는 강아지가 탐이 나서 잡았던 손을 놓고 강군 편으로 오려고 한두 걸음 움직이고 있을 때 마침 어미 곰이 돌아왔습니다. 승냥이가 달아나며 뛰는 뒤 꼴을 물끄러미 바라보고 있던 어미 곰은

"그러고 보니 강군 네가 우리 애를 살려준 셈이로구나! 고맙다"

하면서 꿀을 강군의 힘에 겹도록 많이 주어서 집으로 돌아와 원군이 오기를 기다려가지고 의좋게 서로 나누어 먹었습니다.

| * 개과科에 딸린 산짐승.

먹칠령*

　나라에서 정사 할 집을 새로 지은 때 생긴 일이라고 하니까 역사를 뒤적이면서 상고해본다면 궁전을 지은 것이나 정사 할 곳을 고쳤다든가 한 일이 그리 많지도 않으니까 언제쯤이라고 알 수도 있을지 모르지만 정사正史에도 야사野史에도 적혀 있지 않고 다만 입에서 입으로 전해지고 있는 한낱의 이야기니까 구태여 연대를 따지지 않아도 무방하다고 보아 그냥 적어보기로 하겠습니다.

　왕께서 새로 정사 할 집을 짓고 그리로 이사를 한 지 얼마 되지 않아서 서울 장안에는 이곳저곳서 불이 많이 나 많은 집이며 재물이 타버린 것입니다.

　지금같이 훌륭한 소방대가 있는 때도 부산에서는 여러 번 큰 불이 나서 엄청나게 많은 재물도 태웠고 또 귀한 인명(사람의 목숨)까지 잃어버린 것은 우리들이 너무도 잘 알고 있는 것이 아닙니까! 그렇거니 하물며

| ＊먹칠을 하라는 명령.

변변한 소방대 하나 없었고 집들은 지금보다도 오히려 즐비하게 연달았던 때라 불이 한번 나기만 하면 그 손해가 컸을 것은 묻지 않고도 잘 알 일이 아니겠습니까.

그도 그렇지만 본래부터 불을 그리 중히 여기지 않던 왕이라 어떤 날은 대신들을 모아놓고

"오늘 오라고 한 것은 다름이 아니라 불이 무섭다는 것은 이즈음 지난 몇 차례 일로 보아 다 잘 알 것이라고 생각되는데 만일에 그 불이 궁 안에 일어난다면 모든 궁이 다 하루아침에 재로 변하고 말 것이 아닌가! 그러니까 이제부터 후로는 '불' 이란 말을 일체로 입 밖에도 내어서는 안 될 것이니 각별히 조심들을 하라는 말이요, 나의 명령이오"

하고 엄숙한 태도로 말하였습니다. 왕의 이 명령을 들은 여러 대신들은 모두 입만 벌리고 말도 못하고 있는데 왕은 다시

"만일 '불' 이란 말을 하는 사람에게는 얼굴에 먹칠을 해주기로 하되 내가 좋다고 할 때까지 이 명령은 계속하여야 하오"

하고 말하였습니다. 자! 일은 심상한 듯 실상은 그렇지도 않습니다. 그것은 지금이라도 소위 장관이랍시고 얼굴에 먹칠을 하고는 출입하기가 거북하겠거든 하물며 양반 행세가 극도로 성했던 그 옛적이리오. 그래서 어떤 대신은

"이거 큰일 났는걸…… '불' 이란 말도 못하게 되었으니……"

하고 말하다가

"앗! 실수!……"

하면서 입을 두 손으로 막았으나 이미

"그게 누구요 내가 먼저 본보기로 먹칠을 해주지……"

하고 왕이 친히 붓을 들고 와서 큼직한 먹점을 찍어놓는 것이었습니다.

이렇게 되고 보니

"어, 추워. 불 좀."

"원! 여보 불 소리는 왜……."

"여보! 당신은 왜 불 하고……."

등등 그동안에도 이 대신 저 대신들의 얼굴에는 커다란 먹점이 찍히어졌던 것입니다.

며칠 지난 어떤 날이었습니다. 지혜가 많다고 해서 세상에서 지智 정승(성이 황씨라 황 정승이지만)이라고 불리고 있는 정승이 일부러 늦게와서 왕께 절을 하였습니다. 왕은

"오늘은 왜 이렇게 늦게야…… 어디서 또 지혜를 팔고 왔구려……"

하면서 웃어 보였습니다.

"황송하옵니다. 오는 도중에 참말 이상한 약탕관이 있기로 그것을 보고 오느라고 늦었습니다."

"응 그런 그 이상하다는 약탕관이 대체 어떤 것이기에……."

"그것은 참으로 보고 놀라고 듣고 놀라고 말하고도 또 놀랄 물건으로 듣자 하오니 나무를 이기고 또 이겨서 두드려 만든 것이라고 하옵디다."

"무엇! 나무로 만든 약탕관이라고?"

"황송하온 말씀이오나 그 약탕관으로 약을 달이면 참 재미스럽기도 하지만 약맛이 훌륭히 더 좋아진다고 하옵기로 그 집 주인을 찾아 약 달이는 것을 보여달라고 간청 또 간청하여 겨우 보았습지요. 그랬더니 아닌 게 아니라 물이 소솔솔 소솔솔 소솔솔 끓는데 약 냄새가 참으로 반하리만큼 좋았습니다."

"흥—! 그래 그것 참 이상하고도 야릇한걸…… 그렇지만 약을 달인다니까 나무로 만든 것이야 아니겠지? 아마도 약탕관 밑은 나무가 아니고 쇠로 되어 있겠지그래…… 그렇지 않으면 무슨 다른 물건으로 되어 있지나 않았소. 어떻소? 여러 정승들은 어떻게 생각들 하오?"

여러 대신들은 조마조마 삼가는 태도로 듣고 있던 차에 이렇게 묻는지라 속으로는

'그것 참 이상한 약탕관도 있지? 불 안 붙는 나무도 있을까?' 하고 생각들은 하였지만 감히 말도 못하고 우물쭈물하고 있는데 지 정승은

"글쎄 말씀이옵니다. 그것이 바로 그렇게 되오매 물 끓는 소리가 제법 듣기도 좋게 노래 가락처럼 소솔소솔 솔랑솔랑 소솔랑……"

"이봐라! 지 정승! 그저 좋게만 듣고 있다고 해서 왕을 희롱해도 분수가 있지 않소! 도대체 나무 약탕관이라면서 그것을 '불' 위에 놓아두면 어떻게 된단 말이요? 단박에 타버리고 말 것이 아닌가 어디서 무슨 소리가 난단 말이요. 나무 타는 소리가 재끈재끈할 것밖에 무에 있단 말이요! 모두들 그렇지 않소?"

하고 성난 얼굴로 돌아보았습니다. 지 정승은 조금도 무서운 기색이 없다는 듯

"황송하온 분부……"

하고 머리를 땅바닥에 조아리며

"그러하오나 지금 선하(왕의 대명사)께서 무엇이라고 말씀하셨는지? 잠깐 다시 생각하시와 어안(임금의 얼굴)을 내놓으셔야 옳은 것으로 생각이 드옵니다"

하고 말하면서 머리를 들어 왕을 쳐다보았습니다.

왕도 본시 희롱을 즐겨하는 나머지에 그런 명령을 내렸던 것이니만치

"앗! 참 내가……"

하고 웃어 보이면서

"자! 먹도 여기 있소"

하고 말씀하였으나 장난일망정 임금 얼굴에 먹칠이란 될 법도 못한 일이라서 서로 웃기만 하고 말았지만 그날부터 먹칠령은 그쳐졌다고 합니다.

웃기는 말

여기는 시외 어떤 촌입니다.

교외 자그마한 길을 짐 실은 말이 꺽두럭꺽두럭 한가롭게 가고 있었습니다. 말은

'우리 주인님한테 하는 인산가'

하고 생각하였습니다. 차차 넓은 길로 들어서니 사람들도 더 많이 오며가며 하고 있었습니다.

그들도 누구나 물론하고 인사하지 않는 이가 없었습니다. 그때마다 말이 가만히 살펴보니 모든 사람의 눈초리는 주인님보다도 자기를 보는 것 같았으므로 이번에는

'그들의 인사가 주인님을 향해서가 아니고 나를 향해 하는구나! 말도 이렇게 여러 해 묵어서 늙어지면 사람들도 중하게 여기고 인사를 하는 것인가 보다 그럴 듯도 하지!'

하고 생각하였습니다.

앞으로 커다란 재를 넘어야 되겠고 마침 거기에 그늘 좋은 커다란 나

무도 있는지라 쉬어가기로 하고 잠시 멎었습니다. 말은 슬그머니 호기심
이 생겼던 터라 좀 자랑도 하고 싶고 심심도 해서 그 나무 곁에 매여 있
는 소를 향해

"오래간만일세 우(牛＝소)군 그런데 자네도 지금 보지 않았나? 저 사
람들이 인사하는 것을…… 나이가 이만큼 되고 보면 사람들도 나를 존경
하여 인사를 하는 것이라네!"

하고 말하였습니다. 소는

"핫핫핫…… 자네는 나이 좀 먹드니 어떻게 정신이 돌지나 않았나?
무슨 사람이 그럴 리가 있단 말인가? 여보게 마(馬＝말)군!"

"허―! 이제 좀 보겠나?"

하고 조금 있다 떠나갔습니다. 소가 보고 있노라니까 아닌 게 아니라
사람들이 인사를 하곤 하였습니다. 그래서 자세히 살펴보니 그 말 등에는
구국성장救國聖將 이순신 장군의 동상이 거룩하게 실려 있는 것이었습니
다. 그래서 소는 동리가 떠나가는 듯 커다란 목소리를 내어 웃었습니다.

개미와 나

"고맙소! 태섭 군"

하고 인사를 했을 터인데 내 귀에는 들리지 않았습니다.

그것은 내가 자다 일어나서 밖으로 나가보니 개미가 물에 빠져서 거의 죽어가는 형상을 하고 꼼풀꼼풀 애를 쓰고 있길래 불쌍해서 나뭇잎 하나를 따서 띄워주었습니다. 그랬더니 개미는 곧 그 나뭇잎 배에 올라타고는 나를 자세히 처다보고 두 발을 싹싹 비비는 것이 아마도 고맙다는 인사 같아서 말입니다.

개미는 배를 탄 채 가만히 있는 것으로 보아 너무 피곤하여 좀 쉬고 있느라고 배를 젓지 않고 있었을 것입니다.

그러나 그 배는 오래지 않아 양동이 옆으로 와 닿았을 것입니다. 그것을 보려고 기다리고 있는데

"태섭아 조반상 들어왔다. 얼른 들어와 같이 먹자!"

하고 어머니께서 부르셨습니다. 이어서 문섭이도

"형! 밥 같이 먹어! 응……"

하고 외쳤습니다. 그것은 보통 때 같으면 어머님이 부르면 얼른 "예—" 하고 들어가기로 되어 있지만 개미가 못 미더워 좀 더 보느라고 지체를 하였기 때문이었습니다. 밥을 한창 먹으면서 문섭이는

"날이 몹시 더워졌다. 한강으로 헤엄이나 치러 갔으면 좋겠다. 형! 좀 있다 가보지 않을래?"

하고 말하였습니다. 그렇지만 나는 밥을 먹으면서도 개미가 어떻게 되었을까 하는 생각만 하고 있었기 때문에 그 말에는 대답을 하지 못했습니다. 이번에는 문섭이가 나를 쳐다보면서

"내가 이렇게 더우니 개미라고 덥지 않을라구? 그래서 양동이 물에다 넣어주면서 멱 좀 감으라고 했더니 지금쯤은 아마 헤엄을 치고 있을 게야……"

하고 자랑하듯 말했습니다.

"뭐야? 그럼 저 양동이 물에 빠진 개미는 네가 잡아넣었구나!"

"그래 그리고 가만히 보았더니 헤엄을 그리 잘 치지 못하더라 뭐!"

하고 아무 다른 생각은 없다는 듯 말했습니다. 따라서 나는 개미가 더욱 걱정이었습니다. 나뭇잎 배는 그동안에 잘 가 닿아 개미가 뭍으로 올라갔을까 하고 생각하면서 밥을 좀 빨리 먹고

"에 덥다 밖으로 나가야겠다"

하고 뜰로 나가 양동이 속을 들여다보니 배 위에 개미는 없었습니다.

"배는 기슭에 닿았는데 개미가 없을 때는 아마 뭍으로 올라갔겠지"

하면서 양동이 슭을 돌아가면서 자세히 보았습니다. 그러자 내 뒤를 따라 밖으로 나온 문섭이가

"저것 봐! 형 개미 나라에서도 전쟁이 났는가봐? 개미병대가 저렇게 많이 가고 있잖아"

하고 말하였습니다. 나는 그리로 가서 한 놈 한 놈을 자세히 살펴보

다가 몸뚱이가 더 거무스레한 한 놈이 있는 것을 보고 속으로

'하아— 아마 고놈이 아까 고놈일 게다. 어느새 벌써 제집으로 가서 저런 행렬에까지 참여했을까? 고놈들 참으로 부지런도 하여라……'

하고 생각하면서 바람을 쏘이려고 넓은 마당으로 나갔습니다.

어부 할아버지

    물고기를 잡아 생활을 하는지라 어부 할아버지는 오늘도 어떤 해변에서 그물을 치고 있었습니다.

    이 근처에서는 누구보다도 그물 잘 치기로 유명한 할아버지라 그물 치는 데는 자신이 있건만 오늘은 하루 종일 여기저기로 돌아다니며 그물을 쳐봤지만 고기라고는 조그만 용달치* 한 마리조차 걸리지 않았습니다. 그럴 적마다 할아버지는 머리를 기웃거리며 이상하게도 생각하였지만 원체가 오늘은 날씨가 나쁘구나! 하고 고기 안 잡히는 것을 일수로 돌리면서 한탄을 하였습니다.

    그렇다고 낙심할 할아버지도 아니었습니다. 다시금 용기를 내어 꾸준하게 그냥 그물을 치고 있었습니다.

    무엇인지 묵직한 물건이 걸린 것을 느꼈습니다. 어부 할아버지는 빙그레 웃으며

---

* 송사리과科에 속하며 냇가에 사는 물고기.

"옳지. 그러면 그렇지! 이렇게 큼직한 놈이 걸리려고 온종일 쟁금치(송사리의 지방 말) 한 놈도 번뜩이지 않았구먼. 그래 어디 볼까?"

하고 그물을 잡아끌었습니다. 그런데 그물은 끌려올 생각도 하지 않고 뻑뻑이 뻗히는 것이었습니다. 다른 수단을 써서 또 끌어내보았으나 역시 나올 것 같지 않았습니다.

할아버지는 할 수 없이 옷을 벗고 물 가운데로 풍덩 뛰어 들어가서 가만히 손으로 어루만져보았더니 뜻밖에 무슨 항아리 비슷한 것이 걸렸는데 과히 크지도 않은 것이 그렇게 무거웠습니다. 할아버지는 얼른 금金? 은銀? 하고 슬그머니 호기심이 생기기도 하였지만 잘못하다가는 깨뜨릴 염려도 있고 해서 그야말로 조심조심 물 밖으로 끄집어내놓고 보니 오색이 영롱하게 서린 훌륭한 쇠항아리였습니다.

"자! 이게…… 이 속에 무엇이 들어 있을까? 어디……"

하면서 뚜껑을 열기로 생각하고 손을 대니 그 손은 저으기* 떨리는 것이었습니다.

그러나 다 열어젖히고 보았을 때 할아버지는 벌써 "악" 소리를 치고 나자빠졌던 것입니다.

그것은 그 항아리 속에는 보기만 해도 질겁**을 할 만큼 무서운 '악마'가 들어 있다가 갑자기 툭 튀어나왔기 때문이었습니다.

이윽고 할아버지가 정신을 차렸을 때에는 그 악마는 하얀 이빨을 깡그리 물고 툭 나온 눈알을 데굴데굴 굴리면서 목소리조차도 듣기 싫은 거칠고도 갈라지는 듯한 말로

"나는 거의 천 년이나 이 몹쓸 항아리 속에 갇혀 있으면서 아무것도 먹지를 못하였다. 지금 당장에 배가 고파 죽을 지경이니 나를 살려준 은

* 적이.
** 뜻밖의 일을 당하여 몹시 놀라다.

인이지만 할 수 없이 너부터 잡아먹어야겠다. 모든 잘못은 용서해라"

하고 말하면서 마치 엄나무 가시 같은 수염이 논둑의 바랑(풀이름)처럼 시커멓게 난 아가리를 쩍 벌리고 달려드는 것이었습니다.

어부 할아버지는 또 한 번 기절을 할 지경이었지만 목숨이 순간에 달린 그야말로 초비상시인지라 정신을 바짝 차리고 '어떻게 살아날 도리는 없을 것인가?' 하는 생각뿐이었습니다.

그러나 여느 때와 달라서 계책은 고사하고 숨조차도 변변히 쉴 수가 없었습니다. 그렇지만 어쨌든지 우선 시간을 좀 지체시키면서 형편도 보고 무슨 좋은 계교라도 나오나 보자 하는 마음으로

"여보세요 신령(높여주기 위한 이름)님! 내 몸이야 이왕 당신한테 바치기로 작정을 하였으니 잡아잡수나 구워잡수나 그런 것은 아무렇게 해도 좋습니다. 그러나 이렇게 조그만 항아리 속에 지금의 신령님처럼 그렇게도 크디큰 양반이 어떻게 들어가 있었는지? 더구나 천 년이라는 기나긴 세월 동안…… 그것은 도저히 믿을 수 없는 일입니다. 아마도 신령님이 나를 놀리는 것이 분명하니 그러지 말고 이야기나 시원히 한 후에 나를 잡아먹도록 하시면 죽는 내 마음도 퍽 기뻐질 것이 아니야요?"

어부 할아버지는 아무런 딴 생각은 도무지 없는 듯한 태도로 이렇게 말했습니다.

악마는 자기를 악마라고 부르지 않고 신령님이라고 높여주는 데 기분이 막 좋았을 뿐 아니라 영감의 말이 그럴듯도 하여서 아무런 생각을 해볼 사이도 없이

"그런 것이 아니야. 이 늙은이야! 내 본시 하늘께 죄를 짓고 여기로 정배를 와서 말이야 하늘의 명령으로 이렇게 되어서 말이지 응…… 좀 보게나?"

하면서 뽐내고는 마치 요술이나 하듯이 조모구(아주 작은 주먹)한 애

(애라는 것보다도 사람의 형체만 있는 조그만 동물이란 편이 옳을지도 모릅니다)가 되어가지고 그 항아리 구멍으로 살그머니 들어가는 것이었습니다.

그것을 본 어부 할아버지는 아무런 생각도 해본 일이 없건만 얼결에 얼른 옳다 됐다 하는 순간적 마음으로 '손아 날 살려라' 하고 옆에 놓았던 뚜껑을 능큼 집어 그 항아리 구멍을 전과 같이 꼭 막아버리고는 행여 다시 열릴 새라 돌을 주워다 이모저모 뚜드려 굳게 만든 후에 본래 있던 두 바위틈에다 '풍덩' 집어넣고 말았습니다. 그리고 어부 할아버지는 저도 모르게 커다란 숨 한번을 후— 하고 내쉬었습니다.

이 일이 있은 후로는 그 근처에는 악마의 장난치는 일이 뚝 끊어지고 말았습니다.

이 어부 할아버지가 죽은 후에 그 부근 사람들이 돈을 모아 그 바위 위에다 조그만 집을 짓고 해마다 어부 할아버지를 위하여 제사를 드렸다고 전해지고 있습니다.

눈물 어린 노래

매리梅里는 참말 불쌍한 고아였습니다. 아버지와 어머니가 매리 몇 살 적에 돌아가셨는지 혹은 어디 살아 계신지 도무지 아무것도 모르니까 말입니다. 그러니만큼 동리 아이들은 이 매리를 거지 고아라고 놀려대고 깔보고 하여 동무라고는 한 아이도 없었습니다.

그러나 별명을 땅만 들여다보면서 다닌다고 땅서방이라고 불리는 방홍진 영감이 매리를 길러준 아버지였습니다.

한 십 년 전 일이었는데 어떤 날 땅서방이 이슥한 산 밑 길을 가다가 커다란 소나무 아래서 어린애 우는 소리가 들림으로 그리로 가봤더니 아직 열흘도 못 돼 보이는 갓난애가 강보에 싸여진 채 빽빽 울고 있었습니다.

영감께서는 그애를 주워다 기른 것입니다. 이애가 곧 매리였습니다. 매리는 얼굴도 예쁘지만 그 마음씨도 얼굴만치 매우 고운 소녀였습니다. 아버지 땅서방한테 단 한 번도 거슬리는 행동이며 말을 해본 적이 없기도 하려니와 자기를 깔보고 놀리고 심지어 욕까지 하는 애들이 있어도 못 들은 체하고 지나가고 말대꾸 한번을 해본 일이 없습니다.

그렇지만 매리가 제일 싫어하는 것은 땅서방의 뒤를 따라 거리를 싸다니는 일이었습니다. 매리를 길러준 땅서방은 빌어먹는 거지였던 것입니다.

매리는 마음속으로 그렇게 싫지만 갓 났을 적부터 자기를 길러주었다고 생각하면 태산보다도 높은 은혜를 지고 있는지라 어디로 도망을 쳐도 좋지 않으냐고 남들은 가끔 이야기를 할지라도 매리 자기로서는 그런 생각은 꿈에도 해본 일이 없었습니다.

"매리야, 자! 어디 나가봐라. 세수를 하든지 손을 씻어도 안 된다. 더러운 얼굴에 해진 옷을 입고 다녀야 무엇을 조금이라도 더 얻을 수 있는 것이야 알았어?"

이렇게 말할 적마다 매리는 늘 눈물이 글썽해지곤 합니다.

그러니 비가 오는 날은 쉬었습니다. 매리는 하루 종일 움막 속에서 밖을 나가지 않고 혹 어떤 때 거리에서 얻은 낡은 책을 뒤적이며 글을 배워보려고 애를 썼습니다.

그들의 집이라고는 거리와는 커다란 산을 등지고 있는 외딴 골짜기 두 바위를 의지하고 얽어매놓은 말하자면 움막이었습니다.

"매리야! 거지의 또 새끼거지가 글은 알아 무엇 하니 그까짓……"

하고 매리가 책을 뒤적일 적마다 땅서방은 꾸짖듯 말하곤 합니다.

어떤 때 이 땅서방은 병에 걸려 누운 채 밖을 나가지 못하게 되었습니다.

"자! 매리야 오늘은 너 혼자 거리를 한 바퀴 다녀오너라."

매리는 하는 수 없이 혼자서 나가지 않을 수가 없었습니다.

그러나 매리는 자기 혼자로서는 차마 무엇을 달라고 말이 나오지가 않아서 그저 돌아만 다니다 빈손으로 돌아왔습니다.

그것은 나이는 비록 어릴지라도 몸이 남과 같이 건강한 사람이 어떻게 공으로 물건을 달라고 할 것인가! 염치없이…… 하고 생각하였기 때문이었습니다.

"너 오늘은 어디서 놀기만 하고 게을렀구나! 내가 그만치나 길러주었는데 너는 날 그저 굶겨 죽일 작정이냐?"

하고 나무람을 톡톡히 하는 것이었습니다.

"대단히 죄송합니다. 내일은 나가서 무엇이든지 많이 얻어올 터이니 한번 용서해주세요"

하고 눈물을 흘리면서 매리는 땅서방에게 사죄사죄 하였습니다.

이튿날 저녁때였습니다. 매리는 돈이며 음식이며를 많이 얻어가지고 돌아왔습니다.

"응! 너는 역시 착한 아이다"

하고 땅서방은 웃는 낯으로 칭찬을 하는 것이었습니다. 그러나 매리가 가지고 돌아온 돈과 음식은 빌어온 것이 아니요 일을 해주고 삯전 대신으로 얻은 것이었습니다.

건강한 몸으로 거지 노릇하기가 너무 싫어서 어떤 네거리 한 모퉁이에 서서 노래를 불렀던 것입니다.

나는 나는 외로워 서럽습니다.
아빠 엄마 날 두고 어디 가셨지
꿈에 한번 날 찾아 어이 안 올까!

★　　★

나는 나는 서러워 눈물 납니다.
아버지여 오세요
날 찾아주오
어머니여 오세요

날 찾아주오

"아— 참 불쌍한 처녀인걸!"

"아— 참 목소리가 곱기도 해라!"

길 가던 사람들이 모두 발길을 멈추고 이렇게들 동정해 말하였습니다.

어떤 날은 저녁때쯤 되어 많은 물건과 돈을 벌어가지고 움막집 가까이까지 와보고는

"앗!"

하고 놀래지 않을 수가 없었습니다. 그것은 자기네가 살고 있는 움막집이 타고 있었기 때문이었습니다.

매리는 다른 것은 생각할 사이도 없이 얼른 움막 속으로 뛰어 들어갔습니다. 그리하여 양부(자기를 길러준 아버지) 땅서방은 무사히 구원해 낼 수가 있었습니다. 그러나 그때 매리는 크게 상처를 입었습니다. 거리 사람들이 동정으로 병원에 입원을 하게 되었습니다. 그때

"매리야 고맙다. 참말 고맙다. 나는 지금까지 내 맘대로만 하여 너를 너무도 고생시키고 달련질을 해서 미안하기 짝이 없다."

매리에게 구함을 받은 땅서방은 이렇게 참된 마음으로 뉘우치고 사과도 하고 감사도 하면서

"오— 매리야! 얼른 나아라. 네가 낫기만 하면 우리 둘이 힘을 다하여 너의 아버지 어머니를 기어코 찾아내도록 하자……!"

하고 말하는 땅서방의 눈에서도 이 말을 듣는 매리의 눈에서도 빛나는 눈물방울이 떨어지는 것을 보았습니다.

장책 보기

어떤 큰길 옆이었습니다. 우거진 버드나무 아래다 벌겋고 퍼런 물감으로 사람이며 집이며 또 이상야릇한 그림을 그린 두툼한 한지 책을 펄꺽펄꺽 뒤치며 혼자서 무어라 중얼거리고 있는 장책 보기는 오고 가는 사람들의 그날 일수는 물론이요 장래의 운세까지 꼭꼭 잘 알아맞힌다고 자신을 버럭버럭하면서 동그랗게 앉아 있었습니다. 길 가던 사람 가운데는 볼일은 내일로 민다는 것인지 한 사람 또 한 사람씩 장책 보기 둘레에 앉아버리는 것이었습니다. 그러다가 방금 어떤 여인의 운수를 보아주느라고 신이 나서 지껄이고 있을 때 그의 친구 한 사람이 헐떡거리며 뛰어오더니

"이 사람아! 내가 자네 집 안방 문이 쫙 열려 있기에 자네가 아직 집에 있는가 하고 들여다보니 두주*문 의롱**문이 모두 열려 있고 의복 같은 물건이 방바닥에 모두 흩어져 있는 꼴이 아마도 도둑놈이 오지나 않았든

* 뒤주.
** 옷을 넣어 두는 농짝. 옷농.

가 생각되어 방에 들어도 못 가고 그냥 문만 닫고 부랴부랴 뛰어왔네……"

하고 숨이 차서 말하였습니다. 쳐다본 장책 보기는 무심코 눈이 둥그레지며 얼른

"뭐! 정말이야……"

하고는 알리러 온 친구의 대답은 들어볼 사이도 없이 장책은 갈 데로 가라는 듯 내던져둔 채 벌떡 일어나서 귀는 떨어지면 내일 주워 붙이자 하고 당달음질*로 뛰어 집을 향하고 돌아가는 것이었습니다.

자기 집 근처까지 다다랐을 때였습니다.

다른 한 친구가 미리 기다리고 있다가 썩 나서며

"이 사람아! 자네는 남의 일수나 운수는 다 잘 안다면서 자기 자신의 일수는 왜 모른단 말인가? 집에 좀 가보게……"

하고 시침을 뚝 따고 비웃듯 말하였습니다. 그는 두 번째나 이런 말을 듣고 보니 꼭 참말인 줄로 알고 더욱 급히 갔습니다. 그러나 대문을 열고 보니 안방문은 닫힌 채 자물쇠도 그냥 잠근 대로 있었습니다. 그래도 의심이 나서 자물쇠를 열고 보니 아무런 이상도 없었습니다. 그제야 비로소 친구들의 희롱인 줄 알았을 뿐 아니라 친구들이 항상

"세상에 무슨 직업을 못해서 밤낮 거짓말로 꾸며대는 그따위 장책 보기를 하느냐"

고 충고하던 말을 생각하고 장책 보따리는 찾을 마음도 없이 그날부터 다른 직업으로 옮겼습니다.

| * 뛰다시피 빨리 걸어가는 모습.

말굴레

　말이 말을 했다고 하니 옛적도 먼 옛적인 듯싶습니다. 하여간 어떤 아늑한 곳에 말이 혼자서 차지하고 남부럽지 않게 잘 살며 넉넉히 먹고 지낼 수 있는 아름다운 풀 동산을 지니고 있었습니다.

　어떤 날은 뿔이 세 가지 네 가지나 되는 커다란 사슴 한 마리가 말의 동산으로 뛰어 들어와서는 나누어 먹자는 말은 그만두고 마치 제 것인 양 제멋대로 그 풀밭에서 먹고 자고 뒹굴고 하는 것이었습니다.

　말은 '알지도 못하는 저놈이 대관절 웬 놈일까? 그놈 참! 건방도 지거니와 밉기도 한정 없다' 하고 생각을 하면서도 날쌔게 생긴 데다 날카로운 뿔을 몇 개씩이나 가지고 있느니만큼 섣불리 잘못 건드렸다가는 자기가 오히려 봉변을 당할 것만 같이 생각이 들기 때문에 가란 말도 못하고 혼자서 속을 태우고 썩이고 하다가 하루는 그곳을 지나가는 사람이 있음을 보고

　"여보세요 한 가지 여쭈어볼 말이 있습니다. 다름이 아니라 이곳은 내 차지로 내가 먹고 사는 풀 동산인데 알지도 못하는 저기 저놈이 말 한

마디도 없이 슬그머니 뛰어 들어와서 제 맘대로 뜯어먹고 제멋대로 뒹굴고 하니 그런 괘씸한 놈이 또 어디 있겠습니까! 저놈을 기어코 쫓아내기는 하여야겠는데 나 혼자로서는 잘 될 것 같지 않아서 말입니다. 어떻게 당신의 힘을 좀 빌릴 수는 없을까요?" 하고 조력해주기를 간절히 비는 것이었습니다.

지나던 사람은 "글쎄 그런 것쯤 그리 어려울 것은 없지만 나도 무슨 생기는 것이 있어야지 그냥이야 어떻게……" 하였습니다.

"그야 뭐! 그렇게 내 소원대로 해주신다면 당신의 청은 내가 또 들었으면 그만 아니야요?"

"그러면 다른 어려운 것은 그만두고 쉬운 것으로 단 한 가지만……"

"글쎄 그 한 가지가 무엇인지 얼른 말씀만 하세요. 들어드릴 터이니……"

"그것은 다만 자네 머리에 새끼로 관을 만들어 씌우고 자네 등에다 나를 좀 태워달라는 말일세. 자네 생각은 어떤가?"

"그렇게만 하면 저놈을 쫓아내되 다시는 오지 못하도록까지 만들어 줄 수가 있어요?"

"암! 그렇고말고. 그렇게까지 못하고서야 무얼 쫓아냈다고 할 것인가. 그건 염려 없네……"

하고 말을 주고받고 하였습니다.

이렇게 하여 말은 밉기 짝이 없던 사슴을 아무 힘도 안 들이고 쉽사리 제 동산 밖으로 몰아낼 수가 있었습니다.

그러나 말은 머리에 쓰여진 관을 언제까지나 벗을 수가 없게 되었을 뿐 아니라 한평생 아니 대대로 내려오며 사람과 짐을 등에 지지 않을 수가 없게 되었음을 깨닫기는 깨달았으나 벌써 때는 이미 늦었습니다.

"쑤어놓은 죽은 도저히 밥이 될 수는 없었습니다."

천리마와 낙타

'천룡'은 말馬의 이름입니다. 그것은 이 말은 본래 하늘에서 내려왔다고 해서 불리어진 것이라고 합니다.

천룡은 과연 그 이름에 어그러지지 않고 사람을 태우거나 짐을 싣고도 하루에 수천 리를 넉넉히 가고도 힘이 오히려 남으리만큼 훌륭한 천리마였습니다.

그래서 사람들은 이 말을 명마*라고 칭찬이 자자하였습니다.

그러나 속담에 '말을 타면 경마 잡히고 싶다'라는 격이라고 할는지 천룡은 '어떻게 지금보다 좀 더 훌륭하게 되어 세상 사람들 눈을 그야말로 휘둥그렇게 할 수는 없을 것인가?' 하고 날마다 때마다 언제나 그것만을 골똘히 생각하다가 하루는 기어코 조물주에게 애원하기로 작정하고

"제 팔다리며 키와 몸뚱이며 그 밖에 모든 점을 모두 지금보다 조금씩 더 큼직하고 훌륭하게 만들어주시는 동시에 이왕이면 장등에 제창 안

| * 이름난 말.

장까지 만들어주셨으면 그 얼마나 더 날래지고 편하고 잘나지겠습니까! 어떻게든지 그렇게 되도록 다시 한 번 고쳐 만들어주셨으면 죽어도 한이 없겠습니다. 평생의 소원이옵니다"

하고 몇 번이든지 간곡한 청을 드리고 있었습니다.

하루는 조물주가

"너는 지금도 세상에서 명마라고 칭찬을 무수히 받고 있는데 그 이상 더 무엇을 원하고 있단 말이냐?

너는 욕심이 너무 많다고 생각은 들지 않느냐. 또 제 분수를 제 스스로 다한 후에 만일 부족한 것이 있거든 그때에 비로소 더 나아지도록 노력해볼 마음은 없는가?"

하고 말하였습니다. 그러나 천룡은

"지금 당장에 마음이 급하옵니다. 소원대로 들어주십시오"

하고 막 무리하게 발버둥치는 것이었습니다. 조물주는

"그렇게 무리를 해서까지 원한다면 나도 무리하게 못해줄 것도 없을 것이다. 그러나 일이란 한번 되어진 후에는 다시 뒤집기는 힘들다는 것을 알고 후회는 하지 말라 어떠냐?"

"지당하신 말씀이올시다."

"그럼 내일 아침에 일어나보라. 자연히 알 도리가 있으리라."

하였습니다. 이 말을 들은 천룡은 아주 만족하여 그날 밤은 얼찍이 잠자리에 들어 이튿날 아침까지 훗훗하니 잠을 잘 수 있었습니다. 그래 아침 일찍 일어난 청룡은

"어디 내가 얼마나 더 훌륭하게 되었을까?"

하는 호기심과 조급한 마음으로 자기의 모습을 좀 보기 위하여 여기저기로 싸다니다가 어떤 산기슭 맑게 흐르는 냇가를 지나가다가 그 냇물 속에서 비로소 자기의 꼴이 비치는 것을 보게 되었습니다.

어쩌면 그렇게도 멋없이 그리고 볼꼴 없이 생겼을까? 발은 마치 솥뚜 껑처럼 넓적만 하고 다리는 길기만 한데 살이 없어서 신통히도 마른 나무 부러진 가지 같고 목은 길다 못해 커다란 구렁이를 잡아다 연달아 붙여놓은 것 같고 등에는 안장 비슷한 것이 생기기는 하였지만 마치 곱사등이가 춤을 추다가 쓰러 자빠진 것 같고 꼬리는 겨울 묵은 돼지꼬리(그야 전과 다름이 없지만 키며 몸이 더 커졌으니까 그저 짧아 보이는 것뿐이지만)만큼밖에 더 보이지 않는 그 모양이라고는 자기의 꼴이지만 자기의 눈으로도 차마 볼 수가 없으리만큼 작게 되어 있었습니다.

천룡은 너무도 어이가 없어서 그 자리에 펄쩍 주저앉아 땅을 치며 목을 놓아 엉엉 울었습니다. 바로 그때였습니다. 어디선지

"천룡아 너는 네 소원하는 대로 다 이루어졌는데 또 무엇이 부족하여 그렇게도 울고 있단 말이냐. 내가 뭐라고 말한 것을 너는 잊었느냐. 그 모두가 제가 저지른 일이니 누구를 원망인들 하며 허물인들 할 것이란 말이냐. 얼른 일어나서 뛰어볼 것이 아니냐"

하는 소리가 엄숙하게 들렸습니다. 천룡은 조물주의 말씀인 줄 얼른 알아차렸을 뿐 아니라 그 볼꼴 없는 자기의 모양을 남에게 보이기가 창 피하고 부끄러워서 단박 일어나 어디라고 정한 목표도 없이 발이 닿는 대로 그냥 무한정 달아나기를 시작하였습니다.

그리하여 사람의 집이라고는 보고 죽으려야 하나도 없는 지질펀펀한* 곳까지 이르러 거기서 살기로 작정을 한 것이었습니다. 여기가 바로 사막沙漠이라는 데로 천리마 천룡은 말이란 이름에서 '낙타' 라는 이름으로 변해지고 말았던 것입니다.

그도 그렇지만 이 세상에서 천리마가 없어진 것도 그때가 아니었는지? 그도 모를 일입니다.

| * 울퉁불퉁한 데가 없이 고르게 편편하다.

164

사과

선길이는 유복자(태어나기 전에 아버지가 돌아간 아이)였습니다.

선길이 아버지는 왜정이 바야흐로 망하려 할 무렵에 뜻하지 않은 징용으로 ××군수공장에서 일을 하지 않으면 안 되게 되었던 것으로 어떤 여름날 남의 일을 돌봐주다가 쇠줄이 끊기어 튀는 데 맞아 기분이 상해 제명이 아닌 죽음을 하고 말았습니다. 참으로 원통한 죽음이라고 아니 말할 수 없는데 더구나 두 달도 못 되어 해방이 되었으니 집안 식구들에게는 그야말로 잊으려야 잊을 수 없는 억울하고도 비참한 일이었습니다.

그러니만큼 선길이는 어느 편으로 보아도 기념으로의 존재였습니다. 금이야 옥이야 귀중하게 기른 것은 말할 것도 없고 장래 한 사람 구실을 시키기 위하여 그 어머니는 무척 애를 쓰는 것이었습니다.

선길이가 여덟 살인 해 봄이었습니다. 어머니에게 사과 한 알을 얻어 먹으면서 까마우리한* 사과 씨 몇 알을 손바닥에 놓고 가만히 들여다보

| * 까무스름한.

다가

"엄마! 이 씨도 심으면 나요?"

"글쎄 대개는 나지만 누가 알겠니? 심어봐야 알지……."

"난 이걸 심어볼 테야……."

하고 선길이는 뜰 한 구석을 파고 정성스럽게 심었습니다. '이게 날까? 안 날까?' 하고 속으로 걱정이 되는 듯 생각하고 보니 안 날 것만 같았습니다.

그것은 자기 집 근처에는 어느 집을 물론하고 사과나무라고는 한 나무도 없는 것으로 보아 느껴지는 마음이었기 때문입니다. 그러니만큼 밤에 잠자리에 들어서도 '지금쯤 사과 씨는 흙속에서 어떤 모양으로 있을까? 뿌리나 싹을 낼 준비를 하고 있을까? 그렇지 않으면 없어지고 말지나 않았을까?' 이런 생각도 하곤 하는 것이었습니다.

몇 날이나 지났는지 몰라도 날이 갈수록 변하기 잘하는 어린이 환경이라 뜰 구석에 심은 사과 씨를 잊는 줄도 모르게 잊고 있었습니다.

어떤 날은 근처 동무들이 놀러 와서 선길이와 찬갑이가 손 테니스를 하고 있는데 옆에서 장난을 하고 있던 동무 문삼이가

"요것 봐라. 요게 무언지 넷씩이나 쪼르르 나왔네"

하고 말하는 것을 듣고 선길은

"아 참!"

하고 얼른 생각이 났습니다.

"그게 사과야 사과나무야……."

"참말?"

"참말이지, 그럼……. 요전에 내가 심었던 것이 지금이야 났구만. 그래 내 이제 그놈을 크게 길러서 사과가 오롱조롱 많이 달리게 할 테야. 그러면 저 가게에서 돈 주고 사지 않아도 많이 먹을 수 있지 않아?"

"오—라! 그것 참 그럴듯하네"

하고 부럽다는 듯 눈을 크게들 뜨고 자세히 들여다보았습니다.

"나 한 나무……."

"주지 줘. 한 나무씩 가져가"

하고는 새파랗게 어여쁜 잎이 나풀나풀하는 어린 사과나무를 조심조심 캐서 한 나무씩 나누어주었습니다.

"우리 잘 가꾸어서 모두 크게 만들기로 하자."

"암! 그래야지……."

"커서 사과가 달리면 나한테 큰놈으로 하나씩 가져와야 한다."

"그거야 뭐!"

"가을에 가서 새빨갛게 익으면 참 멋지겠네. 온 동리가 모두 부러워할걸! 그렇지 않아?……."

이렇게들 지금이라도 곧 사과가 달리는 것처럼 마음이 흡족하여 모두들 홀딱홀딱 뛰며 기뻐하고 있을 때 선길이 어머니가 웃으시며 나오더니—

"그 사과나무는 그냥 크면 달리긴 달려도 꽈리알만큼 한 것밖에 안된단다. 그러니까 한 이태 키워가지고 접(딴 데서 좋은 나무를 구해다가 본래 나무에 붙여 살려서 제 나무와 같이 만드는 것)을 붙여야 된단다. 그러니까 너희들 식물 선생님한테 접붙이는 법을 가르쳐달래라" 하고 말씀하셨습니다.

몇 날 후에 선길이는 학교에서 나무 접붙이는 세 가지 법을 배우고 실지로 실험하였는데…… 누가 한 것이 붙었는지 두고 보아야 안다고 어머니에게 한참이나 설명을 하였습니다.

가죽 장갑

눈은 그칠 줄도 모르고 자꾸만 펑펑 쏟아집니다. 그것을 본 윤탁이는 정말 신이 났습니다. 그렇기 때문에 아까까지 새 장갑을 사내라고 어머니 치맛자락에 매달려 끈지도록 조르던 것도 잊어버린 듯 지금 손가락에 구멍 난 장갑을 꿰매고 있는 누나를 막 재촉하고 있습니다.

"뭐야 빨리빨리 좀 꿰매지. 남들은 지금 다 눈싸움을 하고 있는데 나만 이렇게 방구석에 있잖아?"

"이제 다 됐어. 조금만 기다려. 누나가 아주 이쁘게 꿰매줄 테니까."

윤탁이는 연상 창문 밖만 내다보며 엉덩이를 들썩들썩합니다. 꼬마 편이 지금 막 이기는 판입니다.

"자— 꼬마야 던져라 던져. 그래그래"

하며 혼자 눈덩어리를 던지는 시늉을 해가며 신이 나서 외치고 있습니다.

"얘 다 됐다. 어서 끼고 나가거라."

장갑을 끼자마자 윤탁이는 총알처럼 문밖으로 뛰어나갔습니다.

"야이— 메·루·치* 도망가지 마! 비겁하게……."

"아야 고추 나오신다. 얘들아."

함박 같은 눈은 벌써 발목이 잠겨지도록까지 끊일 줄도 모르고 쏟아져내리고 백열전에 들어갔던 꼬마들의 눈싸움은 약간 시들해졌습니다. 헐떡헐떡 가쁜 숨을 몰아쉬고 땀을 뻘뻘 흘립니다. 바로 그때였습니다.

"얘들아 저기 봐라."

별명 메·루·치라고 하는 아이가 외치는 바람에 여럿이 바라보니 과연 단발한 처녀 아이가 빨간 재킷을 입고 책을 옆에 낀 채 걸어오고 있는 것이었습니다.

"던지자!"

누구의 입에서 나온지도 모르게 한번 소리가 나자 여러 개의 눈덩어리는 일제히 단발한 소녀를 바라고 던져졌습니다. 정말 미처 피할 새도 없이 그중 제일 큼직한 눈덩어리가 그 소녀의 얼굴을 맞히었습니다. 윤탁이의 눈덩어리였습니다.

"와아아! 만세!"

그러나 아이들의 환호성이 미처 끝나기도 전에 윤탁이의 눈은 그대로 휘둥그레졌습니다. 그것은 하얀 눈 위에 새빨간 피가 떨어지고 있으니까 말입니다. 코피였습니다.

"어떡하나……"

하면서 무슨 생각할 겨를도 없이 윤탁이는 그 소녀 앞으로 달려갔습니다. 다른 아이들은 제각기 뿔뿔이 도망갔습니다.

그도 그럴 것이 그 소녀의 집은 이 근처에서는 돈도 제일 많지만 세력이 있는 이층 양옥집 하나밖에 없는 외동딸이어서 매일같이 택시만 타

* 멸치(함경도 방언).

169

고 학교에 다니는 등 아주 귀하게 여기기 때문에 이 일을 만약 그 아버지
가 알게 된다면 단박에 큰일이 날 것이라고 생각하였기 때문입니다. 윤
탁이는 어쩔 줄을 몰라 당황했습니다.

"잘못했다. 몹시 아프지?"

하면서 소녀의 고개를 바짝 쳐들어 목을 손으로 쳐주며 윤탁이가 걱
정하니까

"괜찮다. 뭐 안 아파."

뜻밖에 듣는 온순한 목소리였습니다.

"그래두…… 너의 아버지가 알면 나 혼난다."

"아니 괜찮아. 내 말 안 할게."

×   ×

그런 일이 있은 후 두어 주일이 지난 어느 날이었습니다. 그날 윤탁
이가 학교에서 돌아오니까 방 안 자기 책상 위에 아주 멋진 가죽장갑이
한 켤레 놓여 있었습니다. 새까맣고 윤이 좔좔 흐르는 그리고 껴보니 꼭
맞기도 하는 장갑이었습니다. 윤탁이는 눈물이 나올 만치 기뻤습니다.
그래 그대로 마루로 깡충 뛰어나가며

"어머니, 이 장갑 내 거지?"

"원 저애는 극성스럽기두…… 꼭 맞기나 하니?"

"그럼 조금도 틀리지 않구 아주 꼭 맞아. 누가 사준 거요? 아버지
가?"

"아―니다. 저 이층집 강 의원 아저씨가 사가지고 오신 거란다. 너
끼라고……."

"네에?"

윤탁이의 가슴은 뭉클했습니다.

"얘야, 너 그 집 귀한 딸 코피 내줬지? 오늘 그애 데리고 우리 집엘

왔었단다. 그러고는 이것을 인연으로 친하게 잘 놀도록 해달라고 하면서 그애가 너를 동생으로 삼았으면 좋겠다고 아버지한테 졸랐단다. 그리고 그때 네 장갑이 뚫어진 것을 봤는지 자기가 저금했던 돈으로 그 장갑을 사가지고 온 거라구. 너 이 개구쟁이 같은 녀석 다음부터는 그애하고 친하게 잘 놀아야 한다! 그애 몸이 아주 약하대."

"야아— 만세."

모자는 벗을 생각도 않고 장갑을 낀 채 윤탁이는 밖으로 내쳐 뛰어나갔습니다.

저녁 황혼이 어리는 하늘 위로는 지금 집을 찾아가는 기러기 한 쌍이 한층 아름답게 날아가고 있었습니다.

쌍둥이

세상에는 하도 사람이 많으니까 혹 그럴 수도 있을 것이지…… 하고 말하는 이가 있다면 "그게 무슨 말인가? 밑도 끝도 없이……" 하고 핀잔 비슷한 대답을 할 것입니다.

그런데 여기 명랑하기도 영리하기도 그리고 언제나 상냥한 죽이竹伊 와 난이蘭伊는 얼굴 모양이며 생김생김이 꼭 같아서 어느 게 죽이인지 어 느 게 난이인지 늘 보는 이로서도 잘 분별할 수가 없었습니다. 그뿐이랴 학교도 한학교요 반도 한반인데 입은 의복까지 같았습니다.

이렇게 말하면 "그게 원 그럴라구!" 하고 의심할 사람이 열이면 아홉 아니 열 다일지도 모릅니다.

그러나 조금도 거짓이 아닌 증거로는 죽이와 난이는 한날한시에 낳 은 쌍둥이였습니다.

어느 날 아침이었습니다.

"엄마! 갔다 오겠습니다"

하고 죽이가 먼저 집을 나갔습니다. 학교 대문에 거의 가까워졌을 때

"너 인제야 오니. 난 아까부터 기다리고 있었단다. 어제 약속한 책이 너무도 보고 싶어서 말이야! 그 책 가지고 왔지?"

하고 뛰어오며 묻는 이는 같은 학년의 복순이였습니다.

"얘—두 약속은 무슨 약속? 난 무슨 약속한 일 없는데……."

하면서 죽이는 의심스러운 얼굴을 하였습니다. 그러나 복순이는 대번 얼굴이 부어오르면서

"얘 봐라! 난 그럴 줄 몰랐다. 그렇게도 새침하고 거짓말을 할 줄은…… 난 싫어! 난 싫어……."

하고 성을 내었습니다.

"난 참말 아무 약속도 한 것 없는데 얘가 아마 어젯밤 꿈을 아직도 꾸고 있지 않니! 참 이상도 하다."

"어제 저녁때 너 우리 집에 두부 사러 왔을 때 꼭 갖다 준다고 하지 않았니. 왜 그 재미있다는 『갈잎 피리』 동화책 말이야. 제가 먼저 이야기하고도……."

하고 복순이가 좀 더 성이 나서 말하고 있을 때 발쭉발쭉 웃으면서 온 것은 난이였습니다.

"복순아 기다렸지? 자! 어제 말한 책! 참 재미있어."

"응? 뭐야? 그랬구나…… 난 또…… 아이구 잘못됐다. 내가 또 잘못 알았구나. 미안하다"

하고 사과하는 한편 고마운 예를 하였습니다.

그날 오후였습니다. 죽이가 학교에서 집으로 돌아오니까 동생이 연을 띄우느라고 씩씩거리고 있었습니다.

"춘식아 잘 뜨지 않는구나. 어디 보자 내 한번 띄워볼게……."

"싫다 뭐 오그라뜨리려구……."

"아니다. 그럴 수가 있어. 오그라뜨리거든 좀 더 본때 있는 놈을 만들

173

어주지. 까짓것…… 자! 이리 다오."

"참말이야?"

"참말이고말고."

"그럼 자!"

하고 주는 것을 죽이가 휘 날리고 몇 발자국 뛰면서 줄을 추켜 당기었으나 원체 바람이 없는 날이요 연이라고는 띄워본 적이 없는지라 저편 풀밭에 거꾸로 박히고 말았습니다. 그렇다고 연은 아직 상하지 않았는데 뒷집 강아지가 홀랑홀랑 따라오더니 그 연을 물고 흔들었습니다. 이것을 본 죽이는 겁결에 줄을 얼른 잡아챘습니다.

연은 그만 찢어지고 말았습니다.

"난 몰라…… 난 몰라……"

하고 춘식이는 울상이 되어 야단을 쳤습니다.

"모르긴 뭘 몰라! 언니가 더 좋은 놈을 만들어주면 되잖아?"

"참말?"

"그럼 내 언제 거짓말 해?"

그날 밤 죽이와 난이는 책상에 마주 앉아 학교 숙제를 하고 있었습니다.

"언니 아까 약속한 연 말이야 그거 만들어줘!"

"야 봐라! 연은 무슨 연 말이니"

하고 죽이가 말하였습니다. 춘식이는 머리를 좀 갸웃하다가 난이를 향하고

"엉야 언니! 아까 말한 연 말이야 왜 약속하지 않았어……."

"야두 내 언제 그런 약속을……"

하고 난이도 시침을 떼고 말했습니다. 춘식이도 가끔 죽이 언니와 난이 언니를 바꿔본 적이 있었는지라 큰소리를 할 수가 없어서 좀 머뭇머뭇하다가 부엌으로 어머니한테 가서 무어라고 소곤소곤하는 모양이었습

니다.

조금 있다가 발쭉발쭉 웃으면서 두 언니 앞에 나타난 춘식이는

"그럼 아까 내 연 띄우던 사람은 여기 없단 말이지. 그러면 이건 나 혼자 가져도 좋겠지 뭐!"

하고 무슨 좋은 것이라도 있는 듯 의심스럽게 말하는 것이었습니다.

"무얼 혼자 가진다구 그러니. 그게 대관절 무엇이니?"

하고 죽이가 머리를 쳐들어보았습니다. 춘식이는 제법 감추는 흉내를 하면서

"아까 자기 집 개가 내 연을 물어 찢어 미안하다고 뒷집 할머니가 그때 있던 둘이에게 준다고 과자를 가져왔지 뭐! 그걸 나 혼자 가지게 됐단 말이야……."

"그래? 그럼 난 과자 밑졌네"

하고 말하였습니다. 거기에

"봐라. 내 말이 맞았지. 역시 죽이 언니 아니니. 하하하……"

라고 어머니가 말하였습니다.

죽이는 춘식이 갑작 꾀에 넘어가서 그날 밤 늦게까지 연을 만들지 않을 수가 없었습니다.

훌륭하신 할머니

내 얼굴을 보실 적마다 "오— 춘삼이가" 하시면서 벌씬벌씬 웃으시고 는 옛이야기도 해주시고 할머니 어렸을 때 지내시던 이야기를 가끔 들려 주시는 이는 옆집 할머니입니다.

언제나 한쪽 다리를 실로 맨 두툼한 안경을 쓰시고 방문 바로 안에 앉아 바느질도 하시고 때로는 엉클어진 실오리도 고르곤 하십니다. 오늘도

"할머니 아직도 눈이 잘 보이십니까?"

하고 물어보았더니

"웬걸 나는 본시 눈을 가끔 앓기 때문에 잘 보이지 않은 지가 오래됐단다. 그래서 지금은 안경을 끼고도 바늘귀가 잘 보이지 않아 실을 꿰기가 힘들지. 그래서 가끔 너보고도 바늘귀를 좀 꿰어달라지 않든……"

하고 대답하시었습니다. 그러고는

"끙! 어여차"

하고 일어서서 부엌으로 나가시더니 감자 찐 것을 그릇째 들고 오셔서

"춘삼아 너 오면 줄까 하고 몇 알 두었던 것이란다. 신출 감자니까 맛이 괜찮더라. 어디 먹어봐라" 하고 나를 주셨습니다.

이 할머니는 금년 일흔일곱이시라는데도 비교적 건강도 하시지만 안경 위로 사람을 보는 눈인데도 매우 인정 있는 따사로운 느낌을 주시는 부드러운 얼굴을 늘 가지고 계십니다.

나는 가끔 이 할머니한테 놀러 가곤 하는데 그때마다 좋은 말씀을 언제나 새로 들려주곤 하셨습니다. 언젠가는 할머니 사시던 시골 동리가 홍수로 모든 집에 물이 들었을 때 일이라고 말씀하셨는데 할머니 집은 좀 높은 곳에 있었기 때문에 겨우 홍수가 들어오는 것을 면하였습니다. 너무 감격하기도 하였거니와 여러 사람들이 물구덩이 속에서 헤매는 것이 하도 가엾어서 집에 쌀이 있는 대로 밥을 지어 힘껏 이고 물이 배꼽노리*까지나 차는 데를 돌아다니며 밥을 돌리고는 어린애들을 업어다 할머니 집에서 재우게 하느라고 밤을 꼬박 새웠습니다. 그렇게 몸을 무리하게 쓴 까닭인지 물이 다 빠지고 동리가 안정이 되자 할머니는 몸살이 들어 일주일이나 아무것도 먹지를 못한 채 누워 계셨습니다. 그러고 보면 사람이란 한 열흘쯤 굶어도 죽지는 않을 것 같았다고 말씀하시었습니다.

가만히 듣고 있던 나도 '커서 만일 그런 일을 당한다면?' 하고 생각하고 참말 훌륭한 할머니라고 혼자 속으로 칭찬하였습니다.

사랑의 승리

숙이는 누구에게나 자기 집이 있는 곳을 알려줄 때에는 언제나 정해 놓고 "용정리 꽃 많기로 유명한 그 집 바로 왼편 집이야요. 용정리에 가서 그 꽃집을 물어보면 곧 알 수 있어요" 하고 말하는 것이 버릇이 되고 말았습니다.

그도 그렇지만 실상 마음인즉 그 꽃집이 자기 집이라고 말할 수 있었으면 얼마나 좋을 것인가 하고 생각한 적도 한두 번이 아니었습니다.

동리 사람들 아니 아는 사람들한테서 꽃집이라고 불리고 있는 숙이 네 옆집은 수십 년이나 꽃을 사랑하는 것은 두말도 할 것 없고 참말로 꽃 잘 가꾸기로 일반에게 알려져 있는 방 영감님네 내외 두 분이 살고 있었습니다.

그 집 뜰 안은 그리 넓지는 않지만 아름답고 기기묘묘하게 꾸민 화단이 보기 좋게 널려 있고 그 둘레에는 별의별 꽃을 아주 얌전하게 가꾼 화분들이 나란히 놓여 있기 때문에 그 근처 사람들은 말할 것도 없고 지나가는 사람들까지도 한두 번 넘겨다보지 않는 이가 없었습니다.

숙이도 꽃을 매우 사랑하고 좋아하기 때문에 옆집에서 여러 가지 고운 꽃을 얻어다 자기 집 뜰에 심곤 하였지만 장난 잘 치기로는 둘째 되라면 서러워하리만한 사내 동생이 있을 뿐 아니라 자기와 뜻이 맞아 노는 동무들까지 데리고 와서 밤낮없이 볼치기도 하고 진잡기*도 하고 씨름도 하는 바람에 꽃은 고사하고 뽑아도 뜯어도 그냥 자라는 잡풀까지도 견디어낼 재간이 없는 것이었습니다.

그렇기 때문에 숙이는 할 수 없이 옆집 방 영감네 뜰로 가서 꽃 다루는 손으로 도와주고 구경도 하고 가꾸는 법도 배우다가는 가끔 꽃가지도 얻어가지고 오곤 하였습니다. 그러니만큼 이 꽃집을 숙이는 자기 집 못지않게 밤낮 드나들었을 뿐 아니요 가끔 그 집으로 가서 공부도 하며 '할아버지!' '할머니!' 하고 영감 내외를 따랐고 영감 내외도 자기네 손녀인 양 쓰다듬고 사랑하고 하였습니다.

그런데 금년 봄 방 영감 내외는 나이 많아 차차 몸이 약해도 지지만 부득이한 사정이 생겼기 때문에 서울 아들네 집으로 가지 않으면 안 되게 되어 몇 십 년이나 정들인 집이라 섭섭한 마음 이루 말할 수 없지만 팔지 않을 수가 없었습니다. 팔기는 팔았지만 하도 정든 꽃밭이어서 서울로 떠나는 날도 두 늙은 내외는 꽃밭을 매만지고 있었을 뿐 아니라 이제 이 집에 오는 사람도 꽃을 사랑하는 이가 되기를 속으로 축원한 것입니다. 한편 숙이는 본래 영리한 처녀인지라 영감님 내외의 뜻을 짐작하고 얼른 찾아가서

"할아버지! 제가 편지로 꽃소식을 가끔 전해드릴 터이니까 과히 섭섭해하시지 마세요. 네!"

하고 말하고는 그 할머니하고 새끼손가락을 내밀어 깍지 손의 약속

| * 술래잡기 놀이.

까지 하였습니다.

그리고 숙이도 다음에 오는 이 집 주인이 꽃을 잘 가꿀 줄 알 뿐 아니라 그들 식구들까지도 꽃을 사랑하여 지금보다 못하지 않은 훌륭한 화단이 되어주기를 속으로 빌어 마지않았습니다.

방 영감 내외가 서울로 떠난 지 한 이틀 후에 그 옆집의 새 주인은 이사를 오는 모양이었습니다.

"어머니! 새로 오는 옆집에는 아마도 예쁜 젊은 여자가 있는 듯도 하고 또 어떻게 보면 나 같은 처녀애가 있는지도 모르겠어요…… 그야 뭐 이삿짐에 인형 같은 것이 보이기도 하고 그림책 같은 것도 들어 있는 것이 보이니까 말이지요"

하고 흥미 있게 말하면서 숙이는 아직도 바른쪽 조그만 들창* 안에 발돋움을 하고 서서 그 집의 이사 오는 광경을 열심히 보고 있는 것이었습니다.

"어머니! 제가 가서 손으로 도와주고 올까요? 주일날 이사 오는 것부터 벌써 상식이 많은 사람 같기도 한걸요"

하면서 숙이는 지금부터 매우 조급하고 간지러운 마음씨를 보여주고 있었습니다. 그러나 어머니는

"글쎄 좋기는 매우 좋은 일인데 남의 이사 첫날 계집애가 가는 것이 사람에 따라서는 그리 환영하지 않는 이도 없지 않으니까 그리 조급스레 굴지 않는 것이 좋겠다. 그렇지 않더라도 어련히 오고 가고 하지 않을라구. 담 하나 사인데……"

하고 말하는 바람에 숙이는 금시에 뛰어가고 싶은 마음을 억지로 누르고 앞날의 좋은 기회를 기다려보기로 하였습니다.

---

* 벽의 위쪽으로 자그맣게 만든 창.

그럭저럭 퍽이나 여러 날이 지냈는데도 그 집 사람들은 밖에 나오는 기색조차 도무지 보이지 않고 그 집은 날로 고요해지는 듯 어째 쓸쓸하게까지 보이는 것이었습니다.

흰 장미 붉은 장미를 섞어 올린 대문기둥에는 조그마하고 초라한 나뭇조각에다 단 두 자 남궁南宮이라고만 써 붙였는데 그게 성인지 이름인지조차도 숙이에게는 분명치 않았습니다.

그래서 숙이는 날마다 유심히 보다가 그 집을 드나드는 심부름해주는 이인 듯한 알지도 못하는 여인을 붙잡고 물어봤더니 그 집 주인은 아직 젊었다고 말해도 좋을 예쁜 여자로 단 혼자서 살고 있다고 말해주는 것이었습니다. 그리고 얼마 후에는 그 남궁이라는 여자는 좀 별한 사람인 듯한 소문이 들려왔습니다. 그 까닭은 대개 이렇다는 것이었습니다. 대문도 좀처럼 열어놓는 일이 없고 사람이 있는지 없는지 방의 문들까지도 우울하게 늘 닫혀 있을 뿐 아니라 옆집들과의 오고 가는 것 같은 것은 전연 생각도 하지 않고 있기 때문이라고. 그러나 때로는 라디오 소리가 새나오는 것으로 보아 언제나 주인이 없는 것 같지는 않았습니다.

숙이는 그동안 한 서너 번 울타리 너머로 꽃밭 둘레를 거닐고 있는 그 집 주인이려니 하는 삼십 이편저편의 여인을 본 일이 있습니다. 그는 마치 갈대같이 키가 호리호리하고 얼굴이 핼쑥한 말하자면 무슨 병자 같기도 하여 어딘가 불쌍해 보이는 부인이었습니다. 그러나 인품은 매우 고상한 듯한 느낌을 주었기 때문에 한번 만나보았으면 하고 생각하였습니다.

숙이는 마치 유령이라도 있음 직한 그 집의 그림자와 날마다 점점 볼 꼴이 없어져가는 화단과를 비교하다가 웬일인지 몰라도 은근히 슬퍼져서 눈물을 흘린 적도 있었습니다.

남궁 여사의 집이 된 후 손질이라고는 한 번도 해본 일이 없이 꽃밭은 그야말로 장마 뒤끝의 벌판과도 같이 이름 모를 잡풀만이 무성해지고 꽃은 오히려 무색하게 되어가는 형편이었습니다. 몇 날 전 비바람에 쓰러진 코스모스, 버팀대가 자빠진 달리아도 넘어진 그대로 사람의 손이라고는 도무지 닿아본 일이 없기 때문에 작은 것은 말할 것도 없고 숙이 머리만치나 커다란 빨간 달리아도 반 남아 흙탕구리*를 한 채 볼꼴 없이 그냥 누워서 괴로운 듯 헐떡이는 듯하였습니다. 숙이는 방 영감님네 내외분이 만일 이것을 본다면 얼마나 아까워하고 서러워할 것일까? 하는 생각으로 가슴이 뭉클뭉클하는 느낌에 몸부림이라도 치고 싶어졌습니다.

"새로 오신 주인님! 당신의 화단 위에 살고 있는 우리들을 사랑의 손으로 돌보아주시기를 간절히 바라옵기로 몇 마디 말씀을 올리려고 합니다.

우리들은 봄, 여름, 가을, 겨울을 번갈아가며 저 맡은 차서대로 제때 피어 주인님에게 향기를 드리고 눈을 즐겁게 하고 있지 않습니까. 우리들의 먼젓번 주인님은 우리들을 참말로 어린애 이상으로 사랑해주시고 쓰다듬어주셨습니다. '잡풀이 있어서야 꽃이 자랄 수가 있나. 자 이렇게 뽑아줄 테니 얼른 커라' '에구머니나 이놈의 벌레가 연한 잎을 먹었으니 꽃이 오죽이나 아팠을라구. 꽃잎을 먹은 놈 요놈을 잡아 묻어줄 터니 비료 삼아 자라서 더 좋은 꽃을 피워라' 이렇게 아침저녁 할 것 없이 언제나 우리들을 어루만지고 북돋아주셨습니다. 그나 그뿐인가요. 기쁜 일 슬픈 일 좋은 일 나쁜 일 할 것 없이 죄다 우리들에게 이야기해주셨습니다.

새 주인님! 우리들은 당신께서 혹시나 우리를 싫어하지나 않나 하고 슬그머니 걱정들도 한 일이 있습니다만, 세상에 어디 우리들과 같이 온순하고 착하고 향기롭고도 예쁜 '꽃'을 싫달 사람이야 있겠습니까? 그러나 혹시 무슨 연고가 있어서 우리들을 만져줄 시간이 없으실지 모르는

---

* 흙탕물을 뒤집어쓴 상태.

일이오니 그럴 때에는 우리들 편으로 있는 창문이라도 열고 틈틈이 바라다라도 보아주셨으면 그 얼마나 서로 위안이 되는지 모르겠습니다.

여름의 풀이란 참말 고약한 놈이라서 그놈을 그냥 두면 가을에 필 꽃들은 그놈의 힘에 눌려서 꽃을 피우지 못하는 수도 없지 않을 것입니다. 만일에 주인님의 몸이 불편하시다든지 혹 손이 모자라시거든 이 바른편 옆집에 숙이라는 처녀가 있어서 우리들과 매우 친할 뿐 아니라 풀 뽑는 일 같은 것을 곧잘 할 줄도 알고 또 우리들을 무척 사랑하기 때문에 화단 일이라면 다소 어려운 것이라도 괴롭단 말없이 잘 해줄 줄 믿습니다. 그렇게 되면 우리들 가을을 담당한 꽃들만 아니고 온 겨레가 다 같이 기뻐할 것은 물론이요 용기를 전보다 곱* 내어 갖은 단장을 다하는 동시에 좀 더 그윽한 향기를 주인님께 보내드릴 것을 저희들은 굳게 약속하였습니다. 깊이 생각해서서 잘 처리해주시기를 바라면서 우선 이만 올립니다. 쓸쓸하고 고적함을 느끼는 당신의 꽃들로부터—"

숙이는 본시 방 영감 내외분에게 꽃 소식을 알리려고 쓰기 시작한 편지가 마치 'ㄱ'이 'ㄴ'이 되듯 이렇게 써놓고 말았습니다.

그렇다고 아까운 생각의 기록을 찢어버리기에는 너무도 아까웠기 때문에 그냥 봉투에 넣었다가 학교 가는 길에 눈 딱 감고 그 집 편지 받는 나무통에다 집어넣고 달아났습니다.

그날 저녁때 학교서 돌아오니까 어머니는 벌쭉벌쭉 웃으시면서

"자! 편지다. 네가 기다리고 있던 예쁜 그이한테서 온 것이다"

하고 주셨습니다. 거기에는

"친절하고 고마운 아가씨! 우리 집 화단의 꽃들이 아름다운 아가씨더러 놀러 와주셨으면 하고 간절히 바라고 기다리고 원하는 마음으로 서로

| * 곱절.

이야기를 하고 있습니다. 내일이 바로 일요일이니까 꼭 와서 꽃들을 어루만져주기를 바라고 고대하고 있겠습니다. 다른 말은 만나서 이야기하기로 하고 우선 이만 그칩니다"

하고 쓰여 있었습니다.

이것을 다 읽고 난 숙이는 저도 모르게 속으로 슬그머니 승리의 개선가를 부르면서 마음이 뛰었습니다.

가을은 기어코 오고야 말았습니다. 서늘한 바람이 열어젖힌 문을 좁다는 듯 기분 좋게 들어오고 있습니다. 꽃밭을 앞에 두고 숙이와 남궁 여사는 마치 의좋은 자매인 듯 모녀인 듯 무엇을 소곤거리면서 앉아 있습니다. 누가 보든지 전보다는 아주 딴 사람이 되었다고 하리만큼 얼굴빛이 좋아진 예쁜 아주머니는 마음만 유쾌해진 것이 아니요 몸까지도 무게가 늘면서 아주 튼튼해진 것입니다.

"저것 봐 숙이야. 저 코스모스가 숙이를 향하여 머리 숙여 인사를 하고 있잖아 고맙다고……."

아주머니는 명랑하게 웃음을 웃어 보이면서 가을바람에 흔들리고 있는 코스모스를 가리키는 것이었습니다.

"숙이의 고마운 덕택으로 우리 꽃밭의 꽃들은 다시 살아났구만그래. 아니 꽃만이 아니라 내 몸도 그리고 내 마음속의 꽃도 숙이 때문에 다시 살아났지 뭐…… 나는 지난 6 · 25 동란에 남편이 미아리고개에서 싸우다 죽고 한낱 혈육으로 어린 딸 봉순이를 딸 겸 남편 겸 길러 오다가 작년에 고것마저 유행성 감기로 죽고 말았기 때문에 세상에 아무런 일도 할 기운이 없어지기도 했고 재난이 거듭되는 집에 있기가 싫어서 어디 조용하고 아늑한 데서 살아볼까 하여 이 집을 사가지고 이사를 온 것이란다…… 그래도 오히려 내 마음은 침울하였는데 그때 네 편지를 보고 참말 놀랐단다. 이제부터는 네가 내 동무요 딸이요 꽃이요 내 마음의 양식이니 다시금 의미 있는 세상을 살아보련다. 그야말로 슬픔에서 이기는 사람이라야 산 보람이 있을 것이 아니니? 이것이 모두 숙이 네 덕이 아니고 무엇이겠니……."

아주머니의 예쁜 얼굴 가운데 샛별 같은 두 눈에는 꿰뚫린 가을 하늘과도 같은 희망의 빛이 반짝반짝 흘러내리는 것이었습니다. 기쁨에 못 이기어 뜨거워지는 숙이의 눈 속에는 뜰 안 화단에 무수히 피어 있는 꽃들이 사진같이 비치어 한들거리고 있었습니다.

원숭이 잔치

어느 때쯤인지 어느 나라인지 자세히 알 길이 없습니다. 그러나 왕자가 몇 마리의 원숭이를 기르면서 그 원숭이들에게 춤을 배워준 것만은 알 수 있습니다. 원래가 흉내 잘 내기로는 어느 동물보다도 뛰어나게 잘하는 원숭이들이라 춤선생이 가르치는 대로 어김이 없을 뿐 아니라 차차 능숙해지니까 정밀한 기계와도 같아져서 사람들보다도 오히려 나은 것같이 보이게끔 되었습니다.

이것을 본 왕자는 마음이 대단히 만족해서 슬그머니 자랑하고 싶은 생각이 났습니다.

그래서 그 원숭이들에게 사람과 같이 찬란한 옷이며 장삼을 해 입히고 아름다운 고깔도 해 씌우고는 매일처럼 여러 대신들을 청하여놓고 그들 앞에서 춤을 추게 하여 박수갈채의 환영을 받곤 하였습니다.

이것이 처음 몇 번은 대신들의 위안거리가 되어 재미로웠지만 속담에 '좋은 말도 세 번 들으면 싫증이 난다' 고 아무리 재미로운 춤이라도 매일같이 계속하고 보니 싫기도 하지만 그로 말미암아 나라 정사에 많은 지장이 생기게 되는 것도 사실이었습니다.

어떤 충성 있는 대신 한 사람은 이것을 매우 민망하게 여기고 어떻게 하면 이것을 없이 할 수가 없을까? 하고 여러 가지로 생각을 해보았으나 별로 묘한 계책이 없었습니다. 이렇게 골똘히 걱정을 하다가 그 심려로 병이 났습니다. 약이라 좋다는 약은 다 먹어보았으나 조금도 차도가 없어서 마침내 병석에 눕게까지 되었습니다.

그런데 그 대신 집에는 ××국민학교 6학년에 다니는 딸이 있었습니다. 학교에서 돌아와서 아버지가 자리에 누우신 것을 보고 어디가 편찮으시냐고 문안을 올린 다음 무엇 때문에 생긴 병이냐고 물었습니다.

아버지는 "너희들 어린이는 알 일이 아니니 저리로 가 있거라" 하실 뿐이었습니다. 그러나 딸은 기어코 알려달라고 조를 뿐이요, 자리를 떠나지 않고 꼭 앉아 있는 것이었습니다. 아버지는 딸의 그처럼도 정성스러운 물음에 감동이 되어 그렇게 된 일의 전후 내력을 이야기하였습니다.

아버지의 말씀을 가만히 듣고 있던 딸은 잠시 동안 눈을 깜박이고 있다가 이윽고

"아버지 그까짓 걸 뭐 그렇게 병 되게까지 생각을 하신단 말입니까. 아주 좋은 수가 있습니다. 아무 걱정도 마시고 진지나 많이 잡수십시오. 그런데 우리 선생님의 말씀이 원숭이란 놈은 무엇보다도 밤을 제일 좋아한다고 합니다. 그러니까 내일은 밤을 사가지고 가셨다가 원숭이들이 춤을 출 때 슬그머니 굴려보세요. 그러면 알 도리가 있을 것입니다"

하고 말하였습니다. 아버지는 처음에는 그리 대수롭게 여기지 않았으나 가만히 생각해보니 한 이치가 없지도 않은 것을 깨달았습니다.

이튿날은 괴로운 몸을 억지로 일어나서 밤 한 자루를 감춰가지고 갔다가 원숭이 춤이 한창 벌어졌을 때 슬그머니 여기에 한 줌 저기에 한 줌씩 굴렸습니다. 이 밤을 본 원숭이들은 아닌 게 아니라 추던 춤은 갈 데

로 가라고 중도에 그치고 밤 줍기로 돌아서고 말았습니다. 그렇기만 하고 말았으면 또 별일 없었겠지만 저마다 많이 줍고 싶은 욕심에서 처음에는 썼던 탈과 고깔을 벗다가 입은 옷이 저희들 행동에 큰 방해가 되니까 나중에는 벗다가 미처 잘 벗어지지가 않으니까 모두 찢어버리는 등 큰 소동을 일으켜놓고야 말았습니다. 여러 대신이 가득 찬 연회장 춤 터는 그만 수라장이 되었을 뿐 아니라 한낱 비웃음의 마당이 되고 말아 왕자는 부끄러워 머리를 들지 못하다가 배가 아프다고 핑계대고 총총히 돌아가고는 다시는 원숭이 춤 잔치가 없어지고 말았다 합니다.

(이상 『갈잎 피리』에서 발췌)

밤 인사

　재균이는 할아버지가 출입하시고 집에 안 계신 동안 동생 만균이와 메리(개 이름)를 데리고 넓은 마당에서 뛰어다니며 놀았기 때문에 오늘은 매우 피곤하였습니다. 그래서 저녁밥을 먹고 나니 곧 잠자리에 들고 싶었습니다.

　그러나 '밥을 먹고 이어 자면 소가 된다' 고 하신 할아버지 말씀이 생각나서 밖으로 나가 한참 돌아다니다 들어와보니 아직도 일곱 시 십 분 전이 아니겠어요. 그래서 만균이하고 그림책을 보며 웃기도 하고 엄마한테 무엇인가 물어보기도 하며 재미있게 놀다가 벽시계가 아홉 번 치는 소리를 듣고는 기지개를 늘어지게 켜고 나서 곧 할아버지 방으로 갔습니다. 만균이도 형을 따라 같이 갔습니다. 재균이가 머리 숙여 인사를 했습니다. 만균이도 머리를 숙여 인사를 했습니다. 그리고 재균이는

　"할아버지 안녕히 주무십시오. 할머니 안녕히 주무십시오"

　하고 말했습니다. 만균이도

　"할아버지 안녕히 주무십시오. 할머니 안녕히 주무십시오"

하고 말했습니다. 할아버지는

"응, 우리 재균이 만균이 착하다. 아홉 시가 됐으니 자야지, 그럼 안녕!"

하고 칭찬을 해주었습니다. 그러자 재균이는 아버지 서재로 갔습니다. 만균이도 형을 따라갔습니다. 재균이는 머리를 숙여 인사를 한 후

"아버지 안녕히 주무십시오!"

하고 말했습니다. 만균이도 형을 따라 머리 숙여 인사를 한 후

"아버지 안녕히 주무십시오!"

하고 말했습니다. 아버지는

"그렇자 약속대로 아홉 시면 자야지. 재균이, 만균이 착한 아이다"

하고 칭찬을 해주었습니다. 그리고 재균이는 자기 방으로 갔습니다. 만균이도 형을 따라갔습니다. 그러자 어머니는

"우리 재균이는 착한 아이야! 아니 만균이가 더 착하지. 아직 나이가 더 어리니까"

하면서 자리를 펴주었습니다. 그러고는 다시

"의좋게 나란히 누워서 잘들 잘 거야! 그렇지?"

하는 말에 재균이, 만균이는 대답 대신 머리를 끄덕이고 옷을 제 손으로 활활 벗어 차근차근 놓은 다음 자리 속으로 쏙! 들어갔습니다.

재균이 만균이는 자리에 들어서야 바깥이 매우 밝은 것을 알고 창문을 바라보니 달님이 눈을 둥그렇게 뜨고 들창문으로 들여다보고 있지 않겠어요! 그래서 재균이도 달님을 쳐다보았습니다. 그때 달님은

"재균이, 만균이 안녕!"

하고 살갑게 인사를 하지 않겠어요! 그래서 재균이도 속으로 '달님 안녕!' 하고 대답 인사를 하였습니다. 그러는 동안에 재균이, 만균이는 눈이 스르르 감기며 꿈나라로 들어갔습니다.

그런 뒤에 재균네 방 툇마루 위에 놓인 자그마한 나무함 속에 있던

강아지 똘똘이가

"어머니 안녕히 주무십시오! 깽! 깽! 깽!……"

하고 재균이 만균이마냥 인사를 했습니다.

엄마 개 메리는

"우리 똘똘이 참말 착하다. 그럼 잘 자요 멍! 멍! 멍!……"

하고 대답을 겸해서 이렇게 말해주었습니다. 강아지 똘똘이가 자려고 눈을 감으려다 보니 달님이 커다란 눈을 둥그렇게 뜬 채 꼼짝도 않고 유리창 안을 들여다보고 있었습니다. 그래서 강아지 똘똘이는 달님을 쳐다볼 수밖에 없었습니다. 그때 달님은

"오-, 메리네 똘똘이군! 이 밤도 잘 자요!"

하고 인사말을 해주었습니다. 그래서 강아지 똘똘이는

"고맙습니다, 달님께서도 이 밤을 안녕히 주무십시오"

하고 대답 인사를 드렸습니다. 그러고 있는 동안에 강아지 똘똘이의 눈은 차츰 가늘어지다가 스르르 감기며 잠이 들고 말았습니다.

그리고 다시 조용해지자 뜰 안 남쪽에 지어진 닭장 속에서는 병아리네 노랑이가

"어머니 안녕히 주무십시오. 뽕! 뽕! 뽕!……"

하고 똘똘이마냥 인사를 드렸습니다. 어미 암탉은

"응, 우리 노랑이 참말 착하지. 그럼 잘 자요. 걀, 걀, 걀……"

하고 대답을 겸해서 이렇게 칭찬을 해주었습니다. 병아리네 노랑이가 자려고 눈을 감으려다 보니 달님이 커다란 눈을 둥그렇게 뜬 채 꼼짝도 않고 장의 가느다란 설주* 사이로 장 안을 들여다보고 있었습니다. 병아리네 노랑이는 달님을 쳐다볼 수밖에 없었습니다. 그때 달님은 빙그레

---

* 문설주. 문짝을 끼워 달기 위하여 중방과 문지방 사이 문의 양편에 세운 기둥.

웃으며

"오-, 병아리네 노랑이군! 이 밤도 잘 자요"

하고 밤 인사말을 해주었습니다. 그래서 병아리네 노랑이는

"고맙습니다. 달님께서도 안녕히 주무십시오. 뿅, 뿅, 뿅,……"

하고 대답 인사를 드렸습니다. 그러고 있는 동안에 병아리네 노랑이는 엄마의 날개 아래로 쏙 파고 들어가고 있었습니다. 그러자 병아리네 노랑이의 눈은 차츰 가늘어지다가 스르르 감기며 잠이 들고 말았습니다.

그리고 다시 조용해지자 동편 외양간에서는 송아지가

"어머니 이 밤도 안녕히 주무십시오. 매-……"

하고 노랑이마냥 밤 인사를 드렸습니다. 엄마 소는

"참! 착하군. 그럼 잘 자요. 음머……"

하고 칭찬해주었습니다. 송아지는 기뻐하며 쳐다보니 달님이 웃으며

"송아지군! 이 밤도 잘 자요"

하고 인사를 해주었습니다. 그래서 송아지도 '달님 안녕!' 하고 인사를 드리고 나서는 송아지 눈은 차차 가늘어지다가 스르르 감기며 잠이 들었습니다.

거리의 달구지*

재균이는 그날 할아버지와 같이 아침의 공원 소풍을 마치고 돌아와서 밥을 먹은 후에도 여느 날처럼 밖으로 놀러 나가지 않고 이층 베란다로 올라가서 저 멀리 거리의 여러 가지 모습을 내려다보고 있었습니다.

재균이는 누가 옆에 있어서 우스운 이야기를 들려주는 것도 아닌데 저 혼자서 벌씬벌씬 웃으면서 아래쪽을 열심히 내려다보고 있었습니다. 그것은 혼자서도 재미가 있어서 웃음이 절로 나온다는 증거였습니다.

무척 재미가 있었다고요? 무엇이 그렇게도 우스울 만큼 재미로웠단 말입니까? 그것은 말이지요. 형형색색의 여러 가지 달구지(차들 말입니다)들이 제각기 다른 모양을 하고 차례차례 나타났다가는 또 각각 다른 모습으로 사라지곤 하는 것이 마치 어린이들 장난 같기도 하였습니다. 그래서 혼자서 웃고 있었지 뭡니까.

'찌르릉찌르릉 비켜나세요!' 하고 외치기라도 하는 듯한 자전차가

| * 마소가 끄는 짐수레의 한 가지.

조르르 굴러왔습니다. 그 차에는 어느 상점의 사무원으로 보이는 젊은 사람이 무슨 물건인지를 많이 싣고 페달을 힘차게 밟으며 슬쩍 지나갔습니다.

그 뒤를 이어서 '탁, 탁, 탁⋯⋯' 하고 가까이 오지 말라는 듯한 소리를 내며 오토바이(자동 자전차라고도 합니다)가 피스톨을 찬 국군 아저씨와 내가 있는 편을 슬쩍 바라보고는 바쁜 듯 스르르 미끄러져 갔습니다.

다음에는 허름한 옷차림을 했을망정 믿음성이 있어 보이는 한 아저씨가 리어카를 끌고 나타났습니다. 그 차에는 무, 배추, 고구마, 파, 마늘 등 야채를 가득히 싣고 있었는데 그 아저씨는 차를 슬금슬금 끌고 가면서

"무가 싸구려, 배추가 싸구려! 다 팔리기 전에 사셔야 할 것입니다. 자! 어서들 오십시오. 또 고구마도, 파도, 마늘도 있습니다"

하고 고함을 지르며 저편으로 가고 있었습니다.

그러자 말 달구지 한 대가 오고 있었습니다. 그것은 깜트드한* 짜짜 말(조그만 말)이 끌고 있는데 그 차에는 새까맣고 송글송글 구멍이 뚫어져 있는 십구공탄을 나무함에 가지런히 싣고 가면서 그 차를 운전하는 아저씨는

"달구지요 달구지! 어린 친구들은 다치지 말아요. 다치면 큰일 납니다. 찟, 찟, 이랴, 이랴"

하면서 지나가고 있었습니다.

그러자 연달아 빵, 빵- 하고 지프 자동차가 오고 있었습니다. 군인 아저씨가 운전을 하고 있는데 그 차에는 커다란 별 하나가 앞에 붙어 있는 것으로 보아 국군 장성이 타고 계신 듯하였습니다. 매우 바쁜 모양으로 앞만 바라보며 붕이야 붕이야 어디론지 달아가고 말았습니다.

| * 까무잡잡하다.

그리고 얼마 지나지 않아서 뿡, 뿡…… 하고 사람들에게 주의를 던지면서 새파랗고 납작하여 보기에도 아름다운 고급 자동차가 오고 있었습니다. 저 차에는 어떤 양반이 타고 있을까? 하는 마음으로 자세히 보았지만 유리창만 번쩍번쩍하고 속은 알 수가 없었습니다.

그 뒤를 이어서 빽, 빽…… 하는 소리와 함께 높다랗고 커다란 버스가 와 멎었습니다. 수많은 손님이 타고 내리고 하는데 차 맨 앞에는 학생 모자와 같은 모자를 쓴 운전사가 핸들을 잡고 앉아 있고 차 옆문 안에는 여차장이 조그만 가방을 메고 서서 "다음은 종로 삼 가올시다. 내리실 분은 미리 준비하고 이 앞으로 나와주십시오" 하고 날카로운 목소리로 외치며 출발을 계속 부르며 떠나갔습니다.

버스가 가자 이번에는 커다란 트럭이 빵, 빵, 빵…… 하고 크럭션*을 울리면서 십자로 어름**에 멎었습니다. 그 트럭에는 재목을 그득히 실었는데 차 앞에 앉아 있던 운전사 아닌 한 사람이 오른손을 차장으로 쑥 내놓았습니다. 그는 아마도 조수인 모양으로 그것은 다름 아닌 '이 차는 을지로 쪽으로 돌아 들어가렵니다' 하는 신호를 교통순경에게 보여주는 것인 듯합니다. 그래서 조금 후에는 곧 그리로 돌아 들어가서 보이지 않게 되었습니다.

그러자 땡, 땡, 땡…… 하고 종을 울리며 전차가 와서 멎었습니다. 그 전차에는 손님이 가득 탔는데 또다시 내리는 사람보다 타는 사람이 더 많았습니다. 그래서 차장은 "가운데로 좀 들어가주셨으면 좋겠습니다" 하고 몇 번이고 외치는 소리가 들려왔습니다. 그러고는 뒤에 있는 차장이 줄을 잡아 한두 번 당기니까 다시 땡땡 종을 울리면서 떠나가고 말았습니다.

* 클랙슨.
** 정도쯤.

이번에는 저편 인도로 유아차(젖먹이 차)가 달달달…… 오고 있었습니다. 어린이를 태우고 어머니가 뒤에서 밀고 있는데 어린이 바로 앞에는 바람개비가 달려서 밀 적마다 뱅글뱅글 돌아가고 있었습니다. 어린이는 그것을 보고 재미가 있다는 듯 해죽 바룩* 웃고 있었습니다.

바로 그때 귀청이 떨어질 정도의 세찬 "야앙—?!" 소리를 내면서 새빨간 자동차가 굉장히 빠른 속도로 달려오는 것이 보이자 곧 보이지 않게 되었습니다. 나는 놀래서 아래층으로 내려와 어머님께 물어보았더니 그것은 "불 끄는 자동차란다. 아마도 어디에 불이 났나보다. 어디 119번으로 전화를 걸어봐야겠다. 불이 어디서 났나?" 하고 말하신 어머니는 "소방서입니까?"라고만 말하고는 "예, 예, 예!" 하고 수화기를 놓으시더니 "요즈음은 웬일인지 대낮에도 불이 가끔 난다고 연습 겸 일반에게 주의를 주기 위해서라니까 마음이 놓인다" 하셨습니다.

이렇게 거리를 오고 가고 하는 모든 달구지들을 보는 것이 참으로 재미가 있어서 재균이는 혼자서 히죽 버룩** 웃고 있었습니다.

* 작은 입을 벌리고 귀엽게 웃는 모양을 나타내는 말.
** 웃는 모양.

나는 놈들

한 조각의 구름도 없이 맑고 한 점의 바람도 없이 고요하고 온화한 날이었습니다.

재균이와 만균이는 앞서거니 뒤서거니 집 뒤켠에 있는 파릇파릇한 잔디밭으로 가서 의도 좋게 마주 앉아 재미있게 놀고 있었습니다.

한참 뒤에 우연히 하늘을 쳐다본 재균이는

"저 하늘은 높기도 하다. 얼마나 높이 올라가야 하늘 맨 꼭대기까지 닿을 수가 있을까?"

하고 자못 어른답게 말했습니다. 형을 따라 하늘을 쳐다보고 있던 만균이도 형에 지지 않고

"하늘은 참말 넓기도 하네! 저 하늘은 어디까지 얼마나 가야만 가에 가닿을 수가 있을까?"

하고 말을 했습니다.

"그거야 한쪽을 향하고 자꾸 가면 가까이 가 닿겠지 뭐!"

하며 재균이는 만균이를 힐끔 바라보고 웃었습니다.

"그러면 높은 것도 마찬가지로 자꾸 올라간다면 꼭대기까지 가 닿고야 말겠지 뭐!"

하고 말하면서 만균이도 형을 바라보고 웃었습니다.

바로 그때 꽃을 찾는 나비 한 놈이 팔팔 날아오고 있었습니다. 재빨리 이것을 본 재균이가

"야! 저기를 봐라. 나비가 날아온다. 고놈 새하얀 옷을 입고 팔랑팔랑 춤까지 추며 오는 것이 마치 여왕인 양 곱구나!"

하고 칭찬해 말했습니다. 만균이도 사면을 휘- 둘러보다가

"앗! 저기서도 나비가 날아온다. 그놈은 얼룩덜룩 범나비다. 크기도 하지만 힘차게 너울너울 춤을 추는 양이 마치 왕자 같은걸!"

하고 형에게 지지 않으려는 듯 말했습니다. 그러고는 둘이 서로 번갈아 이리저리 돌아보고 있는 사이에 흰 나비도 범나비도 팔랑팔랑, 펄렁펄렁 날아가고 말았습니다.

다시 놀기 위하여 잔디밭 안에서 풀을 뜯자고 약속하고 곧 시작하려 할 때 옆에 있는 버드나무에 새 한 마리가 날아와 앉았습니다. 이것을 본 재균이가

"만균아 저 나무 위를 좀 봐라 참! 예쁜 새다."

"정말, 고거 노르스름한 놈이 곱기도 하네! 무슨 새일까?"

하고 물어보듯 말했습니다. 바로 그때 "꾀꼴, 꾀꼴, 꾀꼬르르……"하고 우는 소리가 들려왔습니다. 재균이는 얼른

"옳다. 알았다! 언젠가 엄마가 저렇게 우는 새를 꾀꼬리라고 그러더라. 그러니까 저 새는 꾀꼬리일 것이 분명하지 뭐냐!"

하고 가르쳐주듯 말했습니다.

"고놈 노래도 곧잘 부르지? 고걸 잡을 재간이 없을까?"

하고 만균이가 말하자 꾀꼬리는 그 말을 알아들었는지 어느새 벌써

호르르 날아가고 말았습니다.

'고놈이 네 말을 듣더니 얼른 도망치고 마는구나!' 하면서 꾀꼬리가 날아가는 편을 바라보던 재균이는 그 저편에 커다란 독수리 한 마리가 두 날개를 죽- 편 채 놀리지는 않고 기웃거리면서 공중에다 원이라도 그리는지 빙빙 돌고 있는 것을 보았습니다. 그래서

솔개야 독수리야
빙빙 돌아라
닭의 다리 줄 테니
뺑뺑 돌아라

하는 옛 동요를 불렀습니다. 바로 그때 언제 어디서 생겼는지 구름 조각이 해를 가리어 그렇게도 맑던 날씨가 어둑어둑해졌습니다. 만균이는

바람아 불어라
구름아 비켜라
여기는 쨍쨍
저기는 그믈그믈!

하고 할아버지한테 배운 노래를 불렀습니다.

그러면서 다시 바라보니 저편 산기슭에서 번득거리고 있는 연이 보였습니다. 재균이는

"야! 저 뒤 동리에서는 연을 띄우고 있구나!"

하였고 만균이는

"그거 참말! 연이 떴네. 태극을 그린 태극연인 것 같다"

하고 말하면서 바라보고 있는 동안에 연은 슬금슬금 내리고 말았습니다.

그러자 서쪽 산 위에서 부르릉부르릉하는 소리가 들려왔습니다. 둘이 다 같이 바라보니 비행기였습니다.

"저 비행기를 'B 29'라고 할아버지가 말씀하시더라. 큰 놈인데도 저렇게 빠르니까 얼마나 훌륭하냐 말이다"

하고 말하는 사이에 벌써 보이지 않게 되고 말았습니다.

또 무엇이 없나? 하고 바라보고 있는데 이번에는 푸르럭 왈가닥, 푸르럭 왈가닥 하며 날아가는 잠자리처럼 생긴 비행기가 보였습니다.

"저놈은 잠자리 비행기라더라. 저것 봐요! 저 앞머리에 앉아 있는 사람이 다 보이는구나!"

하며 말하고 있는데 그놈은 곧 바로 재균이와 만균이를 향하고 달려드는 것만 같아서 혹시 떨어지는 것이나 아닐까? 하는 생각에서 떨 준비로 두 주먹을 불끈 쥐고 쳐다보고 있노라니까 저편 나지막한 산을 넘어가고 말았습니다.

"저 비행기는 물건을 나르기도 하고 위급한 사람을 구원하는 데도 쓰인다고 할아버지께서 말씀하시더라. 그러니까 저 산 아래에 무슨 일이 있는지도 모를 거야!"

하고 재균이가 어른인 양 말하니까 만균이는 그저 눈을 끔벅일 뿐이었습니다. 그런데 훈훈한 바람이 서쪽으로부터 불어오면서 구름이 뭉게뭉게 몰려오는 것이 눈에 띄었습니다.

"비가 오지나 않을까?"

"참말 비가 오면! 어쩌노!"

하고들 말하면서 재균이와 만균이는 손을 꼭 붙잡고 집을 향하여 걸음을 재촉하였습니다.

종소리

어느 날 오후 느직해서였습니다.

할아버지가 학교에서 돌아오자 기다렸다는 듯 얼른 할아버지의 손을 잡으며 말하였습니다.

"할아버지! 오늘 아침 학교로 가실 때 약속해주신 거 잊지 않으셨지요?"

"그게 뭐지?"

할아버지는 그것을 잘 알고 있으면서도 일부러 이렇게 물어봤습니다.

"저를 데리고……."

"오냐 알았다. 그걸 잊다니 왜 잊을 리가 있나. 그것 때문에 여느 날보다 좀 일찌감치 왔는걸. 그러니까 잠시 동안만 기다려요. 내 의복 좀 바꾸어 입고 나올 테니까."

이윽고 할아버지는 아침에 약속한 대로 만균이를 데리고 북악산으로 바람을 쏘이러 올라갔습니다.

만균은 높은 데로 올라가더니 좀 평평하면서도 아래가 잘 보이는 데를 골라 서서 사면을 두루 살펴보고 있었습니다.

학교다, 공장이다, 교회당이다, 호텔이다, 빌딩이다 등등 커다란 건물들이 얼른 눈에 뜨이는가 하면 한식집이며 벽돌집이며 콘크리트집이며 기와집, 양철집, 회벽지, 벽돌집 등등이 저기도 여기도 보이는 것이 각각 색다른 재미도 있거니와 영화를 구경하는 것 같기도 하여 아무 말 한마디도 없이 그저 휘휘 둘러보기만 하고 있었습니다.

그러고 있던 만균은 "뗑, 뗑, 뗑……" 하는 소리를 듣고

"할아버지! 저-기서 울려오는 저 소리가 무슨 소립니까?"

"응, 저 소리 말이냐? 그건 좀 큰 종소리지. 교회당에서 저녁 기도를 올리라는 것을 신도들에 알려주기 위해서 말이야."

"그럼 우리도 기도를 드려야 되지 않아요?"

"그렇지. 기도 드리는 일이야 누구에게도 자유이니까 너도 네 마음대로 해라."

만균이는 정말 기도를 드리는지 눈을 지그시 감고 있더니

"할아버지! 저 바른쪽 조그만 거리쯤서 꽹, 꽹, 꽹- 하는 소리가 들려오지요?"

"응, 들린다."

"그게 또 무슨 소리지요?"

"그건 말이다. 어느 집이든지 굴뚝 소제를 하라고 치며 다니는 꽹과리 소리란다."

"그건 왜? 소제하라고 외치면 얼른 알 텐데 꽹과리를 치며 다닐까요?"

"그건 말이다. 꽹과리 소리가 사람의 목소리보다 커서 멀리까지 들리기도 하지만 사람이 하루 종일 외치고 다니면 목도 아플 게 아니냐. 그래서 저렇게 꽹과리를 치며 다니기 시작한 것이 오래 계속되는 동안에 사

람의 귀에 익어져서 지금은 아무 말을 하지 않고 꽹과리만 치고 다녀도 굴뚝 소제하라는 것인 줄 알게끔 된 것이란다. 이런 일을 얼른 생각할 때 그리 변변한 것 같지 않지만 이것을 생각해낸 사람으로 보면 훌륭한 발명이라고 할 것이다. 그래서 습관이 무섭다는 것이란다."

만균은 머리를 끄덕이며 눈을 비비고 다시 사면을 돌아보다가 귀를 또 기울였습니다. 그러다가 이번에는 또 하나 다른 소리를 들었습니다. 그것은 "땡그렁, 땡그렁……" 하는 아주 작은 소리였습니다.

"할아버지! 저 땡그렁 소리는 또 무슨 종입니까?"

할아버지는 귀를 기울이고 있다가

"응, 저 가느닿게 들리는 땡그렁 소리 말이냐? 저것은 두부장수가 두부 사라고 외치는 대신 치며 다니는 조그만 손 종 소리란다."

"그런데 우리 집에 오는 두부장수는 왜? 종을 안 치고 오나요?"

"그건 말이야. 언제나 정해놓고 가져다주는 단골집이니까 종은 칠 필요가 없고 그저 가져다주기만 해도 되니까 그렇지."

"예. 잘 알았습니다. 그런데 저번 할아버지께서 보여준 종로 보신각의 굉장히 큰 종은 언제나 치는가요?"

"너 참 좋은 걸 물었다. 그런 걸 알아두어야지. 그런데 보신각 종은 지금은 일 년의 마지막인 제석(제야라고도 함)에 울리는 것을 비롯하여 중요한 날에만 치지만 옛적에는 '인정'이라고 해서 저녁 여덟 시쯤 해서는 스물여덟 번을 쳐 성문을 모두 닫아서 사람들의 왕래를 금하고 또 새벽에는 서른세 번을 쳐 성문들을 열어서 사람들이 다니도록 하는 구실을 했단다."

"그래요! 그럼 지금의 통행금지 해제 사이렌과 같이 말인가요?"

"응, 말하자면 그렇지."

만균은 좋은 것들을 알아서 만족하다는 듯 히죽이 웃으면서 자그마한 돌멩이 한 개를 집어 저 먼 아래로 던져봤습니다.

그리고 만균은 이리저리 거닐며 돌도 차고 풀도 뜯고 하다가 다시 눈을 감고 귀를 기울였습니다. 할아버지는 '저애가 또 무엇을 찾으려나' 하고 생각하면서 만균이를 따라 역시 귀를 기울였습니다.

그랬더니 저녁 기도를 드리라는 교회당 종은 커다란 목소리로 뎅-뎅- 뎅- 뎅…… 하고 우렁차게 들려오고 굴뚝 소제를 하라는 꽹과리 소리는 거쉰 사람의 목소리마냥 꽹- 꽹- 꽹…… 하고 나지막하면서 은근하게 들려오고 두부장수의 자그마한 손 종 소리는 아기의 목소리랄까 자그마하게 땡그렁- 땡그렁…… 하고 명랑하고도 귀엽게 들려오는 것은 물론 한 군데서가 아니요 여기서 저기서 또 멀리서였습니다.

– 뎅- 뎅- 뎅……

– 꽹- 꽹- 꽹……

– 땡그렁- 땡그렁- 땡그렁……

하고 노래 부르듯 하고 있었습니다.

고요한 산 중턱에서 보이는 저 멀리 까마득한 서녘 하늘에는 검붉은 북새가 흐늘거리고 있었습니다.

시 계

땡, 땡, 땡……

벽에 걸린 시계가 아침 일곱 시를 알려주었습니다.

재균이는 얼른 일어나 옷을 입은 다음 할아버지 방으로 갔습니다.

"할아버지 안녕히 주무셨습니까?"

"할머니 안녕히 주무셨습니까?"

하고 공손히 허리를 굽혀 아침 인사를 올렸습니다.

"응-, 착하군! 재균이도 잘 잤느냐? 자! 거기 앉아라"

하고 할아버지와 할머니 사이를 가리켜 앉혔습니다.

"자-, 재균이는 아마도 못 들었을 거야. 방금 전에 재균이 방에서 무슨 소리가 나던데……."

"왜, 못 들어요! 난 뭐! 그 소리를 듣고 일어났는걸요!"

"그랫! 그럼 더 착한걸. 그런데 그것이 무슨 소리지?"

"원 할아버지두! 그거야 뭐! 시계 치는 소리지요!"

"그걸 다 알고. 더 착하구만! 그러면 그 시계는 왜 그렇게 자꾸만 치곤 하는지 아느냐?"

하는 물음에 재균이는 무엇을 생각하는 듯 눈을 껌벅이다가

"글쎄요. 치고 싶으니까 친다면 될 것 같기도 하지만 그밖에는 모르겠습니다. 가르쳐주세요."

"물론 치고 싶으니까 치겠지만 왜 치고 싶어 칠까? 말이다."

"그건 모르겠습니다. 할아버지는 그걸 아십니까?"

"나야 뭐! 아니까 물어본 것이 아니냐? 그럼 가르쳐주지."

"그럼 잘 들어야 한다" 하고 주의를 준 후 할아버지는

"시계는 입이 없으니까 말 대신 소리를 내는 것이지. 그런데 이른 새벽에 땡, 땡, 땡…… 다섯 번을 치는 것은 날이 밝았으니 일어나시오 하고 알려주는 것이란 말이야. 그러니까 할아버지도, 할머니도, 아버지도, 엄마도, 고모도 그때 다 같이 일어난단다."

"다른 건 또 없는가요?"

"왜 없어. 또 얼마든지 있지. 그러니까 차근차근 들어봐라."

"잘 듣겠습니다. 말씀하세요."

"…… 땡, 땡, 땡…… 재균이 일어나요 하는데 그때엔 몇 번 칠지 알겠느냐?"

"그때야 뭐! 일곱 번 치지요."

"또 한번 착하구만! 그런 것까지 다 알고 있으니까."

"다음은 또 무엇이 있나요?"

"'땡, 땡, 땡…… 아침식사요!' 하고 알려주지. 그러면 할아버지, 할머니, 아빠 엄마, 고모, 재균이, 만균이가 삥 둘러앉아서 아침식사를 하게끔 돼 있지. 그리고 다시 '땡, 땡, 땡…… 출입할 시간이 되었습니다' 하고 알려주지. 그러면 할아버지는 학교로 가고 아빠는 시청으로 가고 고모는 고등학교로 가는 등 제각기 저 할 책임과 의무를 다하러 간단 말

이다."

"그다음엔……?"

"'땡, 땡, 땡…… 점심때가 됐습니다' 하고 알려주지. 그러면 할아버지는 잠깐 집으로 돌아와서 할머니, 엄마, 재균이, 만균이와 같이 점심을 끝내고 곧 다시 학교로 가고 아빠는 시청에서 고모는 학교에서 가지고 갔던 도시락을 먹는단 말이다."

"또 그 다음엔요?"

"'땡, 땡, 땡…… 집으로 갈 때입니다' 하고 알려주지. 그러면 할아버지도, 아빠도, 고모도, 다 한결같이 집으로 돌아오게 된단 말이다."

"다음은 없는가요?"

"왜 없을 리가 있나! '땡, 땡, 땡…… 저녁 시간이 됐습니다' 하고 알려주지. 그러면 할아버지, 할머니, 아빠, 엄마, 고모, 재균이, 만균이가 상 둘레에 삥- 둘러앉아서 저녁식사를 하게끔 되어 있단다."

"그럼 그다음엔 또 어떤 것이 있는가요?"

"그다음엔 말이야 한참 있다가 또 '땡, 땡, 땡…… 하고 밤이 깊어갑니다. 재균이, 만균이는 잠자리에 들어야 하겠습니다' 하고 알려주지. 그러면 엄마가 자리를 깔아주거든, 그때엔 재균이, 만균이가 그 자리로 쏙! 들어가서 콜, 콜, 쌕, 쌕 잠을 잔단 말이야! 그때 만일 잠을 안 자는 아이가 있으면 하늘의 별들이 손가락질을 하며 흉볼 뿐 아니라 다음부터는 같이 놀아주지를 않는단 말이다."

"그래욧! 그럼 이제는 아무것도 없겠네요? 우리가 잠을 자게 되니까 말이야요!"

"아니다. 아직 있지. 어른들은 깨 있으니까. '땡, 땡, 땡…… 밤이 아주 깊어졌습니다' 하고 알려줘야 할 게 아니냐? 그래야 비로소 할아버지도, 할머니도, 아빠도, 엄마도, 고모도 다 한결같이 잠자리에 든단 말이야! 그리하여 온 집안은 쥐 죽은 듯 고요해지지만 시계만은 모든 것을 다 보살폈다가 알려줄 책임이 있으니까 밤이 다 새도록 땡, 땡, 땡…… 하며 일을 계속해야만 된단 말이다.”

“그럼 이제는 정말로 아무것도 없겠네요?”

“글쎄 그 이상은 없을 것 같은데 아직 하나 남은 것이 있다.”

“그건 또 무엇입니까?”

“그건 말이야 밤이 깊어 조용하게 되면 쥐란 놈이 장난을 곧잘 치거든. 그러니까 ‘이놈들 나오지 말아!’ 하고는 땡, 땡, 땡…… 치기도 하고 도둑놈을 못 오게 하기 위하여도 땡, 땡, 땡…… 치곤 한단다. 그뿐인가! 제일 중요한 것이 또 하나 있다.”

“그 중요한 것은 또 무엇입니까?”

“그건 말이야! 재균이, 만균이가 놀다가 혹 잘못하여 상하지 않도록 주의를 주기 위하여 땡, 땡 치기도 하지!”

재균이는 할아버지 말씀을 듣고 그저 히죽히죽 웃고만 있었습니다.

영옥과 인형

내 이름은 영옥이라 지어 모두 그렇게 부른답니다.

그 전에는 삼일三—이라고 불렀다나요. 왜냐고 물어봤더니 그것은 나는 지금부터 다섯 해 전 3월 1일에 태어났기 때문이라군요. 그런데 '삼일'은 남자 이름 같다고 '영옥'이란 이름으로 고쳤다는 것입니다.

내가 처음 났을 그때는 매우 작아서 지금 내가 사랑하고 있는 이 인형과 거의 비슷했다나요! 그래서 엄마는 달도 없고 전등도 꺼진 밤에는 인형과 나를 얼른 분별할 수가 없었다면서 웃으시곤 한답니다.

언제나 배가 고파지면 울곤 했다는데 그때마다 엄마는 '우리 귀여운 아가' 하고는 나를 가슴에 안고 젖을 주면서

우리 아기 고운 아기
예쁜 아기
얼싸 둥둥 나의 사랑
나의 알뜰이

얼마만큼 곱다 할지
예쁘다 할지
와리* 자장 우리 아기
잘 자는 아기!

밤하늘에 반짝이는
별만치랄까
산에 올라 대송밭에
솔잎만칠까
명사십리 바닷가의
모래만칠까
와리 자장 우리 아기
잘 자는 아기!

그렇지만 그것들은
한정이 있소
그까짓 걸 가지고야
비겨나 보랴
우리 아기 곱고 예쁨
한이 없는걸!
와리 자장 우리 아기
잘 자는 아기!

* 아이를 잠재우기 위해 취하는 행동의 일환. 워리라고도 함.

이런 자장노래를 불러주곤 했다는군요. 그러면 나는 소록소록 콜콜 자곤 했다는군요. 그 얼마나 귀엽고 예쁜 아가였을까요.

나는 한 돌도 되기 전에 벌써 걸음마를 하는가 하면 두 돌도 되기 전부터 벌써 말을 제대로 재잘거리었다고 엄마가 말씀하더군요.

그리고 세 살 네 살 때 일은 나는 물론 모르고 엄마도 말해주지 않으니까 도무지 알 수가 없지만 그저 남의 어른들한테 영리하다는 말을 가끔 들은 기억만은 어렴풋이나마 남아 있을 뿐입니다.

다섯 살 때 그러니까 작년에는 동생 영식이와 싸운 생각이 나는데 그것은 먹을 것 때문이었지요.

글쎄 영식이는 나보다 작으면서도 많이 먹겠다니까 욕심쟁이라고 짜증을 낼 수밖에 없었습니다.

그때 엄마는 '사람이 먹을 것을 가지고 제 동생과 다투면 돼지가 된다'면서 '무엇이든지 두 개면 한 개씩 한 개면 반개씩 나누어 동생을 주어야 하고 또 그 이상 더 달래면 조금이라도 주어야 착한 아이가 된단다'고 말해주셔서 그 후부터 나는 먹을 것이 생기면 절반씩 꼭 같이 나누어 주곤 하였지만 동생은 남달리 욕심이 많은지 덮어놓고 많이만 달라고 떼를 쓰곤 하니까 나는 내 몫으로 오는 것도 가끔 주곤 합니다. 그럴 때마다 엄마는 '우리 영옥이는 참말 착하구만……' 하고 칭찬을 해주곤 하니까 내 마음은 그저 흐뭇해진답니다.

그러면 내가 금년에는 벌써 학교엘 가게 됐다면서 아빠는 '세월이 빠르기는 참말로 빠르구나! 영옥이가 젖을 달라고 울던 때가 어제 같은데 어느덧 국민학교 일학년이 되다니 이제는 어린애가 아니요 소녀인걸그래!' 하시면서 나를 보며 웃었습니다.

그렇듯 어리던 나였지만 이제는 그야말로 처녀라도 된 것 같은 느낌이 들 때도 있습니다.

그런데 내가 어렸을 그때 아빠가 나를 위해 사다 주셔서 나도 가지고 놀았고 엄마는 가끔 나로 잘못 알았다는 그 큰 인형이 아직도 그냥 그대로 남아 있습니다.

커다란 인형이니까 마치 갓 난 젖먹이 어린이인 양 보여지곤 해서 나는 달래주기도 합니다.

그러니까 인형은 나의 동무가 되는 때가 있는가 하면 내 동생이 되는 때도 있습니다. 또 어떤 때는 어머니라도 되는 마음으로 인형을 품속에 안곤 합니다. 그러고는

우리 아기 고운 아기
예쁜 아기
얼싸 둥둥 나의 사랑
나의 알뜰이
얼마만큼 곱다 할지
예쁘다 할지
와리 자장 우리 아기
잘 자는 아기!

밤하늘에 반짝이는
별만치랄까
산에 올라 대송밭에
솔잎만칠까
명사십리 바닷가의
모래만칠까
와리 자장 우리 아기

잘 자는 아기!

그렇지만 그것들은
한정이 있소
그까짓 걸 가지고야
비겨나 보랴
우리 아기 곱고 예쁨
한이 없는걸!
와리 자장 우리 아기
잘 자는 아기!

하는 자장가도 불러주며 등을 가만가만 쓸어줍니다.
그러면 인형은 내 마음을 아는 듯 소록소록 콜콜 잠이 듭니다.
참말 곱고 예쁜 인형입니다.

영삼의 첫 심부름

영삼이는 아버지 옆에 얌전하게 앉아서 아버지가 글 쓰고 있는 것을 구경하고 있다가

"아빠! 무얼 쓰고 계십니까?"

"응, 이건 편지라는 거지."

"편지는 뭘 하려고?"

"시골 가 계신 할아버지한테 잘 계신지 묻기도 하고 영삼이가 좋아하는 옥수수도 많이 가지고 오시라고 부탁드리는 말을 적어 보내는 거다."

"아, 좋아라. 그럼 빨리 쓰세요"

하고는 아무 말이 없이 또 가만히 앉아 있었습니다.

이윽고 편지를 다 쓴 아빠는

"그럼 우리 편지 부치러 가자"

하고 영삼의 손을 잡고 밖으로 나갔습니다.

묵묵히 길을 가던 영삼은 아빠를 쳐다보며

"어디로 가지요?"

"왜 아까 편지 부치러 간다고 한 말을 잊었느냐?"

"글쎄 편지를 어디다 부치는가 말이에요."

"응, 이런 편지는 우편딱지란 것을 사 붙여서 우체통에다 넣으면 되지."

"아, 알았어요. 저 왜 거리 모퉁이에 서 있는 새빨간 전축 비슷하게 생긴 그것 말이지요?"

"옳아! 그놈이 빨갛지. 그리고 길 한 옆에 서 있지."

그러는 동안에 영삼이 문득 저 앞을 바라보더니

"아! 있다. 있어 저기……."

아빠가 바라보니 과연 멀지 않는 곳에 우체통이 보였습니다.

그 우체통은 영삼이 말대로 새빨갛고 아빠 말대로 길 한 옆에 있었습니다. 거기까지 다 간 아빠는 그 우체통 맞은편 집에서 딱지를 사서 침을 발라 봉투 왼쪽 위에 붙이더니

"영삼아 이리 가까이로 와서 찾아보아라. 이 통 어디에 구멍이 있어야 할 테니까 말이다"

하고 넌지시 말을 했습니다.

영삼이는 좌, 우, 앞, 뒤로 슬슬 돌아다니며 열심히 살펴보다가 길 안쪽으로 되돌아오더니 열쇠 구멍을 손가락으로 꼭 찔러보고 '이건 아니겠고' 하며 다시 그 위를 보더니 영삼이는 빙그레 웃으며

"이걸 거야요. 이 가로 기다랗게 나 있는 구멍 말이야요"

하고 손가락을 넣어보며 말했습니다.

"응, 그래그래. 그게 우체통의 입이지. 그래서 이 편지를 이 입속으로 깊숙이 들어가도록 집어넣으면 된단 말이다. 자! 잘 봐요"

하고 주의를 시키고 나서 편지를 넣어 보였습니다. 그러고는 영삼이를 보고 웃으면서 다시 말을 이어

"그러니까 우체통은 사람마냥 그 입으로 편지를 먹는 셈이지."

"우체통이 편지를 먹어버리면 시골엔 못 가게요?"

"핫, 핫, 핫…… 네 말이 옳다. 그러니까 그런 말하자면 그것과 같단 말이지. 우체통은 산 물건이 아닌데 어떻게 먹기야 하겠느냐."

"그건 그렇다 하더라도 우체통은 걷지도 못할 텐데 편지를 어떻게 시골까지 가져다주나요?"

"너 그거 참 잘 물어봤다. 그렇지만 그건 좀 어려워서 말을 해도 잘 모를 것 같은데……."

"쉽게 말하면 알 수 있을 거야요."

"그럼 말해볼까. 그렇지만……."

"그러지 말고 어서 말씀해보세요. 모르겠으면 다시 물을게요."

"그럼 말해주지. 그런데 우체통은 나라에서 만들어놓고 날마다 사람을 보내서 몇 번씩 열어보지. 그래서 우체통 속에 있는 편지를 모아다가 우체국에서 어디어디…… 갈 것을 추려내서 커다란 주머니에 넣어 기차 편이나 자동차 편이나 그밖에 여러 가지 방법으로 각 곳으로 보내주지. 그러면 그곳 가령 인천으로 간 것은 인천 우체국에서는 또 그것을 각 구역이나 동리별로 나누어서 편지 전해주는 사람에게 맡겨 한 집 한 집 돌아주게끔 되어 있으니 편리하지 뭐냐. 그리고 우리 집에도 이따금 와서 '편지요' 하고 주고 가는 사람 봤지?"

"아하- 왜 그 배달부 아저씨 말이로구만요?"

"맞았어! 그러니까 그 우편배달부 아저씨는 고맙기 짝이 없지 뭐냐. 이다음에는 고맙다는 인사를 잊어서는 안 될 거야."

"정말 그래야 하겠는데요."

"인제 대강 알았으면 가자."

이렇게 해서 영삼이는 아버지 손을 잡고 돌아오면서 다른 재미있는 이야기를 들었지만 그 이야기는 너무 기니까 다음으로 미루기로 하고 오늘 영삼이가 들은 것을 다 잘 깨달았는지 한번 알아보기로 합시다.

다음 어느 날이었습니다. 대문을 두드리는 사람이 있어서 영삼이가 나갔더니

"편지요"

하며 봉투도 없는 그저 글이 쓰여진 종이 한 장을 주었습니다.

"배달 아저씨 대단히 감사합니다."

하고 받기는 받았지만 먼젓번 아빠가 썼던 편지와는 달라서 '이게 무슨 편지람!' 하고 생각하면서 아빠한테

"이게 어디 편지야요?"

하고 물어봤습니다.

"아, 참! 너는 모를 거다. 그러나 편지에는 종류가 많은데 이건 '엽서'라는 것이요. 요전에 내가 쓴 것은 보통 '봉함편지'라고 말한다. 그리고 그밖에도 많지만 그건 차츰차츰 알게 될 것이기에 오늘은 그만하고 편지를 써야겠다."

"예, 알았습니다. 그러니까 어서 편지를 쓰세요."

아빠는 편지를 읽곤 쓰고 읽곤 쓰고 하였습니다.

"자! 나도 엽서편지를 썼으니 네가 갔다 넣으련?"

영삼은 좋아라고 밖으로 나갔습니다. 엄마는 어떡하나 보자고 몰래 따라가보았더니 조금도 잘못이 없었습니다.

학수와 철수

학수와 철수는 동갑입니다. 생일도 같은 날입니다. 그러나 쌍둥이도 친척도 아니요 그저 남남끼리로서 아직 서로 알고 있지도 않습니다.

학수는 축대 윗집에 사는데 이 집으로 이사 온 지 그리 오래지 않습니다.

철수는 축대 아랫집에 사는데 이 집에서 낳았다니까 철수의 부모가 여기에 산 지 적어도 육 년 이상은 되는 모양입니다. 그것은 철수 나이가 금년 들어 만 다섯 살이니까 말입니다.

아래위에 사는 사이라면 바로 옆집이니까 의좋게 서로 잘 통해 다녀야 할 것이지만 학수네가 이사 오기 전 주인은 돈이 많다고 뽐내면서 자기만 잘난 체 남을 깔보기 때문에 이웃 사이에라도 통해 다니지 않았습니다. 그러니까 어린이들도 만나는 적이 없었을 것은 말할 것도 없습니다.

그런데 그 주인은 외국 물건을 몰래 들여오기도 세금을 속여 안 내기도 하다가 발각이 되어 재산을 모두 나라에서 가져가는 바람에 집을 팔지 않으면 안 되었던 것입니다.

집주인이 바뀌자 철수는 '이사 온 집에는 어떤 사람들이 살고 있을까?' 하는 마음에서 날마다 몇 번씩 윗집을 올려다보곤 하였습니다.

학수는 학수대로 처음 왔으니까 '아랫집에는 어떤 사람들이 살고 있을까?' 하는 마음에서 하루에도 몇 번씩 내려다보곤 하였습니다.

그러던 어느 날은 학수의 눈과 철수의 눈이 딱 마주쳤습니다. 그러나 서로 모르는 얼굴이라 둘이 다 같이 목을 돌이키고 말았습니다.

다음부터는 눈이 마주치는 횟수가 차차 잦아져갔습니다. 서로서로 이름도 알게 되었습니다. 다 같이 이름 아래 자가 '수' 자라서 얼른 형제 같이도 느껴졌습니다.

마침내 학수가 말을 걸었습니다.

"나는 너와 놀고 싶은데……"

하고 철수에게 말했습니다.

"나도 너와 놀고 싶은데……."

철수가 대답해 말했습니다.

"그렇지만 내가 축대 위에 있어서야 어디 너와 같이 놀 수는 없지 않으냐 말이다."

철수가 학수에게 말했습니다.

"그렇구말구! 내가 축대 아래에 있어서야 어디 너와 같이 놀 수가 있겠냐 말이다."

"너와 내가 이렇게 보고 있어서야 어디 같이 놀 수가 있느냐?"

철수가 이번에는 먼저 말했습니다.

"그렇구말구. 너와 내가 이렇게 서로 보고만 있어서야 어디 같이 놀 수가 있겠느냐?"

학수가 또 말했습니다.

"그럼 어떡하면 좋단 말이냐!"

철수가 말했습니다.

"네 말이 맞다. 정말 어떡하면 좋단 말이냐?"

학수가 말했습니다.

한참 동안 무엇을 생각하던 학수가 말했습니다.

"아! 알았다 알았어!"

"무얼 알았단 말이냐?"

철수가 물었습니다.

"응, 조금만 기다려요. 이제 곧 알 수가 있을 것이니"

하고는 학수는 금시에 보이지 않게 되고 말았습니다.

철수는 '저애가 무얼 어떻게 하려고 그럴까?' 생각하고 있는데

타박, 타박, 타박!

하는 발자국 소리가 들리더니 '삐걱' 하는 대문 소리가 났습니다.

"자! 이렇게 하면 너와 내가 한자리에 있게 되지 않았느냐?"

하고 학수가 말했습니다.

"참말! 우리 두 사람은 한자리에서 같이 놀게 됐구나!"

하고 철수가 말했습니다.

"그럼 이제부터는 우리 날마다 같이 재미있게 놀기로 하자!"

학수가 말했습니다.

"그러니까 오늘은 우리 집에서 놀고 내일은 내가 너의 집에서 놀기로 올라가고…… 그렇게 한 번씩 바꾸어 오고 가고 하면 좋지 않니."

철수가 말했습니다.

"그럼 그렇게 하자. 그러면 오늘은 우리 노래나 하나 해볼까?"

학수가 말했습니다.

"그거 좋은 말이다."

철수가 말했습니다.

이렇게 되어 학수가 먼저

　　동무동무 어깨동무
　　너는 철수 나는 학수
　　의도 좋게 손을 잡고
　　얼싸 둥둥 놀아보자

하고 그때 그 자리의 모양 그대로를 자기가 알고 있던 곡조에 맞추어
불렀습니다.

철수도 지지 않으려고 눈을 지그시 감고 생각하다가

　　학수하고 철수하곤
　　오늘부터 친한 동무
　　매일같이 한데 모여
　　정다웁게 놀고 지고

하고 불렀습니다.

이리하여 널따란 뜰에서 볼치기도 하고 숨기 내기도 하고 과자랑 빵
이랑 나누어 먹으며 노래를 부르기도 하여 재미있게 놀고 있었습니다.

이 광경을 본 철수의 어머니는 오랜 동안 동무가 없어서 사랑하는 아
들의 마음에 자칫 어두운 그림자라도 생기게 되면 어떻거나 하고 걱정하
고 있던 터에 좋은 동무가 생긴 것을 매우 만족하게 여기고 히죽이 웃었
습니다.

이튿날은 학수의 어머니가 두 어린이가 의도 좋게 다정히 놀고 있는

것을 한참이나 보고 있다가 매우 만족스럽게 생각하고 과자랑 캐러멜 같은 것을 주며 의좋게 나누어 먹으라고 상냥하게 말했습니다.

그리고 학수 어머니는 철수 어머니를 찾아 내려가서 인사를 나누게 되었으며 날로 친근해졌습니다.

소나기

그것은 어느 여름이었습니다. 언제나 할아버지와 놀던 만균이는 할아버지가 볼일이 있어서 출입을 하셨기 때문에 혼자서 슬그머니 할아버지와 늘 같이 가곤 하던 우리 논이 있는 데로 놀러 나갔습니다.

논두렁에다 조그맣게 진흙으로 둑을 돌려 막아 못이라고 만들어놓고 거기에 붕어새끼, 송사리, 미꾸라지, 용달치, 새우새끼 그밖에도 아무것이나 닥치는 대로 잡아다 넣는 것이 재미가 있어서 시간이 가는 것을 잊고 혼자서 열심히 놀고 있었습니다.

그럭저럭 놀고 있는 동안에 배도 고파졌지만 먼저 잡았던 고기들은 벌써 죽어서 물 위에 뜨게 되니 보기도 싫어져서 집으로 돌아가려 생각하면서 하늘을 쳐다보았습니다.

서녘 하늘가에는 시커먼 구름이 뭉게뭉게 피어오르고 있는데 어디서 무더운 바람이 휙! 하고 불어 지나가고 있었습니다.

그 뭉게구름이 가느다란 말로 지나가는 바람한테

"이제로부터 조금만 있으면 소나기가 내릴 것이다"

하고 가만히 이야기해주었습니다. 바람은 장난 삼아 설레며 오다가 서학산이 앞을 가로막는 바람에 숨이 막히는 듯하여 가던 길을 잠깐 멈추고 산에게 귓속말로

"이제부터 조금만 있으면 소나기가 내릴 것이다"

하고 가만히 이야기해주었습니다. 산은 몸이 무척 무겁기도 하지만 한 군데에 뚝! 버티고 있어야 하는 책임을 지고 있는 터이라 움직일 수가 없으니까 자기 몸 위에 서 있는 많은 나무들 가운데서도 키가 제일 큰 포플러(양버들)에게 귓속말로

"이제로부터 조금만 있으면 소나기가 내릴 것이다"

하고 가만히 이야기해주었습니다. 이 말을 들은 포플러도 한자리에서 망을 보고 있어야 하는 의무를 가지고 있느니만큼 제자리를 떠날 수가 없으니까 자기 어깨에 방금 와서 앉아 있는 참새한테 귓속말로

"이제로부터 조금만 있으면 소나기가 내릴 것이다"

하고 가만히 이야기해주었습니다. 참새란 놈은 원체 입이 가벼운 데다 목이 말라 있던 때인지라 얼른 강가로 날아가서 물 한 모금을 얻어 목을 축이고 나서는 곧 자기 눈앞 물 얕은 데로 지나가려는 피라미(붕어 큰 놈)한테 귓속말로

"이제부터 조금만 있으면 소나기가 내릴 것이다"

하고 죄졸죄졸거리고 말았습니다. 피라미는 비가 온다니까 기분이 좋다는 듯 꼬리를 힘차게 한번 놀려 헤엄을 쳐 내려가다가 강물을 거울 삼아 들여다보며 몸치장을 어떻게 할까? 하고 이리 기웃 저리 기웃 하는 멋진 갈대에게 귓속말로

"이제부터 조금만 있으면 소나기가 내릴 것이다"

하고 가만히 이야기해주었습니다. 갈대는 방금 가벼운 솜씨로 날아와 앉은 잠자리한테 귓속말로

"이제로부터 조금만 있으면 소나기가 내릴 것이다"

하고 가만히 이야기해주었습니다. 잠자리는 무슨 귀한 소식이라도 들은 듯 얼른 비행기마냥 빠른 속도로 스르르 날아 갈밭 둑을 넘어 밭으로 가서 더위에 허덕이고 있는 수수나무한테 귓속말로

"이제로부터 조금만 있으면 소나기가 내릴 것이다"

하고 가만히 이야기해주었습니다. 수숫대는 비가 온다는 기쁜 소식에 어깨춤을 한번 추고 나서 얼른 자기 앞에 있는 논에게 귓속말로

"이제로부터 조금만 있으면 소나기가 내릴 것이다"

하고 가만히 이야기해주었습니다. 논은 멀리 갈 처지가 못 되기도 하지만 막 뜨거울 정도로 더워진 물에서 허덕이고 있는 자기 몸 위의 벼 포기한테 귓속말로

"이제로부터 조금만 있으면 소나기가 내릴 것이다"

하고 가만히 이야기해주었습니다. 벼 포기는 자기도 기쁘지만 언제나 비를 좋아하는 참외가 요사이 무럭무럭 자라서 자기 옆에까지 순을 뻗히고 있으니까 얼른 그 참외 넝쿨한테 귓속말로

"이제로부터 조금만 있으면 소나기가 내릴 것이다"

하고 가만히 이야기해주었습니다. 참외 넝쿨은 방금 집으로 가는 길에 참외나 한 개 따 먹으면서 가리라 생각하고 참외밭으로 들어와 두적거리고 있는 만균이한테 귓속말로

"이제로부터 조금만 있으면 소나기가 내릴 것이다"

하고 가만히 이야기해주었습니다. 만균이는 참외 따던 손을 멈추고 휙! 살펴보았더니 아닌 게 아니라 지금까지 맑던 하늘이 컴컴해지며 구름이 설레고 있었습니다. 그래서 만균이는 빨리빨리 집으로 돌아왔습니다. 그리고 집 뒤편 나무 그늘에서 바느질에 열중하여 사람이 오는 줄도 모르고 있는 어머니 뒤로 살그머니 가서 '에헴!' 하고 기침을 하였더니

어머니는

"아이 깜짝이야! 어디를 갔다가 지금이야 오느냐. 배도 안 고프냐?"

하셨습니다. 그러나 만균이는 그 말에는 대답도 않고 귓속말로

"이제로부터 조금만 있으면 소나기가 내릴 것입니다"

하고 가만히 말했습니다. 어머니는 '뭐얏!' 하고 하늘을 쳐다보더니

"참말 그렇구나! 그럼 빨래해 넌 것을 얼른 걷어야겠다. 거의 다 마르기도 했을 터이니까!"

하고 바느질감을 집 안으로 가져다두고 빨래를 얼른얼른 다 걷었습니다. 그러자 '좍-' 소나기가 쏟아졌습니다.

그네

우리 집 뒷마당 한복판에 몇백 년이나 자랐는지 다섯 아름드리가 넘는 커다란 느티나무가 있어서 굵직하고도 기다란 가지들을 사면으로 죽! 죽! 뻗치고 섰습니다.

그 느티나무 이쪽 가지와 저쪽 가지에 걸어서 할아버지께서 그물 그네를 만들어 달아주셨습니다.

재균이는 그 그물 그네 타기를 좋아해서 언제나 밖에 나가 놀다가도 슬며시 들어와 혼자 타곤 합니다.

만균이도 그물 그네 타는 데는 재균이 못지않게 좋아해서 가끔 독차지하려고 떼를 쓰기도 합니다.

오늘도 재균이는 몰래 혼자 와서 그 그물 그네를 타고 재미롭게 놀고 있었습니다.

거기에 만균이가 지축지축 나와서 재균이가 그네 타는 것을 보고 저도 타겠다고 졸라서 같이 태우고 둘이 마주 앉아 재미있게 놀고 있었습니다.

그네도 재균이와 만균이를 태운 채 천천히 이리로 왔다는 저리로 가기도 하고 저리로 갔다는 다시 이리로 오곤 하면서 흔들흔들 흥겹게 놀고 있었지 뭡니까!

이 모습들을 유심히 내려다보던 해님은 재미스럽기도 하고 자랑스럽기도 하고 사랑스럽기도 하여 혼자서 히죽 버룩 웃으며 보고 있었습니다.

거기에 바람이 한가로운 걸음으로 지나가다 그 노는 광경들을 보고 너무도 탐이 나서 해죽 웃고는 살랑살랑 부채질을 해주며 재미있게 놀고 있었습니다.

그러니까 그네는 흐늘흐늘, 왔다갔다, 해님은 둥글둥글, 히죽 버룩, 바람은 살갑게 살랑살랑, 재균이는 흔들흔들, 만균이는 한들한들…… 저마다 제 기분 좋게 놀고 있더란 말이지요! 왔다 갔다, 히죽 버룩, 살랑살랑, 흔들흔들, 한들한들…… 하며 말입니다.

그런데 만균이는 너무 유쾌하고 즐거워 저도 모르는 사이에 몸을 흔들거리고 놀다가 눈의 힘이 스르르 풀리기 시작하다가 그만 잠이 들고 말았습니다. 쌕쌕, 콜콜…….

재균이는 재균이대로

'저것 좀 보게! 만균이는 잠이 들고 말았네그려!'

하고 마음속으로 중얼거리면서 놀고 있었습니다.

그러니까 그물 그네는 흐늘흐늘 왔다 갔다, 해님은 둥글둥글 히죽 버룩, 바람은 살갑게 살랑살랑, 재균이는 흔들흔들, 만균이는 쌕쌕 콜콜…… 하고 있다는 말입니다.

이렇게 모든 것이 재미있고 유쾌하고 즐겁기 때문에 재균이는 혼자서 몸을 건들거리며 놀고 있다가 눈에 힘이 없어지는 듯 스르르 감기기 시작하더니 그만 잠이 들고 말았습니다. 씩씩! 쿨쿨…… 하고 말입니다.

그러니까 그네는 흐늘흐늘 왔다 갔다, 해님은 둥글둥글 히죽 버룩,

바람은 살갑게 살랑살랑, 만균이는 쌕쌕 콜콜, 재균이는 씩씩 쿨쿨 하고 있었단 말입니다.

거기에 메리(우리 집 개 이름)가 밖에 나갔다가 사분사분 발소리도 가볍게 돌아오다가 사면을 휘- 한번 둘러보고는 꼬리를 설레설레 흔들며

"하하-, 재균이도 만균이도 잠이 들었구만그래! 자! 그러면 저렇게 달게 자고 있는 걸 깨울 수도 없으니 자연히 깰 때까지 여기서 기다릴 수밖에 없지 뭐!"

하고는 숨도 크게 쉬지 못하고 두 어린이를 보호할 겸 그물 그네 옆에 가만히 쭈그리고 앉았습니다.

그러고 나니 조용한 것이 기분에 꼭 맞으니까 혼자 생각이 저절로 생겨날 수밖에 없었습니다. 그래서

"흠-! 그네는 흐늘흐늘 왔다 갔다 멋지게 놀고 있고."

"흠-! 해님은 둥글둥글 히죽 버룩 웃으며 보고 있고."

"흠-! 바람은 살갑게 살랑살랑 부채질을 하면서 놀고 있고."

"흠-! 재균이는 씩씩 쿨쿨 달게 자면서도 놀고 있고."

"흠-! 만균이는 쌕쌕 콜콜 즐겁게 자면서도 놀고 있고."

이렇게 혼잣소리로 중얼거리는 동안에 눈에 힘이 없어지다가 그만 스르르 잠이 들고 말았습니다. 쌔근쌔근…… 하고 말입니다.

그럭저럭하는 사이에 그네도 피곤해져서 흐늘흐늘 왔다 갔다 하는 행동이 차차 둔해지더니 그만 잠이 들고 말았습니다.

그리고 해님은 배도 고프고 또 졸리기도 하여 슬그머니 구름집으로 들어가고 말았습니다.

이렇게 되어 재균이는 씩씩 쿨쿨…… 만균이는 쌕쌕 콜콜…… 해님은 어렴풋한 눈초리로…… 바람은 고요한 모습으로…… 메리는 쌔근쌔근…… 모두 한결같이 잠속에 빠지고 말았습니다.

그러니까 우리 집 뒷마당은 아주 조용해졌습니다. 뿐만 아니라 우리 집 둘레까지 고요하기 짝이 없게 되었습니다.

그러자 부엌 담 모퉁이에 있는 구멍 속에서 톡 나온 두 눈을 똑바로 뜨고 내다보며 기회만 기다리고 있던 쥐새끼네 서생원(쥐의 별명)이 사르르 기어나왔습니다.

서생원은 또록또록 사면을 둘러보고 나더니

"아, 아! 오래간만에 조용해졌군! 이제야 내 세상이지 뭐! 어디 먹을 것이 좀 없을까?"

하면서 이리로 저리로 홀랑홀랑 돌아다녔습니다.

그러나 먹을 것이란 손톱만 한 것도 보이지 않았습니다.

그래서 서생원은 '오늘은 재균이 만균이가 누룽지도 안 가지고 나왔던 모양이로구나. 그렇다면 할 수 없지!' 하고 종알거리다가 느티나무로 바르르 올라갔다가 재균이 만균이가 그네 안에 잠든 것을 보고는 자기도 슬그머니 자고 싶어서 눈을 깜박이다가 점점 가늘어지더니 그만 잠이 들고 말았습니다.

자! 얼마나 조용한 한때일까요!

만균이와 꾀꼬리

그것은 바로 늦어가는 어느 봄날이었습니다.

재균이가 할아버지를 따라 평양으로 나들이를 가고 보니 재균이 동생 만균이는 혼자서 놀기가 얼른 싫증이 나는 모양이었습니다.

그럴 때면 가끔 어머니가 돌봐주곤 하였지만 이날 어머니는 설거지도 해야 했고 더구나 몇 날이나 묵어 쌓인 빨래도 많아서 오후에야 겨우 좀 시간이 날 모양이었습니다. 이런 눈치를 잘 아는 만균이는 어머니에게

"엄마! 나 혼자서 저 뒤켠으로 놀러 갔다 와도 좋을까요?"

하고 제법 큰 아이처럼 슬그머니 물어보았습니다. 그렇지 않더라도 자꾸 엄마 뒤를 졸졸 따라다니며 훼방이나 놀지 않을까 해서 좀 멀리로 가서 놀고 오라고 하려던 판이라 마침 잘 됐구나! 생각하고

"암! 좋고말고. 만균이가 엄마 분주한 걸 다 알고. 착하다! 그러나 조심해 다녀야지 한눈을 팔든지 하면 자칫 논귀에 빠지기 쉽단. 알아들었느냐?"

"예! 잘 알았습니다."

"그럼, 천천히 다녀오너라"

하고 주의를 시킨 후 승낙을 해주었습니다.

만균이는 뚝마루를 타고 슬금슬금 뒤켠을 향하여 가고 있었습니다.

얼마쯤 가다 보니까 논에 물을 얼른 잡기 위하여 둑을 가로지르고 거기다 자그마한 널판자로 다리마냥 걸쳐놓은 곳이 있었습니다.

만균이는 얼른 '요놈의 다리를 건너야겠구나!' 하면서 한 발을 들어 성큼 그 널판자를 디디어보았더니 한들한들 놀지 않겠어요! 만균이는 어머니의 주의하던 말씀도 얼른 생각이 났지만 제 마음에도 좀 위태로워져서 건너는 것을 그만두기로 하고 둑에서 멀지 않은 채소밭으로 가서 바주*에 기대고 밭을 들여다보았습니다.

그러나 때가 아직 일러서 자기가 먹을 만한 것은 보이지 않고 상추, 마늘, 파, 채소 같은 것밖에 없었습니다.

만균이는 '예! 에! 아무것도 먹을 만한 것은 없네' 하고 좀 실망하는 얼굴로 이번에는 저편 뚝 근처를 바라보았습니다.

그 뚝마루에는 커다란 버드나무가 나란히 죽 서 있는데 그 버드나무 가지에서는 새하얀 솜 같은 것이 펄펄 날고 있었습니다.

'저게 무엇일까?' 하고 자세히 살펴보니 그것은 며칠 전까지 할아버지가 따주어서 먹던 버들강아지임에 틀림이 없었습니다. 그래서 만균이는 '그것 참! 이상도 하다 그렇게 새파랗던 버들강아지가 무슨 까닭으로 저렇게 새하얀 눈과 같이 돼서 날고 있을까? 알 수가 없는걸!' 하며 한참이나 생각에 잠기고 있었습니다.

바로 그때였습니다. 어디선지 곱다란 노랫가락이 들려왔습니다. 만균이는 '야! 참말 곱고 아름다운 노랫소리다. 어디로부터 들려올까?' 하

---

* 대, 갈대, 수수깡, 싸리 따위로 엮거나 결어서 만들 물건. 울타리를 만드는 데 쓴다(평안도 방언).

고 혼잣말로 중얼거리면서 두리번두리번 사면을 휘- 둘러보았습니다.

그랬더니 그것은 먼 데서가 아니요 바로 옆에 서 있는 버드나무 맨 꼭대기 가느단 가지에 노르스름하고 기름이 반질반질 금방 흘러내릴 듯한 깃털을 가진 아름다운 새 한 마리가 앉아 있는 것이 보였습니다. 그래서 만균이는

"새야 새야 예쁜 새야! 지금 그 아름다운 노래를 부른 것은 네가 아니냐?"

하고 물어봤습니다. 새는 동그스름하고도 사랑스럽게 보이는 맑은 두 눈을 잠시 깜박하더니 상냥스럽게 입을 열어

"그래 내가 불렀다만 그건 왜 묻는 거냐?"

"뭐! 별 이유는 없고 네 노래가 하도 아름다워서지!"

"뭐! 내 노래가 아름답다고? 말만 들어도 고맙다."

"그런데 네 이름은 무어니?"

"내 이름을 모르다니! 나는 매해 이맘때면 언제나 이 나무에 와서 놀기도 하고 노래도 부르곤 하는 꾀꼬리인데……."

"응, 네가 바로 꾀꼬리였구나! 인제 잘 알았다. 그러나 넌 어쩌면 그렇게도 예쁜 목소리와 고운 노래를 가지고 있단 말이냐? 부럽기 짝이 없구나! 그 노래 나 좀 배워줄 수 없냐? 자! 좀 가르쳐다오."

"그것쯤 뭐! 어려울 것 없지만 자랑할 만한 것이 못 돼서 말이다."

"너는 제법 사양도 할 줄 알고 말도 잘하는구나. 어쨌든 좀 가르쳐다오."

"그럼 어디 그래볼까?"

하더니 '호-, 호로리로리-, 호- 호- 호로리로리―' 하고 노래를 해보였습니다. 만균이는 얼른 따라 '호-, 호로리로리-, 호- 호- 호로리로리―' 하고 흉내를 냈습니다.

"그래그래! 첫 번치고는 제법 잘 부르는 편이다. 조금만 연습하면 훌륭해지겠다"

하고 무던히 칭찬하는 것처럼 말을 했습니다.

"그건 그렇다 하고 '호-, 호로리로리-……' 란 무슨 뜻이냐?"

"그것은 이제부터 먹을 것도 많아지고 때도 좋은 때가 되니 즐겁단 말이지."

"응, 그랫! 그거야 뭐! 나도 너와 같은걸…… 즐겁기만 하다."

이렇게 찬성하자 꾀꼬리는 참말 기분이 좋다는 듯 '호-, 호로리, 호로리로리-, 호로, 호로, 호로리-' 하고 기다랗게 노래를 불렀습니다.

만균이도 흥이 나서 '호-, 호로리, 호로리로리-, 호로, 호로, 호로, 호로리-' 하고 받아 흉내를 내보았습니다.

이렇게 돼서 만균이와 꾀꼬리는 시간이 가는 줄도 모르고 몇 번이든지 가르치고 배우곤 하다가 나중에는 합창까지 하였습니다.

둑 안팎은 온통 '호-, 호로리, 호로리로리-, 호로, 호로호로리-' 하는 노래로 그득 차고 말았습니다.

짐승들의 노래

네 다리가 마치 작대기마냥 기다랗고 살이 빠지지는 않았는데도 빼빼 말라붙은 듯한 말이 저편으로부터 이편으로 꺼떡꺼떡 걸어오고 있었습니다.

키는 비록 말보다 작지만 뚱뚱한 몸집에다 머리에 창보다도 더 날카로워 보이는 뿔을 두 개씩이나 가지고 있어서 처음 보는 사람이면 누구나 한결같이 '이키!' 하고 겁을 집어먹을 것이지만 실상은 어린애가 끌어도 싫다는 기색조차 보이지 않고 커다란 눈을 끔벅이며 순순히 잘 끌려오는 유순한 소가 이편에서 저편을 향하여 슬금슬금 걸어가고 있었습니다.

하나는 가고 하나는 오면 반드시 서로 만날 것은 정해둔 이치라 물어보지 않고도 잘 알 수 있는 일입니다. 그러니까 오던 말과 가던 소는 이윽고 널따란 풀밭 가에서 서로 만나게 되었습니다.

"아! 우군(소 이름)! 잘 있었나? 오래간만일세."

"아! 마군(말 이름)! 잘 있었나? 오래간만일세."

"그런데 자네는 어떤 노래를 부르는지 좀 알고 싶네."

"나는 '머- , 음머-!' 하고 노래를 부르네만 자네는 어떤 노래를 부르는지 알고 싶네."

"나는 '호홍!' 하고 노래를 부른다네! 그러나 저러나 우리 한번 같이 노래를 불러보는 것이 어떤가?"

"그거 좋은 말일세."

이렇게 되어 말은 '호홍' 소는 '움머' 호홍, 움머, 호홍, 움머 하고 노래들을 부르고 있었습니다.

거기에 꼬리를 둥그스름하게 되집어지고 대가리를 잔뜩 치켜든 발발이란 놈이 달랑달랑 왔습니다.

"아, 마군! 잘 있었나?"

"아, 우군도! 잘 있었나?"

"하하-, 발발이 군! 오래간만일세. 잘 있었나? 그런데 자네는 어떤 노래를 부르는지 알고 싶네."

"나야 뭐! '멍멍!' 하고 노래하지만 자네들은 어떤 노래를 부르는가 나는 그것이 알고 싶네."

"그러면 우리 한번 다 같이 노래를 불러보는 게 어떤가?"

"그거 좋은 말일세."

이렇게 되어 호홍, 움머, 멍멍, 호홍, 움머, 멍멍…… 하고 노래들을 부르고 있었습니다.

거기에 주둥이는 하늘이라도 받아 넘기려는 듯 잔뜩 위로 치켜들고 시커먼 목침 같은 몸뚱으로 걸어오는지 굴러오는지 둥실거리며 오는 놈이 있었습니다. 그것은 돼지였습니다.

"어-, 마군도, 우군도, 발발이 군도 다 모였구만. 다 잘들 있었나? 그런데 무슨 좋은 일이 있는 모양일세나!"

"아-, 돈군! 오래간만일세. 잘 있었나? 우리들은 모처럼 만났기에 노래를 부르고 있었네. 그런데 자네는 어떤 노래를 부르는지 그것이 좀 알고 싶네."

"나야 뭐! '꽥꽥!' 하고 노래를 부르지만 자네들은 어떤 노래를 부르는지 알고 싶네."

그래서 말은 호흥, 소는 움머, 발발이는 멍멍…… 하고 불러 보이고 나서

"그럼 우리 다 같이 한번 노래를 불러보는 것이 어떤가?"

"그거 좋은 말일세."

이렇게 되어 호흥, 움머, 멍멍, 꽥꽥, 호흥, 움머, 멍멍, 꽥꽥…… 하고 노래들을 부르고 있었습니다.

거기에 눈은 초롱같이 반짝거리고 있지만 있는 듯도 없는 듯도 한 조그만 귀를 쪼빗쪼빗하며 제 키보다도 더 긴 꼬리를 잘잘 끌면서 아장아장 걸어오는 놈이 있었습니다. 그것은 고양이였습니다.

"아! 마군도, 우군도, 발발이 군도, 돈군도 모두 모였구만! 잘들 있었나? 아마도 무슨 좋은 일이라도 있는 모양일세나?"

"아! 이거 묘군(고양이 이름)! 오래간만일세. 그동안 잘 있었나? 우리들은 모처럼 만났기에 노래를 부르고 있었네만 자네는 어떤 노래를 부르는지 그것이 알고 싶네."

"나 말인가 나야 뭐! '야옹!' 하고 노래하지만 자네들은 어떤 노래를 부르는지 알고 싶네."

그래서 말은 호흥, 소는 움머, 발발이는 멍멍, 돼지는 꽥꽥…… 하고 노래를 불러 보이고 나서

"그럼 우리 다 같이 한번 노래를 불러보는 것이 어떤가?"

"그거 참 좋은 말일세."

이렇게 되어 호홍, 움머, 멍멍, 왝왝, 야옹, 호홍, 움머, 왝왝, 야옹…… 하고 노래들을 부르고 있었습니다.

거기에 어디서 누구한테 뒷덜미라도 한 대 단단히 얻어맞았는지 지금 막 쏟아져 나올 것만 같은 두 눈을 또록또록하며 바르르 오는 놈이 있었습니다. 그것은 쥐란 놈이었습니다.

"아! 마군도, 우군도, 발발이 군도, 돈군도, 묘군도 모두모두 모였구만! 잘들 있었나? 그러고 보니 무슨 좋은 일이라도 있는 모양일세나! 대관절 무엇인가?"

"아! 서군(쥐 이름)! 오래간만일세 잘 있었나? 우리들은 모처럼 모였기에 노래를 부르고 있었지만 자네는 어떤 노래를 부르는가?"

"나는 '찍찍!' 하고 노래를 부르지만 자네들은 어떤 노래를 부르는지 그것이 알고 싶네."

"자네 말도 옳을세만 그거야 뭐! 우리 다 같이 한번 불러보면 자연히 알 것이 아닌가?"

이렇게 되어 호홍, 움머, 멍멍, 왝왝, 야옹, 찍찍, 호홍, 움머, 멍멍, 왝왝, 야옹, 찍찍…… 노래를 부르다가 더욱 흥들이 난 마군, 우군, 발발이 군, 돈군, 묘군, 서군들은 손에 손을 잡고 둥그렇게 원을 그리면서 얼씨구나 좋아라 춤까지 추며 놀다가 언제 벌써 해가 졌는지 어둠이 다가옴으로 바이바이를 고했습니다.

군센 아이

"여보, 이 신문 좀 봐요! 글쎄 길에서 놀던 어린이가 미군 지프차에 치어 무참하게도 그 자리에서 죽었다지 뭐요! 불쌍도 해라."

"그러니까 어린애들을 자동차나 달구지 같은 물건은 무서운 것이니까 아예 그 옆에도 가서는 안 된다고 잘 타일러서 알게 해야지요. 그리고 큰길에서 놀지 않게 만들어야 해요."

이집 셋째아들 만덕이는 금년 겨우 네 살밖에 안 된 어린이지만 엄마와 아빠가 이야기하는 것을 듣기도 했고 또 엄마의 자상한 주의도 들었기 때문에 자동차나 달구지는 무엇보다도 무섭다고 알게 되었습니다.

이렇게 알게 된 후부터 만덕은 큰길가에 나가 놀던 것을 딱 그치고 작은 골목 안으로 돌아다니며 놀다 오곤 하였습니다.

그러나 자전거만은 웬만큼 좁은 골목길이라도 제법 잘 다니기 때문에 전혀 마음을 놓을 수도 없는 것입니다.

만덕이는 어느 날 집에서 나가 저편 작은 골목으로 돌아가려는데 갑자기 '찌르릉……' 하는 자전거 벨소리가 들려왔습니다. 이때 만덕은 놀래는 한편 얼른 '찌르릉…… 비켜나세요……' 하는 노래를 생각하고 비켜서려다 돌부리에 걸려 넘어지고 말았습니다.

만덕은 '아이 아파!' 하고 막 울음이 목에서 터지려는데 자전거 탔던 아저씨가 자전거에서 얼른 내려서더니

"어! 그놈 장수로군 넘어지고도 울지 않는걸 보니…… 뭐! 이제 펄떡 일어날 거야 장수니까!"

하고 말을 했습니다.

이 말을 들은 만덕이는 갑자기 무슨 기운이 나는 듯해서 울음을 꾹 참고 '낑!' 하고 일어났습니다. 아프지도 아무렇지도 않았습니다.

"이제는 옷에 묻은 흙도 제 손으로 털 거야 더 장수니까!"

하고 아저씨가 또 말하는 소리가 들렸습니다.

만덕은 잠잖게 제 옷에 묻은 흙을 툭툭 털었습니다.

"됐어! 어릴 적부터 이렇게 굳세게 자라야 큰 사람도 될 수 있지" 하고 혼잣말로 중얼거리고 난 아저씨는

"너 참말 장수다"

하고 칭찬하면서 다시 자전거 위에 올라앉으며

"굳센 장수 어린이 빠이빠이!"

하면서 골목길을 빠져나갔습니다. 만덕이는 저도 모르는 사이에 '아저씨 빠이빠이!' 하고 손을 흔들며 히죽이 웃었습니다.

이런 일이 있는 지 며칠 안 되는 어느 날 만덕이가 골목길을 거닐고 있노라니까 어디선지 어린이 우는 소리가 들려왔습니다.

힝, 힝, 힝…….

'어디서 누가 우는 것일까?' 생각하며 앞뒤를 살펴보았지만 아무도 보이지 않았습니다. 그러자 이번에는

엉, 엉, 엉…….

울음소리가 조금 커졌습니다. 그럼 '어딜까?' 하고 바른쪽 골목으로 돌아가보았지만 아무도 보이지 않았습니다.

다시 '왕, 왕, 왕……' 울음소리는 더욱 크게 들려왔습니다.

만덕이는 그 길로 큰 거리에 이르러 보니 큰길 저편에 한 아이가 넘어져서 울고 있는 것이 보였습니다. 만덕은 길을 건너려다가 '길을 건너다 자동차가 오면 어쩔고! 나도 넘어져서 상하지나 않을까?' 생각하고 몸을 움츠렸습니다. 그러나 만덕이는 얼른 저번 자전거 아저씨의 말이 생각났습니다. 그래서 '나는 장순데 잘 보고 가면 되겠지' 하고는 빠른 걸음으로 건너가서 울고 있는 애를 보니 그애는 다름 아닌 옆집 동무 춘삼이었습니다.

"애야, 춘삼아!"

하고 불렀습니다. 그러나 춘삼은 쳐다볼 생각도 않고 그냥 울고 있었습니다.

"춘삼아 나야 나 만덕이야. 얼른 일어나려무나"

하고 말했지만 그래도 춘삼은 그저 울기만 하고 있지 않겠어요! 그래서 만덕이는 안타까워서 저도 울고 싶어졌습니다. '그럼 이대로 두고 가고 말까?' 하고 생각하다가 또 한 번 자전거 아저씨 말을 생각했습니다. '뭘! 나는 장순데……' 하고는 '그럼 이렇게라도 해봐야겠다' 고 마음먹고 춘삼이의 손을 잡아 당겨봤습니다. 그러나 일어날 생각을 하지 않았습니다.

그래서 이번에는 '하나, 둘, 셋 ' 하고 힘껏 잡아당겼습니다. 그제야 춘삼은 겨우 일어났습니다. 일어서기는 했지만 춘삼은 아직도 울음을 그치지 않았습니다.

왜 아직 울고 있을까? 하고 다시 자세히 보니 저고리 앞자락이며 바지 앞쪽이 진흙투성이였습니다. 그것은 큰길 저편 음식점에서 물을 한꺼번에 너무 많이 뿌렸기 때문에 미끄러졌으니까 진흙이 묻을 수밖에 없었습니다.

'이거 더러워서 어떡하지? 그만두고 가버릴까?' 하고 망설이다가 또 자전거 아저씨 말을 생각하고는 '나는 장순데! 얼른 집으로 데려다주기로 해야겠다' 고 결심한 후 춘삼이의 손을 잡아끌며 길 앞뒤를 살핀 다음 빨리빨리 건너왔습니다.

그러는데도 춘삼이는 종래 울음을 그치지 않음으로 만덕이는 속으로 '춘삼이 엄마께서 내가 넘어뜨린 것처럼 알면 어떡하나?' 하고 생각하고는 춘삼이 데려다주는 것을 그만두고 말겠다는 마음이 문득 머리에 움직였습니다. 그러나 그때 얼른 자전거 아저씨가 또 눈에 나타나 보였습니다.

만덕이는 또다시 '나는 굳센 장순데! 그까진 내가 하지 않는 걸 가지고 그럴 까닭이 없다' 하고는 집에까지 데리고 갔습니다. 춘삼이 엄마는 깜짝 놀랐습니다.

"춘삼이가 큰길 저편에 넘어져 울고 있기에 데리고 왔습니다."

"그랫! 고맙기도 해라. 만덕이는 장수야! 그리고 굳세니까 울고 있는 춘삼이를 이렇게 데리고 왔지!"

하고 막 칭찬해주었습니다.

도토리와 재균이

가을 어느 날 이른 아침이었습니다.

재균이는 매일같이 하고 있는 터이라 일어나서 옷을 입기가 바쁘게 곧 할아버지 방으로 가서 '밤새 안녕하십니까?' 하고 아침 인사를 했습니다.

그리고 할아버지가 하는 일을 물끄러미 보고 있다가

"할아버지! 산보 갈 시간이 좀 지난 것 같은데요"

하고 슬그머니 빨리 가자는 뜻으로 이렇게 말했습니다.

"응, 참말 늦었는지도 모르겠다. 그렇지만 할아버지는 오늘 오전 중으로 가져다주어야 할 급한 원고가 아직 조금 더 있어야 다 되겠기에 이 꿈새 아침두니 보즈러게 쓰고 있으니가 산보는 아침을 먹고 나서 하기로 하는 것이 어떠냐?"

하고 재균의 뜻을 물어봤습니다. 재균이는 내킨 마음이라

"그럼 할아버지! 오늘은 나 혼자 공원까지만 갔다 올래요."

"응, 그거 좋은 말이다. 그렇지만 조심해서 다녀와야 한다."

"예! 조심하겠어요."

이리하여 재균이는 공원으로 가는 산기슭 길을 타박타박 걸어가고 있었습니다. 그 길 옆 언덕에는 밤나무 몇 그루가 있었지만 재균이는 아직 모르고 있었습니다. 그런데 그 언덕 위 풀숲에서 바스락! 소리가 났습니다. 재균이는 '이키!' 하고 놀래서 우뚝 섰습니다. 그리고 정신을 차리고 자세히 보았지만 아무것도 보이는 것이 없을 뿐 아니라 다시는 아무런 기척도 없었습니다.

그래서 소리가 나던 풀숲을 살, 살 헤치며 올라가보았습니다. 한 서너 걸음 갔을 때 동그스름하고 까무잡잡하고 반들거리는 것이 눈에 뜨였습니다. 그것은 밤이었기 때문에 재균이는

'하하-! 나를 놀라게 한 놈이 바로 요놈이었구나! 고놈 참 토실토실한 것이 예쁘기도 하다'

하고 혼자 중얼거리며 얼른 집어 살살 만지작거리다가 호주머니에 넣었습니다. 그러고는 삼화과수원을 끼고 다시 걷기 시작하였습니다.

그 과수원 가시쇠줄 울타리 방금 밖에 있는 풀 언덕에서 또 부스럭! 하는 소리가 들리더니 누르스름한 풀포기가 흔들리는 것이 눈에 뜨였습니다. '저런 또 무엇일까?' 하고 이번에는 놀라지는 않았지만 서지 않을 수가 없었습니다. 그러고는 한 발 올려 밟고 풀을 슬, 슬 헤치는데 새빨갛고 동그스름한 놈이 반짝이고 있었습니다. 그것은 사과였습니다. 재균이는 '하하-! 이번에는 요놈의 홍옥이 나를 놀래주려고 그랬구나. 고놈 참 곱기도 하지만 맛도 있어 보이는구나!' 아// 생각하면서 그 위서 두 손으로 뱅글뱅글 돌리다가 또 호주머니에 넣었습니다.

그러고는 공원으로 빨리 갈 수 있는 지름 샛길로 들어서서 걸으면서 조심하라던 할아버지 말씀을 생각하고 발밑을 살피며 가는데 앞으로 그리 멀지 않은 곳에 동그란 구슬치기 알 같은 것이 몇 개 보여서 얼른 가

까이로 가보니 그것은 도토리였습니다. 재균이는 '누가 도토리를 따가지고 가다가 떨어뜨린 모양이다. 이놈을 만균이에게 가져다주면 좋아할 거다' 하고 모두 주워 두 손 사이에 넣고 비벼 혹, 혹 불어 먼지를 날린 후 또 호주머니에 넣었습니다. 그러자 이번에는 무엇이 머리를 톡! 닿치는 것 같으면서 산뜻한 느낌이 들었습니다. '이크! 이게 또 무엇이란 말인고?' 하고 얼른 손을 올려서 머리를 만져보았지만 손에 닿는 것은 없고 손잔등에 또 산뜻 떨어지는 물건이 있었습니다. 그제야 빗방울인 줄을 알았습니다.

'아차! 비가 올 모양이로구나. 찬비를 많이 맞아 옷이 젖게 되면 감기에 걸린다고 할아버지께서 말씀하셨는데 빨리 집으로 돌아가야겠다'

하고는 호주머니를 한 손으로 움켜쥐고 달음질로 되돌아왔습니다.

"할아버지! 공원까지 채 가지 못하고 돌아오지 않을 수가 없었습니다."

"왜? 어째서……"

"뭐! 비가 오려니까요."

"그려야지. 어제 할아버지가 찬비를 맞으면 감기에 걸리기 쉽다고 했더니 잊지 않았으니 재균이는 영리하다"

하고 칭찬하였습니다.

그리고 재균이는 할아버지 옆에 선 채 한참이나 무엇을 생각하더니

"이건 오늘 산보한 선물이야요"

하며 부시럭부시럭 호주머니에서 밤 한 톨, 사과 한 알, 도토리 몇 개를 끄집어내놓았습니다.

이것을 본 할아버지는 글 쓰던 붓을 놓고

"그게 뭐냐?"

"글쎄 들어보세요. 요놈은 나를 놀래줬구요. 요놈은 나를 놀리려고

풀숲에 숨어 있었구요. 또 요놈들은 내가 가는 길을 막으려고 길 가운데 버티고 있거든요! 그래서 모두 잡아가지고 왔지요."

"그래 그것들이 무엇인지 아느냐?"

"하, 하, 하…… 할아버님두! 이런 것도 모를라구요. 요건 밤, 요건 사과 요놈들은 도토리지요 뭐!"

"그래그래 밤, 사과, 도토리지. 그러니까 오늘은 재균이 재수가 좋다."

"재수가 좋은 것이 아니요 산보가 좋았지요."

"그러니까 혼자 산보가 좋았다는 말이로구나?"

"아니야요. 할아버지와 같이 갔으면 더 좋았을걸요 뭐!"

"그러나 저러나 그 선물을 어떻게 할 거지?"

"밤은 구워서 절반, 사과는 깎아서 절반을 만균이 주고 도토리는 죄다 만균이에게 주지요."

"밤이나 사과는 먹을 것이니까 절반이라도 네가 가져야 하고 그까짓 것 도토리는 못 먹을 것이니까 만균이한테나 주겠다는 거냐?"

"할아버님두! 그렇게 나쁜 재균이가 아닙니다. 만균이는 제 동무들과 구슬치기를 하곤 하니까 말이지요."

할아버지는 히죽이 웃으셨습니다.

눈 오는 날

오늘은 새벽녘부터 날이 흐리고 날씨가 몹시 추워선지 재균이와 만균이는 밖으로 나갈 생각은 조금도 없이 방 안에서 장난감을 있는 대로 모두 끄집어내놓고 재미있게 속살거리며 열심히 놀고 있었습니다.

어느 때부터인지 눈이 펄펄 내리고 있었지만 노는 데 팔린 재균이와 만균이는 알지를 못하고 있었습니다.

아침상을 물리고 설거지까지 다 끝내고 방으로 들어온 어머니는 노는 데만 정신이 쏠려 있고 사람이 들어오는 것도 모르는 두 아들을 보고 만족하다는 뜻인지 히죽이 혼자 웃으며 앉지도 않고 유리창 가로 가서 한참이나 바깥을 내다보다가

"재균이 이리 와! 만균이도 같이 와요!"

하고 불렀습니다. 재균이, 만균이는 무슨 까닭인지 몰라 어머니를 쳐다보고 얼른 일어나 어머니 앞으로 와서 나란히 섰습니다.

"너희들 바깥을 좀 내다봐라. 저게 보이느냐? 하늘에서 펄펄 내려오고 있는 저 흰 나비 같은 놈 말이다. 저놈이 무엇인지 아느냐?"

하고 시치미를 따고 물어보았습니다. 재균이와 만균이는 누구 하나
도 어머니 물음에는 대답할 생각도 하지 않는 듯 발을 옮겨 유리창 가까
이로 바싹 다가가서 얼굴을 모두 창에 대다시피 하고 바깥을 내다보다가
"앗! 눈이다. 눈이 내린다. 함박눈이다. 언제부터 내리고 있을까?"
하고 막 춤이라도 출 듯 기뻐 날뛰고 있었습니다.
그러고 있는데 어머니 입에서는

폭씬폭씬 솜 같은
함박눈이다
무엇이 그리 기뻐
춤추며 와서
예쁘게 나무에다 꽃을 피울까?

하는 노래가 흘러 나왔습니다.
재균이도 만균이도 어머니를 따라 노래를 불렀습니다.
그러고 나서 어머니는 바느질을 시작하였습니다. 재균이와 만균이는 노
래를 부르면서 제각기 제 장난감을 앞에 놓고 다시 놀기 시작하였습니다.
열두 시를 알려주는 사이렌이 울렸습니다. 어머니는 밥상을 차려놓
고 재균이와 만균이를 불러가지고 점심식사를 했습니다.
밥상을 물리고 설거지를 마친 후 방으로 들어온 어머니는 또 유리창
앞으로 가서 바깥을 한참이나 내다보다가
"재균이도 만균이도 다 이리 와!"
하고 불렀습니다. 재균이 만균이는 우르르 달려갔습니다.
"너희들 저건 모르지? 저기로 보이는 저것 말이다. 새하얀 떡가루 같
은 것이 하늘로부터 내려오는 게 아마도 재균이 만균이가 싸우지 않고

잘 논다고 떡이라도 해주라는 모양 같기도 한걸!"

하고 딴청을 부리며 물어봤습니다. 재균이 만균이는 대답할 생각은 않고 유리창으로 바싹 다가가서 물끄러미 바라보더니

"앗! 이번에는 가랑눈이다. 함박눈이 언제 가랑눈으로 변했을까? 그렇지만 엄마는 거짓말도 잘해! 그게 어디 떡가루 같아욧! 설탕가루 같은데요……!"

하고는 모두 빙그레 웃었습니다. 어머니도 웃으며

"그럼 떡에다 설탕을 발라 먹으라는 모양이다"

하고 말했습니다. 재균이는

"그런데 엄마! 눈이 벌써 많이 쌓였네요!"

하였습니다. 만균이도

"그러게 말이야요. 저 산도 벌판도 모두 눈나라가 됐지 뭡니까!"

하고 말했습니다. 그때 어머니 입에서는

희디흰 보자기로

덮어줬네요

산들도 벌판들도

깨끗한 모습

더러운 세상이란

보기 싫다고!

하고 노래가 흘러 나왔습니다.

재균이도 만균이도 어머니를 따라 노래했습니다.

저녁때가 되어 아버지가 돌아왔습니다. 모두 상에 둘러앉아 저녁을 먹었습니다. 설거지를 마치고 들어온 엄마에게

"엄마! 눈들은 왜 말이 없나요?"

하고 재균이가 물었습니다.

"산도 벌판도 나무도 집도 모두 새하얗고 깨끗해진 것은 말이야! 그 것이 글쎄 하늘에 있던 눈들이 많이 내려와서 쌓였기 때문인데 쌓인 그 눈 하나하나가 모두 의가 좋고 서로 사랑하기 때문에 싸우는 일은 물론 없고 서로 껴안고 있으니까 말이 없이 조용한 거란다"

하고 말해주었습니다.

그럭저럭 밤 아홉 시 치는 소리가 들려왔습니다. 어머니 입에서는

눈은 눈은 내릴 땐

손에 손잡고

쌓여서는 의좋게

서로 껴안고

잘도 놀고 잘 자지

우리도 자자!

하는 노래가 흘러 나왔습니다.

재균이 만균이도 따라 불렀습니다. 그때 아버지가 벌쭉벌쭉 웃으며

"눈이 오면 개가 좋아한다는데?"

하고 말을 했습니다.

"아버지두! 난 싫어 난 싫어! 개 이야기는 난 싫어!"

하고 재균이가 항의를 해서 모두 웃었습니다. 그리고 어머니가

"자! 밤도 깊어오니까 너희도 눈들과 같이 의좋게 꼭 껴안고 자보지"

하고 말을 했습니다. 재균이와 만균이는 곧 자리로 들어가 서로 속살거리다가 눈이 스르르 감겼습니다.

차돌이와 쇠돌이

일학년 삼반에는 생각지도 않았던 교장 선생님이 오셨습니다.

"오늘은 담임 선생님께서 감기로 못 오셨으니까 첫 시간은 자습들을 해요. 그리고 요즘 유행하는 감기는 독감이니까 주의를 잘 해야 한다고 교의 선생님께서 오늘 아침에 일부러 오셔서 말씀해주고 가셨으니만큼 소홀히 생각해서는 안 돼요. 알았나?"

"예-! 알았습니다."

입은 여럿인데 대답은 한입에서 나오는 것 같았습니다.

"그럼 나는 손님과 약속 시간이 있어서 갈 테니까 조용하게들 앉아서 공부를 잘 해야 돼요. 알았나?"

하시고 교장 선생님은 교장실로 돌아가셨습니다.

"씨! 교장 선생님한테 한번 멋지게 배우는가 했더니 자습이라네!"

장난꾼인 차돌이가 한패 그룹인 쇠돌이를 보면서 이렇게 말하고는 곧 책상을 덜커덩거리며 앞으로 나왔습니다. 쇠돌이도 따라나왔습니다.

그래서 교실 안은 떠들썩해지고 말았습니다. 거기에 차돌이와 쇠돌이가 교단 위에서 씨름을 시작했으니 교실 안은 마치 선장 보는 시장 같아지고 말았습니다.

그런데 우리 반은 이층이요 우리 반 바로 아랫방이 교장실이어서 우리 반의 떠드는 것은 교장 선생님께서 곧 알게 되었습니다.

교장 선생님은 또 오셨습니다.

"지금 교단 위에서 씨름을 한 사람은 앞으로 나와요."

부드러운 목소리였지만 우리들의 머리는 숙여지지 않을 수가 없었습니다.

차돌이와 쇠돌이는 머리를 들 생각도 못하고 어슬렁어슬렁 교단 앞으로 나왔습니다.

아무 말도 없이 우리들을 번갈아 보시던 교장 선생님은 손으로 차돌이와 쇠돌이를 가리키시고는 우리 교실에서 나가셨습니다.

두 아이는 말할 것도 없이 교장실로 끌려갔습니다.

교실에 그냥 남아 있는 우리들은 서로 말은 안 하지만

'차돌이와 쇠돌이는 어떤 벌을 받을 것인가?'

하는 것이 모두가 가지고 있는 생각이었습니다.

차돌이와 쇠돌이는 마치 무서움을 만난 고슴도치마냥 온몸을 움츠리고 교장 선생님의 뒤를 따라 교장실 안으로 들어갔습니다.

"응. 거기 그 의자에 앉아요."

교장 선생님은 온순한 얼굴로 상냥하게 이렇게 말하셨습니다.

그 의자는 푹씬푹씬하는 안락의자여서 차돌이와 쇠돌이는 거기에 앉았다가는 엉덩이가 부르틀 것만 같은 느낌에서 감히 앉을 생각을 못하고 다 같이 엉덩이를 부여잡고 있었습니다.

"앉으라는데 왜 앉지 않고 엉덩이는 왜 잔뜩 붙잡고 있단 말이냐? 어디 좀 보자."

하고 뒤로 돌아가 살펴보니까 두 아이가 꼭 같이 바지 밑이 찢어져 있었습니다. 교장 선생님은 그것들을 안전핀으로 꿰매주고

"자! 얼른 앉이라"

하고 재촉하셨습니다.

그제야 차돌이와 쇠돌이는 겨우 앉았더니 막 마루 속으로 들어가는 듯 다시 불끈 솟아오르는 바람에 놀라지 않을 수가 없었습니다.

교장 선생님은 화분과 책이 놓여 있던 나지막한 책상을 가져다놓고 종이와 연필을 나누어주시면서

"여기서 자습을 해라"

하시며 선생님 자리로 가셨습니다. 바로 그때 노크 소리가 들리더니 사친¹ 회장이요 후원회 이사장이신 덕진이 아버지가 들어왔습니다. 인사를 마치고 차돌이와 쇠돌이를 보더니

"이 아이들은 우등생인 모양이군! 교장 선생님을 도와주는 걸 보니……"

하고는 교장 선생님에게 '전날 말씀드린 그이한테 졸라서 삼만 원 정도라면 낸다는 승낙을 받았기에 선생님을 안심시켜드리려고 왔습니다' 하고 무슨 이야기를 두어 마디 교환한 다음 바쁜 일이 있다면서 돌아갔습니다.

그리고 조금 있노라니 목수 아저씨가 와 문 짜는 말을 하고 갔고 다음에는 집 같은 것을 맡아 짓는 아저씨가 와서 강당 짓는 말을 하고 갔고 그 다음엔 육학년 광식이 아버지가 와서 중학 입학에 대한 말을 하고 갔고 그러고도 손님이 자꾸만 계속 오고 있었습니다.

여기서 차돌이와 쇠돌이는 어린 마음에도 '교장 선생님은 아무 하는

| * 학교를 중심으로 하여 교사와 학부형들로 조직된 모임.

일이 없어 여러 교실이나 돌아보시며 그저 시간이나 보내는 줄만 알았더니 어느 선생님보다도 제일 일이 많구나!' 하고 어렴풋이나마 알 것 같았습니다.

그래서 차돌이와 쇠돌이는 갑자기 반장이라도 얻은 듯한 우쭐한 기분에서 신이 나서 분주스레 자습을 하고 있는데 첫 시간 끝나는 사이렌 소리가 들렸습니다.

한편 교실에서는 아이들이 차돌이와 쇠돌이가 교장실로 끌려간 채 한 시간 내내 돌아오지 않으니까 무슨 큰 벌을 단단히 받고 있는 것으로만 알고 대표를 뽑아 사과를 드리려고 반장, 부반장 줄반장 등이 교장실로 갔습니다.

우선 문틈으로 들여다보니 차돌이와 쇠돌이는 과자를 먹으면서 제법 뽐이라도 빼는 듯 안락의자에 앉아서 무엇들을 쓰고 있는 것이 보였습니다.

같이 온 아이들이 다 한 번씩 보고 나서 의심스러운 마음으로 노크를 한 후 교장실 안으로 들어갔습니다.

그랬더니 교장 선생님은 그제야 일어나 차돌이와 쇠돌이 앞으로 오시더니

"한 시간을 온순히 공부했으니 착하다. 다시는 안 떠든다고 약속하고 가라"

하시면서 차돌이와 쇠돌이의 머리를 번갈아 쓰다듬어주셨습니다.

차돌이와 쇠돌이는 다시는 장난도 안 치고 문대*도 안 피울 것을 속으로 다짐하면서 교장실을 나왔습니다.

| * 수선스러운 짓으로 분란을 일으키어 남을 괴롭게 구는 일.

봄의 선물

언제 벌써 봄이 되었습니다. 따사로운 햇볕이 남녘 언덕을 곰살갑게 어루만져주기가 무섭게 곰살한* 새싹들은 서로 다투기라도 하듯 여기서 도 저기서도 뽀족뽀족 얼굴들을 나타내며 자랑하기 시작하였습니다.

그 새싹들은 서로 바라보고 해죽해죽 웃으면서 무럭무럭 얼른 잘 자 라서 아름다운 꽃을 많이 피우자고 약속을 하였습니다.

새싹들은 그렇게 희망에 부푼 생활을 계속하고 있었는데 어느 날 아 침은 뜻하지 않은 봉변을 당하였습니다. 그것은 그 언덕 밑으로 매일같 이 할아버지와 함께 산보를 하곤 하는 재균이가 무슨 생각엔지 언덕 위

것은 꽃나무를 누구보다도 사랑하는 재균이로서는 아직도 작은 싹들이 었기 때문에 있는 것을 보지 못한 까닭이지 결코 일부러 저지른 짓은 물 론 아닙니다. 그런 줄을 알지 못하는 새싹들은 놀라는 동시에 무서운 생

| * (얼굴의 생김새나 성미가) 예쁘장하고 얌전하다.

각에 몸서리를 쳤습니다.

그때 재균이는 밟힌 새싹들의 외치는 "아야! 아야!……" 소리가 들렸던지 멈칫하고 서서 아래를 내려다보다가 무엇인지는 몰라도 파릇파릇한 것들이 예쁘고 고와서

"할아버지! 여기에 이렇게 고운 것들이 많이 나 있는데 이것들이 무엇입니까?"

하고 물어봤습니다. 할아버지도 언덕 위로 올라가 자세히 살펴보고는

"이것은 모두 네가 좋아하는 꽃나무 새싹들이니까 밟으면 안 되지!"

하고 말해주었습니다. 그제야 재균이는 자기 발에 밟혀 납작하게 된 꽃나무를 일으켜주면서 마음속으로 사과를 했습니다.

이런 일이 있은 후부터 재균이는 가끔 물을 퍼가지고 가서 뿌려주곤 하였습니다. 그러나 꽃나무들은 고마움에 앞서 저번에 받은 무서움이 아직 가시지 않아 발소리만 들리면 두려워서 부들부들 떨곤 하였습니다. 그때마다 꽃나무들은 한결같이

"제발 우리 연약한 몸을 다치게 하지 말아요! 이렇게 빕니다"

하고 모두 간들거리곤 하였습니다. 그러나 재균이에게는 그 소리가 너무 작아서 들리지 않고 다만 물을 줄 때마다 간들거리는 것은 좋아서 춤을 추는 것으로 알고서

"고놈들 참말 예쁘기도 하다. 물을 날마다 줄 터이니 얼른 커서 고운 ~~꽃을 피워다오!~~"

하고 속으로 중얼거리곤 하였습니다.

새싹들은 어느새 벌써 퍽이나 자라 줄기가 좀 굵어지고 잎도 꽤 많이 생겨서 제법 튼튼한 꽃나무가 되었습니다. 그러는 동안에 먹고 싶을 때면 물을 가져다주기도 하거니와 밟아주는 일이 없으니까 두려운 마음도 ~~점점~~ 사라져가게 되었습니다.

그럭저럭 원기가 왕성하게 된 꽃나무들은 비록 작기는 하지만 꽃망울을 만들어놓고 그것을 자랑하느라고 매일같이 춤을 추어 보이곤 하였습니다. 그리고 그 꽃망울을 날마다 크게 만들고 있었습니다.

그런데 꽃을 피우려 할 때쯤 되면 물 생각이 더 많이 나는 터인데 그 물의 주인공인 재균이가 좀처럼 나타나지를 않았습니다.

"어떻게 된 일인가? 물이 제일 필요한 땐데! 알 수가 없네"

하고 진홍 꽃을 피우려고 준비를 갖추고 있는 꽃나무가 머리를 갸우뚱거리며 말했습니다.

"그 무섭기만 하던 어린이 말인가? 나는 안 오는 편이 더 안심이 되는데 기다릴 것이 뭐란 말인가?"

"그게 무슨 말인가. 지금 당장 물이 먹고도 싶지만 그동안 지내본 결과 조금도 우리를 괴롭힌 적이 도무지 없지 않은가 말일세. 그러니까 자네도 그 비뚤어진 마음을 고쳐야 하네."

"듣고 보니 그렇기는 하지만……."

이렇게 꽃나무들이 말을 주고받고 있는데 간지러운 새끼바람이 살그머니 찾아와서

"자네들의 말을 들었기에 그걸 알리려고 일부러 찾아왔네만 물을 떠다 주던 재균이는 요 며칠 동안 독감에 걸려서 누워 있다네! 그래서 못 오는 줄 알아요."

"그렇담! 큰일인데. 요새 감기는 참말 독하다니까 말이야. 그럼 재균이 독감이 얼른 나으라는 진정에서 우리 다 같이 위문을 가기로 하자!"

하는 진홍빛 나무의 주장에 모두 찬성하여 흰 꽃, 연분홍 꽃, 자주 꽃, 보라 꽃…… 들이 앞서거니 뒤서거니 하며 재균이 방으로 갔습니다.

"며칠을 기다려도 오지 않기에 어떤 일이라도 생겼는가 해서 걱정들을 하고 있는데 새끼바람이 와서 감기라고 알려주기에 부랴부랴 찾아왔

네. 하루빨리 쾌차하기를 빌고 빌어 마지않네"

하고 진홍 꽃이 여럿을 대표하여 의젓이 말했습니다.

"나는 며칠 동안 물을 못 갖다 줘서 여간만 걱정이 아니었는데 이렇게 모두 왕성한 기운으로 위문까지 와주어서 감사하네. 참말 고마워요!"

"고맙긴! 우리들이야 날마다 물을 떠다 주는 것만 해도 은혜가 태산 같은데 이까진 위문쯤이 무엇이란 말인가. 그건 그렇다 치고 지금 몸은 어떤가?"

"응, 고마워! 오늘 아침에 의사 선생님이 오셔서 열도 없고 증세도 사라졌으니까 남은 약만 다 먹으면 쾌차할 거라고 내일쯤은 바깥출입을 해도 무방하겠다니까 곧 물을 떠다 주기로 생각하고 있던 중이라 염려할 것은 없다. 그저 고맙기만 하다"

하는 말을 들은 꽃들은 기뻐서 히죽 버룩 웃었습니다.

이튿날 꽃들이 물을 더 많이 얻어먹었을 것은 물론입니다.

숨은 꽃

우리 집은 화산리에서는 그리 작지 않은 집입니다.

이 집은 해방 전에 왜놈이 살고 있었는데 돈도 많고 욕심도 많아서 집터를 이백오십여 평이나 잡아놓고도 정원 같은 것은 만들다 만 것이나 다름없이 되어 있어서 남은 땅이 많았습니다. 그런 것을 우리가 이 집으로 오게 되자 할아버지께서 채마밭도 만들고 꽃밭도 꾸몄기 때문에 모두가 널찍널찍하였지요. 그뿐인가요! 폭신폭신하는 잔디밭까지 만들어서 우리들이 놀기에 참 좋습니다.

그 꽃밭에는 봉숭아, 분꽃, 채송화, 백일홍, 수박풀꽃, 초롱꽃, 부용, 도라지꽃, 일년국(과꽃), 찔레꽃 그 밖에 내가 이름을 알 수 없는 꽃도 많이 심어놓았습니다. 그리고 꽃밭 둘레로 나팔꽃과 덩굴장미 등이 심어져 있고 저편으로 좀 으슥한 내 방 바로 앞에는 꽃봉오리가 큰 여러 가지 장미와 모란, 작약, 설중매, 벽도화, 금잔화, 목련 등이 골고루 심어져 있었습니다.

명식이, 승화, 성삼이, 선화, 문주, 유실이, 장수 등 내 동무들이 매일

같이 나와 놀러오곤 하였습니다. 그때마다 그 동무들은

"참! 훌륭한 꽃밭이다. 이건 너의 할아버지가 가꾸셨지?"

"예쁜 꽃들이 많이 피니까 곱기도 하지만 꽃나라에 온 것 같다."

"향내가 제일 많이 내는 건 어느 꽃일까? 막 코를 콕콕 찌르는 것만 같구나!"

"재균이 너는 좋겠다. 매일 꽃동산에서 살고 있으니까!"

하고 저마다 부러운 듯 이렇게들 한마디씩 말을 하는가 하면

"나는 봉숭아가 좋더라. 새빨간 놈이 예쁘기도 하지만 손톱에 물을 들여주기도 하니까."

"나는 나팔꽃이 좋더라. 아침에 일찌감치 깨봐도 벌써 먼저 피어서 정말 나팔을 불어주는 것 같으니까."

"나는 저편에 있는 금잔화가 좋아 보이더라. 샛노란 금덩어리마냥 한꺼번에 저렇게 많이 피니까 참말 소담스럽지 않으냐 말이다."

"나는 초롱꽃이 좋더라. 저기 저놈을 봐라 큰 거리의 가로등마냥 조롱조롱 매달린 게 우리집 재롱둥이만큼이나 예쁘거든!"

"나는 장미꽃이 좋더라. 흰 놈은 희어 좋고 빨간 놈은 빨개서 좋고 더구나 향내가 우리 엄마 분 냄새같이 은근해서 말이야!"

하고 저마다 제가 좋다고 생각하는 꽃을 제 마음껏 칭찬하여 말하기도 하며 재미있게 놀고 있었습니다.

그런 말을 할 적마다 꽃들도 귀가 있는지 좋아란 듯 건들거리기도 하고 해죽 바룩 웃어 보이기도 하였습니다.

그런데 동편 담에 기대고 있는 덩굴장미 아래가 바로 잔디밭입니다. 그 잔디 풀 속에 새하얗고 아주 조그만 꽃 몇 봉오리 군데군데 피어 있었습니다. 그러나 너무 작아 얼른 눈에 잘 뜨이지도 않지만 다른 꽃에만 정신이 팔려 있었기 때문에 어느 한 아이도 그 꽃을 보지 못했지요. 따라서

그 꽃에 대한 말은 누구에게서도 나오지 않았을 것은 뻔한 일이었습니다. 그래서 그 조그만 꽃은 슬그머니 슬퍼졌습니다.

'봉숭아도 장미도 나팔꽃도 금잔화도 하찮은 초롱꽃도 다 칭찬을 받는데 나는 어째서 보려고도 하지 않는단 말인가. 크거나 작거나 꽃은 꽃이겠는데! 아이 속상해! 나는 왜? 저 밭 가운데서 좀 더 큼직하게 피어나지 못했단 말인가! 하느님은 너무도 야속하지!'

하고 호소하듯 원망하듯 종알거리다가 그만 눈시울이 뜨거워져서 머리를 숙이고 입술을 깨물고 있었습니다.

재균이는 키가 작다기보다도 금년 이른 봄에 냉이 캐러 다니는 고모를 따라가곤 하여 땅을 들여다보는 버릇이라도 생겼던지 높은 데 꽃보다는 땅에 나직이 피어 있는 꽃을 잘 보곤 합니다.

이날도 한 걸음 두 걸음 잔디밭으로 걸어가다가

"하, 하-, 요것 봐라 예쁜 꽃이 여기도 피어 있었구나!"

하고 감탄하듯 말했습니다. 이 말을 들은 그 조그만 꽃은 어찌나 기뻤든지 얼른 눈물을 닦은 후 간들간들 춤을 추어 보였습니다.

재균이는 눈을 끔벅이며 한참이나 그 꽃을 유심히 들여다보다가 얼른 할아버지 방으로 달려가서 덮어놓고 할아버지 손을 잡아 일으키며

"할아버지! 저기 덩굴장미가 있는 울타리 앞에 잔디밭에 새하얗고 자그마한 예쁜 꽃이 몇 봉오리 피어 있어요. 좀 가시잔 말입니다"

하면서 밖으로 끌고 나가서는 잔디밭으로 걸어가더니

"자! 요것 말이야요. 요것 좀 보세요. 조그맣기는 하지만 새하얀 놈이 참말 예쁘지 않습니까?"

하고는 다시 말을 이어

"할아버지! 이 꽃도 심으신 건가요? 그리고 이 꽃 이름은 무엇이라고 부르는가요?"

하고 물었습니다. 할아버지는 빙그레 웃고 나시더니

"그건 심은 것도 아니지만 무엇이라는 꽃인지 나도 처음 보는 것이어서 알 수가 없다."

"할아버지두! 그걸 모르시다니 나도 알 수가 있는데요 뭐! 말해볼까요? 호, 호, 호……"

하고 웃었습니다. 할아버지는 아무 말도 없이 무엇을 생각하시다가

"그랫! 그럼 어디 말해봐라. 네가 알 수 있다니까"

하고 슬쩍 재균이 마음을 떠보려고 말을 했습니다.

"그거야 뭐! '숨은 꽃' 이지요."

"흠-! 숨은 꽃이라……"

하고 또 한 번 웃으셨습니다.

이렇게 이름까지 얻게 된 조그만 꽃은 또 얼마나 기뻤을까요! 그래서

'고맙습니다. 재균이 정말 고마워요'

하고 또 한 번 간들간들 춤을 추어 보였습니다.

착한 어린이

어느 날 재균이 할아버지는 재균이를 데리고 앉아서 이런 이야기 저런 이야기를 해주다가

"아, 참! 이제 내가 좋은 이야기를 하나 할 테니까 잘 듣고 있다가 내가 묻는 말에 대답을 해봐요. 맞히면 상을 줄 것이지만 못 맞히면 어떻게 하면 좋겠느냐?"

"다 들어보고 말하겠습니다."

이 말에 할아버지는 속으로 '그놈! 엉뚱한 데가 있는걸!' 하고 생각하면서 한참이나 물끄러미 재균이를 쳐다보다가 이윽고

"그럼 이야기를 하기로 할 테니 잘 들어요!"

하고는 이야기를 시작하였습니다.

네 살쯤 보이는 한 어린이가 있었지. 그애는 요정리에서 살다가 화산리로 이사를 갔는데 그 이사 간 집은 집터가 이백 평도 넘는 넓은 땅이어서 울타리 안에는 큰 집이 서고도 남은 땅이 많아서 화단은 말할 것도 없

고 채마밭까지 커다란 것이 있었단다.

채소밭에는 무, 배추, 감자, 마늘, 파, 토마토, 외 호박, 강냉이(옥수수), 고구마, 땅콩, 사탕수수…… 등등이 보기에도 맛이 있을 듯이 아름답게 자라나고 있고 화단에는 채송화를 비롯하여 코스모스, 일년국(과꽃), 봉숭아, 분꽃, 백일홍, 부용, 옥잠, 금잔화, 백도라지, 맨드라미, 땅고추…… 등등을 보기 좋도록 심어서 그야말로 백화원 부럽지 않을 정도였단 말이다.

그뿐인가! 그 집 할아버지는 장미, 해당화, 무과, 귤, 유도화, 소나무, 매화, 난초, 철쭉, 진달래, 선인장…… 등등을 까맣고, 희고, 파랗고, 붉은 화분으로 가꾸는 취미를 가지고 있었기 때문에 집 벽에 기대어 주르르 놓아둔 것이 더욱 운치가 있었지!

그리고 그 집에는 사람이 거처하는 방만도 작고 큰 것 합쳐 여섯이 있었고 그밖에 응접실과 널따란 사무실까지 있었는데 동남쪽으로 있는 세 평짜리 방이 바로 그 어린이가 놀고 자고 하는 아담한 방이란 말이야!

그 방에는 새파란 비단으로 만든 방장(커튼)이 쳐 있는데 방 왼편에는 옷장을 비롯하여 대개 비슷비슷한 장롱들이 주르르 몇 개가 놓여 있었더란 말이다.

그런데 맨 구석 장롱에는 비단 거죽에 포근한 솜을 두툼하게 넣어 만든 이불이며 요들이 그득하니 들어 있어서 보기에도 찬란하였단다.

그리고 남쪽 문 안에 있는 책상 위에는 그 어린이 할아버지가 정성들여 가꾼 귤나무 화분이 놓여져 있는데 그 나무에는 그 어린이 주먹만큼씩이나 한 귤이 네 개나 달려서 싯누렇게 익어 있었지 뭐냐!

그리고 또 널따란 뒷벽에는 유명한 분의 묵화(그림) 몇 폭과 그 어린이 아버지가 그린 서양화 한 폭이 보기 좋게 걸려 있었지!

그런데 말이야 그 어린이 할아버지는 어떤 때는 저녁식사를 끝내고 나서 그 어린이를 데리고 앉아 이야기도 하고 또는 '가위, 바위, 보'를 해서 지는 편이 먼저 눈을 감고 엎디면 뒷머리를 손가락으로 슬쩍 찌르고는 '자! 왼손일까? 오른손일까?' 하고 알아맞히는 놀이도 하고 또는 할아버지 발과 그 어린이 발을 사이사이 끼이도록 나란히 내놓고는

'한거리 넘거리 따땅 거리땅 수라 놓은 제 임금 잔치 얻어 먹을 이 못 얻어 먹을 이 네 집에 붙이야 내 집에 붙이야 사마지 꽁 가드라 꽁!'

(이 노래는 무슨 뜻인지 잘 알 수가 없지만 평안남도 강서 지방에 옛적부터 전해오는 구전동요입니다.)

'한 알꽁 두 알꽁 삼사 마구리 오드득 뽀드득 제비산이 귀산이 종지비* 팥을!'

(이것은 황해도 안악지방의 옛적부터 전해오는 구전동요입니다.)

이런 동요를 부르며 손가락으로 발 하나하나 짚어가다가 '가드라꽁'이나 '팥알'로 짚어지는 발을 가드라뜨리되** 두 발을 먼저 가드라뜨리는 이가 이기는 놀이도 하곤 했단 말이야!

그러고는 그 어린이 할아버지가 화단을 가꾸다가 그 어린이가 오면

"애야! 이제 얼마 있으면 고운 꽃들이 많이 필 터인데 그 꽃을 할아버지의 허락 없이 꺾으면 '이놈!' 한단 말이다. 알았지?"

하고 말을 하곤 하지. 그러면 그 어린이는 대답 대신으로 머리를 끄덕거린단 말이야!

또 그리고 그 어린이에게는 고모 한 분이 있는데 아직 고등학교 여학생이니까 가끔 동무들과 같이 놀러와서 화단 구경을 하게 되면 그 어린이는 그들을 따라다니며 '할아버지 허락 없이 꽃을 꺾으면 이놈! 해요. 꺾지 마!' 하곤 하지. 그러면 고모 동무들은 그 어린이가 어쩌나 보기 위

---

* 종달새.
** 안쪽으로 바싹 굽히다.

하여 일부러 꽃을 꺾는 체한단 말이야. 그때 그 어린이는 큰 소리로

"할아버지-, 이거 좀 보세요! 고모들(고모의 동무니까 그렇게밖에 부를 줄을 모르겠지) 꽃을 꺾으렵니다. '이놈!' 하세요!"

하고 고함을 치곤하지.

이렇게 낮에도 밤에도 그 어린이는 할아버지와 재미있게 잘 노는 착한 아이란 말이야! 그러다가 밤 아홉 시가 되면 그 어린이 어머니가 아까 말한 그 폭신폭신한 요를 펴고 이불을 내려놓은 다음

"애야! 인제 아홉 시가 됐으니 자야 하지……"

하고 부르면 그 어린이는 제 방으로 가서 옷을 활활…… 벗고 펴놓은 이불 속으로 쏙-! 들어가 눈을 감고 잠을 청하지.

이윽고 그 어린이는 쌔근쌔근 숨소리도 곱게 꿈나라로 들어가곤 하지!

"아! 그처럼 착하고 예쁘고 얌전한 그 어린이는 누구겠느냐?"

하는 할아버지의 말을 들은 재균이는 그저 웃기만 하고 있었습니다.

'곰' 같은 곰

매일같이 이야기를 한마디씩 하다 보니 밑천이 그리 많이 남지 않은 것 같아 오늘은 새로운 것으로 하나 지어서 말해보겠는데 잘 되고 안 된 것보다도 무엇을 뜻한 것인지만 알 수 있다면 나는 그것으로 만족합니다.

"자! 그럼 들어볼까요."

족제비 새끼 조발발이가 건너 마을 동무의 초청을 받고 산 아래로 아슬랑아슬랑 내려가다가 뜻하지 않은 곳에서 곰의 새끼 고바우와 꼭 마주치고 말았습니다.

미욱하기 짝이 없는 고바우는 곧장 앞을 가로막으며 때리려는 듯 앞발을 치켜들더니

"흥! 요것 봐라. 배가 좀 출출하던 참인데 발발이 너 여기 으슥한 곳에서 잘 만났다"

하고 퉁명스럽게 큰 고함을 쳤습니다. 깜짝 놀란 발발이는 어쩔 줄을

몰라 오줌을 찔끔찔끔 싸면서 오들오들 떨고 있다가 약삭빠른 발발이라 얼른 제가 가는 데는 먹을 것이 많을 것을 생각하고 마음을 진정시켜가지고 발쭉발쭉 웃는 낯으로

"고바우 군! 여기서 만나게 된 것이 참 잘됐네. 그렇지 않아도 나는 지금 자네를 찾아가던 중일세."

"뭣 때문에?"

"다른 게 아니라 저기 저 건너 동리에 있는 내 친구가 말이야. 오늘이 자기 생일이라고 맛나는 음식들을 많이 만들어놓았다면서 나를 청하러 왔지 뭔가! 그런데 말일세. 나야 어디 조금밖에 더 먹을 수가 있는가. 그러니까 그렇게 많다는 음식이 아깝지 뭔가. 그래서 무엇이든지 잘 먹기로 유명한 자네 생각이 문득 떠올라서 같이 가자고 찾아가던 중일세. 자네도 좋고 나도 좋고 둘이 다 좋겠으니 말이야. 자! 어떤가?"

"요놈의 꾀쟁이 같으니! 고까진 거짓말에 이 고바우 어른이 속을 것 같으냐?"

"내가 왜? 장수 같은 자네한테 거짓말을 하겠는가. 그랬다가 뭐! 정말 크게 혼날라고……."

"네 말도 그럴듯하다. 그게 거짓말이 아니고 참말이라면 낸들 왜? 마다하겠느냐. 그럼 같이 가보자."

이렇게 되어 커다란 고바우와 조그만 조발발이는 앞서거니 뒤서거니 하며 건너 마을을 향해 갔습니다.

주인과 서로 인사를 나눈 다음 발발이는 작으니까 조그만 방석에 고바우는 크니까 커다란 방석에 앉았습니다.

그런데 먼저 와 있던 주인 친구 몇 사람은 하나 둘 변소에 가는 척 나가서는 다시 들어오지 않았습니다. 그것은 두말할 것도 없이 고바우가 무서워서 슬그머니 도망치고 만 것입니다.

이윽고 음식상을 앞에 놓고 먹기를 시작했는데 발발이는 작으니까 종지보다도 작은 그릇에 밥을 담아 먹고 술잔만 한 보시기로 국을 담아 먹고 큰 밤알만 한 찻종으로 숭늉을 퍼마시고 나니 벌써 배가 불렀습니다.

"주인 친구! 참 맛있게 먹었네. 감사하네"

하고 인사를 했습니다.

한편 고바우는 커다란 왕사발로 산더미같이 담은 밥을 두 그릇이나 먹고 큰 됫박 같은 보시기로 국을 가득 퍼서 두 그릇을 거뜬히 먹고 커다란 찻종으로 숭늉을 또 두 그릇이나 마셨으니 아무리 큰 고바우의 배라 해도 어느 정도 찼을 것입니다.

그래서 발발이는 때를 놓치지 않고 고바우를 추켜세워서 마음을 사 두어야겠다고 생각하고

"고바우 군은 장사니까 먹기도 참 잘 먹네. 그만했으면 어디 배가 조금은 불렀는가?"

"웬걸! 아직 멀었어. 배가 부르려면 좀 더 먹어야지"

하고는 상 귀퉁이에 놓여진 떡 그릇을 발발이한테 가져다 달래가지고 그것을 한입에 두 개 세 개씩 넣어가면서 또 다 먹었습니다.

"이젠 좀 어떤가?"

"웬걸! 아직 멀었어. 배가 부르려면 조금 더 먹어야 해!"

하고는 과자가 그득 담긴 유리그릇을 발발이가 옮겨다주는 것을 앞에 놓고는 바짝, 버쩍 또 다 먹었습니다.

"이제야 뭐! 더 먹을 배가 있을라구! 어떤가?"

발발이가 슬쩍 고바우의 감정을 건드려주었습니다.

"웬걸! 아직 멀었어. 더 먹어야지"

하고는 상 아래 내려놓았던 식혜 한 사발을 단숨에 죽 들이마셨습니다.

"이제야 더 먹을 배가 있을라고……."

"웬걸! 아직 좀 더 먹어야지"

하고는 상 옆에 놓아두었던 과일 그릇을 제 앞으로 당겨다 놓더니 깎지도 않고 한 알도 남김없이 또 다 먹었습니다.

"이제는 정말 배가 많이 불렀네. 그 이상 더 먹었다가는 혹시나 터질지도 모르겠네. 그만 해두세."

"웬걸! 이래 보여도 아직 멀었어. 좀 더 먹어야지"

하고는 다식 그릇을 당겨놓더니 그것도 반이나 먹었습니다.

그러자 고바우의 배는 마치 고무풍선에 바람을 잡아넣듯 점점 부풀어 오르고 있었습니다. 이 모양을 본 발발이는 놀랜 눈으로

"애고마니나, 저것 보게. 저 배!"

하고 안타깝게 부르짖었습니다. 그러는 찰라 '펑!' 소리와 함께 고바우는 끙! 소리를 대며 넘어졌습니다.

"아차! 기어코 배가 터지고야 말았구나! 큰일 났다"

하고는 발발이가 재빨리 의사 토 선생(토끼를 말함)을 청해왔습니다.

토 선생은 깡충깡충 빠른 걸음으로 와서 고바우의 배를 꿰맸습니다.

그리하여 미련쟁이 고바우는 겨우 죽음만은 면할 수가 있었지만 그 이후의 고바우는 얼마만큼씩이나 먹었는지 아는 이는 없습니다.

삼길이 만세

여름 방학이 되자 금년에 학교에 들어간 동생 삼길이는 책이고 뭐고 다 내동댕이치고 매일 매미만 잡으러 다닙니다.

"너는 방학 과제는 제쳐놓고 매미만 잡으러 다니니 그래 매미를 잡아서 무엇에 쓴단 말이냐. 너는 매미를 잡아서 먹기라도 하느냐?"

"그럼 먹지 뭐! 맛이 있는걸…… 형은 아직 못 먹어봤어?"

"에끼 바보! 그렇다면 내일 내가 매미가 많이 있는 데로 데리고 가서 많이 잡아줄 테니까 실컷 먹어봐라. 그렇게 맛이 있다면……."

"뭐! 그렇게 해준다면 고맙다고 열 번이라도 절을 하지."

이렇게 되어 우리 형제는 우이동 뒷산 나무숲으로 갔습니다.

이런 놈, 저런 놈, 큰 놈, 작은 놈…… 등 여러 가지 매미를 많이 잡아 가지고 돌아오다가 집이 보이지 않는 산모퉁이에서 큰비를 만나 흠뻑 옷을 젖혔습니다. 그렇다고 옷을 벗어버릴 수도 없고 보니 여름이지만 부들부들 떨며 집에까지 왔습니다.

그날 밤부터 삼길이는 열이 높아지며 앓기 시작하였습니다. 나는 '차라리 내가 앓지 않고 왜 삼길이가……' 하며 매우 걱정하다가 의사 선생님에게 진단을 받았더니 독감이라 하였습니다. 열이 너무 많기 때문에 자칫 폐렴으로 되기가 쉬우니까 움직이지 말고 가만히 누워 있어야 한다고 몇 번이고 주의를 주고 가셨습니다.

나는 동생의 마음을 조금이라도 누그러지게 하려고

"이제 금붕어 장수가 지나가면 금붕어 사줄 테니 그놈들이 어떻게 노나 자세히 보아요. 올라왔다 내려갔다 옆으로 갔다간 뒤로도 가고 하는 것이 제 마음대로 된단 말이야! 글쎄 그렇게 제 마음대로 할 수 있는 것이 무엇 때문인지를 알아내는 것도 한 재미거든……"

하고 가만히 있으라는 뜻으로 그렇게 말했습니다.

"그럼 형! 내 돈까지 합쳐서 여러 마리를 사 줘, 응!"

"뭐! 네 돈이 아니라도 아빠가 돈 많이 주시고 출근하셨으니까 염려할 것 없어요."

이 말을 들은 동생은 안심했다는 듯 눈을 사르르 감고 가만히 누워 자는 체하고 있었습니다.

나는 곧 엄마한테 말하여 금붕어 다섯 마리를 샀습니다.

"자! 봐요. 금붕어는 조용히 잘 놀지. 너도 얼른 나아야 저렇게 놀 수 있을 것이 아니냐. 그러니까 이거나 보며 누워 있어요."

하고는 밖으로 나가 동생 동무들의 과제장 하는 것을 잠깐 살펴보고 왔습니다. 동생은 눈을 감고 자는 것 같더니 내 발소리를 듣고 눈을 뜨고

"난 하루빨리 나아야 하겠기에 가만히 있는 거야. 그래야 금붕어 구워먹지 뭐! 매미보다 맛이 있을 거야."

"그래그래! 얼른 나야지."

"아, 참! 그런데 형! 내가 심은 복숭아가 이젠 피었을 것 같은데?"

하고 갑갑한 듯 말했습니다.

"아, 참! 내가 깜빡 잊고 있었구나. 그럼 내 얼른 가보고 오지."

나는 화단으로 가서 동생이 심은 봉숭아를 보았습니다. 세 그루 중한 그루만이 네댓 봉오리가 피어 있고 또 내일 필 놈이 좀 많이 달려 있었습니다. 나는 동생에게 희망을 주기 위하여

"내일은 피겠어. 빨리 나아서 가봐요"

하고 일부러 거짓말을 했습니다. 동생은 좀 안타까운 심정인 듯

"난 빨강보다 흰 놈이 좋은데 내일 필 놈이 흰 놈? 빨간 놈?"

하고 물었습니다. 나는 역시 흥미를 주기 위해서

"그건 비밀! 내일 아침에 보아서 알려고 하는 것이 더 희망이 있을 것이니까"

하고 웃으면서 말하니까

"형은 심술쟁이 밉살!"

하고 나무라듯 말하고 다시 눈을 감았습니다. 나는 또 한 번 가여운 생각이 들며 눈시울이 뜨거워졌습니다.

나는 곧장 화단으로 가서 그 봉숭아를 정성스레 파서 화분에다 옮겨 심고 물을 주어 그늘진 곳에다 놓아두고 들어왔습니다.

이튿날 아침식사를 마치고 나서 화분을 보니 봉숭아꽃은 여러 봉오리가 피어 참말로 아름답게 보였습니다.

나는 그 화분을 물로 잘 씻어가지고 동생 방으로 갔더니 동생은 아직도 꿈길을 더듬는 듯 쌔근쌔근 자고 있었습니다.

깨우는 건 몸에 좋지 않을 것 같아서 그냥 서 있는데 어머님께서 들어오셔서

"오늘 아침 일찌감치 의사 선생님이 오셔서 진찰을 다시 하고 주사를 놓아주면서 이제 한참 푹 자고 나며 쾌차할 거라고 안심해도 좋다고 하셨으니까 깨우지 말아라"

하고 나를 쳐다보며 주의를 주셨습니다. 나는 말없이 고개만 끄덕이고는 화분을 장롱 안에다 감추어두고 문을 전과 같이 닫아두었습니다.

그러고는 밖으로 나가 약 두어 시간이나 지나도록 동생 동무들을 찾아 과제장 한 것들을 하나하나 살펴보고 오니까 그제야 동생은 눈을 뜬 채 나를 반갑게 맞아주었습니다.

나는 시치미를 따고 웃으면서

"봉숭아꽃이 필 것 같더니 아직 안 폈어! 그래도 좀 보련?"

"그렇지만 밖엘 나가도 좋을까?"

"글쎄 아직 무리해서는 안 될 거야. 그러나 밖에 나가지 않고도 볼 수가 있을지도 모르지!"

"거짓말! 무얼 어떻게 본담."

그때 나는 장롱 문을 열었습니다. 이것을 본 동생은 벌써 웃으며

"응, 언니가…… 고놈 빨강이 먼저……"

하고는 이불을 슬쩍 제치며 일어나 앉았습니다. 나는 나도 모르는 사이에 '삼길이 만세!' 하고 외쳤습니다.

시라소니*와 달

    금년은 농사가 크게 풍년이 들었다 해서 저 멀리 산 아래 동리에서는 술을 빚고 떡을 치고 고기를 굽고 하여 크게 잔치를 차려서 먹고 마시고 하면서 노래도 부르고 춤도 추며 질탕하게 놀고 있었습니다.

    이것을 멀리서 바라보며 듣고 있던 시라소니네 집 둘째 시시는 몹시 부러운 듯 군침을 꿀꺽꿀꺽 삼키고 있었습니다.

    때마침 달이 무척 밝았습니다. 그러니만큼 나무와 풀이 무성한 산이지만 도리어 바다가 아닌가 하고 착각을 일으킬 정도였습니다.

    시시는 저도 모르는 사이에 혼자서 산 아래 동리 편을 향하여 슬금슬금 발을 옮겨놓았습니다.

    뒷발이 길고 앞발이 짧은 시시는 아래로 내려가는 일이 거북할 뿐 아니요 풀숲에서는 풀에 걸리지 않을까 두려워 조심하느라고 못 보았지만 좀 번번한 곳에 이르니까 자기 그림자가 자기를 따라 움직이는 것이 그

---

    * '스라소니'의 북한어.

림자인 줄을 알면서도 무슨 딴 놈이 자꾸만 따라오는 것 같아서 차차 겁이 나기 시작했습니다.

그래서 시시는 제가 가끔 데리고 다니곤 하는 족제비네 졸졸이를 찾아갔습니다.

"여보게 졸졸이 군! 잠깐만 보세."

"응, 누군가? 밤이 깊은 지금 이때 뭣 하러 왔나?"

"응, 나야 나! 시시야."

"오- 시시 군! 무슨 바람에 불려서 이 밤중에……"

하고는 쓰고 있던 이불을 차고 일어나서 밖으로 나왔습니다.

"응, 뭐! 달이 하도 밝아서 잠은 안 오고 갑갑하고 배는 고프고 해서 무엇을 좀 먹었으면 하고 생각하고 있는데 글쎄 들어봐요. 자네 귀엔 안 들리나? 저 아래 동리에서 떠들고 있는 저 소리가……"

"그러니 어쨌단 말인가?"

"얘, 이 졸졸이야 그만하면 알아차릴 것이지 꼼챙이* 같으니라구! 저기선 지금 큰 잔치가 벌어지고 있단 말이야. 그러니까 거기를 가면 구경도 좋겠지만 사람들이 신나게 떠드는 사이에 그까진 닭 한 마리쯤 슬쩍한다고 누구 하나 알기나 하겠느냐 말이야."

"응, 알겠네만 그러면 쉽게 말해서 도둑 해온다는 말이지?"

이 말을 듣고 시시는 얼른 대답하기가 힘든 듯 어물어물하다가

"그거야 이 꼼챙이 친구야! 그런 것보다도 사람들은 지금 먹고 남을 만큼 음식이 쌓여 있을 것이 아닌가. 그것을 조금 달래면 물론 줄 게 아닌가. 그렇다면 주는 음식 대신 닭 한 마리를 주었다면 그만 아닌가 말이야!"

| * 속이 좁은 사람을 일컬음.

하고 시시는 슬쩍 얼버무리려고 하였습니다. 그러나

"그렇다 치더라도 주는 것을 가져오는 것과 가만히 가져오는 것과는 다르지 않은가. 그러니까 그런 옳지 못한 일은 난 싫을세. 그리고 사람이란 그저 주는 물건도 속으로는 아까워하는 판인데 아무리 하찮은 닭 한 마리라도 모르게 없어졌다면 야단까지 칠지도 모를 일이요 더구나 들키든지 하는 날에는 큰 경을 치고야 말걸세."

이렇게 말하고 난 졸졸이는 몸을 움츠리고 뒷걸음질을 해서 집으로 들어가버리고 말았습니다.

"그러니까 졸졸이 자네를 꼼챙이라고들 했었구만…… 그럼 할 수 없지. 나 혼자 갈 수밖에…… 잘 자게, 난 가네"

하고는 다시 아래를 향하여 내려가고 있었습니다. 그러나 혼자서는 암만해도 무섭기도 하거니와 어딘가 허수한 느낌이 자꾸만 머리에 떠올라서 이번에는 삵괭이네 집 망냉이* 살살이를 찾아갔습니다.

"여보게 살살이 군 있나?"

"거 누군가? 남이 자고 있는 깊은 밤에…… 무슨 급한 일이라도 있는 사람인 모양이로구만!"

하면서 자리에서 일어나서 문을 열었습니다.

"나야 나! 시시야."

"아! 시시 군, 자네가 웬일인가?"

"뭐! 놀랄 건 없네. 급한 일보다도 재미나는 일이니까."

"그게 뭔데?"

"글쎄 저 아랫 동리에서 흥청거리는 소리를 들으니까 고프던 배가 더 고파져서 말일세. 저렇게 정신없이 떠들고 있는 틈을 타서 닭을 한두 마

* 막내(평북, 함경도 방언).

277

리 슬쩍할 수 있지 않겠는가 말이야. 그래서 같이 가자는 걸세."

"흠-, 그럴듯하긴 한데……?"

"그럴듯하면 됐지 망설일 건 뭔가."

"글쎄 그 슬쩍한다는 게 결국은 도둑질밖에 안 되겠는데 달님이 저렇게 눈을 똑바로 뜨고 내려다보고 있어서……."

"원, 원! 무슨 그따위 생각을 한담. 사람들한테 허락은 못 받는다 해도 그저 얻어오는 것과 무엇이 다르다고 그런단 말인가. 어서 가기나 하세."

"그렇게 이것도 저것도 아닌 '시시' 한 일로 달님에게 부끄럼은 사지 않는 것이 옳다고 생각하네."

"뭐, 시시하다굿! 흥 내 이름을 슬쩍 끌어다 나를 욕하는 건가?"

"아, 참! 자네가 '시시' 였지. 잠간 실수를 했네. 용서하게. 그러나 나는 달님이 양심을 자꾸만 비쳐주어서 같이 가는 건 그만두려네"

하고 거절해 말했습니다.

"세상에 별 이상한 놈도 다 보겠네. 뭐 달님이 부끄러우니 뭐 도둑질이나 다름이 없다느니 제가 언제 그렇게 마음보가 발랐던가"

하고 비웃듯 말하면서 시시도 하늘을 쳐다보았습니다. 그랬더니 아닌 게 아니라 소반같이 둥근 달님이 밝고도 맑은 빛이 자기의 눈을 쏘아보는 것 같아서 눈을 감지 않을 수가 없었습니다.

이윽고 눈을 간신히 뜨고는

"역시 달빛이 너무 밝구나! 어쩨 나도 좀 어색해지는걸……"

하며 잘 자라는 인사도 없이 시시는 자기가 오던 길을 되돌아 올라가고 있었습니다.

달님은 히죽이 웃고 있었습니다.

생일 아닌 생일

재균이와 만균이는 형제입니다.

나이는 비록 어리지만 이들 형제 사이의 사랑은 옆집 어른들이 부러워하여 칭찬을 아끼지 않는 것입니다. 그 중 한 가지를 들어보면 가령 음식이나 과자 같은 것이 생겼을 때는 똑같이 나누어 먹는 일을 언제나 한결같이 하는가 하면 재균이가 없을 때는 만균이가, 만균이가 없을 때는 재균이가 서로서로 됐다 준다고 제 손으로 깊숙하게 간직해주곤 하니까 형제간의 사랑은 더욱 두터워질 뿐 싸움이란 한 번도 해본 적이 없었습니다.

어느 날도 형제는 손을 꼭 잡고 할머니를 따라 밭으로 가서 재미롭게 놀고 있다가 할머니가 깜부기 진 수수 몇 대를 뽑아주는 것을 가지고 집으로 돌아와 뒤뜰로 가서 의좋게 깜부기를 까먹고는 수수깡으로 무엇을 만드는 놀이를 하고 있었습니다.

거기에 할아버지가 나오시더니

"난 너희들을 한참이나 찾아다녔더니 여기 와 있었구나. 나는 너희들이 들으면 놀랠 만한 기쁜 소식을 하나 가지고 왔다."

"그게 뭔데요?"

만균이가 재빨리 물었습니다.

"할아버지께서 이제 곧 말해주실걸 뭐!"

재균이가 말했습니다.

"그렇지만 좋은 소식이면 빨리 들어야 속이 시원할 게 아냐!"

만균이가 또 말했습니다.

"그래그래. 네들 말이 다 옳다. 그럼 말해주는 대신 이 편지를 읽어줄
테니까 그 기뻐할 일이 무엇인지 알아들 봐요."

　　-어느덧 가을이 된 것 같습니다. 아버님께서 제일 즐기시는 사과 홍
　옥이 제법 맛나게 익은 놈이 있기에 골라 따서 두 상자를 부쳤사오니 맛
　이나 보시옵소서. 그리고 재균이나 만균이가 그 새빨간 홍옥 알을 쥐고
　기뻐서 어쩔 줄 모르며 뛰노는 모양이 눈에 선하게 보이는 듯합니다. 앞
　으로 국광이 익을 무렵쯤 해서는 재균이 만균이를 데리고 아버님께서 한
　번 다녀가실 것으로 믿사옵기에 제 일은 그때 말씀드리기로 하옵고 이만
　그치오며 아버님, 어머님 그리고 온 집안 식구들이 한결같이 건강하고 행
　복하기를 멀리서 빌고 있습니다.

　　　　　　　　　　　　　　　　　　　　　×월 ×일 여식 올림

　　이것이 진남포에서 살고 있는 재균이 만균이 고모로부터 온 편지의
대강한 줄거리였습니다. 이 편지를 듣고 있던 형제는 고모의 말대로 손
뼉을 치고 펄펄 뛰며 기뻐하였습니다.

　　"이제 곧 사과 상자를 뜯어줄 것이니 기다리고 있거라"

　　하며 들어가시려다가 다시 서서 두 손자의 노는 놀이를 보니 그들이

만든 것은 집들이 있는 동리가 제법 잘 만들어져 있었습니다.

재균이의 동리는 부엌 뒷문이 있는 담 아래다 만균이의 동리는 들창문이 있는 담 밑에다 각각 만들어져 있었습니다.

재균이의 것은 흙을 쌓아 산처럼 만들고 그 기슭에다 두 서너 채 집을 짓고 앞으로는 조그만 냇물이 흘러내리고 그 내에는 다리가 놓여 있고 만균이 것은 산이 없는 대신 우물이 있고 네다섯 집이 서 있는 동리인데 그 동리 뒤로 철로가 놓여 있는데 철로 위에는 기차가 가고 있는 것이 보입니다.

한참이나 유심히 이편저편을 비교라도 하듯 보시더니

"그거 참! 네들 생각지고는 제법 잘 만든 평화로운 아담한 동리들이다. 그렇지만 농촌으로서는 꼭 있어야 할 물건이 빠졌구나!"

하고 말하였습니다.

"꼭 있어야 할 물건이란 무엇일까요? 저는 모르겠는데요"

하면서 만균이는 의심스럽다는 듯 눈을 끔벅거리고 있었습니다.

"우리 집을 생각해봐도 얼른 알 수가 있을 터인데 모르다니! 농사짓는 집에서 제일 필요한 거야 뭐! 청간과 그 청에 연달아서 외양간도 만들어야 될 게 아니냐. 그래야 곡식도 간직해두고 새끼도 꼬고 가마니도 짜고 소도 치고 할 것쯤 몰라서야 되겠느냐 말이다."

"그거 참 그렇구만요. 그럼 형! 또 할머니한테 가서 깜부기 수숫대를 뽑아달래 가지고 와야 할게 아냐?"

만균이가 이렇게 말하면서 얼른 일어나서 형 재균이와 같이 가자는 눈치였습니다. 그러나

"얘들아 이제 놀음은 그만두고 그보다 더 좋은 일이 있으니까 저리로 가자."

할아버지가 이렇게 말하면서 먼저 안뜰로 들어가셨습니다.

재균이 만균이는 한결같이 '무슨 좋은 일일까? 사과를 주시려나?' 하고 생각하면서 앞서거니 뒤서거니 할아버지의 뒤를 따라갔습니다.

아니나 다를까 진남포 고모가 부쳐준 두 개의 사과 상자가 나란히 놓여 있는 것이 보였습니다.

재균이와 만균이는 고놈의 새빨간 홍옥 알이 해죽이 웃으면서 얼른 나타나기를 고대하는 마음에서 저희들도 모르는 사이에 사과 상자에 매어져 있는 새끼를 풀기 시작하였습니다.

그러고 있는데 할아버지께서는 사과 상자 뜯을 쟁기를 들고 나오면서

"얘들아 사과 상자란 그렇게 쉽게 뜯어지는 것이 아니란다. 쳐라 내가 이것으로 얼른 뜯어줄 테니……."

그때가 벌써 저녁때였습니다. 밭에 가셨던 할머니는 외랑 가지랑 옥수수랑을 한 아름 치마폭 가득 싸안고 오셨습니다.

그러고는 사과 상자를 할아버지께서 뜯고 있는 것을 보고

"그건 웬 거요?"

"진남포 애가 보냈구만……."

"그러니까 재균이 만균이는 생일날을 오늘로 고쳐야겠는데요!"

하고 말해서 모두 웃었습니다.

빈대떡과 삼형제

음력 팔월 보름날이 '한가위' 명절이란 것을 모르는 이는 없을 것입니다.

그리고 이 명절은 일 년의 네 큰 명절 중에도 첫 손가락에 꼽을 만할 뿐 아니요 햇곡식이 나기 시작하는 때이기도 하여 도시에서나 농촌에서는 그 햇곡식으로 여러 가지 맛나는 음식들을 만들어 먹는 것도 또한 잘 알고 있을 것입니다.

이야기는 이 명절로 말미암아 생겼다고 해도 틀리지는 않을 것입니다.

우리 옆집에는 철원, 철수, 철삼, 세 형제가 있는데 나이가 겨우 한 살씩밖에 차이가 없기 때문에 맨 맏이 철원이가 여섯 살, 다음 철수가 다섯 살, 셋째 철삼이가 네 살입니다.

이 세 아이는 한 피를 받은 동기 삼형제지만 그들의 성질은 하나도 같은 데가 없고 각각 다릅니다.

한가위를 하루 앞둔 열나흘 날이었습니다. 우리 옆집 철원 어머니는 '집 형편이 비록 가난하기는 하지만 이 큰 명절을 그저 보낼 수가 있나!

더구나 어린애들이 가만히 있지 않을 것이 아닌가. 남들처럼 떡이나 다른 것은 못한다 해도 빈대떡이나마 지져서 한 점씩 먹여 시끄러운 입을 막아야겠다' 생각하고 녹두 쌀을 갈고 있었습니다.

그때 철원, 철수, 철삼 세 어린 형제는 보통 같으면 집에 있으라고 해도 안 있는 성질이지만 이날만은 어머니를 둘러싸고 앉아서 빈대떡이 빨리 지져지기를 기다리고 있었습니다. 그러니만큼

"어머니! 인제 그만하면 다 간 셈인가요?"

"아직 얼마나 더 있어야 빈대떡이 되나요?"

철원과 철수는 기다림에 지친 듯한 태도로 제들 눈으로 보고 있으면서도 이렇게들 물어봤습니다.

"뭐! 조금만 더 갈면 곧 지지게 될걸 그렇게 서둘지들 마!"

철삼이는 의젓하게 앉아 시치미를 뚝 떼고 말했습니다.

이윽고 불에 활짝 달아오른 철판 위에는 큼직한 빈대떡 세 점이 오지직 소리를 내며 익어가고 있었습니다.

"고놈 참, 좀 빨리 익지 않고……"

하면서 철원이는 참다못해 군침을 꿀꺽 삼켰습니다.

"참말! 아직도 안 익었을까?"

하면서 철수도 따라서 입맛을 쩝 다시었습니다.

"그렇지만 잘 익어야 맛이 제창 좋을걸 뭐!"

하고 철삼이가 아주 천연스러운 얼굴로 말했습니다.

"그렇게 덤비고 서두르지 말고 마음 푹 놓고 기다려봐요"

하고 어머니는 주의 시키듯 이렇게 말했습니다. 그때 기름이 타며 빈대떡 익는 냄새가 코를 쿡! 건드렸습니다.

"원! 아직도 안 익는담 고놈이……"

하며 철원이가 철판을 바라보았습니다.

"익는 건지 안 익는 건지 고놈의 빈대떡 참 밉살일세!"

하고 철수가 원망하듯 말했습니다.

"그래도 차차 익어가겠지 차차 설*어가려구!"

하고 철삼이는 어른답게 말했습니다.

"뭐! 인제 겨우 한쪽 익었다"

하면서 어머니가 빈대떡을 하나하나 뒤집어놓으면서 말했습니다.

"인제 더 기다리기가 힘드는군!"

하며 철원이가 침을 또 삼켰습니다.

"고놈이 그렇게도 안 익으면 그만 내동댕이를 칠까보다"

하고 철수는 손가락으로 빈대떡을 가리키며 말했습니다.

"그렇게 성급히 굴거나 골을 내면 빈대떡도 밉게 볼 게다. 철삼이처럼 의젓하게 앉아 기다려야지"

하고 어머니는 또 타일렀습니다. 그때 빈대떡도 세 어린이와 어머니의 말을 듣고 '철원이는 성급한 성질 따위요 철수는 곧잘 내는 뚝배기 따위로구나! 그 따위들에 주기는 정말 싫지만 철삼이처럼 의젓이 앉아 기다리는 어린이가 난 좋아 얼마든지 주고 싶다'고 생각하면서 번갈아 쳐다보았습니다.

"난 더 못 참겠다. 인젠 먹어봐야지"

하면서 철원은 손을 쑥 내밀어 그중 제일 큰 놈 한 점을 성큼 집었습니다. 빈대떡은 놀래면서 온몸에 힘을 콱 주었기 때문에 더 열이 올라서 철원이는 '이크! 뜨거워!' 하면서 얼른 입에다 넣었지만 혀가 뜨겁기도 하고 아직 채 익지 않아서 비렸습니다.

"이놈이 이렇게 뜨거운데도 익지 않다니……"

| * 충분하지 못함.

하면서 다 뱉어버리고 나머지도 던져버리고 말았습니다.

"인제야 익었겠지 먹어보자!"

이번에는 철수가 성큼 한 점을 쥐었습니다. 빈대떡은 또 싫증이 나서 몸에 힘을 주었기 때문에 더 뜨거워져서 철수는 입 안을 데워 금시 뱉어버리면서

"고놈의 밉살 빈대떡 같으니라구!"

하면서 나머지는 되 철판 위에 던지고 말았습니다.

"자! 봐라. 그렇게 성급히 굴거나 공연히 골질을 하면 빈대떡도 그런 아이에게는 먹여주기를 싫어할 것이니까 그런 일들을 당하는 거란다. 지금쯤 다시 봐라 여기 한 점이 다 익었다. 그렇지만 이건 철삼이 것이니까 철삼이가 가져가거라"

하고 주었습니다. 이때 빈대떡은 '아 좋아라 저렇게 의젓한 아이를 먹이게 되었으니까' 하고 기뻐하였습니다.

"참말 맛이 있는걸! 푹 잘 익은 놈이니까"

하면서 철삼이는 히죽 해죽 호물호물 먹으면서 형들을 번갈아 처다보고 있었습니다.

"자! 봐라. 무엇이든지 다 그런 것이란다. 빈대떡도 잘 익을 때까지 꾸준히 기다려야만 빈대떡도 점잖게 먹게도 맛도 더 좋도록 만들어준다고 알아야 한단 말이다. 그리고 무엇에나 성급히 서두르면 일을 망치기가 쉽고 골을 잘 내도 그렇고 참고 견디고 기다리는 사람에게만 복은 오는 법임을 잘 깨달아야 한다."

어머니는 이렇게 말했습니다.

나와 토끼 사냥

작년 겨울 눈이 좀 많이 내린 어느 날이었습니다.

우리들은 눈에 폭폭 빠지기도 하고 미끄러져 넘어지기도 하면서 구르는 듯 조르르 달아나는 토끼들을 따라 이리저리 뛰었습니다.

그것은 우리 아빠가 토끼잡이에 명인이란 말을 들어오기도 하지만 그물을 가지고 있기 때문에 동장을 비롯하여 몇몇 아빠 친구들이 우리 학교 교장 선생님을 모시고 토끼잡이로 하루를 즐겨 보자는 청으로 토끼 사냥을 가게 되었습니다. 이것을 안 나는 우리 반 동무들에 이야기하여 빈 깡통 하나씩을 가지고 그 토끼 사냥에 따라갔기 때문이었습니다.

우리 몇 사람은 이리 뛰고 저리 닫는 토끼를 쫓아가다가 잃어버리고 제각기 흩어지게 되었습니다.

나는 산 동편 나무가 좀 많은 곳으로 갔습니다. 거기서 나는 눈이 녹은 듯 검은 곳을 보게 되었습니다. 가까이 가보니 그것은 토끼 구멍으로 커다란 토끼가 무엇을 먹는지 입을 흐물거리고 있었습니다. '앗! 저게……' 하고 곧 깡통을 두드리려다가 나는 그 토끼가 몇 마리의 새끼에 젖을 먹이고 있는 것을 알게 되었습니다.

나는 얼른 '저게 새끼 때문에 아직 도망을 안 가고 있었구나!' 하고 생각하면서 놀래주면 달아나다 잡히겠는데 어떡하나 망설이고 있는데 설레발이 삼만이가 뛰어오고 있었습니다. 나는 저놈이 알면 안 되겠다 생각하고 미끄러져 넘어지는 척하고 엉덩이로 구멍을 막고 있었습니다.

설레발이가 씩씩거리며 오더니

"너 게서 뭘 하니?"

"그만 미끄러져서 엉덩방아를⋯⋯."

"그따위쯤 뭘! 일어나면 될걸⋯⋯."

"글쎄 어찔해서 움직여지지가 않아."

"그럼 내 일으켜주지."

"아니야. 내가 할게. 먼저 가요."

"일어나서 같이 가면 되잖아!"

"내 걱정은 말라니까 그러네."

이렇게 끌려고 하고 안 끌리려고 하는 사이에 내 엉덩이는 토끼 구멍에서 떨어지고 말았던 모양입니다. 그래서 토끼는 놀래서 홀랑 달아나고 말았습니다.

이것을 본 설레발이는

"옹! 그러니까 너는 엄마 토끼를 새끼 토끼와 함께 너 혼자 잡을 생각으로 나를 속이려 일부러 그랬구나!"

하며 나를 노려보았습니다.

"아니야. 그런 게 아니고⋯⋯."

"뭐가 그런 게 아니란 말이냐? 나쁜 자식 같으니 그만둬!"

하고는 골을 잔뜩 내가지고 후딱 가버리고 말았습니다.

이편저편에서 깡통 소리가 요란하게 한참이나 나더니 이편 그물에서도 저편 그물에서도 죽을 듯이 날뛰는 토끼들이 보였습니다.

날씨는 좀 추운 편이지만 우리 동무들은 추위가 다 뭐냐는 듯 기운차게 뛰어다니고 있었습니다.

그러고 나서 보니 토끼가 일곱 마리나 걸려들었습니다.

아빠는 '자! 일곱 마리나 되오' 하시면서 모두 모이라고 외쳤습니다.

이윽고 아빠는 미리 준비해두었던 상자를 그물 안으로 옮겨놓고 한 놈 한 놈 귀를 치켜 들어 보이고는 집어넣고 하는데 그때마다 우리 동무들은 '와–' 하고 함성을 지르곤 하지만 나는 아무 소리도 없이 '이번 놈일까?' 하고 마음으로 외면서 아빠가 한 마리를 쳐들 적마다 배만 보고 있었습니다.

그러다 다섯 놈째 이르러 나는 '앗! 그놈이다' 하고 고함을 지르고

"아빠! 그놈은 엄마 토끼야요. 얼른 놓아주세요"

하고 간청했습니다.

"뭐라구! 어디 보자"

하시고 곧 토끼 배를 보셨습니다.

"응, 참말! 이 젖은 금방 빨린 증거가 완연하다. 그렇지만 여러분이 힘들여 잡은 것을 나 혼자 내 맘대로 어떻게 놓아줄 수가 있냐?"

"아닙니다. 방금 젖 먹이는 걸 제 눈으로 보고 왔습니다. 엄마가 없어지면 새끼마저 죽을 것입니다. 놓아주세요."

"그건 너보다 내가 더 잘 안다만 나 혼자서는 안 된다니까 그러는구나"

하고 큰 소리를 지르시더니 여러 사람을 쳐다보셨습니다.

이때 교장 선생님이 오셔서

"뭘 그러시오. 오늘은 웃음은 있을지언정 골날 일은 없을 텐데! 하, 핫, 핫……"

하고 너털웃음을 웃으셨습니다.

"글쎄 우리 갑식이란 놈이 이 토끼가 새끼 달린 놈이라고 놓아주라고 저렇게 억지를 쓰면서 울고 있으니까 큰 소리를 칠 수밖에요."

"응-, 그럴듯한 억진데! 당신은 어떻게 생각하십니까?"

하고 동장을 돌아보며 물었습니다.

"나 같은 사람이야 그저 따라다니는 터이니까 그것도 선생님 말씀에 따르기로 하지요."

"자! 그렇다면 우리 학생들은 어떻게 생각들 하느냐?"

"새끼가 가엾지 않습니까. 그러니까 놓아주는 것이 좋을 것 같습니다."

"그러면 너희들이 다 같이 갑식이 아버님한테 청해라."

이렇게 해서 아빠는 웃으면서 놓아주었습니다. 우리들은 손뼉을 치며 기뻐하였습니다.

이때 설레발이 삼만이가 갑자기 쿨쩍쿨쩍 울고 말았습니다.

우리들도 여러 어른들도 무슨 까닭으로 우는지 몰라서 어리둥절하고 있다가 교장 선생께서

"너 왜 우느냐?"

하고 물었습니다.

"선생님! 저는 갑식이한테 미안하기도 한 데다 그 마음씨에 감동이 돼서요"

하면서 아까 나와 옥신각신하던 이야기를 했습니다.

"뭐! 갑식이 마음을 알았으면 됐지 울 것까지야 없지 않느냐. 그러니까 우리 갑식이를 위해 찬양의 뜻을 보이기로 하자" 하셨습니다.

주제넘은 희망

장마가 지려는지 연달아 이틀째 비가 내리고 있었습니다.

재균이는 밖으로 나가 놀 수는 없고 답답은 하고 동생 만균이는 그리 멀지 않은 같은 시내기는 하지만 역시 비가 오는 까닭인지 외가에 가서 아직 돌아오지 않고 하여 혼자서 방 안을 왔다 갔다 하고 있었습니다.

어머니가 부엌일을 다 치르고 들어와서 이불에 옷을 입혀 꿰매야겠다고 방을 넓게 쓰기 위하여

"어느 한편에 가만히 앉아서 엄마가 이불을 다 꿰맬 때까지 노는 아이가 착한 아인데"

하고 넌지시 말했습니다.

집안 식구 누구의 말이고 제게 옳게 생각되는 것이면 아무 불평 없이 잘 듣는 재균이는 저편 책상머리에 붙어 앉아서 한참 동안은 그림책이며 앨범 책을 뒤적이면서 혼자 놀았지만 어느새 지쳤는지 또 속이 답답하기 시작하니까 얼른 일어나서 할아버지 방으로 갔습니다. 그러나 할아버지는 원고를 쓰고 있었습니다. 그래서 다시 할머니한테로 갔습니다. 그러

고는 할머니가 하는 일을 물끄러미 보다가 과히 요긴한 것 같지 않다고
생각하고

"할머니! 오늘은 비도 오고 하는데 이야기를 하나 해주세요."

"왜 날더러. 할아버지가 계신데……."

"아니야요. 할아버지는 지금 글을 쓰고 계시니까 할아버지 대신 할머니께서 이야기를 하나 해달라는 말입니다. 얼른요"

하고 졸라댔습니다.

"글쎄 좋은 말이기는 하지만 나야 어디 이야기를 할 줄 알아야지!"

"할머니는 뭐! 예순 해도 넘어 사시는 동안에 남한테 들은 이야기도 퍽 많을 터인데 왜? 할 줄 모른다고 그러세요."

"그래그래 듣기야 무척 많이 들어왔지만 나이가 늙으면 정신도 같이 늙는지 다 잊어버리고 말았구나!"

"그렇게 하나도 남김없이 다야 잊었을라구요! 그래도 생각해보면 한 가지쯤 생각나는 것도 있겠지요."

"그럼 어디 생각해볼까"

하고는 한참 동안 묵묵히 앉아 무엇을 생각하다가

"그래그래! 내가 어렸을 때 할아버지한테 들었던 이야기 하나가 생각난다. 그런데 그때 그 할아버지도 또 옛 할아버지한테 들으셨다고 하셨으니까 아마도 머나먼 옛적 이야기일 것이 분명하다"

하고는 다시 말을 이어

"그럼 이제부터는 그 옛이야기를 할 터이니 잘 들어봐요."

─ 옛적도 옛적 소도 말도 범도 사자도 제법 말을 잘 했다니까 옛적도 맨 옛적이었던 모양이야.

그때 어느 넓고 넓은 벌판 가운데 못이 하나 있었더란다.

그 못은 개구리들만이 사는 말하자면 하느님이 지정해준 개구리 나라로 수많은 개구리들이 살고 있었지.

그런데 개구리들은 어른 아이 할 것 없이 싸움하는 일이라곤 한 번도 없이 참말로 평화롭게 매일같이 헤엄도 치고 숨바꼭질을 하다가는 뜀뛰기도 하면서 유쾌하게 놀고 있었지.

그렇지만 꼭 같은 놀음을 언제까지나 계속하려니까 아마도 싫증이 났던가봐요. 그래서 어떤 날은 모두 한자리에 모여 회의를 열고 저희들의 새로운 놀음을 가르쳐주기도 하고 또 모든 것을 잘 인도해줄 만한 어른님 한 분이 있어야 하겠다고 만장일치로 결정하고 그런 뜻을 하느님께 아뢰었더란다.

그래서 하느님은 어리석은 개구리들을 불쌍히 생각하고 커다란 나무토막 한 개를 못물 위에 띄워주었지.

그런데 크디큰 나무토막이 떨어지는 바람에 요란한 소리와 동시에 온 나라가 뒤집히는 듯한 물결이 일어났지. 개구리들은 금시 죽는 것만 같아서 모두 못 바닥으로 숨어 들어갔지.

한참을 지나도 아무런 일이 없으니까 어느 용감한 청년 개구리가 살금살금 헤엄쳐 나와보았단 말이야.

그랬더니 웬 커다란 것이 의젓하게 둥둥 떠 있을 뿐 다른 징조는 조금도 보이지가 않더란 말이야. 그래서 그것이 하느님이 주신 어른님이나 아닐까? 생각하고 여러 동족들에게 알린 다음 그 어른님 둘레에 모였지.

그래서 아무렇지 않으니까 그 둘레에서 놀기도 하고 붙잡기도 하다가 나중에는 그 위로 기어 올라가기도 했단 말이야. 그래도 아무런 일도 일어나지 않으니까 그 적에는 바보라고 놀려대기까지 했지.

이것도 오래고 보니 또한 싫증이 났지. 그래서 다시 회의를 열고 다른 어른님을 보내달고 또 청원을 하게끔 됐지.

그래서 하느님은 쓴웃음을 웃으면서 '그러면 이번에는 어떤 것을 보내야 좋담' 하고 생각하다가 '어디 왜가리란 놈을 한번 보내자!' 한 후에 결국 왜가리를 보냈지.

왜가리는 개구리 나라로 오기가 무섭게 한 놈 또 한 놈씩 개구리를 잡아먹기 시작했지.

그러니까 개구리들이 견디어 배길 재간이 있겠느냐. 도망을 치다 보니 남은 동족이란 불과 몇 십 마리에 지나지 못했단 말이다.

그래서 개구리들은 또다시 다른 어른님을 보내달라고 호소를 했지.

하느님은 곧 '자기 주제도 모르고 분에 넘는 희망을 원한 끝에 자기들이 부른 노릇이니 거기에 알맞은 벌을 어떻게 면하겠단 말이냐. 그러나 너무 가엾으니 도망치는 것만은 특히 용서한다' 하고 꾸짖었지-.

"자! 내 이야기는 이만 그치기로 하자. 그럼 무슨 말인지 알겠느냐?"

재균이는 히죽히죽 웃으며 말이 없다가 문 밖을 내다보고 '아! 비가 멎었네!' 하면서 밖으로 나갔습니다.

손자와 할아버지

    자유로운 민주주의를 철칙으로 일을 하는 사람과 민주주의란 옷만 입히고는 속에 빨간 목재로 그득 채워놓은 김성주(가짜 김일성의 본명) 무리들과 의좋게 지내기란 어떤 경우에도 있을 수 없는 것입니다.

    소위 정치위원이란 자리를 피하기 위하여 국민학교 하나를 만들어가지고 책임자로 오기는 했지만 그것도 그리 잘 맞을 리가 없었을 것은 물론입니다.

    그래서 용정국민학교 교장을 버리고 난 다음부터는 할아버지는 될 수 있는 데까지 밖에 나가기를 삼가고 있었습니다.

    어떤 날 저녁이었습니다. 책 보기에 지친 할아버지는 손자 재균이를 데리고 앉아서 이런 이야기를 하다가

    "이번에는 알아맞히기 이야기를 할 터이니 잘 들어야 한다. 이야기가 좀 길어서 잊어버리기가 쉬우니까"

    하고 말을 했습니다. 재균이는 대답 대신 머리를 끄덕였습니다.

    "대답은 활발하게 '예!' 해야지 머리만 끄덕이면 쓰나!"

"옛!"

"그럼 이제부터 시작한다."

한 어린이가 있는데 그 아이는 용정리에서 살다가 회산리로 이사 간 것이 바로 작년 가을이었더란다.

그 이사 간 새집은 집터가 이백 평도 훨씬 넘는 넓디넓은 땅을 차지하고 있었지. 그러니만큼 멀리 둘러친 울타리 안에는 화단은 물론이요 채소밭까지 널따랗게 만들어져 있었지.

채소밭에는 무, 배차를 비롯하여 감자, 토마토, 마늘, 외 강냉이(옥수수), 낙화생…… 등이 보기에도 아름답게 자라나고 있고 화단에는 일년국(과꽃), 코스모스, 봉숭아, 백일홍, 부용, 따리아, 옥잠…… 등 갖가지 꽃나무들이 많이 심어져 있으며 남향한 방 앞에는 귤나무를 비롯하여 여러 종류의 선인장이며 네댓 가지의 월계 그리고 난초, 폰세치아* 유도화, 영산홍…… 등을 심은 화분들이 죽 놓여 있고 울타리 둘레에는 나팔꽃을 올렸기 때문에 아침이면 참말 장관이었지!

그리고 그 집에는 부엌을 제해놓고 방이 여섯이나 있는데 동남향으로 되어 있는 세 평짜리 방이 바로 내가 말하는 그 어린이의 방이지.

그 방에는 파란빛 난초 무늬가 짜인 분홍 휘장이 쳐 있는데 방 뒤편에는 의걸이 장롱을 선두로 거의 비슷비슷한 장롱이 몇 개 놓여 있지.

그런데 그 맨 끝 장롱에는 모본단 거죽에 포근한 솜을 두둑하게 넣어 만들어진 이불과 포단이 그득히 들어 쌓여 있었지.

그리고 남쪽 문 안에 놓아둔 책상 위에는 그 어린이 할아버지가 친히 가꾼 귤나무 화분이 향기도 그윽이 놓여 있는데 그 귤나무에는 그 어린

_____

| * 포인세티아poinsettia.

이 주먹만큼이나 큰 귤이 네 개나 달려서 익기 시작하는지 노란빛을 띠기에 바쁜 모양 같았단 말이다.

그리고 오른편 벽에는 양석연 선생의 노안도(갈대와 기러기를 그린 동양화) 한 폭과 그 어린이 아버지가 그린 풍경화(경치를 그린 그림)가 액속에 들어 걸려 있었지.

그런데 그 어린이 할아버지는 저녁식사가 끝나면 이따금(간혹) 그 어린이를 데리고 앉아서 '가위, 바위, 보'를 해서 지는 이는 눈을 감고 엎디게 한 후 손가락으로 머리를 '꾹!' 찌르고는 오른손인지 왼손인지를 알아맞히는 놀이도 하고 또 어떤 때는 할아버지와 그 어린이가 마주 앉아 발을 내서 사이사이 끼이게 늘어놓고는

'한거리 닝거리 마땅 거리땅 수라 놓은 제 임금 잔치 얻어먹으리 못 얻어먹으리 네 집에 불이야 내 집에 불이야! 사마지 꽁 가드라 꽁!'

하기도 하고

'한알과 두알꽁 삼사 마구리 오드득 뿌드득 제비산이 귀산이 종지비 팥알'

하며 손가락으로 이 발 저 발을 차례차례 꼭꼭 찔러가다가 '가드라 꽁' 이나 '팥알'로 끝나는 발을 가드라쳐서 두 발을 먼저 가드라뜨리는 사람이 이기는 놀음도 하곤 했지.

그리고 할아버지가 화단에 손질을 할 때 그 어린이가 옆에 오면

"여기에 꽃들이 피면 더 곱겠지?"

하면 그 어린이는 머리를 끄덕끄덕하곤 하였지.

"그러니까 꽃을 꺾으면 할아버지가 '이놈' 하고 꾸중할 거야!"

하면 또 알았다는 뜻을 보여주었지.

또 그 어린이에게는 고모가 있는데 그 고모는 고등학교 학생이니까 가끔 동무들을 데리고 와서 화단을 구경하곤 하는데 그때마다 그 어린이

는 뒤를 따라다니며 꽃을 꺾으면 할아버지가 '이놈!' 해요 하곤 하지.

그럴 때마다 고모 동무들은 일부러 못들은 체 꽃 꺾는 시늉을 하면 그 어린이는 곧장 "할아버지! 이거 좀 보세요. 고모들이 꽃을 꺾어요!"

하고 고함을 치곤해서 고모 동무들은 웃기곤 하였지.

그리고 밤이 되면 그 어린이는 할아버지 방으로 와서 할아버지 할머니와 여러 가지 재미있는 놀이도 하고 이야기도 하다가 아홉 시가 되면 그 어린이 방에서는 그애 어머니가 폭신한 포단이 펴지고 이불이 내려지지. 그러고는

"애야! 인제 아홉 시가 울렸으니 잠자리에 들어야지!"

하고 부르곤 하지. 그러면 그 어린이는 곧 '예!' 하고 대답하고는 제 방으로 건너가서 포근한 이불 속으로 쏙! 들어가곤 하지.

이윽고 그 어린이는 쌔근쌔근 숨소리도 곱게 아늑한 꿈나라로 가곤 한단 말이야.

"자! 그렇게도 예쁘고 착하고 얌전한 그 어린이는 누구일까? 어디 재균이 알아맞혀보아라"

하고 말을 하자 재균이는 그저 히죽 버룩 웃고만 있었습니다.

여우와 따오기

저녁을 먹고 제 방에서 놀고 있던 재균이와 만균이는 놀음에 싫증이 나서 서로 의논하고 앞서거니 뒤서거니 할아버지 방으로 왔습니다.

"오늘 밤에는 놀음은 그만두고 이야기를 하나 해주세요"

하고 재균이가 말했습니다.

"그럼 그래볼까"

하고는 무엇을 한참 생각하다가 할아버지가 이야기를 하셨습니다.

여우 한 마리가 사냥개에게 쫓겨 산에서 뛰어나왔지.

그러니까 여우는 뛰면서도 어디 숨을 만한 곳이 없을까? 하고 곁눈으로 자꾸 살펴보았지만 그럴듯한 곳은 좀처럼 보이지 않았단 말이야.

그곳은 숨을 곳이야 얼마든지 있지만 원래 냄새 잘 맡기로 이름이 높은 사냥개인지라 어디에 숨었다 해도 여우의 냄새로 곧 찾아낼 터이니까 그렇게 쉽게 아무런 데나 숨을 수가 없음으로 해서 말이지.

그런데 날쌘 사냥개는 여우보다 빠른 걸음으로 따라오기 때문에 둘의 사이는 점점 줄어들고 해서 여우는 그야말로 죽을 지경에 이른 셈이지.

그렇다고 여우로서야 아무런 손도 안 쓰고 그냥 잡히려고 하겠느냐. 그래서 어떻게든지 숨어야 할 궁리를 하며 뛰다가 문득 저 멀리 풀밭에서 양들이 놀고 있는 것을 보게 됐지.

여기서 여우는 얼른 '옳지 됐다!' 하고는 있는 힘을 다하여 곧장 그 풀밭을 향해 달려갔지. 여우는 가는 길로 그들 양떼 속으로 뛰어들었지.

아무런 생각이 없이 마음 턱 놓고 놀고 있던 양들이 놀랐을 것은 두말할 것도 없지. 더구나 여우가 이 양의 몸에 부딪고 저 양의 몸에 부딪고 하는 바람에 양들은 혼이 나갈 정도였지.

양들은 아무런 생각조차 해볼 시간도 없이 도망을 치고 있는데 여우란 놈은 웬 까닭인지 양들을 해치려는 생각은 조금도 없다는 듯 달아나고 마니까 그제야 양들은 '거 참! 이상한 놈도 다 있네. 무엇 때문에 우리들을 놀라게만 하고 도망을 치고 말았을까?' 하고 모두 바라보았지만 여우는 어디로 갔는지 알 수가 없었지.

그거야 뭐! 여우란 놈은 재빨리 그 근처에 있는 무성하게 자란 속새밭 속으로 들어가버리고 말았으니 보일 리가 있겠느냐 말이다.

그런 뒤에 거의 다 쫓아온 사냥개는 그 냄새 잘 맡는 코로 흥, 흥……아무리 맡아보았지만 아까 바람결에 풍겨오던 여우 냄새는 간 곳이 없고 양의 냄새만이 코를 찌를 뿐이었지.

그래서 사냥개는 '여우는 아마도 멀리로 도망치고 만 모양이다' 생각하면서 주인한테로 돌아가고 말았지.

그런데 그 여우란 놈은 왜? 그렇게 바쁜 때 한 발이라도 더 빨리 뛰지 않고 양들을 놀래주었을까?

"이야기는 이것으로 끝!"

하고 할아버지가 말하자 만균이가 머리를 쳐들며

"그 이야기야 재균 언니의 것이니까 제 것도 해주셔야지요"

하고 '끝'에 대해 항의했습니다.

할아버지는 꼼짝도 못하고 이야기 한마디를 더 하지 않을 수가 없었습니다.

너희들 할아버지가 지은 따오기 노래 알지? 보일 듯이 보일 듯이…… 하고 부르는 동요 '따오기' 말이다.

그 따오기란 새는 봄에는 북쪽으로 날아가고 가을에는 남쪽으로 날아간단 말이야. 그렇게 춥지도 덥지도 않은 곳을 그때그때마다 따라다닌다고 '철새'라고 부른단다.

그런데 어느 북쪽 나라 어느 늦가을이었지. 커다란 따오기 한 마리가 있는데 친족이나 이웃집이나 여러 동무들은 모두 한결같이 따사로운 곳을 찾기 위하여 산 넘고 물 건너 남쪽으로 남쪽으로 날아가는데 그 큰 따오기만은 웬 까닭인지 갈 생각이 없다는 듯 논벌에서 인가 근처로 슬금슬금 기어와서는 어떤 벌거벗은 빈집에 들어가 불도 안 때고 춥디추운 겨울을 부들부들 떠는 것은 예사요 몇 번이나 죽을 고비를 넘기고 겨우 살아날 수가 있었지.

그럭저럭 그 무시무시하던 겨울은 지나가고 봄이 왔지. 그러니까 작년 갔던 친족이며 이웃집 친지며 여러 동무들이 다시 와서 반갑게 기쁘게 서로 만나게 됐지.

그러니까 모두가 서로 위로해주고 도와주고 해서 지난겨울의 괴로움은 잊는 줄도 모르게 잊고 즐거운 나날을 유쾌하게 지나니까 그때에야 아무런 다른 생각이 생길 리가 없었지만 세월은 빨라서 어느덧 또 가을이 왔지.

그러면 친족과 이웃과 여러 동무들은 다시금 남쪽나라를 향해갈 게 아니냐. 그런데 그 큰 따오기는 금년도 역시 갈 생각을 않고 있었지. 그런데 이번에는 좀 작은 따오기 한 마리가 가지 않고 남아 있었단 말이다.

그러니까 금년은 크고 작은 두 마리의 따오기가 서로 껴안고 춥디추운 겨울을 겨우 지낼 수가 있었는데 큰 따오기는 작은 따오기의 보호가 있어서 작년보다는 좀 쉽게 지냈다는 거야.

이 두 따오기를 본 사람들은

'참 이상한 따오기가 다 있지! 글쎄 추워서 죽을 고생을 하면서 왜 따사로운 곳으로 가지 않을까? 그것도 작년에는 한 마리더니 금년에는 크고 작은 두 마리나!'

하면서 그들을 가만히 살피고 있었지.

그러나 그 따오기들은 이상하지도 수상하지도 않은 보통 따오기였지.

그렇지만 큰 따오기는 엄마로 날개가 상해서 먼 길을 갈 수가 없으니까 그렇게 머물러 있었고 작은 따오기는 아들로 엄마를 보호하기 위하여 위험을 무릅쓰고 남아 있다는 것을 알게 됐지.

그래서 사람들은 그 기특한 아들 따오기에게 감동되어 그 모자 따오기를 위하여 날마다 불을 피워주었다는 거야!

오르간 소리

맑고 고요한 밤이었습니다. 어디서 누가 타는지 오르간 소리가 간드러지게 들려오고 있었습니다.

도레미 도레미라
솔미도레 미레레
......

아직 떨어지지 않는 떡갈나무 잎 속에다 몸을 숨기고 앉아 있는 부엉이 아저씨는 그 오르간 소리를 자장가로 삼고 잠이라도 청하는 듯 일심으로 듣고 있었습니다.

'참말로 전에는 들어보지 못한 아름다운 음악이요 노래인걸!'

하고 혼자 중얼거리다가

'어쨌든 그건 누가 탈까?'

하면서 부엉이 아저씨는 때때로 잎을 헤치고 머리를 슬그머니 내놓고는 꼬마 전기알만큼이나 한 두 눈을 번쩍이면서 저 멀리 아득한 곳을 바라보곤 하였지만 보이는 것은 외딴 산막집의 외로운 등불과 멀고 먼 하늘가에 오종종한 별들뿐이었습니다.

그러고 있는데 그때 그곳을 지나가던 새끼바람(솔솔 부는 바람)이 부엉이 아저씨가 아직 자지 않고 있는 것을 알고 잎을 살짝 헤치고 들어와서

"아저씨! 안녕하십니까? 그런데 밤이 깊었는데 왜 아직 주무시지 않고 무엇을 그렇게 열심히……."

"응, 난 또 누군가 했더니 바람네 집 작은 도령이로구만! 잘 찾아줬네. 나 혼자 심심하던 중인데…… 이리로 앉아서 저 소리를 좀 들어보게. 참으로 아름다운 노래일세. 그렇기도 하지만 저 오르간은 누가 타는 것인지? 알 수가 없네그려!"

"오르간 소리는 무슨 오르간 소리란 말씀입니까?"

"자네에게는 안 들린단 말인가? 귀가 밝기로 유명한 자넨데! 들릴 터이니 그러지만 말고 눈을 감고 가만히 귀를 기울여가지고 들어보게나!"

이 말을 들은 새끼바람이 귀를 기울이고 가만히 눈을 감은 채 정신을 가다듬고 있노라니 과연

도레미 솔미레미
솔미레도 미레도
……

하는 아름다운 오르간의 멜로디가 어디선지 들려왔습니다.

"참말 그렇구만요! 그런데 그 노래는 아마도 저 맞은 산기슭으로부터 울려오는 것 같은데요?"

"어쨌든 밤이 이렇게 깊었는데 그게 대체 누구일까?"

"그럼 제가 가보고 올까요? 뭐! 잠깐이면 다녀올걸요!"

"그럼 어디 그래주겠나?"

"예! 어렵지 않습니다"

하고는 새끼바람이 잎 사이로 사르르 살짝 빠져나갔다고 보자 언제 벌써 보이지 않았습니다.

"흐음……! 고놈 빠르기도 하지. 아마 내 몇 곱절은 될 거야!"

이렇게 감탄하면서 부엉이 아저씨는 새끼바람이 돌아올 동안이라도 하고 눈을 지그시 감은 채 오르간 소리를 그냥 듣고 있었습니다.

그런데 그때 또 자기가 앉아 있는 바로 그 아래에 흘러내리고 있는 개울가에서

'빠그극, 뽀그극…… 안녕히……' 하고 저희들끼리 잘 자라는 밤 인사를 주고받고 하는 개구리 소리가 들려왔습니다. 이 또한 밤이 깊었다는 것을 말해주는 한 증거였습니다. 부엉이 아저씨는 한참 동안이나 기다렸는데도 새끼바람이 오지 않으므로

'어찌된 일인가?'

하고 의심이 생겨서

"고놈이 곧 다녀온다고 했는데…… 어디 다른 데로 달아나버리지나 않았는지도 모를 일이다. 그렇지만 나를 속일 놈은 아닌데…… 참 이상한 일이로다. 아, 아……!"

하고 혼자 중얼거리며 하품을 하고 있는데 사르르 솔솔 하는 소리와 함께 새끼바람은 숨이 차서인지 쌔근쌔근 말도 없이 잎을 헤치고 들어오더니

"조금 늦어져서 대단히 죄송합니다. 그런데 말이지요! 그 음악과 노래가 하도 아름다워서 정신없이 듣고 있다 보니 시간이 자꾸만 흘러서 그만 늦어졌지 뭡니까!"

"그럴 거라고 나도 생각을 하면서도 기다려지네. 아무려나 관계가 뭔가. 도리어 잘했네. 잘 들었다니까 말이야! 그런데 그 오르간을 타는 이가 누구든가?"

"그건 말이지요!"

하고 말머리만 내놓고는 새끼바람은 바룩바룩 웃으면서

"아저씨는 그게 누구일 것같이 생각하십니까? 어디 말씀해보세요."

"하하…… 이 사람. 아! 내가 알 수가 없어서 자네한테 부탁한 것이 아닌가."

"아닙니다. 그저 그래본 겁니다. 그래야만 재미가 있을 것 같아서요. 그런데 그게 글쎄 '어린이 날!' 이드라니까요!"

"그건 또 무슨 말인가. '어린이 날' 이라니 더욱 모르겠네."

"하하…… 아저씨는 그것도 모르세요? 오월 오일은 천하가 다 아는데요. 그러니까 그 어린이 날 부를 노래와 음악을 연습하는 것이니까 '어린이 날' 이 타는 것이나 마찬가지라고 해도 좋을 것이 아닙니까."

"응, 알았네. 그렇지만 그게 참말인가?"

"아저씨두! 내가 언제 아저씨한테 거짓말을 한 적이 있습니까! 보세요. 오늘이 오월 사일이 아닙니까?"

"그래그래. 그러니까 내일이면 여기 이 산골에도 예쁜 어린이들이 와서 춤도 추고 노래도 부른단 말이지!"

"그렇구말구요!"

그래서 부엉이 아저씨와 새끼바람은 서로 보며 해죽 버룩 웃었습니다.

그러고는 새끼바람은 내일 또 만나기를 약속하고 개울가로 내려갔습니다.

그러나

라라라 파솔라솔미

미라솔파 미도미솔

솔라솔 도레미라

솔미레도 미레도

하는 오르간 소리는 아직도 고요하게 들려오고 있었습니다.

(이상 『꿈으로 가는 길』에서 발췌)

흰 배트

　문식 소년은 아무리 생각해보아도 자기의 힘에는 물론이요, 마음에 꼭 맞는 배트만 있으면 예선 우승은 염려가 없으리라는 신념에 불타오르고 있었습니다.

　그러니만큼, 수업 시간 후에도 꼭꼭 두 시간씩 맹렬한 연습을 하고 나면 무척 피곤하기는 하였지만, 여기저기의 운동구점으로 다녀보아도 마음에 드는 배트는 좀처럼 발견할 수가 없었습니다.

　그렇게 돌아다니기를 일주일이나 지난 어느 날은 물건이 그리 잘 팔리지 않으리라고 생각되는 변두리 방면을 돌아보기로 하고 먼저 마포로 가서 거기에서도 좀 으슥한 거리를 걸어가다가 우연히 흰 배트가 눈에 뜨였습니다.

　문식 소년은 돈은 가지지 않고 그저 보기만 할 작정이었는지라 그 상점 앞을 몇 번이고 왔다 갔다 망설이기만 하다가 무슨 결심이라도 한 듯 상점 안으로 쑥 들어서며,

　"아저씨! 저 흰 배트 좀 보여주십시오."

"그러지. 보여주고말고! 배트는 나무로 만든 것이라, 보아서 닳거나 없어지지는 않을 터이니까, 얼마든지 보아도 좋아요. 자!"

이렇게 운동구 상점주인 영감은 익살이 섞인 구수한 말솜씨로 웃어가며 이야기하고는, 어느 한 군데도 파리 똥 한 점의 티도 없는 그야말로 새하얀 배트를 꺼내 쥐고,

"이 배트는 참말 좋은 물건일세. 사둔 지가 벌써 다섯 해나 되었지만 글쎄 더럽힐까 해서 종이로 꼭 싸두었지 뭔가. 그러니까 누가 볼 수가 있었겠나 말이야. 내가 바보였지! 그랬던 것을 요 며칠 전에야 깨닫고 종이를 벗겼더니 자꾸 이놈만 보고 가거든! 물건이란 자주 보게 되면 팔리게 마련이라네. 그러니까 마음에 들거든 망설일 것 없이 눈 꼭 감고 사두게. 자칫하면 남에게 빼앗기기 쉬우니까……."

"네, 네! 참 좋은 배트라고 보여집니다. 그래서 제 마음에 꼭 들기도 합니다. 그렇지만 가지고 온 돈이 없어서요! 그런데 아저씨! 제가 가지고 싶은 욕심이 앞서서 좀 무리한 청인지는 모르겠습니다만 가긍하게 여기시고 내일까지만 좀 감추어두실 수는 없겠는지요? 꼭 올 테니까요!"

"흠-, 장사를 하는 사람이 물건을 감춰둔다……, 어째 좀 장사하는 도리에 어긋나는 것 같은데…… 그렇지만 어린 학생의 말을 믿지 않는다면 그건 또 어른으로서의 태도에 어긋나는 일이기도 하고……, 자- 어쩐다? 그래, 그래 그렇게 해주지. 그럼 약속은 지켜야 하네. 그 대신 내일이 지나면 내놓고 팔 테니까 그때 가서는 이의가 있을 수 없다는 것도 알아야 하네."

"그렇고말고요. 단 하루라도 기다려주시는 것이 감사할 뿐인데 무슨 다른 이유가 있겠습니까? 고맙습니다."

문식 소년은 주인 영감의 믿음직스러운 허락을 얻고 나니 자연히 마음이 흡족해져서 웃는 얼굴을 지어 보이며 곧장 집으로 돌아왔습니다.

문식 소년은 돌아오는 길에서 '세상 물결에 닿아보지 않은 어린이 마음, 아니 천사의 마음과도 같은 그 새하얀 빛깔, 자신에게 알맞은 그 무게, 크지도 작지도 않은 그 길이, 누가 만들었는지 몰라도 정성이 어린 듯한 그 만듦새, 손아귀에 잘 쥐어지는 그 쥐개…… 등등' 어떤 점 하나도 마음에 들지 않는 것이 없는, 말하자면 어느 유명한 공인이 자기를 위하여 특별히 정성을 다하여 만들어놓은 것 같은 착각까지 일으켜가지고 마치 도깨비라도 만난 것처럼 혼자서 히죽히죽 웃으면서 발길을 옮겼습니다.

집으로 가서 저녁상을 받아 수저를 옮기면서도 문식 소년은 그 배트만 있으면 승리는 자기 학교에 올 것만 같은 심사에서 얼굴에 기쁨을 띠고 밥을 더욱 맛있게 먹고 있었습니다. 이것을 본 어머니가,

"오늘따라 밥을 먹으면서 무엇을 생각하기에 그렇게 기뻐한단 말이냐? 이상한 애도 다 보겠다. 남이 보면 무엇에 홀린 것 같다는 놀림을 받겠구나! 그게 대체 무슨 좋은 일이란 말이냐?"

하고 핀잔을 주듯 말씀하시는 바람에 문식 소년은 밥술을 잠시 멈추고,

"그렇지 않아도 저녁식사 후에 말씀을 드리려던 터입니다. 조금만 기다려주십시오."

하고는 저녁식사를 빨리빨리 끝마쳤습니다.

문식 소년은 봄부터 야구 선수가 되는 것을 반대하던 어머니라서 배트 살 돈을 얼른 쉽사리 줄 것 같지 않으므로 야구는 절대로 위험한 운동이 아니기도 하지만 그 중에도 피처(투수)는 더욱 위험한 자리가 아니라는 것부터 잘 설명을 하고는 다시 이어서,

"야구는 선수들 그날 그날의 컨디션 여하에 따라 승부가 많이 좌우되

는 것입니다."

하고 말이 시작되는 판인데, 어머니는 말을 채 듣기도 전에,

"애야, 대관절 네가 말하는 그 컨디션인지 컨덕진지 한 것이 무엇인데, 그게 대체 어쨌단 말이냐?"

하면서 처음부터 못마땅한 듯한 태도를 보이지 않겠어요? 그러나 문식 소년은 본체만체하고는,

"그건 쉽게 말하면 '상태'라는 뜻입니다만, 좀 더 자세히 말하면 정신적으로는 감각이 바르고 육체적으로는 활발한 활동을 할 수 있는 조건이 최상으로 갖추어진 상태라는 말입니다. 그러니까 제 경우로 말하면 피처니까 첫째, 상대편이 치지 못하도록 볼을 던질 수 있는 상태에 있어야 할 것이요, 둘째, 치는 데 있어서는 제일 중요하다고 할 사번 타자니까 상대방이 잡을 수 없는 히트(안타)를 쳐야 하는 그런 상태에 있어야 할 것입니다. 그러자면 배트가 제 마음과 제 손과 제힘에 꼭 알맞은 얌전한 놈이 있어야 할 것입니다."

이렇게 문식 소년의 말이 아직 목적한 데까지 이르지 못하였는데 어머니는,

"그래 그것이 어쨌단 말이냐?"

하고 핀잔을 주지 않겠어요? 그러나 이때를 놓칠 문식 소년은 아니었습니다.

"그러니까 말이에요. 제게 맞는 배트를 얻으려고 일주일이나 여러 운동구 상점을 찾아다니다가 오늘에야 저 마포에서 하나 발견을 하고 왔다는 말입니다."

"아니 그렇게도 드물게 있는 물건이라면 누가 그저 호락호락 얼른 빌려주겠느냐?"

하고 엉뚱한 말이 뛰어나왔습니다. 문식 소년은 기다렸다는 듯 얼른,

"어머니두! 상점이라고 하지 않았어요? 상점에서 파는 물건인데 빌려주다니요. 사야 합니다."

"하하…… 네가 그런 말을 하려고 나를 슬슬 꼬이고 있었구나! 그렇지만 아버지도 안 계신데 무슨 돈이 있단 말이냐?"

하고 대번에 거절을 당하다시피 되었습니다. 그렇다고 그냥 물러설 문식 소년은 아니었습니다. 그는 본래 머리도 좋지만 끈기기로는 누구에게도 뒤지지 않는다고 해서 '끈끈이 아재'라는 별명까지 가지고 있는 터이라, 밤이 깊도록 조르고 설명하여 설복시키기에 전력을 다해서 어머니 마음이 좀 누그러졌지만 아직 승낙을 얻지 못한 채 잠자리에 들고 말았습니다.

이튿날 여느 때보다도 일찍이 학교엘 가야 했기 때문에 배트에 대한 이야기는 해보지도 못하고 갔다가 이날따라 세 시간의 연습을 마치느라고 시간이 늦어진 데다 코치 선생님을 모시고 가서 어머니를 아주 설복시키려니까 그만 밤이 되고 말았습니다.

문식 소년은 결국 배트 살 돈을 얻기는 했지만 밤이라서 외출을 하자니 자기가 정해두고 지키는 규칙에 어긋나고 그렇다고 안 가면 운동구 상점 주인 아저씨와의 약속이 어긋나고 해서 한참이나 생각하고 있었습니다.

이런 모양을 본 어머니는 문식의 태도를 벌써 알아차리고,

"애야, 너 그러고 있을 것이 무엇이냐? 설마 한들 하룻밤 사이에 누가 사가겠단 말이며, 또 상점 주인도 좋은 분이라면서 네가 그렇게 간곡히 부탁을 해두었는데 인정사정없이 곧장 팔아버리겠느냐? 내일 가도 넉넉히 살 수가 있으리라고 나는 생각한다. 그러니까 피곤도 할 터이니어서 자기나 해라."

이렇게 말하는 것이 아니겠어요? 문식 소년은 얼른 어머니 말씀이 그

럴듯하게 생각되어, 내일 가기로 작정하고 잠자리에 들었습니다.

예선 결승 대회가 앞으로 사흘밖에 남지 않았으므로 연습은 형식뿐으로 간단히 끝내고 문식 소년은 곧장 마포 운동구 상점으로 달려가서,

"아저씨! 약속을 어겨서 죄송합니다만 그것은 피치 못할 사정 때문이었으니까 용서해주시고, 돈을 가지고 왔으니 배트를 내주십시오"

하고 기쁜 얼굴로 이렇게 말했습니다. 그러나 주인은 웬일인지 전날과 같이 명랑한 기분은 간데없이 좀 시무룩한 표정으로 한참이나 문식 소년을 바라보고만 있다가 천천히 입을 열어,

"허허……, 그거 참 딱하게 됐는걸! 글쎄 변명이 아니라 약속 날이 지났지만도, 나는 이제나 올까 이제나 올까 하고 기다리고 있었네. 그래도 끝내 오지를 않을 테냐! 그러던 차에 저 뒤뜰에서 배트를 휘둘러보고 있는 저 소년이 와서 자기에게 알맞음 직한 배트가 있거든 보여달라기에 할 수 없이 그 감춰두었던 것을 보였지 뭔가! 그랬더니 저 소년은 두말도 않고 값을 치르고는 그것을 들고 나가서 유쾌하게 저렇게 둘러보고 있는 걸세. 그야말로 단 몇 분의 차이로 내게는 기다린 보람이 없어지고 자네에게는 실망을 주고 만 셈이 되고 말았으니 나로서는 그저 미안하다고밖에 더 말할 수가 없구만……, 그거 참!"

"그래요? 그거야 뭐 제가 약속을 어겼으니 무슨 할 말이 있겠습니까만, 그것을 산 소년이 아직 돌아가지 않았으니 주인께서 어떻게 말을 잘 해서 제게 양보해주도록 해주지는 못할까요?"

"자네 사정이 딱한 것을 모를 내가 아니니까 말은 해보겠지만, 그러나 저 소년도 저렇게 마음에 흡족해하는 태도로 보아 양보를 받을 것 같지 않지만 속담에 밑져야 본전이라고 하였으니 어디 말해보지."

하고는 그 소년을 오래가지고 문식 소년의 사정 이야기를 듣기 좋은

그 구수한 말솜씨로 죽 벌인 다음,

"자! 이 사람아, 세상에 은혜라는 것이 어느 모퉁이에 따로 숨어 있는 것이 아닐세. 자기가 좋아하고 아끼는 물건이라도 그것을 가지고 싶어 하는 사람에게 양보해주는 것도 하나의 선심이자 은혜가 될 것일세. 그렇다고 해서는 아니지만, 이 소년은 벌써 며칠 전에 약속해두었던 것이니까 웬만하면 그 배트를 양보해줄 수는 없겠는가? 그렇게 하는 것이 주인 된 나의 소원이기도 하네"

하면서 머리를 좀 숙이며 가벼운 인사를 하였습니다. 그러자 그 소년은 히죽이 웃어 보이며,

"그거야 뭐! 배트 한 개쯤 양보하는 일은 어렵지 않겠지만, 나는 시합 날짜가 앞으로 이틀밖에 남지 않았는데 며칠을 여러 운동구 상점을 돌아다녀도 알맞은 배트가 없었으니 내 사정도 역시 딱하지 않습니까? 하기야 같은 팀이라면 나누어 쓸 수는 있겠지만……"

하고 말하는 태도는 호의를 가진 것이 역력히 보이지만, 그 소년의 사정이 마치 자기 사정인 양 생각되어 이제는 양보를 해준대도 받을 수가 없다는 심정으로 변하고 만 문식 소년은 다시 두말할 용기마저 잃고 섭섭한 발길을 집으로 옮겼습니다.

그렇게 단념은 하였지만, 문식 소년은 어딘가 아직 미련이 남았던지 몇 번이나 뒤를 돌아보며 여러 가지 사색에 잠겼습니다.

'그러니까 그 소년이 바로 우리의 상대방 선수가 분명하구나! 그렇다면 더구나 양보해줄 리가 없을 게다. 그렇지만 인상도 좋고 말하는 태도가 동정적이며 유순한 것으로 보아 나쁜 애는 아닌 듯한데……'

하는 호감도 가져보았습니다. 어쨌든 마음 한 구석에는 무슨 커다란 물건 하나를 잃어버린 듯한 느낌에 몸이 부르르 떨리기도 하였습니다.

그런 관계라서 문식 소년은 집으로 가서도 마음이 채 가라앉지 않았

던 모양입니다. 그러기에 아들을 본 어머니가 무슨 눈치를 채고,

"네가 아마도 그 좋다던 배트를 남에게 빼앗긴 모양이로구나? 그럼 어젯밤에라도 갔어야 할걸 그랬지! 그게 정말이라면 내가 공연히 너를 못 가게 한 것이 미안하다. 그렇지만 그건 네게는 도리어 격려가 될지도 모른다. 옛말과 같이 어느 것이 복이 될지 독이 될지 화가 될지 누가 안단 말이냐? 글쎄 그것을 사서 성공이 된다던 것이 실패될지도 모를 일이요, 성공으로 될지도 모른다는 말이다. 그것은 결국, 그것으로 해서 너는 더욱 분발하게 되면 복이 될 수가 있을 것이란 말이 된다. 그러니까 자! 그까짓 것 좀 잊기로 하고 저녁이나 먹어라"

하고 격려 겸 위로해주었습니다.

예선 결승전은 문식 소년이 투수로 활동하는 K학교와 B학교 사이에 열렸습니다.

첫 회는 피차 간단하게 끝나서 0 대 0, 제 2회 초 문식 투수는 마운드에 서자 적 편 타자를 보고 놀라지 않을 수가 없었습니다. 그것은 그 타자의 배트가 새하얀 배트였기 때문이었지요. 더구나 그 흰 배트를 들고 나타난 타자는 다름 아닌 마포 운동구 상점에서 만났던 그 소년에 틀림없음을 어찌하리오. 문식 투수는 단 몇 분의 차이로 자기가 사려던 흰 배트를 빼앗긴 생각이 되살아나면서 '어쩌면 그 소년과 결승전에서 만나다니, 일도 더럽게만 되는구나!' 하는 마음이 문득 머리에 떠오르며 잠시 이상한 기분에 사로잡히고 말았습니다.

이때, 문식 투수는 '그렇지만 무서워할 것 같으냐? 흥! 어디 두고 보자' 하고 속으로 외치면서 볼을 더 한층 힘차게 쥐었습니다.

이렇게 문식 투수가 왠지 어물어물 시간만 보내고 있는 것을 본 포수는 일부러 두 손을 쳐들고 큰 소리로 내·외야 각 선수들에 주의를 불러

일으켰습니다. 그제야 문식 투수도 정신이 나는 듯 마운드를 밟게 되었습니다.

지금은 투 아웃이지만, 세컨드에 주자가 있어서, 만일 히트가 난다면 한 점을 내주지 않을 수가 없는 위험한 때이기도 합니다.

그렇지만 문식 투수는 조금도 개의치 않고 '그까짓! 흰 배트쯤 문제될 것이 뭐냐? 그 배트에 내 볼이 닿을 것 같으냐. 삼진을 시키고 말 터인데……' 하고 마음으로 다짐했습니다.

그와 같이 굳은 결심으로 타자를 노린 후 계속 투 스트라이크를 던지고 나니 참말 훌륭한 투수라는 칭찬이 귀에 들리는 듯 기분이 상쾌하였습니다. 그러나 흰 배트의 주인도 타자도 투 스트라이크 노 볼인데 조금도 당황하는 기색이 없이 태연하지 않겠어요? 그런 모습을 본 문식 투수는 또 한 번 이상한 느낌이 드는 것을 어찌할 재간이 없었습니다.

이때 포수는,

"자! 꼭 같은 것으로 하나 더……"

하고 일부러 큰 소리로 외치면서 사실은 반대로 패스트볼을 보내라는 사인을 냈습니다. 문식 투수도 그렇게 생각하고 있었기에 그 사인을 곧 응낙한 후 타자를 보니 그 소년은 역시 무표정한 태도로 흰 배트만 뚝 버티고 있는 것이, 마치 '너 이 배트 좀 봐라' 하는 듯 느껴졌기 때문에 문식 투수는, '흥, 나를 놀리고 있구나' 하는 마음에서, '에잇. 어디 견디어 보아라' 하고는 사인이고 뭐고 다 잊어버리고 홈베이스 한복판으로 일직선의 빠른 볼을 던지고 말았습니다. 그것은 두말할 것도 없이 삼진을 시키려는 과분한 욕심에서였지요. 그러나 흰 배트는 미안하다는 말도 없이 볼을 건드리지 않겠어요? 그러자 그 볼이 원체 빠른지라 제힘의 반발로 세컨드 왼쪽을 살짝 빠져 센터와 라이트 중간에 떨어지는 히트가 되고 말았습니다. 그러니까 세컨드에 있던 주자는 무난히 홈인! 따라서 1 대

0으로 한 점을 지게 되고 말았습니다.

다음 타자는 퍼스트 파울플라이 잡고 벤치로 돌아온 문식 투수를 보고 포수는,

"어떻게 된 노릇이냐? 사인도 패스트볼이었고 너도 그렇게 하겠다고 응낙하였기에 나는 안심하고 있었는데, 글쎄 한복판 직구라니 너 정신을 잠시 어디로 보냈던 모양이로구나! 바보가 아닌 이상 꼭 같은 볼이 세 번이나 연달아 오는데 못 칠 놈이 어디 있겠느냐 말이다"

하고 핀잔을 주듯 말했습니다. 문식 투수는 그 말을 달게 받는다는 의미로,

"참말 내가 잘못했어, 용서해요. 글쎄 패스트볼을 던진다는 것이 그렇게 되고 말았지 뭐냐!"

하고 어색한 얼굴로 긁적긁적 머리를 긁어 보였습니다. 그러나 문식 투수 머릿속에는 그놈의 흰 배트가 무슨 귀신인 양 눈앞에서 왔다 갔다 하는 것을 없앨 수가 없었습니다.

시합하기 전의 일반 야구인들 사이에서는 7 대 3의 비율로 K학교가 우승하리라는 예측이었으나 실제로 나타나고 있는 지금의 형편으로 보면 오히려 B학교에 눌리고 있는 셈입니다. 다시 말하면 B학교 투수의 볼은 빠르지도 않지만 변화도 그리 많지 않아서 얼마든지 칠 수 있을 것 같은데 막상 때리고 보면 볼이 멀리 가지를 못하고 쉽게 잡히곤 하여 점수를 얻지 못하니까 말입니다. 그래서 6회가 끝난 때의 스코어는 역시 1 대 0 그대로였습니다.

이제 지금까지의 경과를 대강 살펴보면, K학교의 유일한 강타자 문식 소년은 다른 때 같으면 홈런이나 그렇지 못해도 투 베이스, 쓰리 베이스쯤은 쳤어야 했을 터인데 오늘은 두 번 복쓰*에 서서 두 번 다 '그놈의

흰 배트만 있다면……' 하는 미련 때문에 좋은 볼을 파울로, 그도 상대
방이 잡기 쉽게끔 쳐올려서 죽어버리곤 하였고, 한편 적에게 한 점을 빼
앗긴 것도 그 흰 배트 때문이었던 것이었지요. 그러고 보면 문식 소년에
게는 그 흰 배트가 마물인 양 농간을 당하는 느낌마저 없지 않았습니다.

그런데, 시합은 끝을 맺는 7회 말이 되었습니다. K학교 측에서 겨우
한 점 지고 있는 형편이라 열을 최고로 올려 응원을 하고 있지만, 벌써
투 아웃이었습니다. 그러나 선수는 2루와 3루에 두 사람이 있고 타순은
강타자로 이름 있는 문식 소년이니까 희망을 걸 만도 하였습니다. 그러
니만큼 "자 ! 내가 이렇게 빈다. 안타를 쳐달라고……" 하는 감독 선생님
의 정성 어린 부탁까지 있고 보니 문식 소년의 책임감은 이만저만 무거
운 것이 아니었습니다. 그래서 '죽더라도 안타를 쳐야 한다. 그까짓 흰
배트가 어쨌단 말이냐? 잊어버리자!' 하고 큰 결심을 한 후 복쓰로 들어
갔습니다.

원 스트라이크, 투 볼 후 직통으로 오는 좋은 볼을 힘껏 쳤습니다. 그
런데 배트에 상당한 반응이 있기는 했지만 볼은 백네트로 굴러가는 파울
이 되고 배트는 손에서 빠져나가면서 부러지고 말았습니다. 문식 소년은
그것은 불길한 예감 같아서 가슴이 뜨끔하는 느낌이었으나, 그는 곧 일
전에 일러준 어머니 말씀을 생각하고는 이것이 복을 주려는 것인지도 모
를 일이다. '자 ! 여기서 분발이다' 하고 잠깐 서 있었습니다. 바로 그때,
상대 팀 서드 맨 소년이 손을 들어 일이 있다는 의사를 표하여 심판의 허
락을 얻어가지고 자기 벤치로 가서 흰 배트를 집어들고 문식 소년한테로
오더니,

"이 배트가 네게 맞을 것 같으니까 이것으로 쳐보는 것이 어떠냐?"

| * 박쓰box.

318

하면서 흰 배트를 내미는 것이 아니겠어요! 적 팀 선수로서는 도저히 있을 수 없는 일을 그 소년은 무슨 까닭으로 그러는지 알 수가 없어서 그 소년은 정면으로 바라보며 기색을 살폈습니다. 그러나 그 소년은 아무렇지도 않다는 듯 벌씬벌씬 웃는 얼굴에는 참말 써주면 감사하겠다고 씌어져 있는 것 같았습니다. 이것으로 보아 그 소년은 그 흰 배트에 대하여 아무런 생각이 없는 것 같고, 공연히 자기만이 너무 지나치게 인연을 붙이고 있었기 때문에 중요한 시합을 거의 망치게 만든 것을 깨달았던 것입니다.

여기서 비로소 제정신을 회복하고,

"고마워요, 그렇지만 그렇게 하면 내게는 좋지만 네게는 좋지 못한 비난이 생길 것이니까 오늘은 그만두기로 하자! 나는 또 다른 배트를 가지고 있어서 괜찮다. 고마워요!"

하고 호의를 거절하기는 하였지만 그는 그 소년의 친절에는 눈물이 날 지경이었습니다.

문식 소년은 고맙다는 인사를 하고는 자기 벤치로 가서 손에 맞는 배트를 골라 들고 타석으로 왔습니다.

지금까지 투 스트라이크 투 볼이었으니까 새로 맞는 볼은 제5구째였습니다. 이제야말로 새로운 정신으로 아무 거리낌이 없고 보니 문식 소년은 더욱 자신이 있는 거 같았습니다. 그런데 이번이야말로 하늘의 도움이었던지 자기가 제일로 좋아하는 코스로 오는 직구가 아니겠어요! 이 볼을 놓치지 않고 힘 있게 때렸습니다. 그러자 배트에 제법 강한 반응이 오면서 볼은 라이트, 센터 사이를 뚫는 훌륭한 안타가 되었습니다.

이 안타로 두 러너는 어렵지 않게 홈인이 되었으니 시합은 이제 2 대 1이라는 점수로 승리는 K학교로 돌아간 것입니다.

이번의 승리로 문식 소년의 공이 크다고 해서 응원단에서는 '문식 군

만세'를 외치며 좋아했습니다.

시합 날을 토요일로 택한 것은 나이 어린 선수들이 피곤해서 공부에 지장이 되지나 않을까 하는 염려에서였습니다. 문식 소년은 일요일 하루를 잘 쉬고 월요일에는 누구보다도 좋은 기분으로 학교에 갈 수가 있었습니다.

이날도 문식 소년은 반 동무와 여러 학생들에 둘러싸여 토요일의 감격을 되새겨보았으며, 조회 시간에는 교장 선생님의 칭찬과 상품까지 받게 되어, 그는 도리어 미안한 마음을 금할 길이 없기도 하지만, 한편 기쁘지 않은 것도 아니었습니다. 여섯 시간의 수업이 어느새 끝났는지 모르리만큼 빨리 지난 것처럼 느껴지는 것은 두말할 것도 없이 재미가 그토록 많았다는 것을 증명하는 것입니다. 이렇게 수업을 끝내고 집으로 돌아온 문식 소년은 자기 책상 위에 하드롱 종이'로 곱게 싸인 긴 물건이 놓여 있는 것을 보았습니다. 그는 그 물건을 풀어보기 전에 먼저,

"어머니! 이게 뭐예요?"

하고 물어보았습니다. 어머니는,

"응, 아까 점심시간 때쯤 해서 웬 곱살한 소년이 그걸 가지고 와서 네게 주어달라고 하기에 나는 그냥 받아두었을 뿐 아직 풀어보지 않고 네가 오기를 기다리고 있었단다. 그리고 거기에 편지까지 같이 놓여 있으니 보면 알 일이 아니냐?"

하는 것이었습니다. 문식은 편지를 뜯어보았더니 거기에는,

지난 토요일의 우승을 축하한다. 나도 내 팀도 힘껏 싸웠지만 힘이 모

---

*종이의 한 가지. 빛이 누르스름하고 질기며 봉투, 포장지 등을 만드는 데 쓰인다.

자랐으니 누구를 원망하기보다는 군의 잘 던지고 잘 친 건투를 찬양하고 싶다. 그런데, 그날의 경과를 내가 본 대로 말해보면 군에게 실례가 될지 모르지만 어쨌든 군의 컨디션이 좋지 못하였다고 본다. 이제 솔직하게 말하면 그것은 요컨대 군이 그렇게도 가지고 싶어 하던 흰 배트를 나한테 빼앗긴 데 한 원인이 있었다고 나는 본다. 왜냐하면 내가 그 배트를 들고 나가기만 하면 어쩐 까닭인지 완연히 당황해져서 제 마음대로 던지지도 못하고 실수까지 하였으니까 말이다. 그때까지도 그 배트를 그렇게까지 골똘하게 생각하고 있는지 모르고 있었지 뭔가! 그러다가 마지막 회에서 그 배트로 쳐보라고 하자 군의 모습이 확실히 달라지는 것을 나는 보았단다. 그건 그렇다 하고 이제 앞으로 군은 화려한 중앙 무대에서 활약이 기대되는 유일의 투수요, 제일 강타자일 것을 나는 확신한다. 중앙 대회에서 우승을 하기 위해서는 모든 조건이 다 갖추어져야 하지 않겠는가! 그렇다고 내가 쓰던 것을 보낸다는 것은 실례일지 모르지만 군에게 꼭 맞는 것이 흰 배트라면 시내에는 이것 하나밖에 없는 것 같아서 보내니 내 정성으로 알고 받아주기를 바라면서, 중앙에서도 우승의 월계관을 쓰도록 벼르고 빌어 마지않는다. 우선 이만.

편지를 읽고 난 문식의 눈에는 번쩍이는 것이 보였습니다,

"너, 왜 그러느냐? 무슨 불쾌한 일이라도 씌어 있느냐?"

"아닙니다. 글쎄 흰 배트가 내 손으로 돌아왔으니 말입니다."

문식 소년은 말을 이었습니다.

"이 배트를 보내준 동무가 글쎄 요전에 우리와 우승을 겨루던 팀의 서드맨이었지요. 그런데 그 동무는 내게 무척 호감을 가지고 있을 뿐 아니라 자기가 둘도 없이 사랑하는 배트를 보내주며 장래까지 축복을 해왔으니 감격에 넘쳐서요!"

하면서 얼굴에 기쁜 표정을 지으면서 어머니에게 흰 배트를 쳐들어 보였습니다.

그 배트야말로 한 번 썼다고는 하지만 한 점의 더럽힘도 없이 저녁볕에 반작이는 희디흰 모양이 마치 천사의 상징 같았습니다.

(『한국소년소설선집』上, 1964)

판서가 된 종

이 이야기는 내가 어렸을 때 선생님한테 들었던 것으로, 나는 그저 누가 지어 전해지는 이야기인 줄만 알고 있었는데, 지금에 와서 비로소 이야기의 주인공이 실제로 있었음을 알고는 참말로 훌륭한 성공담이라고 찬양하면서 우리 소년 소녀들에게 꼭 들려주고자 붓을 들었음을 말해 둔다.

그러니까 이조 11대 중종 때였다. 그때의 나라법이야말로 귀족 중심으로 정해졌기 때문에 사람을 돈으로 사서 종으로 만들어도 좋게끔 되어 있었던 것이다.

그런데 중종조에서 참판으로 있던 이씨 집에는 나이 어린 소년의 몸으로 종살이를 하는 반석평이라는 어린이가 있었다.

그때의 세상에서는 종의 신분이라면 날고뛰는 재간이 있다 해도 결코 양반은 될 수가 없는 것이었다. 그런 것을 모르는 바 아니지만, 이 반 소년은 그래도 글을 배워가지고 양반이 되리라는 결심을 한시도 잊은 적이 없었다.

그래서 주인의 아들 이오성이 독훈장(지금의 가정교사)한테 글을 배우는 다른 사랑으로 들어가서 어깨너머로 보고 듣고 해서 한 글자 한 구절씩 배웠던 것이다. 그러면서도 나면서부터 총명한 반 소년은 이오성보다도 훨씬 능숙하게 글을 깨우쳤던 것이다. 하루는 반 소년이 참판 대감의 부름으로 바깥사랑에를 가면서도 빌렸던 책을 그냥 가지고 가지 않을 수가 없었을 것은 물론이다. 그러니까 주인 대감의 다리를 주무르면서도 눈은 매양 책으로 갈 수밖에 없었다. 따라서 다리 주무르는 일이 시원치가 않았을 것도 사실일 것이다. 그래서 주인 대감은,

　　"얘야, 시원치가 않구나"

　　할 수밖에요. 반 소년은

　　"예, 정신 차리겠습니다"

　　하고는 힘을 들여 주물렀지만, 정신이 글 보는 데만 쏠려 있고 보니 다리 주무르는 일이 자기도 모르는 사이에 또다시 소홀해졌을 것은 두말할 필요도 없는 일이 아니겠는가. 이에 주인 대감은 반 소년의 소행이 수상하다 생각하고 눈을 뜨고 살펴보았더니, 아니나 다르랴! 반 소년은 무엇에 홀린 사람처럼 싱글벙글 웃고 있는 것이 아닌가.

　　"얘야, 너 무엇을 보고 웃는 거냐?"

　　하고 자세히 보니 난데없는 책이 옆에 놓여 있었다. 대감은 얼른 일어나서 그 책을 걷어쥐면서,

　　"이게 누구의 책이냐?"

　　"도련님이 바람 쏘이러 갈 때면 제가 가끔 빌려 보곤 합니다."

　　"그래, 네가 글을 안단 말이냐?"

　　"예, 그저 어깨너머로 보고 듣고 한 데 지나지 않습니다."

　　"이 책은 통감 둘째 권으로 꽤 어려운 글인데, 네가 그 뜻을 아니까 보고 웃었을 것이 아니냐?"

"예, 황송한 말씀이오나 그저 대강대강 알 것 같사옵니다."

"그래? 그러면 제가 지금 읽고 있던 대목에서 물어볼 터이니 대답을 해보아라. 그런데 홍문연이란 무슨 말이냐?"

"예, 그건 항우가 한 패공을 죽이려고 베풀었던 잔치 이름이옵니다."

"그러면 그 결과는?"

"예, 그게 그만 한패공의 수하 장수 번쾌가 위협하고 방해하는 바람에 실패하고 말았습니다."

"응……."

하고 주인 대감은 만족한 표정으로,

"너, 그럼 글공부를 하고 싶으냐?"

"예, 그러하옵니다."

"그럼, 글공부는 해서 무엇 하려느냐?"

"과거 보려 하옵니다."

"남의 집 종도 과거를 보는 줄로 아느냐?"

"과거를 보지 못하는 줄로 알고는 있사옵니다만……."

"그렇다면 무슨 재간으로 과거를 본다고 하느냐?"

"저는 그저 그런 희망의 꿈을 꾸고 있을 뿐이옵니다."

그래서 참판 대감은 '고놈 참말 쓸 만한 놈인데……' 하고 생각을 하면서도 칭찬도 않았고 그렇다고 쓸데없는 생각이라고 책망도 하지 않고 은연중에 그저 덮어두고 말았다.

그런데 참판 대감집 아들 이오성은 아버지 권력만 믿고 놀기에 열중하는 사이에 반 소년은 책을 빌려 볼 시간이 더 많아졌을 뿐 아니라, 글맛을 알기 시작하여 더욱 열심히 공부를 하여 급기야 훈장을 놀라게 하기에 이르렀다.

이렇게 되자, 반 소년은 대감집에서 도망쳐 나갈 생각이 간절하였다.

그러나 주인 몰래 도망을 친다는 것은 떳떳치 못할 뿐 아니라, 배은망덕이 되는 일이라서 꾸중을 듣고 못 나가게 되는 한이 있을지언정 인륜은 지켜야 한다고 생각한 나머지 대감을 뵈러 갔던 것이다.

"죄송하기 이를 데 없습니다만, 저는 어떻게 해서든지 과거를 꼭 한 번 보지 않고서는 세상에 살 아무 보람도 없다고 생각이 드옵기에 죄를 짓는 나쁜 짓인 줄을 알면서도 대감댁을 나가기로 작정하였사오니 막중한 죄를 용서해주시기를 바라는 바입니다."

이렇게 간곡히 애원을 하였다. 이 반 소년의 장래가 오로지 자기의 손에 달려 있음을 너무나 잘 알고 있는 대감은 눈을 지그시 감고 무슨 생각을 하는지 한참 동안 말이 없다가 비로소 입을 열고 눈을 뜨고는,

"네가 그렇게 죽기까지의 소원이라면 내가 막는대서 네 마음이 가라앉을 리가 없을진대 나도 구태여 네 앞길을 막을 생각은 없다. 그러나 내 집에서는 나가야 하고, 어디에 너를 돌보아줄 양반이 계신 것도 아니라면 무슨 재간으로 과거를 볼 수가 있단 말이냐? 아니면 네가 미리 정해둔 곳이라도 있단 말이냐?"

"아니옵니다. 그토록 결심을 하기는 했습니다만 실로 앞이 캄캄하옵니다."

"음, 그야말로 딱한 일이로구나!"

하고 대감은 또다시 눈을 감은 채 한참이나 말이 없다가 눈을 번쩍 뜨며,

"응, 좋은 수가 있다. 내 일가친척 중에 아들 없는 분이 있느니라. 내가 너를 그 집 수양자로 천거하면 어김없이 받아주리라. 너는 그 집 수양자로 들어가서 공부를 좀 더 열심히 해가지고 과거를 보도록 하되, 우리 집과는 단 한 번의 왕래도 있어서는 안 된다. 속담에 '낮말은 새가 듣고, 밤말은 쥐가 듣는다' 는 말이 있듯이 네가 우리 집을 드나들다가 혹시라

도 누가 네 근본을 알게 되면 그야말로 '십 년 공부 나무아미타불!'로 모두 허사가 되고 말겠기 때문이다. 극히 명심하여라. 그리고 내 이제 너를 위하여 종문서를 불살라버린다"

하고 그 자리에서 문서에 불을 붙이고는 다시 한 번 반 소년의 장래를 축원해주는 뜻으로 눈을 감고 합장을 하였다.

그 이듬해에는 반 소년의 나이도 스물이 이미 넘었으니까 과거를 보았다. 그리하여 장원 급제의 영광을 얻었다. 비록 등용문에는 올랐지만, 아직 나이 어린 까닭으로 처음에는 검열(이조 때 예문관의 정구품 벼슬)로 있다가 차차 승진하여 감사로 몇 곳 다니다가 그의 충직 결백함이 조정에 인정되어 형조판서(지금의 법무장관)로 임명되었던 것이다.

반석평은 이렇게 해서 지극히 천한 종의 신분이었던 몸으로 정이품 대감의 자리를 얻게 되었고, 따라서 초헌(종이품 이상의 고관이라야 탈 수 있는 수레)을 타고 궁중을 드나들게끔 되었던 것이다.

세월은 물 흐르듯 달아나서 이참판은 세상을 떠나고, 그 아들 이오성은 하찮은 자리나마 벼슬을 하던 중 어떤 자의 무고(없는 일을 거짓 꾸며 고발하는 짓)로 옥살이를 하게 되었다. 의금부(이조 때 임금의 명령으로 죄인을 문초하던 관아)에서 넘어온 문서를 정리하다가 이것을 알게 된 형조판서 반석평은 깜짝 놀라지 않을 수가 없었다. 그것은 어느 모로 보아도 이참판 댁 아들로서 역모(반역죄)를 하리라고는 도저히 믿어지지가 않기 때문이었다. 판서는 이는 필시 남의 모함에 걸린 것이라 생각하고는 곧바로 임금을 뵙고,

"이번 역옥에 이오성이 들어간 것은 무고인 줄로 아옵니다. 신이 목숨을 걸고 맹세하오니 그를 놓아주십시오"

하고 간청하였다. 임금은 형조판서의 청렴결백함을 잘 알고 있을 뿐 아니라, 연달아 일어나는 역모사건이 거의 믿음성이 부족함을 느끼던 터

이라, 판서를 믿고 이오성을 풀어주었던 것이다. 그러나 이오성은 누구의 덕택으로 놓였는지도 전연 모르고 있었다.

이렇게 되어 이오성은 옥에서는 놓여났지만, 다시는 벼슬자리를 얻을 길이 없어서 집은 영락(집안 형편이 자꾸 기울어지는 것)해가기만 하였다. 판서 반석평은 그러리라는 것을 짐작은 하고 있었지만, 그와 가까이 하다가는 자기의 본색이 세상에 드러날 것이 뻔한 터이라, 깊이 간섭하기를 피하고 있었다.

그러던 어느 날, 초헌을 타고 조정으로 들어가던 도중에 거지 모양의 이오성을 보게 되었다. 판서 대감은 이것저것 여러모로 생각하다가 안 봤으면 몰라도 눈으로 본 이상 그를 그저 보낼 수는 없다고 단안을 내린 후 초헌을 멈추게 하고 내려서 이오성을 모셔오라고 하고는 맨흙 땅에 꿇어 절을 하고,

"주인 도련님 (전날이 되돌아온 듯), 문안드립니다"

하고 정중히 인사를 했다. 이 모양을 보고 놀란 사람은 하인들뿐만 아니요, 오히려 이오성 편이 더하였다. 그는 판서 대감이 누군지 모를 리가 없지만 그의 체통을 생각하고 몇 번이든지 모른 척하면서 일이 시끄러워지지 않게 하기 위해 힘써 부인했지만, 이미 마음으로 작정한 바 있는 반석평의 굳은 의지의 앞에 이오성의 의사가 통할 리는 만무한 노릇이었다.

이렇게 서로 주고받고 하는 동안에 수많은 사람들이 모여들어 구경한 것은 물론이요, '형조판서 대감은 전날 이모 씨 댁 종이었다' 하는 소문이 서울 장안에 좍 퍼지고 말았던 것이다.

이런 형편이 죄다, 강직한 반석평 형조판서는 서슴지 않고 어전(임금님)에 나아가 자기의 내력을 숨김없이 낱낱이 아뢰고, 죄 주시기를 자청하였던 것이다. 임금은 언제나 신임만 해오던 사랑스러운 신하의 일이라

모른 척하려 하였지만, 국법에 관계되는 일이라서 그냥 덮어둘 수가 없어서 곧 여러 신하들을 불러놓고,

"반석평 형조판서는 자기의 잘못을 고하면서 죄주기를 청하니 여러 대신들은 어떻게 생각하오?"

하고 물었다. 이때 영의정(지금의 총리) 홍언필이 썩 나서며,

"신도 소문을 듣고 알고 있었습니다. 그러하오나 그런 일은 세상에서 매우 드문 것이옵니다. 뿐만 아니옵고, 국법을 어긴 것은 판서 자신이 저지른 일이 아니옵고, 죽은 이참판이 용서해준 데서 일어난 것이오며, 그런데도 판서는 자진해서 사죄를 해온 것은 매우 상 줄 만한 일일 뿐더러 의리를 지켜서 이오성을 옛 주인으로 대한 것은 실로 놀라운 충성이 아닐 수 없사오니 죄를 주기보다는 그냥 그대로 쓰는 것이 옳다고 아뢰오."

이어서 좌의정(지금의 부총리) 김극성도,

"신도 소문을 듣고 자세히 조사해보았더니 판서는 벌써 전 주인 이참판이 노비문서를 불살라버렸사오며, 그는 능히 양반으로 출세할 자격이 넉넉하오니 그를 칭찬은 할지언정 죄를 줄 수는 없습니다. 그뿐이 아니옵고, 그는 청렴결백하기로 유명한 청백리이오니 그냥 그 자리에 두고 쓰는 것이 좋다고 아뢰옵니다"

하고 극구 변명도 찬양도 하였다. 이렇게 해서 반석평은 형조판서 자리를 누릴 수가 있었으며 판서의 추천으로 이오성도 조정의 부름을 받고 별좌(정오품 벼슬)라는 벼슬자리를 얻을 수가 있었다 한다.

반석평의 자는 공문, 호는 송애라고 부르며, 오랫동안 그 이름을 세상에 날렸다.

《소년》, 1973. 6)

III 동극

잃어버린 브로치

[나오는 사람들]

영수

춘란······ 영수의 친구

명주······　　〃

수철······　　〃

상일······　　〃

정식······　　〃

[곳] 영수네 집.

[때] 현대.

무대 영수의 집. 햇볕이 잘 드는 명랑한 방. 정면에 들창이 있고 좌편 구석에 조그만 책상과 커다란 책장이 놓여 있다. 그 뒤에 값비싼 인형이며 노리개가 몇 개 보기 좋게 놓여 있다. 창에는 시원한 레이스 커튼이 둘려 있어 이 방 안의 분위기를 한결 여유 있게 보여준다. 방 전체는 부유한 집의 무남독녀인 영수의 생활과 환경을 잘 나타내주고 있다.

막이 오르면 영수를 제외한 영수의 동무들이 무대 중앙에 놓인 큼직한 책상에 둘러앉아서 무슨 공작의 일을 하고 있다. 한가한 일요일 아침이다.

수철 – (방 안을 휘 둘러보며) 영수네 집은 참말로 훌륭하지? 응! 정식아! (하며 옆에 앉은 정식의 허리를 꾹 찌른다.)

정식 – (맞장구를 치며) 정말…… 저 책장에 꽂힌 만화책이며 잡지책만 해도 곰보네 책가게보다 더 많아 보이지 않니?

상일 – (일하던 손을 멈추며) 야 얘기는 이따가 하고 어서 일들이나 해.

수철 – 난 다 했다! 삼팔선까지 다 그렸는걸 뭐! 잔소리 말고 너나 어서 끝내!

춘란 – (귀엽게 웃으며) 얘들아 그러는 동안에도 일은 더 못하지 않아?

명주 – 아니 참! 영수는 어디 갔을까?

정식 – (뜻있는 웃음을 지으며) 맛있는 것이라도 가지러 갔겠지 뭐!

상일 – 너는 밤낮 먹는 얘기뿐이구나!

일동 – 핫하…….

(이때 밖에서 자동차의 클랙슨 소리가 들리며 정원에 자동차 멎는 소리가 난다. 수철이는 재빨리 들창가로 가서 밖을 내다본다.)

수철 – (감탄하는 표정으로) 야 근사하다!

정식 – 뭐가?

수철 – 영수네 아버지가 돌아오셨나봐! 트렁크가 번쩍번쩍하는데.

(일동은 호기심에 끌려 주르르 창가로 몰려가서 넘겨다본다.)

춘란 – 영수 아버지는 일본 도쿄며 중국, 홍콩을 한 달에도 몇 번씩

다니신대…….

　명주 – (샘이 난 듯) 정말 영수는 좋겠어. 아버지는 돈을 많이 버시고 이렇게 좋은 집에서 살 수 있으니…….

　수철 – 게다가 핑퐁대도 있고 텔레비전도 있고 풀(수영장)도 있고…….

　정식 – 우리는 언제나 한번 이런 집에서 살 수 있을까!

　상일 – 흥 어려울 게 뭐니! 우리도 공부만 잘해서 훌륭한 사람이 되면 이보다 더 잘살 수도 있는걸…….

　춘란 – 그렇지만 지금은 가난한걸 어떡하니!

　상일 – 인제 봐! 사람이 잘 되고 못 되고는 장차 두고 봐야 아는 거야!

　수철 – 상일이 고집이 또 나오기 시작하는군!

　일동 – 핫하…….

　상일 – 잔소리 말고 어서 일이나 해. 내일 학교에선 우리 분단이 당번이니까!

　(이리하여 제각기 제자리에 앉아서 지도 만드는 일을 하기 시작한다. 이때 멀리서 마루를 쿵쿵 울리며 뛰어오는 소리가 나더니 영수가 기쁜 표정으로 들어온다. 그의 손에는 조그마한 상자가 들렸다. 일동은 약속이라도 한 듯이 일제히 영수를 쳐다본다.)

　영수 – (자랑스러운 듯이 손을 높이 쳐들며) 이것 뭣인지 아는 사람!

　춘란 – 뭘까?

　수철 – 사탕?

　영수 – 아니!

　명주 – 장난감?

　영수 – 아니!

　정식 – 케이크!

　영수 – 아니!

춘란 - 그럼 뭐니?

영수 - (상일에게) 상일이는 알 것 같기도 한데?

상일 - 모르겠어! (하며 흥미 없다는 듯이 일만 한다.)

영수 - (조심스럽게 상자를 열며 반짝거리는 브로치를 손바닥에 놓여 보인다. 일동은 눈이 휘둥그레지며 브로치로 시선이 쏠린다.)

춘란 - 브로치!

명주 - 어쩌면!

수철 - 브로치가 뭐지?

영수 - 이런 바보! 브로치도 몰라?

정식 - 머리에 꽂는 거니?

영수 - 호……. 역시 사내들은 모를 거야. 이건 말이야 이렇게 하고 다니는 거야! (하며 가슴에다 꽂아 보인다.)

명주 - 누구 것이냐?

영수 - 내 것이지 누구 것일까?

춘란 - 그럼 네 아버지께서…….

영수 - (자랑스럽게) 그래 홍콩에서 사오셨어. 지금 막!

춘란 - (손을 대보며) 어쩌면 이렇게 번쩍일까?

정식 - 팔면 얼마나 받을까?

영수 - 이건 금이고 이건 진주야!

명주 - 진주? 어디 좀 봐!

춘란 - 내게도 이런 훌륭한 선물을 사다 줄 아버지가 계셨으면 좋겠다. 나 좀 꽂아보자.

(하며 가슴에다 꽂고 나서) 어때 근사하지?

수철 - 나도 한번 꽂아보자!

병주 - 남자가 무슨 브로치를 꽂니? (하며 서로 빼앗으려 한다.)

영수 - 애들아 그렇게 서로 잡아당기면 안 돼! 이리 줘! 얘!

정식 - 난 아직 만져도 못 봤다! 내게도 좀 보여줘!

영수 - 상하면 엄마한테 야단맞는다. 이리 줘 얘! 귀한 물건이야!

수철 - (못마땅해서) 너무 뽐내지 마라!

정식 - 귀한 물건이니까 보자는 게지!

상일 - (정색을 하며) 너희들은 하라는 일은 안 하고 쓸데없는 일에 시간을 보내는구나! 어서 일이나 하고 가자!

춘란 - 정말 상일이 말이 옳아!

영수 - 그리고 참 이것과 같이 그림엽서도 사오셨어! 얼마나 예쁜지 몰라!

정식 - 정말?

영수 - 그럼! 내가 안에 들어가서 가지고 나올게! (하며 급히 나간다.)

영주 - 이게 정말 금일까?

정일 - 진짜인가봐!

명주 - 나도 이런 브로치 하나 있었으면 얼마나 좋을까!

수철 - (영수 흉내를 내며) 그렇게 서로 잡아당기면 안 돼!

(일동 명랑하게 웃는다. 그러나 상일이는 무관심하게 앉아 있다.)

수철 - (정식에게) 얘!

정식 - 응. 왜?

수철 - (정식이 귀에다 대고 뭐라고 소곤거리더니) 응? 어때?

정식 - (빙긋이 웃으며) 그래!

수철 - 재미있을 거야.

춘란 - 무슨 얘기니?

정식 - 이 브로치를 감추어서 영수를 좀 놀려주자는 거야.

명주 - 그럼 영수가 울 거야!

춘란 - 재미날지 모르지!

수철 - 자! 그럼 어디다 감출까?

상일 - 얘들아 그만둬! 공연히 남의 속을 태워주면 못써!

춘란 - 누가 없애자는 건가? 잠깐 감추자는 게지!

수철 - 영수는 울며불며 몹시 앙탈할 거야!

일동 - 핫하……

상일 - (걱정스러운 얼굴로) 그러지들 마. 정말 울지도 몰라…….

수철 - 아무튼 어디다 감추지?

정식 - 필통 속은 어때?

춘란 - 거기는 곧 알아낼 거야.

수철 - 정말…….

명주 - 책상 밑은 어때?

수철 - 그곳도 틀렸어!

정식 - 책상 아래보다는 책 사이가 좋을 게다! (하며 책상 위에 있는 책 사이에 감춘다.)

춘란 - 참 제일 좋은 자리야!

정식 - 아 재미있다. 영수가 어떠한 얼굴을 할까? 우린 모두 모른 척 해야 한다!

명주 - 얘들아 기색을 채면 안 될 테니까 우린 일들을 하자꾸나.

(일동 제자리에 앉아서 각각 제 맡은 일을 한다.)

정식 - 영수가 왜 안 나올까?

명주 - 내가 가서 보고 올까?

(하며 일어선다.)

수철 - 안 돼 안 돼. 잠자코 있어.

(손에 붙지 않은 일을 하고 있다. 그런데 밖에서 무엇이 폭발하는 듯

한 커다란 소리가 들려온다. 모두 놀랜다.)

　춘란 – 이게 무슨 소릴까?

　정식 – 비행기라도 떨어진 것이나 아닐까?

　수철 – 나가보자!

　(모두 다 일어나며 제각기 무엇인지를 중얼거리며 뛰어나간다. 거기에 영수가 나온다.)

　영수 – 암만 찾아도 알 수가 없더구나! (하고 말을 하다가) 에게! 아무도 없네. 어디들을 갔을까? (그러면서 영수는 책상 위를 바라본다.)

　영수 – 애들도 이렇게 모두 벌려놓고…… 다 어디를 갔을까?

　(영수는 책상 위의 자기 책을 치워서 책장 속에 넣는다. 브로치를 감춘 책도 같이 넣는다. 거기에 모두들 들어온다. 상일이만이 안 들어온다.)

　영수 – 어딜 갔다 오니?

　수철 – 자동차끼리 충돌이 됐어.

　정식 – 앞이…… 이렇게 (두 손으로 시늉을 하며) 다 구부러졌어.

　영수 – 사람은 안 상했든?

　명주 – 상했다기보다도 모두들 자동차에서 뛰어나와 싸움이 한참인걸. 재미있더라야.

　영수 – 애두. 남은 싸우는데 너는 재미있든? 그것은 그것이고 이렇게 줄긋기만 하면 언제까지 걸릴지 모르니까 어서 일이나 마치기로 하자. (모두 책상을 둘러싸고 일을 한다.)

　영수 – 그림엽서는 암만해도 보이지 않아. 재미있는 게 많은데……. (그렇게 말하다가) 앗! 내 브로치는? 얘들아 내 브로치 몰라?

　명주 – 거기에 있을 거야.

　영수 – 거기라니 어디란 말이냐?

　수철 – 거기가 거기지 뭐. 브로치에 발이 달린 것도 아닌데…….

영수 - 애들아 농담은 그만 하고 얼른 찾아줘.

정식 - 그래그래. 찾아주고말고.

영수 - (책상 위에 있는 책을 뒤적이면서) 이 아래는 없는걸 뭐!

춘란 - 정말 없네. (웃음을 참는다.)

영수 - 그 야단인데. (필통을 뒤적여본다.)

명주 - 그거 걱정이로구나. (웃음을 참는다.)

영수 - 네들 감췄구나. 그렇지? 애 내놓아.

명주 - 난 모른다. 그렇지? 정식아.

정식 - 참말 어찌 됐을까?

영수 - (여기저기 자꾸 찾아다니면서) 어디 있어? 난 몰라 그건 귀중한 브로친데. (울음소리로 된다.)

(수철이와 정식은 눈짓으로 내주자고 끔벅인다. 수철이가 감추어둔 책은 어느 책인가 하고 책상 위를 찾아본다. 이 책 저 책 차례차례 펄펄 뒤적여본다. 그러나 어느 책에도 들어 있지 않아서 좀 송구한 듯 서두른다. 다른 데로 들어갔을까 하고 여기저기 찾아본다. 이번에는 정식이도 같이 찾는다. 아무 데도 보이지 않으니까 영수보다도 더 열심히 찾고 있다.)

춘란 - (속삭이듯 수철에게) 어떻게 됐니?

수철 - 없어…….

춘란 - 없어? 없으면 큰일이다.

(춘란도 명주도 다 같이 찾아본다. 영수는 그들의 하는 모양에서 장난했다는 것을 짐작한다.)

영수 - 역시 네들이 감췄구나. 얼른 내놔.

수철 - 그게 글쎄 없으니까 말이다.

정식 - 누가 이 방에 들어오지는 않았었니?

영수 - 들어오긴 누가 들어올 사람이 있어야지.

춘란 - (아무 데도 없는 것을 인정하고) 암만해도 없는걸 뭐!

영수 - 없다는 걸로 끝이 난단 말이냐? 그럼 어떻게 한단 말이냐?

수철 - 영수야 용서해라.

정식 - 정말 안됐다.

영수 - 누가 사과하라더냐. 그것보다도 브로치를 내놔야지 만일 없앴다면 큰일이다. 첫째 아버지한테는……

정식 - 수철이가 나쁘지 뭐. 감추자고 제일 먼저 말을 했으니까.

수철 - 뭐 너도 찬성하고 다 같이 감춰놓고는 그게 무슨 말이냐. 춘란이랑 명주랑도 다 같이 하고는 모른 척하다니 너무들 한다야.

춘란 - 수철이 네가 감추자고 말을 안 했던들 이런 일이 왜 생긴단 말이냐?

명주 - 그렇고말고 수철이가 나쁘지 뭐!

수철 - 너희들 모두 내 탓으로만 돌리니 너무한다. (기분이 상해진다.) (이때 상일이가 들어온다.)

상일 - 자동차 말이야 한 대는 움직이지 못하게 됐어.

영수 - 상일아! 누가 그따위 소리 듣겠다고 했어!

상일 - 무엇이 어떻게 됐기에?

영수 - 내 브로치가 없어졌다니까!

상일 - 브로치가? 그럴 것 같아서 그만두라고 하지 않아 왜?

명주 - 이 방에 있는 것은 샅샅이 찾아보았지만 암만해도 보이질 않는걸 뭐!

수철 - 애들이 나만 나쁘다고 내 탓으로만 돌린단다. 모두 다 재미롭다고들 하다가도……

춘란 - 그렇지만 네가 말을 꺼내지만 않았던들 이런 일이 생기겠느냐 말이다.

상일 – 그렇게 남의 탓으로만 넘기고 그냥 있어야 된단 말이냐?

명주 – 그래그래 나도 나빴지 뭐!

정식 – 나도 나빴어 실상은……

춘란 – 나도 나빴지 뭐!

영수 – 그래 대체 어디다 감췄단 말이냐…….

수철 – 어느 책 사이에 넣었건만 어느 책인지 몰라서…….

영수 – 책 사이? 오오…….

(영수가 책장에서 아까 간직했던 책들을 다시 내놓는다. 그리고 펄꺽펄꺽 뒤적이다가 브로치를 찾아낸다.)

영수 – 있다! 있어! (하고 가슴에 손을 댄다.)

명주 – 아! 있다!

(모두 서먹서먹해진다.)

수철 – 아아! 이제 됐다!

춘란 – 잘됐다 뭐!

수철 – 영수야 용서…….

(모두 같이 사과한다.)

영수 – 또 없어지면 안 되겠으니 잘 두자.

(영수가 브로치를 가지고 나간다.)

정식 – (경쾌하게) 그러면 그렇지!

(여럿이 모두 웃어댄다.)

– 막 –

'자랑하고 있던 영수나 장난을 한 동무들이나 다 같이 나쁘지 않은 애들이라는 것을 잊지 말고 극을 해야 할 것이라는 것을 특히 일러둔다.'

사슴과 뿔

[출연자]   산비둘기 한 쌍, 사슴, 사자

[무대]   어떤 산 숲속에 있는 조그만 못가(숲 가운데 조그만 못이 있다. 그 못가를 산비둘기 한 쌍이 노래를 부르면서 돌아다닌다.)

무대 장치에 주의: 이 극에서 사슴이 못물에 자기 그림자를 비칠 때는 물이 담겨 있는 양동이에 광선을 보내서 뒤에 있는 나무에 번쩍이면 그러한 느낌이 생길 것이다.

(노래) 숲은 숲은 푸르러 푸르러 좋지
　　　　물은 물은 맑아서 맑아서 좋지

　　　　누가 누가 이렇게 훌륭한 것을
　　　　우리 우리 놀라고 만들었을까

얼싸 얼싸 춤추며 기쁘게 놀자

손을 손을 맞잡고 온종일 놀자

(이윽고 노래를 멈추고)

산비둘기① - 애구머니나 저걸 봐라. 저렇게 도토리가 많이 떨어져 있구나!

산비둘기② - 아, 참말. 우리 주워가지고 가자.

산비둘기① - 주워가지고 가서 동무들하고 좾돌치기* 하자.

(이렇게 말하면서 도토리를 줍는다. 저쪽에 사슴이 나온다.)

사슴 - 비둘기 군! 안녕.

산비둘기① - 에고 깜짝이야. 기침소리도 없이 별안간 그게 무슨 짓 이람.

산비둘기② - 에끼. 장난꾼 같은 이…….

사슴 - 그래, 그러면 실례 실례. 그런데 나는 목이 너무 말라서 다른 생각은 할 사이가 없었단다. 어디 물 있는 데를 보지 못했니?

산비둘기① - 그래, 고대 저기 못이 있더라.

사슴 - 옳-아, 참말 있다 있다. 이거야말로 감사 감사 하네. (하며 두 손을 한데 모아 쥐고 절을 한다.)

(하고 나서 물을 죽죽 마신다.)

사슴 - 더운데 찬 것도 좋지만 물맛이 제창 꿀 같은걸, 더구나 맑은 게 좋다. 앗, 이물에 비친 것은 내 그림자지. 어쩌면 이렇게도 훌륭한 내 뿔일까!

비둘기 군, 비둘기 군! 어떤가 내 뿔의 훌륭함이 말이야 자!

(하고 제 뿔을 슬금슬금 쓰다듬는다.)

| * 깨진 기왓장을 가지고 하는 돌치기 놀이.

산비둘기① - 참말 훌륭한걸. 그래! 막 임금님의 금관 같은걸…….

산비둘기② - 그렇게 훌륭한 것을 늘 이고 다니려면 머리가 무거울까 염려가 되는걸…….

사슴 - 고마워요. 그건 그렇지만 한 가지 섭섭한 것이 있어, 다름이 아니라 이놈의 다리가 말이야 잔뜩 길기만 하고 가늘어서 금방 부러질 것만 같으니 말이야.

산비둘기① - 그렇게 말을 듣고 보니 참말 너무 가는 것 같은걸.

산비둘기② - 정말 고양이 다리 편이 좀 굵은 것도 같은걸.

사슴 - 자네들도 그렇게 생각되는가? 이 보잘것없는 홀쭉 다리 놈 같으니. 내 것이지만 내가 싫어진단 말이야. (하고 제 다리를 찰싹 친다.)

(그때 사자의 울음소리가 들린다)

산비둘기① - 앗, 저건 사자다!

산비둘기② - 이크, 무서워라.

사슴 - 에라, 뛰자 뛰자.

(하고 내닫는다. 산비둘기는 날아나고 말았지만 사슴은 무대 뒤를 뺑뺑 돌고 있다. 이윽고 사자가 나타난다.)

사자 - 응, 응. 그만 사슴을 놓치고 말았군그래. 어쩌면 그렇게 빠른 놈일까!

그놈의 다리가 조금만 굵었으면 그렇게는 빠르지 못할걸……. 그보다도 내가 둔하지 뭐! (하고 멀리를 바라다본다. 그때였다. 사슴은 나뭇가지에 뿔이 걸려서 움직이지를 못하고 있다.)

사슴 - 아이쿠, 큰일 났구나! 뿔이, 내 이놈의 뿔이.

사자 - 이거 참 좋구나. 그놈의 뿔이 고마운 걸그래. 사슴이란 놈 제 뿔 때문에 뛰지를 못하는구나. (하고 얼른 달려가서 사슴을 잡는다.)

사자 - 자! 잡았다. 집으로 끌고 가서 먹어주자.

사슴 - 아, 아, 불쌍도 해라. 나는 여지없이 나무랐던 다리로는 뛸 수가 있었는데 자랑하던 뿔 때문에 내 목숨을 잃게 되었구나!

사자 - 그것은 안됐는걸……. (하고 말하면서 사슴을 끌고 간다.)

- 막 -

박쥐가 된 할머니

어떤 동리 뒤 으슥한 산기슭에 돌미륵이 하나 서 있다.

그 돌미륵을 향하여 춘식이 온다. 그때 할머니 한 분이 나타나서 춘식을 본다.

할머니 – 네 눈이 몹시 아프겠구나! 얼른 낫는 방법을 내가 가르쳐줄게 어떠냐?

춘식 – 고마운 할머니도 계시네, 그렇게 얼른 낫게 하는 방법이 있어요? 그럼 좀 가르쳐주세요. 이렇게 코가 땅에 닿도록 큰 절을 올릴 터이니까……

(하고 춘식은 두 손을 모으고 땅 위에 꿇어앉아 정중하게 절을 한다.)

할머니 – 뭐 그렇게 큰절까지 않더라도 어련하게 잘 가르쳐줄라구! 아주 쉬운 방법인걸…… 그러면 이렇게 해봐…… 얼른 날 테니까…….

춘식 – 이렇게라니요? 어떻게 한단 말입니까?

할머니 – 애가 벽을 잡고 숭늉 찾겠군! 어쨌든 내 말을 다 듣고 나서 할 말이 아니냐.

춘식 - 그럼 어서 말씀을 하세요.

할머니 - 그래그래 말할게 잘 들어봐라. 다른 게 아니고 네 눈 한 번을 비비고 저 미륵의 눈을 세 번씩만 비비면 낫는단 말이야!

춘식 - 그러면 이렇게 하면 된단 말이지요? 미륵님 내 이 아픈 눈을 얼른 낫게 해주세요. 평생소원입니다.

(하고는 제 눈 한 번에 미륵의 눈 세 번씩을 비비고 있다.)

(그렇게 하고 있는 것을 본 할머니.)

할머니 - 아무렴 그렇고말고 그렇게 자꾸 번갈아 비비기만 하면 낫는 것이니까 자꾸 비비기만 해요. 네 눈이 나을 때까지……

춘식 - 그거야 뭐! 눈이 낫기만 한다면 비비고말고요. 자! 자……

(거기에 춘희도 눈을 비비며 말없이 미륵 앞으로 온다.)

할머니 - 너도 눈이 아픈 모양이로구나! 그러면 저애(춘식을 가리키며)가 하는 대로 같이하면 곧 낫게 될 것이다.

춘희 - 미륵님! 내 눈도 낫게 해주세요! 네?

(하면서 제 눈 한 번에 미륵의 눈 세 번씩을 비빈다.)

할머니 - 그래! 그래! 그렇게 자꾸 자꾸 비벼봐 응……

(거기에 까치 두 마리가 무어라 중얼거리면서 나온다.)

까치A - 흥! 그까진 미륵의 눈이나 비벼가지고야 안질이 나을 게 무어란 말인고!

까치B - 그렇구말구! 낫기는 고사하고 차차 더 나빠질지도 모르지……. 그러나 저러나 이 돌미륵은 불쌍도 하지!

까치A - 넌 또 그게 무슨 말이냐?

까치B - 하, 하! 그것도 모르다니. 저 미륵은 본래 미륵이 아니요 저 멀리 월상국의 어여쁜 공주가 요술쟁이 할머니의 마술에 걸려서 여기까지 와서 돌미륵이 되었으니까 말이다.

까치A - 무어! 그게 정말이냐?

까치B - 정말이구말구, 이제 두고 보면 알 일이지만 그게 글쎄 저 어린이들이 미륵의 눈을 비비고 있는 동안에는 걸린 마술이 풀릴 수가 없으니까 불쌍하지 않으냐 말이다.

까치A - 그거 참 안됐는걸…… 그래 무슨 좋은 도리가 없단 말이냐?

까치B - 글쎄 그게 말이야 좋은 도리가 없는 것도 아니지만 저 미륵이 눈을 뜨게 되면 본래의 어여쁜 공주로 다시 살아나는 대신 그 요술쟁이 할머니가 이번엔 박쥐가 되고 말게끔 되어 있으니까 그놈의 할머니가 여기 와서 자꾸만 어린이들을 속여서 자꾸만 미륵의 눈을 비벼주거든……. 그러니까 먼저 그것을 하지 않게 만들어야 한단 말이야…….

(그때 할머니가 지팡이를 끌고 어디선지 나타나서)

할머니 - 이놈들 무슨 쓸데없는 수작들을 함부로 하고 있단 말이냐. 얼른 빨리 날아가지 않으면 이 지팡이로 두드려줄 터이다.

(하며 지팡이를 둘러멘다. 두 까치는 무서워 도망을 친다.)

춘희 - 아무리 비벼봐도 눈에 들어간 티는 나오기는 고사하고 차차 더 아파지기만 한다야……. 그러니까 저 할머니는 아마도 거짓말인가 보다.

(거기에 또 눈이 아파서 한편 손으로 가린 무섭이 왔다.)

무섭 - 춘희 네 말이 옳다 거짓말이지 뭐냐! 나는 그따위 미신迷信의 말은 믿지 않는다. 너희들 그러지 말고 나와 같이 안과 의사한테 가서 고쳐달라고 진단을 받기로 하는 게 좋지 않으냐 말이다.

(하고 춘희의 손과 춘식의 손을 끌고 터벅터벅 가버리고 만다. 이윽고 미륵의 눈은 조금씩 뜨기 시작한다.)

미륵 - 아! 기뻐라 내 눈이 뜨인다. 저기 가는 저 무섭이 덕택에 내게 걸리던 마술이 풀려서 본래의 사람이 되었구나!

할머니 – 앗! 큰일이다. 미륵으로 걸었던 마술이 풀리고 나면 나는 박쥐가 되고 만다. 야단이다. 큰일이다.

(하면서 정신없이 덤비고 있는 사이에 미륵은 공주로 할머니는 박쥐로 되고 말았다. 거기에 까치들이 와서 기뻐 날뛰며 '깍! 깍! 깍!' 울고 있다.)

(주의) 돌미륵이 공주로 될 때는 공주가 될 사람이 미륵 뒤에 숨어 있다가 미륵을 넘어뜨리고 쑥 나타나서면 된다.

– 막 –

(이상 『갈잎 피리』에서 발췌)

토끼와 거북

[등장] 토끼

　　　 거북들

　　　 물귀신

[장소] 어떤 강변

[때] 늦여름

(깡충깡충 뛰어다니며 무엇인지 찾고 있던 토끼가 강변에까지 와서는 가만히 서서 무엇을 한참이나 생각하다가, 문득 머리를 들어 강 가운데 있는 조그마한 섬을 바라보게 되자, 무릎을 탁 치며)

　토끼 – 옳아, 참! 내가 찾고 있는 것이 저 섬에 있다고 하더라. 그러니까 저기로 가봐야겠다. 그렇지만 나는 헤엄을 잘 칠 수가 없으니 어떻게 하면 좋단 말인가! (하고는 귀를 쫑긋거리면서 한심한 듯한 얼굴을 하고 있다가)

　토끼 – 아, 참! 여기 이 강가에는 그 미욱한 거북이란 놈들이 살고 있지 않았던가! 그놈들을 또 한 번 속여먹어야겠다.

(하며 커다란 목소리를 내가지고 '노랫조' 로)

토끼 – 여보 여보 거북님, 빨리 나와 날 좀 보세요.

거북 – 여보 여보 토끼님, 왜 그러세요? 말을 해야 알지요. (하면서 저편에서 거북 한 마리가 나오는 것을 맞으며)

토끼 – 이 강변에서 당신네들이 많이 사신다고 해서 한번 다 한자리에 모여서 재미스럽게 놀아볼까 하고 일부러 짬을 내가지고 찾아왔습니다. 여러 동무들을 다 좀 모아줄 수는 없을까요?

거북 – 뭐, 그까짓 것쯤 어려울 것 있소? 식은 죽 먹기지요. 조금 동안만 기다려보시오. (하고는 예쁜이, 막둥이, 벌쭉이, 홀쭉이, 넙쭉이, 깨도리, 쇠도리…… 등등 이상야릇한 이름들을 한참이나 부른다. 그러자, 오래지 않아 가족들이 많이 모인다.)

토끼 – 자, 그러면 모두 몇 분이지요? 총수를 세보기도 하고, 두 패로 갈라놓아야 놀이를 하겠으니까, 저 섬 쪽을 향해 한 줄로 죽 서도록 해주십시오.

거북 – 그럴까요? 그렇지만 그렇게 하면 저 섬까지 닿고도 남을 텐데요.

토끼 – 그래도 관계없습니다. 총수만 알면 되니까요.

(하면서 토끼는 속으로 '그랬으면 밥 위에 떡이지' 하고 웃으며)

토끼 – 자! 그러면 얼른 한 줄로 서도록 하세요. 그렇게 하면 내가 잘 세볼 터이니까요.

(거북들이 다 선 것을 본 토끼는 거북들의 잔등을 하나하나 타고 가면서)

토끼 – 하나, 둘, 셋— 아흔— 백, 백하나— 백열……. (이렇게 저편 섬까지 다 건너가서는 훌쩍 뛰어내리며)

토끼 – 핫, 핫, 핫……. 이 미욱한 바보놈들아! 놀이는 무슨 썩어빠진 놀이란 말이냐? 또 한 번 나한테 속았구나. 나는 이 섬에 와야 하겠기에 잠깐 그렇게 한 것이다. 그럼 다음 보기로 하고, 이만 빠이빠이!

(하고는 껑충거리며 섬 어디론가 뛰어 달아나고 만다.)

거북 - 뭣이 어쩌고 어쨌다고! 그랫 흠! 요놈, 어디 두고 보자. 네놈이 뛰면 어디로 가겠단 말이냐? 암만해도 섬 안에 있을 것이지, 별수가 있겠느냐. 자! 다들 모여서 저놈을 잡자. 그래가지고 저놈을 톡톡히 혼을 내주어야 속이 풀리겠다. 그럼 나를 따라 모두 힘쓰라.

(이렇게 하여 여러 거북들이 손에 손을 잡고 토끼가 뛰어 들어간 갈밭을 멀리서부터 둘러싸고 차차 좁혀 들어가는 것으로 거북들은 퇴장한다.)

× ×
(합창)
그물 옷을 입고서
그물을 메고
수신水神 님이 오신다
저기 오신다.

깡뚱깡뚱 토끼는
나쁜 놈이다.
가죽을 벗기어서
빨간 몸이다.

토끼놈 수신님께
울면서 말이

아파서 죽겠으니

살려주세요.

(노랫소리가 들려오는데, 옷 벗은 토끼가 나오고, 반대쪽으로부터는 그물을 멘 귀신이 온다.)

물귀신 - 아, 토끼 군! 왜 그런 꼴을 하고 그렇게 울고 있는가?

토끼 - 나는 저기 저 거북놈들에게 농을 하기 위해 잠깐 속였더니 그 놈들이 글쎄 성을 내가지고 이렇게 (자기 몸을 가리키며) 가죽을 벗겨주 어서 아파 죽을 지경입니다. 살려주십시오.

물귀신 - 그거 참 안됐구만그래. 불쌍하게도…… 그렇지만 농으론들 남을 속여서야 쓰나! 그러나 약을 안 줄 수야 있나. 저기 남쪽으로 가면 못이 있을 것이다. 거기에는 장풍(창포)이란 것이 있는데, 그 이삭(꽃이 피어 생긴 것)을 따서 몸에 붙이면 곧 나을 것이니 그렇게 하라.

토끼 - 예! 고맙습니다. 가르쳐주신 대로 하겠습니다.

(이윽고 다 나은 몸으로 돼가지고 홀딱홀딱 뛰어나오며)

토끼 - 그거 참 명약이었습니다. 그 은혜를 무엇으로 어떻게 갚아야 할지 오직 황송할 따름이올시다.

물귀신 - 뭐! 은혜를 갚는다고? 그보다도 이제부터는 거짓말로 남을 속이지 않는다고 내 앞에서 맹세를 하는 것이 곧 은혜를 갚는 대신이 될 것일세.

토끼 - 옛! 그것으로 용서를 해주신다고욧! 그럼 이제부터는 결코 남 은 속이지 않기로 굳게 맹세하는 바입니다. 그리고 거북들한테도 사과를 하겠습니다.

(그러자, 곧이어 합창소리 들린다.)

×　×

남잡이 저잡이란
옛말과 같이
내게서 나간 것은
내게로 오고,
네게서 보내온 건
네게 되 간다.
이것이 이 세상의
철칙이란다.

속이는 그때마다
속는다 하자.
속는 듯 속이는 건
당연한 일을
어떻게 남 속이고
잘 살 수 있나?
애당초 그런 일은
안 해야 되오.

(이렇게 노래의 합창이 들려오면서 모두 물러간다.)

－ 막 －

(《가톨릭소년》, 1969. 4)

IV 기타

동요 작법 (3)

4. 동요에는 어떠한 말이 좋으냐

위에 말한 바와 같이 동요란 어린이의 노래이니까 두말할 것 없이 어린이다운 말일 것입니다. 다시 말하면 정직하고 순결하고 아름다운 젖 냄새가 물씬 나는 어리고도 예술미가 가득한 말입니다.

그러면 동요를 노래하는 말이 특별한 말이 아님을 알 수 있지 않습니까? 말할 줄 아는 이가 아름답고 새롭고 날카롭고 강한 자기의 감동과 생각을 속임 없이 그대로 노래하면 그만인 것도 알 수 있지 않습니까? 그러나 다른 사람이 다른 말로는 노래할 수 없는 참된 말을 고를 것과 될 수 있는 데까지 노래하기에 합당한 말이 아니면 안 된다는 것만은 알아야 합니다. 그렇다고 일부러 말을 고르다가는 까딱하면 무미하고 심심한 것이 되고 맙니다. 크게 주의할 점입니다.

그리고 한 가지 더 말하고자 하는 것은 지방의 말 즉 방언에 대하여 입니다. 순직하게 그대로로 써야 할 것이라고 합니다. 거기에는 역사적 가치가 있을 것이요, 향토적 예술미가 있을 것입니다. 곧 평안도면 평안도 말로 경기도면 경기도 말로 전라도면 전라도 말로 함경도면 함경도 말로 될 수 있는 데까지 향토적 색채가 톡톡히 붙게 써야 할 것입니다. 그리하면 마치 장미와 산백합 국화와 난초 매화와 모란이 한꺼번에 한결같이 핀 것과 같아서 대단히 아름답고 훌륭한 것이 될 것입니다. 더욱이 기울어졌던 동요가 새로이 피어나기 시작하는 우리나라에 있어서는 향토적 동요를 제일 먼저 발달시키는 동시에 앞으로 힘을 많이 쓰는 것이 꼭 바른 순서라고 생각합니다.

5. 동요에는 율조(격)가 필요하냐

동요란 읊는 것입니다. 그러니까 자수의 다소에 따라서 격이 좋고 나쁜 것이 있습니다.

그러니까 동요를 쓸 때에는 먼저 그 율조의 좋고 나쁜 것을 택할 필요가 있습니다. 가령 말하면 7·5조라든지 5·7조라든지 8·8조(혹은 4·4조라든지 8·5조라든지 이외에도 많이 있지만) 우선 이런 것들이 보통 쓰이는 것일까 합니다.

그런데도 동요란 본시 규칙적으로 격을 맞추지 않으면 안 될 것은 아닙니다. 더욱이 처음 쓰려고 하는 이에게는 극히 금물입니다. 왜 그런가 하니 무리하게 공손히 격을 맞추느라고 손을 굽혔다 폈다 하는 동안에 그 동요는 힘없고 맛없고 변변치 못한 것이 되고 말기 쉬우니까 말입니다. 그런즉 격 같은 것은 자기가 창조해도 상관없으리라고 생각합니다. 뿐 아니라 도리어 재미스럽고 귀여운 것이 되지 않을까 합니다.

먼저 말해둔 바와 같이 많이 읽고 많이 쓰는 동안에는 자연히 격조에 들어맞게 될 수가 있는 것이니 그저 마음에서 흘러나오는 대로 말이 흘러서 읊어지는 대로 무리가 없이 자기가 노래하기 좋도록 쓸 것입니다.

다시 말하면 동요는 노래하면서 쓰는 것입니다. 그리고 자연히 노래할 수 있는 말만이 합해져서 한 격조가 되어가지고 자기의 마음과 꼭 부합이 되는 것입니다. 그 점을 잘 주의하여 많이 쓰면 될 것입니다.

6. 동요는 어떻게 써야 잘 쓸 것이냐

동요는 어린이면 누구나 쓸 수 있다고 하였지요. 그리고 그 어린이가 쓴 어린 작품에도 남모를 고상한 예술적 향내가 감추어 있다고 하였지요. 그러면 동요라고 그저 덮어놓고 쓰기만 해도 안 될 것도 잘 알게 되지 않았습니까. 곧 예술적 가치가 없으면 안 될 것입니다. 여기에 잘 쓰고 잘 못 쓰는 구별은 생길 것입니다. 그러면 '어떻게 쓰면 잘 쓸 것이냐' 하는 문제가 생겨납니다. 아래에 몇 가지를 들어보려 합니다.

가) '먼저 잘 쓴 동요를 읽을 것'입니다. 그러면 잘 쓴 동요란 어떤 것을 말함이냐 할 것입니다. 그 동요는 제일 격조가 맞아서 읽고 있는 동안에 자연히 노래하고 싶게 되고 그 쓴 동기와 그 쓴 재료가 아주 재미스럽고 아름다워서 몇 번을 읽든지 노래하든지 싫증이 나지 않는 꼭 자기기분에 맞는 것을 말합니다. 이러한 것을 많이 읽어서 충분히 그 의미를 맛보았어야 할 것입니다. 그리하면 자기가 무엇을 쓰려고 할 때에는 '이런 것은 이렇게 하여야 된다' '이런 것은 이렇게 하여야 가볍고 맛이 있을 것이다' '이런 데는 이러한 말이 쓰여야 될 것이다' 하고 많은 참고와 지식이 될 것입니다.

나) '그리고 잘 쓴 동요를 테받아서 써볼 것'입니다. 어떤 사람이든지 어머니 뱃속에서 배워가지고 나온 사람은 없을 것입니다. 아무리 잘 쓰는 사람이라도 처음부터 잘 쓴다고는 못할 것입니다. 처음에는 아무리 해도 자기가 쓰려고 생각하는 대로 되지 않는 것이며 자기가 쓰고 싶은 대로 슬슬 잘 나가지 않는 것입니다.

그런고로 먼저는 자기가 제일 잘되었다고 생각하는 동요 몇 가지를 본받아서 격조라든지 가장 아름답게 된 곳이라든지를 빼서 지어볼 것입니다. 그렇다고 봄과 꼭 같은 것을 만들라는 말은 아니요, 완전히 다른 것을 만들라는 말입니다. 다른 사람의 것을 그대로 빼서 쓰면 그것은 '글 도적'이 될 것입니다. 만일 남의 것을 도적질해서 혹 어떤 현상에 당선이 된다고 합시다. 거기에 맛을 붙이게 되면 그 사람은 불쌍하게도 자기의 본능은 잃어버리고 앞길이 꼭 막히고 마는 것입니다. 다시 말하건대 본받는다는 것은 결코 남의 것을 그냥 베껴서 쓴다는 것은 아닙니다. 특히 주의할 점입니다.

다) '그리고 자기의 힘으로 쓸 것'입니다. 위에 말한 바와 같이 하는 동안에는 동요란 어떻게 짓는 것인 줄 알게 될 것입니다. 그리되면 남의 것을 보는 것은 재미없게 되어 싹 걷어치우고 자기의 힘으로 창작을 하게 될 것입니다. 곧 자기가 본 것, 들은 것, 감격한 것을 그냥 써서 노래를 만들게 될 것입니다. 그때의 그것이 아주 훌륭한 것은 못 된다 하더라도 자기로서는 이상 없는 기쁨이 될 것이며 따라서 자꾸 써보게 될 것은 정한 이치입니다. 그런 동안에는 불완전한 곳과 마음에 들지 않는 곳은 조금씩 고쳐서 참말로 귀한 작품이 나타날 것입니다. 그래서 자기의 작품을 자기의 힘으로 고치게만 되면 그만입니다. 또 참고 한마디 할 말이 있습니다. 지어가는 동안에 똑같은 동무가 있으면 서로 바꿔서 서로 읽고 서로 고쳐주고 하는 것도 좋습니다. 하여간 많이 읽고 쓴 동안에는 자연히 잘 쓰게 될 수 있습니다. 마지막으로

동요를 쓰는 여러 어린 동무에게

나는 동요를 사랑합니다. 따라서 많이 연구해왔습니다. 이후에도 고치지 않고 더욱 힘써 연구하려 합니다.

여러분 동요를 사랑하시는 어린 동무들이여. 여러분도 열심히 동요를 연구하시리다. 그러면 여러분 가운데서 자기가 지은 것 가운데 아무

리 해도 만족을 얻지 못하는 것이 있을 것 같으면 내게로 보내주시면 힘 있는 이와 같이 연구하여 재미스럽게 가르쳐드리려고 합니다. 가르쳐드린다는 것이 이보다 좀 재미스럽게 만들어서 보내드리고자 합니다.

이것은 우리의 동요 발표를 위하여 조금이라도 도움이 될까 하는 마음에 나온 나의 요구이오니 그 점만을 알아주시면 나의 마음이 만족하겠습니다.

《별나라》, 1926. 8)

어린이에게 '매'는 필요한가

나는 부산에 있을 때 내가 유숙하고 있었던 집 주인이 자기 아들을 매일같이 때리는 것을 보다 못해 '왜? 아이를 때려 기르느냐' 하고 물었더니 그는 '애하고 계집하고는 덮어놓고 때려야 한답니다' 하고 양심에 가책은 고사하고 당연한 듯이 천연스럽게 대답하는 말을 듣고는 다시 더 말해야 소용이 없겠다고 생각하고 그만둔 일이 있었더니, 서울 와서도 근처 집에서 아이를 때리는 소리가 가끔 들려오곤 하는데 그 정도가 너무 심함으로 '저게 의붓자식이나 아닌가' 하고 알아보니 그런 것도 아니요 조그마하고 변변치 못한 일에 얼른 매질부터 하는 것이 습성처럼 되어 있다고 한다.

그렇게 무서운 매를 맞는다고 그애들의 나쁜 장난이 고쳐지느냐 하면 결코 그런 것이 아니요, 도리어 더 심해지지나 않나 하는 감을 주게 함은 무슨 까닭일까. 이는 마치 고무주머니에 물을 넣어 꼭 막고 누르는 것과 같다고 할지 어느 약한 곳으로 뚫고 나오고야 마는 것이 원칙이다. 어린애를 막 억제한다고 모두 다 바로 된다는 것은 아니요, 그 매 맞은 복수적인 심리로 자기가 하고 매 맞던 그놈을 다시 기어코 되풀이하게 되는 거라고 한다.

그리고 일전에는 신문에서 전남 영광 '홍농' 국민학교에서는 아직 열두 살밖에 안 된 삼학년 학생을 때려서 집을 나간 채 행방불명이 된 지 다섯 달이나 되었다고 전해진 것을 보았으며, 또 그렇게까지는 아니라 할지라도 교사가 학생을 때려 상처를 냈다든지, 졸도를 시켰다든지, 머리를 때려서 정신이 몽롱하게 되었다든지 하는 등의 보도가 한 달에도 몇 번씩이나 끊이지 않고 나타나는 것을 볼 수가 있다. 이렇게 문제가 되어 세상에 알려지는 것만으로도 이처럼 많은 횟수라면 숨겨진 것을 합친 실제 숫자는 과연 얼마나 될 것인가? 상상만 해도 지긋지긋한 일이 아닐 수 없다.

일도 이쯤 되고 보면 교육의 민주화 운운은 한낮의 잠꼬대와도 같을 뿐, 그 거리는 아직 까마득하다고 할까, 아니면 옛날 교육을 찾아 되돌아 갔다고 할까……. 이렇게까지 말하지 않을 수가 없게끔 되었다고 보면 벌써 얼굴이나 찌푸려봤자 속담에 고운 상만 깨뜨렸다는 격이 되고 말 것뿐이다.

어쨌든 교사들이 아동에게 매질을 하고 있다는 것만은 틀림이 없다. 그뿐만이 아니고 가정의 부모들 가운데서도 먼저 이야기한 것과 같이 때리는 그것을 옳다고 보는 이가 있는 것도 사실이다. 그러면 이제 그 반면을 톺아보기로 하자.

국민학교 학생은 매를 맞고도 힘이 부족함으로 다음에 심히 억울할지라도 참고 있다고 하는 것을 증명해주는 좋은 예로서는, 어떤 고등학교 학생은 변명에서 반항으로 필경은 교사에게, 폭행을 감행한 일도 있지 않은가. 그야 소나 말이나 개새끼 같은 것들을 길들이는 것이라면 그것들은 신경적인 쾌快 불쾌不快로 이렇게도 되고 저렇게도 되는 동물이니까 그 몸에 아픔을 주는 것이 무엇보다도 효력도 있을 것이요, 그 채찍조차가 차차 암시적暗示的인 것으로 변해지는 것이 통례하고 할 것이다. 그러니 적어도 말言語을 가지고 무엇이든지를 통할 수 있는 사람에게는 신경적인 쾌 불쾌보다도 어떤 지각知覺에서 오는 심적 현상이나 아니면 사회적인 것에 좌우되는 것이 원칙이 아니겠는가. 그런데 어째서 채찍이 필요할 것이냐 말이다.

그러나 이 문제는 적어도 교육에 관한 중대한 것이라 그렇게 간단히 말해버리지 말고 다시 한 번 검토해보기로 하자. 교사가 채찍질을 한다고 하더라도 그 몸의 아픔으로 인하여 애들에게 반드시 나쁜 효과만을 내는 것도 아니요 문제는 애들의 자부심을 꺾어버리는 데 있는 것이며, 또는 교사가 가장 효과적인 교육 기술이라고 해서 채찍질을 사용하기보다는 때로 자기의 일시적인 어떤 딴 감정 풀이로도 그런 짓을 하는 수가 없지 않고, 한 걸음 더 나아가서는 가령 채찍질을 쓸지라도 문제가 되지 않을 정도의 교묘한 재주를 부린다든가 아니면 또 다른 방법으로 채찍질하는 이상 더 참혹한 짓을 해서 애들의 동심을 더럽히게 하는 교사 편이 더욱 죄가 중하다고 말하지 않을 수가 없는 것이다.

이제 또 어떤 시골 사람한테 들은 것을 적어보면 각 가정에서 행해지는 관습이 대개 '때리는 것' 이 보통이기 때문에 고함이나 꾸중만 가지고서는 도저히 교사의 생각하는 바와 같은 보람을 낼 수가 없어서 만부득이 '사랑의 채찍' 을 들게 된다고 말한다.

이상과 같이 이모저모를 모두 따져보아도 그 소위 '사랑의 채찍' 이라는 달콤해 보이면서도 사람을 속이는 궤변은 용서할 수가 없다고 보인다. 거듭 말하거니와 채찍이 가질 수 있는 능력은 기껏 개 등속의 동물이나 길들일 것이요 사람의 양심을 만들어낼 수는 없는 것이다.

그런데 문제를 일으킨 교사들도 그런 줄을 알면서도 하는 것이 아닐까 하는 점도 보인다. 그것은 이번 '영광'의 철면피한 교사 같은 이는 예외로 하고, 대개는 한결같이 잘못을 뉘우쳐 말하는 것으로 보아 알 수가 있지 않을까 한다.

그럼에도 불구하고 매질을 연속할 뿐 그치지 않는 상태니 어찌된 셈일까? 문제는 혹 또 다른 데 있는 것이나 아닐까 하고도 생각해볼 수밖에 없다.

요컨대 지금의 세대가 모두 양심을 치려는 것보다도 '개 기르는 식'의 무조건 순종을 바라는 욕망을 가지고 있고 보니 교사들도 그것을 본따는 것이나 아닐까? '설마 그러랴!' 하고 샅샅이 살펴보아도 도대체 교사들에게서 양심을 쳐보겠다는 힘이 부족한 점만 보임을 어찌할 것이냐!

여기서 다시 그렇게 되는 이유를 현실에 따져본다면 첫째로 교실 부족에서 오는 천막이나 가건축, 또는 교실이 될 수 없는 지옥 같은 방—, 교실다운 교실이지라도 정원 초과의 생도수—, 생활을 유지하기가 힘들 만한 봉급—또는 육체상이나 정신상태의 악화—. 이런 모든 것들이 한데 합쳐가지고 어떻게 하면 이 환경을 벗어나볼 것인가 하고 초조한 심경에 쪼들려 자기도 모르게 제각각 채찍을 들게 되는 적이 없지 않음도 또한 사실일 것이다.

또는 때로 한 대쯤 때릴 수 있는 열의의 교사가 있어야지 하는 요구에도 '폭력교육은 제발 말아주세요!' 하는 호소에도 그곳을 따져보면 어느 것이나 애들의 장래를 모두 좋게 하기 위한 진정에서 나오지 않는 것이 없다. 무심코 채찍을 드는 교사의 마음도 또한 그들 부형과 다름이 있을 리 없다고 하자. 그렇다면 차차 없어져야 할 채찍이 점점 늘어가는 것만 같음을 더 무어라 말하겠는가! '이론보다 실제'로 결국은 가정과 학교가 긴밀한 연락이 절실히 필요하다는 것을 느껴질 뿐이다.

원래가 아동이란 교사는 교사대로, 부모는 부모대로 제각기 지키고 키움으로 잘 발전되는 것이 아니요 교사와 부모가 한 덩이가 되어가지고 서야 비로소 제대로 성장할 수 있는 것이다.

여기서 나는 맞는 말인지 안 맞는 말인지 몰라도 예수교에서 흔히 잘 쓰는 '삼위일체三位一體'란 말을 끄집어내고 싶다.

즉 부모, 교사, 아동의 셋이 다 같이 협력 병행함으로써 내일의 민주주의 대한민국을 보다 명랑하게 만들 것이라고 의심해 마지않는 자다.

그러함에는 두말할 것도 없이 '매'는 꺾어 불사르고 진짜 사랑의 손길이 펴져야 할 것으로, 나는 나를 자랑하는 말을 추오도 없이 과거 수십 년 동안을 교단에 섰고 지금도 서지만, 아직 매라고는 들어본 적이 단 한 번도 없다는 것을 말하지 않을 수가 없다.

그렇다고 내가 가르친 아동들이 나빠졌는가 하고 살펴보면 지금까지는 한 사람도 내 눈에 뜨이는 것을 보지 못하였다.

여기서 나는 다시 한 번 '진정한 정서교육이 왜 나쁠 리가 있으며 매질의 야만적 교육이 좋을 리가 어디 있는가!' 하는 말을 부르짖으면서 매 없는 교육에 만만한 자신을 더욱 굳게 가질 뿐이다.

이후부터 우리들 교육자들이 가져야 할 신조의 몇 가지를 더 들어서 참고에 이바지하고자 하는 마음을 간절하지만 너무 장황하기도 하고 또 정해준 바 지면도 한정이 있기로 다음의 좋은 기회를 기다리기로 하고 졸고를 이만 끝막기로 한다.

《여원》, 1955. 5)

내가 걸어온 아동문학 오십 년

1914년이니까 내가 스물한 살이었다. 그때서야 비로소 공부를 하기 위하여 평양고등보통학교 이학년 편입 시험에 응시하여 요행 합격은 되었지만 일본 말을 잘 못하여 수업에 지장이 많았다. 그런데 일본에 유학가 있는 친구가 일본에서 새로 발행되는 잡지 한 권을 보내주었다. 그것이 바로 《도오와(동요)》라는 아동잡지이었음을 지금까지도 잊지 않고 있다. 그것은 쉬운 말로 씌어져 있기 때문에 일본 말을 익히는 데 퍽 도움이 될 뿐 아니요, 재미도 있어서 하나도 빼놓지 않고 다 읽었으니까 말이다.

더구나, 그 후 학교를 졸업하고 소학교 교원이 되고 보니 그 잡지가 필요해져서 매달 주문해 본 것이 자그마치 육십여 권이 되었으니 잊히질 리가 없다.

그러니까 스물한 살 때부터 동요, 동화를 써보려 하였지만 번번이 실패만 하다가 스물세 살에 처음으로 한 작품을 얻었다.

그해 삼월이었다. 졸업반에 올라가는 학년 말 시험을 마치고는 방학도 기다리지 않고 나는 곧 고향으로 돌아가 일주일 남짓이 놀다가 삼십 일일은 아침 일찍이 평양을 향해 길을 떠났는데 그날 나는 웬일인지 칠년 전에 돌아가신 어머님 생각이 간절하여 겨우 동리 앞 넓은 잔디밭까지 이르러서는 더 갈 힘을 잃고 그 잔디밭에 주저앉아 울다울다 지쳐 잠이 들었다. 그날따라 그곳을 지나가는 사람이 없었던지 아니면 잔디에 잠겨 잘 보이지가 않았든지 누구 하나도 깨워주는 이가 없어 내 스스로 깨났을 때는 해가 거의 서산 마루에 걸리게끔 되어 있었다. 집으로 되돌아가자니 아버님 보일 낯이 없고 앞으로 나가자니 날이 저물어가고 있었다. 부득이 학교를 졸업하기 전에는 타지 않기로 생각하고 있던 기차라도 타야겠다고 이십 리나 되는 대평 정거장으로 달려갔다. 그러나 기차는 방금 떠나고 두 시간 반이나 가다려야 다음 차를 탈 수 있게 되었다. 나는 다시 생각에 젖었다. 앞으로 사십 리밖에 안 되기도 하지만 길은 일등 국도라 두 시간 반이면 능히 평양까지 갈 것이라고 굳이 결심하고 다시 걷기 시작하였다.

이렇게 밤길까지 걷게 되니 다시금 어머님 생각을 하면서 걸었다. 그런 까닭인지 그 (…☑…) 님 꿈을 꾸었다.

이튿날 쓴 것이 바로 〈두루미(일명 따오기)〉였던 것이다.

다음해 여름에 역시 고향을 찾았다가 쓴 것으로 〈갈잎 피리〉와 〈소금쟁이〉가 있고 그해 가을에 쓴 것으로 〈달〉과 〈낙엽〉이 있고 그해 겨울에 쓴 것으로 〈초사흘달(일명 초생달)〉 등이 있고 이밖에도 여러 편이 있지만 지면 관계도 있고 또 별로 필요함을 느끼지 않기에 이만 그치기로 하거니와 이상의 〈두루미〉 외 네 편을 1923년 《조선일보》 신춘문예에 응모하였다가 낙선이 되고 말았다.

그러나 나는 그 동요 작품들이 그리 초라하다고는 생각지 않았기 때문에 1925년 1월 《동아일보》 신춘문예 모집에 그것들을 그대로 응모하였더니 요행으로 그 다섯 편이 일등에 뽑혔다는 3월 2일 발표한 것을 보게 되었다.

그때, 나의 기쁨은 말로 형용할 수 없을 정도였지만 그 반면 나는 두려워지기도 하였다. 그것은 두말할 것도 없이 앞으로는 당선작보다 더 훌륭한 작품을 내놓지 않으면 안 되겠다는 미묘한 책임감에서였다. 그리하여 나는 수많은 동요를 써서 각 잡지와 신문에 고료 없이 게재하였는데 특히《별나라》에는 매달 한두 편씩 책임을 지고 보냈던 것이다. 나는 이렇게 발표된 것과 발표되지 않은 작품들을 합쳐 무려 삼백여 편이나 모아두었는데 1·4후퇴 때 쉬 돌아올 것이라는 예측도 가졌지만 너무 총망하여 묶어놓았던 짐짝을 가지고 올 힘이 없어서 그냥 왔으니 그 물건들이 남아 있을 리가 없을 것이다. 참으로 애석하기 이를 데 없다.

그렇다고 나는 내 일생의 사업으로 알고 있는 아동문학을 잊기에는 양심이 허락지 않아서 부산과 서울을 가릴 것 없이 극도의 생활난에도 지지 않고 역작을 거듭한 결과 단행본으로『갈잎 피리』(총 250페이지) 한 권을 발행하였으며 앞으로 출판에 부치려고 정리해둔 것이『갈잎 피리』와 비슷한 것 두 책은 될 것이다.

그렇다고 나는 이것을 자랑으로 여기기보다는 내가 걸어온 오십 년 동안의 아동문학이 겨우 요것에 지나지 못함이 심히 부끄럽다. 하기야 잃어버린 것도 많으니까 하고 자위가 되기도 하지만 어쨌든 장하다고 자랑할 아무것이 없음을 유감으로 생각한다.

그러나 저러나 아동문학을 쓰게 된 동기를 묻는 이가 있다면 위에서 대강 이야기한 것과 같다고 하겠거니와 그밖에 또 한 가지 중요한 것이 있다고 하겠다. 그것은 그때가 바로 일제日帝의 압박이 날로 심해지고 있었는지라 내가 생각하는 심정을 조금이나마 나타내기 위하여는 동화나 동요의 세계가 아니면 도저히 불가능했기 때문이다.

이제 그 중의 하나를 소개하면, 동요〈산 너머 저편〉

산 너머 저편에는

누가 살길래

뻐꾹새 아침저녁

게서만 울까!

산 너머 저편에는

누가 살길래

해님도 매일매일

게서만 뜰까!

이 동요는 보는 사람에 따라 제각기 느낌이 다를 것이지만 나는 어린이의 심정을 빌어가지고 무엇을 호소했을까? 그것은 다름 아닌 자유(自由, 즉 자주 독립)였다. 그러나 왜정은 아무리 간섭을 할 수가 없었으니 미상불* 피난처라고 해도 지나친 말은 아닐 것이다.

그러나 이처럼 피난처로서의 아동문학의 길도 언제나 평탄하기만 하지는 않았다. 이제 그 순탄하지 못한 두 가지 예를 적어보기로 한다.

내가 스물아홉 살 때, 아동문학을 빙자하여 뜻 같은 문학인 십여 명이 의논하여 원고 몇 편씩을 모아 그것을 그냥 꿰매가지고 서로 돌려 보기로 하였다.

그 책임을 내가 맡았는데 원고지가 각양각색이라서 체재가 보기 싫었기 때문에 나는 학교 등사판을 빌어 그것을 등사해 돌려주었다.

그러나 이것으로 말미암아 나는 뜻하지 않은 봉변을 당하게 되었다.

그 변변치 않은 아동문학집이랄까 한 조그만 팸플릿이 출판 위반이라는 명목으로 고등계의 호출을 당하여 까다로운 취조를 받았다.

| *아닌 게 아니라.

이때 나는 내 작품 내용이 보는 사람에 따라서는 이상하게 해석이 될수가 있는지라 좀 마음에 걸리기도 하였지만 그러니만큼 나는 작품으로 말이 번지지 않게 하기 위하여 '그런 것이 법에 저촉된다는 것은 꿈에도 몰랐다'고 되풀이하고 있었고 밖에서는 우리 학교 교장이 고등계 주임과 극친한 (…▨…) 자꾸 졸라서 겨우 무사할 수는 있었지만 그 대신 나는 내 이름 위에 빨간 동그라미 수효가 늘어나서 가끔 감시를 받게 되었다.

다음은 해방 이후의 일이다. 평양서 발간되는 아동잡지사에서 동요 한 편을 보내달라고 이기영(李基永＝서울에서 월북하여 그때 문학동맹 위원인가 위원장인가 하는 직분에 있었는데 나는 그전부터 잘 아는 사이였다) 군의 소개 편지를 가지고 왔다. 처음에 나는 거절할까 하다가 친구의 첫 번 부탁이기도 하고 십여 년 전, 왜정 때 생각이 머리에 떠오르기에 그때 써서 발표되었지만 〈산 너머 저편〉(위에 든 것)이란 동요를 주어 보냈다.

얼마 뒤에 잡지와 함께 고료도 받았다. 그런데 그 후 어느 날은 내가 사는 진남포 문학동맹으로부터 회원도 아닌 내가 문학 비평회가 있으니 와달라고 초청장이 왔다. 나는 즉각적으로 얼른 내 작품이 대상에 들어 있음을 알았으며 그자들이 무슨 수작을 할 것까지도 짐작이 갔다. 그래서 나는 전부터 스크랩해두었던 책을 옆에 끼고 그 비평회에 참석하였다.

아닌 게 아니라 그자들은 여러 작품을 하나하나 분명하게 읽어가며 돼먹지도 않은 평을 함부로 퍼붓고 있었다. 그렇다고 회원이 아닌 나이기도 하고 또 본래부터 '오불관언'한 태도라서 그자들의 말이 내 귀에 들어올 리가 없었다. 그러나 맨 나중에는 그 독설(독한 혀)이 내게 향하였다.

그런데 그들은 신중을 기하는 뜻인지 혹은 선배를 대접하는 뜻에선지 위원장 자신이 들고 나와 죽! 한번 읽고 나더니 "'산 너머 저편'이란 말이 불순하다. 이것은 이남(以南, 즉 남한)을 노골적으로 토로한 것이

나 다름없으니 유감천만이다. 선생님의 자아비판이 있기를 바란다" 하고
그들이 가지고 있는 무자비한 표정을 지었다.

나는 서슴지 않고 연단으로 천천히 걸어 올라가서,

—"위원장은 어쩌면 그렇게 내 속에서 나온 듯이 잘 알고 말을 해주
어서 내 마음까지 시원해지오. 그러면 나로서는 무엇이라 더 말할 수가
없어서 한 십여 년 전에 발표가 되어 스크랩해둔 동요 하나를 소개할 터
이니 자세히 들어주기를 바란다."—

하고 〈산 너머 저편〉을 읽었다. 만당한 사람들은 물론이요, 위원장까
지 모두 눈이 둥그렇게 되는 것을 나는 확실히 볼 수가 있었다.

나는 말을 이어,

—"그러면 이 동요의 '산 너머 저편'은 무엇을 토로한 것인지 위원장
에게 묻는 바이다. 남한을 제 마음대로 다닐 때였으니까 설마 남한을 동
경하였다고는 못할 일이 아닌가! 그러면 '산 너머 저편'은 과연 무엇을
상징한 것일까? 작자인 나도 망설이지 않을 수가 없었다. 그러나 일부러
그것을 말하라고 하면 그때는 일제 압박이 심하였으니 '자유'가 그리웠
다고 말해두기로 한다."—

하고 북한에서는 아직도 자유가 그립다는 뜻을 은연중에 슬쩍 나타
내고 나는 히죽히죽 웃으며 연단으로부터 내려왔다.

《아동문학》 7집, 1963. 12)

따오기

보일 듯이 보일 듯이 보이지 않고 땅옥 땅옥 땅옥 소리 처량한 소리
떠나가면 가는 곳 어데 있더뇨 내 어머니 가신 나라 해 돋는 나라
—윤극영 작곡

어머니는 '사랑'의 화신이다. 우리 인간의 세상에서 만일 신의 참 모습을 느끼게 하는 것이 있다면 그것은 어머니를 떠나서는 구할 수가 없다고 확언하고 싶다. 따라서 사랑하는 마음은 곧 신의 마음이요 사랑을 받으려는 마음은 곧 신에 대한 기원일 것이다.

이렇게 말하면 얼른 내건 문제와는 거리가 멀지 않으냐고 핀잔을 줄지도 모르리라. 그러나 결론부터 먼저 말한다면 〈따오기〉는 오로지 '어머님의 사랑'이 지어준 노래임에 틀림이 없음을 어찌하리오.

자식 된 자 누가 어머니를 나쁘다 하랴만 나는 내 어머님처럼 훌륭한 분도 그리 흔치는 않으리라고 자부하느니만큼 맹모 이상으로 존경하였다. 그것은 우선 지금부터 백여 년이나 전의 여인으로 글(그때는 한문)

을 많이 읽기도 하였지만 읽은 것 모두 정통하셨기에 우리 네 형제를 한결같이 가르쳐주는 동시에 가끔 소학, 명심보감, 주자가훈…… 등 서적에서 좋은 것들을 골라 쉽게 풀이하여주신 한 가지만으로도 넉넉히 증명될 수가 있지 않을까 한다. 이제 그 중에서 아직 기억에 남아 있는 한 가지를 들면 '득지, 필작책 작책 필서격언 이비망실'(종이가 생기면 반드시 책을 만들 것이요 책이 만들어지거든 반드시 격언을 써두어 잊음과 실수에 대비하여야 한다).

이와 같이 자세히 설명해주시던 어머님의 말씀이 아직도 귀에 쟁쟁하다.

어머님 자랑을 하자면 수만 어를 가지고도 모자라겠거니와 그것은 이 글의 본의가 아닌 만큼 여기에서 그치기로 하고 내가 여덟 살인 이른 봄 어떤 날 있었던 일을 하나 적어보기로 한다.

그날 나는 대수롭지도 않은 일에 동생을 때려 울렸다. 그날 밤이었다. 어머님께서는 내 잘못에 대해서는 조금도 건드리지 않고 "옛날에 '윗물이 맑아야 아랫물이 맑다'란 것이 있는데 무슨 뜻인지 알겠느냐?"고 물으셨다. 나는 "그거야 윗물이 흐리면 그것이 흘러내려 아래 물도 흐려질 것이니까 말이지요" 하고 대답했다. 어머님은 그저 머리를 끄덕일 뿐이었다.

그날로부터 두 주일쯤 지났을까 한 어느 날 나는 어머님을 따라 친척 집으로 나들이를 가다가 공중에서 "따옥! 따옥……" 하는 소리를 들었다. 나는 곧 소리 나는 방향을 쳐다보았지만 아지랑이로 말미암아 보이지 않았다. 나는 "저 소리가 무슨 소리냐"고 물었다. 어머님은 "저것은 따오기라고도 하고 학두루미라고도 하는 영한 새 소리인데 마음이 착하고 또 남을 사랑할 줄 아는 사람이라야 볼 수 있다고 나는 들었다"고 하시면서 나를 돌아다 보셨다. 나는 속으로 슬그머니 켕겨져서 '이제부터는 동생을 그리고 남을 사랑하는 착한 아이가 되리라' 생각했다.

이처럼 어느 때나 무엇에나 한결같이 사랑으로 인도해주시던 어머님이 내가 열일곱 살 때 세상을 떠나시고 말았다. 이 얼마나 슬픈 내 처지였으랴! 그러나 나는 눈물마저 잃어버렸던 것이다.

그 후 나는 삼 년 동안 농사를 짓다가 평양고등보통학교 이학년 보결시험에 합격했다. 그해 늦가을 어느 토요일에 나는 학비를 얻으려고 집으로 왔다 돌아가는 일요일 오전이었다.

학비라곤 단돈 일 원도 못 얻은 채 평양 칠십 리 길을 걷지 않으면 안 되었다. 이런 서글픈 처지도 물론 나의 상심거리의 한 가지가 안 되지도 않았겠지만 그보다도 집에서 삼 킬로쯤 가노라면 사람의 자취란 좀처럼 닿아보지 않는 으슥한 잔디벌판에 이르게 되는데 이 잔디벌판에 다다랐을 무렵 뜻밖에도 나는 따오기 소리를 들었다. 어려서 어머니와 같이 들어본 처량하고 구슬픈 곡조이기에 그 소리는 문득 어머니 생각으로 내 가슴을 꽉 채워놓고 말았다. 나는 그 잔디벌판에 주저앉아 이내 목 놓아 울기 시작하였다. 대체 얼마나 울었기에 기진맥진 잠이 들고 말았을까. 선선한 기분에 잠으로부터 깨었을 때는 해가 이미 서산머리에 걸려 있었다. 그리하여 나는 평양 칠십 리를 밤길로 가야만 했다. 그것은 배워야한다는 의욕과 결석을 안 한다는 결심에서였다.

이날로부터 일주일 이내였다고 기억에 남아 있거니와 내 작문노트에는 '따오기' 노래가 쓰여졌다. 그러니까 내가 스물하나 때 작품이다. 그렇다고 이 노래가 처음부터 동요로 쓴 것이 아니요 몇 해를 두고 수정에 수정을 가한 끝에 이루어져서 《동아일보》에 현상 당선되어 지면에 발표되자 곧 작곡되었던 것이다.

이와 같이 〈따오기〉 노래는 내게만은 목숨이 다할 때까지 잠시라도 잊을 수 없는, 아니 잊어서는 안 될 귀중한 노래이기에 어린이들이 불러줄 때나 라디오로 방송이 될 때마다 나는 언제나 내 어머님 모습과 사랑

을 되새겨보면서 명상에 잠기곤 한다. 따라서 나는 이 노래에 곡을 붙여
준 선생님에게 감사한 마음을 드리곤 한다고 부언해둔다.

《사상계》, 1965. 8)

동요에 있어서의 동심 문제

연도는 자세하지 않지만 무던히 오래전에 일로 기억하고 있다. 그때 어떤 동요작가 희망자로부터 "새로운 동요를 쓰려면 어떤 것들이 필요한가?"라고 물어본 적이 있었다. 나는 동요계의 비록 일등 당선의 영광된 자리를 차지를 했을망정 남들의 눈에는 개구리가 되려는 올챙이 이전의 한 개의 개구리 알에 지나지 못하는 것으로 보였으리라. 그러나 나는 자기가 얻은 바 명예를 더럽히지 않기 위하여 무척 노력해왔기에 이론만은 일가견을 터득하고 있다는 자부심을 가지고 있었기에 제법 당당한 논법으로 퍽이나 긴 시간을 떠들어댔던 것이다. 이제 그 요령을 간추려보면 대개 다음과 같은 내용이었다고 생각된다.

1. 새 동요에 대하여

어두운 데 주먹 격이랄지 갑자기 새 동요란- 하고 말하자 일언지하에 이렇다고 단정할 수는 없는 것이다. 그러나 얼른 쉽게 말해보면 새 동요라 할지라도 별다른 것이 아니요 그것은 어디까지나 예부터 구전돼 내려

온 재래의 동요에다 뿌리를 두어야 할 것이다. 그래야만 우리의 풍습이며 전통은 물론이요 본래 가지고 있는 우리 어린이의 동심을 그대로 살릴 수 있기 때문이다. 지금(그때가 아마도 1930년대?) 우리 소학생들에게 불리고 있는 창가 따위와는 그 본질부터가 다르다고 나는 말하기를 주저치 않는다. 더구나 외국의 동요를 그냥 가져다 우리 것을 만들려는 시도의 무모함은 실로 규탄을 받아야 마땅하다고 나는 주장한다. 하기야 선진국의 모든 지식이며 예술을 배우는 데 있어서 외국 동요를 섭취한다든가 우리의 그것과 융합시켜보겠다는 것이 무엇이 나쁘냐고 반발하는 이가 없지 않겠지만 그러나 그런 불장난은 자칫 우리 고유의 향토적 향기로운 냄새며 찬란한 색채라든가 전래하는 풍습과는 어긋나는 말하자면 쓸데없는 딴 혹처럼 되기가 쉽기 때문이다.

그런데 동요도 시대와 장소와 환경에 따라 변천하는 것이 사실이기는 하지만 나는 몇 천 년을 두고라도 '우리 동요는 어디까지나 우리 동요로'라는 일관성을 가져야만 되는 이상 무엇을 다시 논할 필요가 있느냐고 강조하고 싶다.

2. 동심에 대하여

나는 나의 지금까지의 경험에 비추어 일반적으로 어른이 되었다 해서 동심을 잃지 않는다고 믿어 의심치 않거니와 그 중에도 시인은 풍부한 동심의 소유자가 아니어서는 안 될 것이며 특히 동요 작가가 되는 자격은 무엇보다 이 동심을 가장 많이 지닌 사람이라야만 가질 수가 있을 것이라고 나는 확언한다. 그렇기에 동요를 읊으려는 사람들에게는 여하한 재사라 할지라도 먼저 '동심으로 돌아가라'로 권고한다. 그러나 이 동심으로 돌아가라는 본심은 어린이의 아직 깨지 않은 무지마저 본받으라는 것은 절대 아니다. 따라서 어린이들의 우스꽝스러운 말을 일부러 흉내낸다거나 어린이들의 어리석음마저 모방하려고 하는 것은 천부당만부당한 짓이다. 다만 순진무구한 그 경지 안까지의 동심을 철저히 본떠 키우라는 그 말이다. 그것은 그래야만 드디어 나를 잊어버리고 그 황홀찬란한 지경에 이르게 하는 동시에 참으로 동심과 자연이 혼연일치 서로 서로 융화하게 될 수가 있겠으니까 말이다.

이 경지는 자연 관조의 경우에 있어서도 마침내는 예술의 본의와도 합치되는 것으로서 이것은 하필 동요의 경우에 있어서만이 아니요, 다른 모든 시가에 있어서도 궁극에서는 결국 일치되는 것이다. 이것을 바꾸어 말하면 구김살 없는 동심이기에 진을 진으로 볼 뿐 딴전을 피우지는 않으며 또 무엇이 있으면 있는 그대로 무엇을 보면 본 그대로를 솔직하게 나타낼 뿐 아무런 꾸밈이 있을 리가 없다는 그 말이다.

여기에 꽃 한 송이가 있다. 무슨 꽃이든 간에 꽃은 꽃이다. 어린이도 그렇게 보고 어른도 그렇게 본다. 다른 점이 있다면 어린이는 보되 직감적이요 어른 보되 좀 세밀하고 또 깊이나 넓이가 있을 뿐이다. 그러나 꽃은 어디까지나 꽃으로밖에 달리 볼 수는 없는 것이다.

이제 이상을 간추려보면 동요는 물론 어린이들의 말로 쓰되 그 내용이나 표현에 있어서 어린이들이 잘 이해할 수가 있어야 할 것이며 동시에 어른들에게 있어서는 더욱더 높고 깊은 상념에 들어서게 하며 어린이들은 자신도 모르게 끌려 들어가서 거기서 마음껏 뛰놀게 하지 않아서는 안 될 것이라는 그것이다.

3. 상상의 차이

이 사회 대부분의 어른들은 어린이들의 지적 상상과 자신들의 지적 상상과를 혼동하는 이가 많은 것도 사실이요, 심지어는 어린이들의 그 상상마저 무시하려는 이도 없지 않다. 그것은 큰 오단이요 잘못이다.

우리 어른들은 어린이들한테서 끊임없는 호기심의 발동과 미지경未知境에 대한 동경과 기대를 거는 심적 작용을 항상 볼 수가 있다. 그뿐만이 아니요 또 우리 어른들은 그들 어린이의 성장하려는 육체적 충동과 향상하려는 영적 의욕을 늘 느끼지 않는가. 그런데 이 상상은 육적 감각을 벗어나서도 영적 의욕을 떠나서도 있을 수가 없는 것으로 그 신비성은 또한 단순한 가공적 환상에는 존재할 수가 없는 것이다. 따라서 어린이들의 환상이라 할지라도 반드시 무엇이든지에 의거하는 데가 있어야 비로소 그 아름다운 날개를 펼 수가 있음은 두말할 여지가 없을 것이다. 그러기에 나는 순수한 동요는 가공이 아닌 실제적 상상에서라야 얻어질 수가 있다고 말하고 싶다.

4. 동심으로의 환원

나는 아동문학에 뜻을 둔 사람이면 반드시 '동심으로 돌아가라'고 늘 부르짖어왔다. 지금도 그 뜻은 변함이 없다. 이 내 말에 대하여 '다른 것은 몰라도 감각으로의 환원이란 있을 수 없다'고 반기를 드는 이가 없지 않았다. 그도 일리가 있는 주장일지도 모른다. 그러나 위에서도 말했듯이 어린이와 어른 사이에는 육체면을 떠나 정신상의 어떤 일치점이 있다는 것을 우리는 부인할 수가 없다. 그렇다면 정신상으로 오는 감각에도 이와 대등한 정도의 일치점이 없다는 말은 씨가 먹히지 않는다. 더구나 현실적으로 아동성을 가장 많이 지니고 있는 시인이라야 가장 청신하고 가장 아름다운 동요작품을 누구보다도 잘 쓰고 있는 것을 너 나 없이 수다하게 보아왔음은 도대체 무엇을 말해주는가 말이다.

여기서 나는 동심으로 돌아갈 수 있는 시인이야말로 동요 시인으로서의 긍지를 더 많이 가지고 있다고 찬양하지 않을 수 없다. 따라서 어린이의 참다운 동심으로 돌아갈 수가 있을 때라야 그는 어린이 이상의 황홀한 법열경에서의 자기를 발견할 것이며 나아가서는 어린이들에게도 큰 감명과 많은 기쁨을 가져다줄 수 있다고 본다.

5. 동요의 시적 가치

위에서도 누차 말했듯이 나는 동심을 무엇보다 존중하여 마지않기에 동요의 가치는 곧 예술적 최고 수준이라고 말하기를 주저치 않는다. 따라서 동요를 쓰는 의의는 아동들에게 주기 위한 것이기에 첫째도 동심으로 둘째도 동심으로 써야만 순진한 동요가 이루어질 것은 물론이요 예술적 가치가 뚜렷하게 나타나리라고 확언한다.

그리고 이 경우에 있어서의 순진한 동요는 교육의 한 방편도 될 수 없고 또 어떤 목적을 위한 보조용으로 쓸 수도 없는 것이다. 그러므로 나는 동요의 심유한 신비성마저 주장하고 싶다. 그렇다고 그 신비성은 먼 데서 구할 것이 아니라 그것은 오로지 실재한 가까운 데 있는 것이요, 결코 그밖에 다른 곳에서는 있을 수가 없다는 것을 잠시라도 잊어서는 안 될 것이다.

이제 나는 동요 시인이 되려는 모든 사람들에게 한마디 부탁이 있다. 그것은 다름 아닌 '그 실제의 상 가운데의 신비!'에 한결같이 내 정성을 쏟아넣으라는 진지한 한마디다.

이상 나는 주로 노래할 수 있는 동요에 대해 나의 소신, 소감을 적으면서 다시 한걸음 나아가서 아늑하게 읽으면서 고요하게 음미할 수 있는 시, 즉 동시도 쉬지 않고 써서 어린이들에게 제공할 일도 잊지 말기를 바라면서 이글을 끝맺는 바이다.

《아동문학》 1호, 1972. 9)

잊히지 않는 두 가지

나는 일찍이 이십여 년이나 교편을 잡는 동안, 매년 새 학기가 되어 새 학생들을 대하면 언제나 빠짐없이 꼭 들려주곤 한 말이 있었습니다. 그것은 다름 아닌,

"학교 공부 시간에는 칠판에 눈독을 들이고, 집에서 복습할 때에는 책에다 눈독을 들이라"

는 것이었습니다.

이제부터 하는 말이 자기의 자랑이나 늘어놓는 것 같아서 좀 쑥스러운 생각이 없지 않지만, 과거를 이야기하자니 자연히 나오게 되는 것을 어쩔 도리가 없습니다. 그 점을 양해해주기 바라면서 이야기를 시작하겠습니다.

나는 어려서 서당에 다니기 시작하면서 여러 어른들로부터,

"너는 정동(晶東＝내 이름)이라 하느니, 아예 재동(才童＝재간 있는 애)이라고 이름을 고치자!"

하는 말을 가끔 들은 기억이 있기도 하지만, 나는 서당 글공부도 남

한테 뒤져본 적이 없었고, 후에 학교로 개편이 되어서도 소학교서 고등학교에 이르는 팔 년 동안에 수석 자리를 거의 독차지하다시피 했고, 못한 편이라고 손가락질을 받은 적은 없었습니다.

어려서부터 지금까지 동안에 나는 잊히지 않는, 아니 잊으려야 잊을 수 없는 일이 수다히 있습니다. 그러나 그것들을 다 들을 수가 없기에 그중에서 단 두 가지만 여기 적어보기로 합니다.

내게 삼촌이 한 분이 계셨는데, 그분이야말로 재사 중에도 수재였던 것입니다. 왜냐하면 그것은 이조 몇백 년의 기나긴 세월 동안에 평안도 사람으로 과거에 급제를 한 사람이 불과 열 명도 못 되는 차별대우를 받아왔기에 그런 등등의 이유로 '홍경래'가 쿠데타를 일으켰던 '홍경래 난'을 모르는 사람은 없을 것입니다. 그런 차별대우의 어려운 처지에서도 삼촌께서는 장원 급제를 하셨으니 어찌 수재라 말하지 않을 이가 있겠습니까!

그와 같이 빼어난 재간을 가진 삼촌께서 친구들에게 가끔 하신 말씀이 있었다는데 그것은

"우리 형제 소생이 일곱 명이나 되지만 나를 대적할 만한 놈은 큰집 셋째 한 놈뿐……"

이라고 하셨답니다.

그래서 나는 삼촌의 사랑을 독차지했고, 따라서 공부에 도움도 많이 받았던 것입니다. 그 중 한 가지는 삼촌께서 서울에 다녀오시면서 목판으로 찍은 『명심보감』이라는 판책을 사다 주셨습니다.

나는 붓으로 베낀 책을 읽었는데 그때는 아무리 많이 배워도 소리 내서 읽는 것이 아니요, 손가락으로 훑어 내려가며 '눈독'을 들이는 것으로 이렇게 두 번만 하면 능히 따로 외우곤 하였습니다. 그런데 새 책으로 글을 배우고는 좋아라고 전과 같이 두 번을 훑어봤지만 도무지 따로 외

울 수가 없었습니다. 그리하여 그날은 따로 바치지를 못하고, 밤 서당엘 와야 한다는 훈장의 명령이 내렸습니다. 그러나 저녁을 먹기가 무섭게 잠자리에 들곤 하던 어린 몸이라 졸기만 하다가 밤에도 아무 효력 없이 다음 날 아침에도 따로 바치지 못하고, 처음으로 종아리 두 대를 맞고야 말았습니다. 이것은 한마디로 말해서 새 책이라서 아무리 훑고 또 훑어 보아도 눈에 들지 않았기에 눈독을 들이려 해도 눈독이 들어가지 않았던 것이었습니다. 나는 종아리 맞은 것도 분했지만 삼촌의 호의에 어긋난 것이 부끄러워서 그날은 새로 배우지 않고, 온종일 두고 한 자, 또 한 자에 '눈독'을 들여가지고 비로소 새 책을 정복하였습니다. 변변치 않은 듯이 느껴지는 '눈독'이 나에게는 그처럼 중요하였다는 것을 여러분은 넉넉히 알았으리라고 봅니다.

또 한 가지, 이것도 '눈독'을 들인 결과로 얻은 나 혼자의 자랑거리라면 자랑거리기도 하지만 커다란 보람이었습니다.

이 일은 어릴 때가 아니라, 평고平高 졸업 시험 때였습니다. 그때의 시험은 날짜를 정해주는 것이 아니고, 아무 날이고 선생께서 생각나는 대로, 혹은 남의 시간을 빌어서까지 치르는 규정이었는데, 이 취지인즉 어느 학과를 막론하고 언제나 공부를 게을리 하지 말라는 데도 있고, 또 몰래 책을 보고 쓰는 나쁜 행위를 막는 데도 있었던 것입니다.

그런데 일월 어느 날 첫 시간에 화학 시험을 치를 터이니 연필, 고무, 손칼 이외에는 아무것도 가지지 말고, 화학 실험실로 오라는 것이었습니다. 제시간이 아니어서 모두 당황하지 않을 수 없지만, 어쩔 도리가 없는 노릇이었지요! 그래서 재빨리 시험장으로 갔더니 시험지는 이미 배부가 되어 있었습니다. 얼른 읽어보니 모두 다섯 문제인데, 첫 문제가 바로 문제의 문제로

(승홍수를 잘못 마신 사람이 있다. 응급치료를 해야 하겠는데 어떤

좋은 방법이 필요한가?)

라는 것이었습니다. 내게는 이 문제가 제일 쉬웠기에 다른 문제의 해답을 다 쓰고, 마지막으로 제1문을 기록한 다음 바치려고 일어섰습니다.

그런데 내 옆에서 시험 치던 곽윤찬 군이 내 바지를 잡고 놓지를 않습니다. 나는 곽군의 뜻을 얼른 알아채고 다시 앉아서 지우개로 무엇을 지우는 체하면서 곽군 쪽을 보았더니 그는 제1문을 손가락으로 짚고 있었습니다. 나는 눈을 감고 생각하지 않을 수가 없었습니다. 그것은 곽군은 나와 수석을 다투는 상대자였기 때문입니다. 그러나 나는 그의 요구를 거절할 매정한 사람은 못 되었습니다. 가르쳐주기로 했지만 아무것도 가진 것이 없었습니다. 두루 살펴보았더니 책상 아래에 그야말로 손톱만한 종잇조각이 있기에 나는 지우개를 일부러 떨어뜨리고 그것을 줍는 겸 종잇조각을 주워서 가장 요점要點이라고 할 수 있는 알 란卵 자 한자를 써 주었던 것입니다. 왜냐하면 곽군은 그것만으로 능히 알아차릴 수 있는 재사였기 때문이었습니다.

그런 일이 있는 다음 날 화학 시간에 선생님이 들어오시자마자 대뜸,

"너희들은 공부를 어떻게 하기에 그처럼 쉽고 간단한 문제를 못했단 말이냐? 그것은 한마디로 말해서 교과서에만 매달리고, 선생의 설명은 듣는 둥 마는 둥 칠판에는 무엇이 씌어져 있는지조차 무관심한 탓이라고 나는 본다. 글쎄 쉰다섯 명 중에 맞춘 이가 한 사람 반밖에 안 된다니 말이 된단 말이냐!"

하고 꾸중을 하셨습니다. 그러자 한 익살꾼 학생이,

"그건 저희들이 공부를 잘못한 탓이오니 마땅히 사죄를 해야 옳겠지만 우리들은 모두 온전한 사람인데, 한 사람 반이란 '반 사람'이 있을 리가 없지 않습니까?"

하고 말을 해서 크게 웃기는 했지만, 그도 그럴 것이, 나는 선생님의

설명하던 말이 귀에 쟁쟁 남아 있을 뿐 아니라, 칠판에 더 쓸 자리가 없어서 왼편 모서리에 선을 친 후에 '卵(알 란 자, 즉 계란이란 뜻)'을 써주셨던 것이 눈에 보이는 듯했습니다. 그래

"승홍수는 극약물이라 위를 태울 정도요, 독은 없으니까 그 극성을 제거하기 위해서 이 승홍수의 극성은 흰자질(그때는 단백질)에 응결(굳게 뭉침)됩니다. 따라서 아무 데서나 얼른 구할 수도 있고, 또 흰자질이 많은 계란을 구해 먹으면 될 것입니다" 하고 자세한 설명을 다한 다음, 치료 방법을 말했으니 만점이라고 보아도 좋겠고, 곽군은 덮어놓고 계란을 먹인다고 만 쓴 모양이라, 반만 맞은 것으로 친 것임을 나는 즉각적으로 느낄 수가 있었던 것입니다.

어쨌든 이런 일은 오로지 공부할 때 칠판에다 '눈독'을 들인 보람으로 온 유일한 소득이었다고 지금까지도 잊지 않고 있습니다.

《소년》, 1972. 8)

달나라 전설

9월 22일이 바로 '한가위 날'이라기에 나는 문득 중추명월(음력 팔월대보름의 밝은 달)을 생각해봅니다.

과학시대인 지금은 벌써 달에를 몇 번이나 갔다 와서 달의 모습이 완전히 드러났다고 해서 그리 틀린다고는 볼 수도 없느니만큼 달에 대한 신비성은 이미 잃었다고 말할 분이 없지 않을 것입니다.

그러나 나는 옛날에 상상한 그 신비성을 버릴 수가 없다고 말하고 싶습니다. 그것은 간단히 말해서 그 옛날의 신비로운 상상이 바로 우리들의 문화요, 예술이요, 문학이기 때문입니다.

그런 의미에서 나는 어려서 어른들한테 들은 이야기나, 책에서 본 전설 같은 것을 다시 한 번 되새겨보는 일도 결코 쓸데없는 황당한 것이거나 무의미한 것은 아니라고 생각되기에 그중 몇 가지를 추려 소개해보려고 합니다.

우리 어린이들이 지금도 가끔

달 가운데 계수나무

　　옥도끼로 찍어내고

　　금도끼로 다듬어서

　　초가삼간 지어놓고

　　양친 부모 모셔다가

　　천년만년 살고지고.

　하고 노래하는 것을 듣고 나는 이 전설이 지금까지 우리 어린이들에게 얼마나 많은 꿈을 키워주었을지? 하고 생각해보곤 합니다.

　왜냐하면 이 전설은 그 옛날 인도에서 생겨가지고 중국을 거쳐 우리나라에 전해온 것으로, 그 생명은 엄청나게 오랜 동안을 살아왔고, 지금도 살아 있고, 또 장래도 살아가겠으니까 말입니다.

　이제 옛 인도의 전설에 의하면, 맨 옛적 어느 날 하늘의 제석(불법 보호자)이 여우와 원숭이와 토끼의 마음을 시험해보기 위하여 노인으로 변해가지고 가서 먹을 것을 청하였습니다. 그랬더니 여우는 잉어를, 원숭이는 나무 열매를 가각 바쳤습니다. 그러나 냅뜰성이 없는 데다 주변이 모자라는 토끼는 아무것도 마련을 못한 나머지 자기 몸을 불속에 던져 구워서 드렸습니다. 제석은 토끼의 정성을 칭찬하여 토끼의 죽은 몸을 달 가운데로 옮긴 후 이 이야기가 오래오래 후세에 전하게끔 해주었다고 합니다.

　이 이야기는 중국으로 전해져서는 달 가운데 토끼와 두꺼비가 있다고 변했고, 우리나라에 전해와서는 계수나무가 있다고 변했습니다.

　또 한 가지 이야기로는, 옛적 예(사람의 성)라는 활쏘기의 명수가 서왕모라는 선녀한테서 불로불사(늙지 않고 죽지도 않는) 약을 얻어다 두었는데, 그 아내가 남편 몰래 도둑 해먹고 선녀가 되어 달나라로 도망쳤다고 합니다.

이 이야기가 우리나라로 전해와서는 달나라 계수나무 아래서 토끼가 약을 찧는 것으로 변한 것입니다.

그리고 중국이나 유럽에서는 달 가운데 사람이 살고 있다면서 여러 가지의 이야기를 전해주고 있고, 우리나라에서도 색다른 이야기가 전해지고 있습니다.

이제 다시 멀리 유럽의 이야기 하나를 들어보면, 구약시대에 안식일에 불 땔나무를 베었다는 사람이 달나라로 추방(쫓겨남)이 되었다는 이야기가 있다는데, 이 이야기는 '달나라 사나이'라고 해서 여러 형태로 바뀌면서 북유럽 여러 나라에 많이 퍼져 있다고 합니다.

그 한두 가지를 들어보면, 영국에서는 12세기에 일요일에 나무를 도둑한 사람이 신성한 주일을 더럽혔다는 죄로 달나라에 추방이 되어 등에는 도끼를 지고, 손에는 나뭇가지의 묶음을 들고 있다는 이야기가 있는가 하면, 이것을 민요로 읊기도 하였다고 합니다.

그리고 네덜란드에서는 크리스마스 전날 밤에 양배추(캐비지)를 훔친 사람이 달나라로 추방이 되어 양배추를 등에 진 채 그냥 서 있는 것으로 되어 있는데, 그 양배추는 달이 찼다, 일그러졌다 함에 따라 수량이 늘었다 줄었다 한다고 전해지고 있습니다.

그밖에 우리가 토끼나 계수나무로 보는 것을 유럽에서는 '귀 없는 당나귀'나 '한 여자의 얼굴'이나 '글 읽는 소녀' 등으로 보는가 하면, 심지어는 '게발'로 보는 곳까지 있다고 합니다.

아직도 더 있지만, 이만 줄입니다.

《소년》, 1972. 9)

새해를 맞아 내가 주고 싶은 말

벌써 1973년이라는 새해를 맞이했습니다.

새해라고 하면 누구나 다 한결같이 희망에 넘치는 포부를 가지게 되곤 하는 것이 사실입니다.

올해야말로 우리들의 희망이 이루어질 것을 다짐하지 않을 수가 없는 해입니다. 왜냐하면 세계정세도 날로 변해가고 있지만, 특히 우리 대한민국에는 '남북 적십자 회담'이 열리고 있고, 또 '남북 조절위원회'도 열고 있습니다. 이 회담들은 확실히 두 조각으로 돼 있는 남과 북을 한데 뭉쳐 통일로 이끌기 위한 일임에 틀림이 없으니까 여간 가슴 부푸는 큰 희망이 아닐 수 없습니다. 더구나 나 같은 독신 피난자에게는 다시없는 소망이며 축원일 것은 두말할 필요도 없고, 우리 전국 새싹들에게도 통일로의 희망으로 가슴을 뿌듯하게 해줄 것입니다.

이렇게 가장 큰 희망의 해를 맞아 나는 나보다도 이 나라 장래 주인공이 될 우리 새싹들을 위하여 무엇을 어떻게 해서 조금이라도 더 행복된 생활을 할 수 있게 하겠는가고 생각한 끝에 아래와 같은 말들을 들려주려고 몇 마디 적어보았습니다.

내 말이 비록 금언은 못 될지 모르지만 버릴 수 없는 말이 된다고 생각합니다. 그러면 이 나라 새싹인 어린이 여러분! '고기는 씹을수록 맛이 난다'는 옛 어른의 말을 생각하면서 내 말을 몇 번이고 되씹어주기를 부탁해 마지않습니다. 그것은 맛이 전연 없지도 않을 것 같아서 말입니다.

◇ 새해 새아침에 떠오르는 밝은 해와 같이 명랑한 마음을 언제까지든지 가져보았으면 한다.

◇ 마귀를 항복시키려면 먼저 제 마음부터 항복시켜야 한다. 그것은 마음이 바르면 제아무리 악마일지라도 감히 붙지를 못할 것이니까 말이다.

◇ 먼지 낀 거울은 닦아야 하듯이 내 마음의 거울도 끊임없이 닦아야만 맑아질 것이다.

◇ 어두운 데 있어보고야 밝음의 고마움을 알고, 내 몸소 땅을 파보아야 농부의 수고를 알 수가 있다.

◇ 어른들의 옳은 행실을 볼 적마다 들을 적마다 '나는?' 하고 항상 생각해볼 일이 아닌가!

◇ 나쁜 짓 하고 남이 알까 두려워하는 이는 선의 길을 찾을 수 있지만, 선을 했다고 남이 알아주기를 바라는 이는 악의 길을 찾기가 쉽다.

◇ 가야 할 그곳을 놓침으로 해서 자칫 위험한 길로 들어가게 되는 적이 가끔 있다는 것을 잊어서는 안 될 것이 아닌가!

◇ 사람이란 괴로울 때면 즐겁던 때를 생각하면서도, 부자가 된 후에는 가난할 적의 형편을 잊기가 쉽다.

◇ 만 사람의 힘을 모으면 이루지 못할 일이란 이 세상에서는 그리 많지 않다고 보이는데…….

◇ 모래 위에다 집을 세워보라. 하찮은 바람에도 무너질 것이다. 그

렇거니, 사람이 어찌 아무 기초도 없이 훌륭해지기를 바랄 수가 있겠는가!

◇ 내가 지니고 있는 내 마음일망정 끊임없이 돌보지 않으면 어두운 그림자가 지게 마련이다.

◇ 마음이 맑으면 암실에서도 맑은 하늘을 볼 수가 있고, 마음이 흐리면 대낮에도 마귀가 침범한다.

◇ 누구를 막론하고 제게 맡겨진 책임과 의무를 다함으로써만이 성공의 길은 열리는 법이다.

◇ 매는 서서 조는 것 같고, 범은 걸을 때 병든 것 같은 모양을 짓는다고 한다. 이것이 바로 남을 해치려는 수단임을 몰라서는 안 될 일이다.

◇ 여러 사람이 다 같이 즐길 수 있는 즐거움보다 더 기꺼운 즐거움이란 그리 쉽지 않은 법이다.

◇ 어느 편에 치우치지 않는 냉정한 눈, 냉정한 귀, 냉정한 생각을 지닐 수가 있어야 잘못이 적을 것이다.

◇ 제아무리 천하일색으로 고운 꽃이 있다 하더라도 향기가 없으면 나비나 벌이 찾아오지 않는다.

◇ 입은 내 마음의 문이다. 그 입을 지키지 못하면 천기(모든 조화를 꾸미는 하늘의 기밀)가 새어나가서 일을 망치고 말 것이다.

◇ 나는 밥상을 마주할 때마다 "상 아래 떨어진 밥알은 운다"고 말씀해주신 내 아버님을 생각하곤 한다.

◇ 나는 "세상을 살아가는 데 있어서 남에게 한걸음 양보함이 좋다"고 들었다. 그것은 내가 그를 도와주는 데 그가 나를 적대시하지는 않을 것이기 때문이다.

◇ 무슨 일을 하다가 '될 대로 되거라' 하고 내버려두고 마는 것처럼 무서운 행동은 없을 것이다.

◇ 세월은 앞이 무한정 길다. 그러나 내가 놀고 있는 그동안을 기다

려주지는 않는다.

◇ 자고 일어나서 세수하고 양치질을 한 뒤 그 상쾌한 기분으로 그날 온 하루를 지내고 싶다.

◇ 옛 철인은 '사람의 천성은 물과 같다'고 말했다. 그렇다! 엎어진 물을 다시 주워 담을 수가 없다면 엎어지지 않도록 해야 할 일이 아닌가!

◇ 복 들어오는 문이 따로 있는 게 아니다. 웃는 눈, 웃는 코, 웃는 입, 웃는 얼굴에 있는 것이다.

◇ 나는 '기는 놈 위에 뛰는 놈 있고, 뛰는 놈 위에 나는 놈 있다'로 들었다. 내가 무엇을 조금 알기로서니 그것을 자랑할 것인가!

◇ 비가 올 것 같다고 주춤주춤 망설이다가 오히려 비를 맞으며 가게 되는 수가 있는 법이다.

◇ 아무리 작은 일일지라도 하지 않는데 이루어질 리는 만무하다. 제 아무리 재간이 뛰어난 사람도 배우지 않고는 글을 알 수가 없다.

◇ 제 바로 앞에서 닭이 울고 있는데, 귀머거리는 닭이 하품을 하고 있다고 본다.

◇ 고여만 있는 물은 썩기가 쉽듯이 움직이기 싫어하는 사람은 쉬 죽을지도 모른다.

◇ 세상에 있는 물건치고 우리에게 가르침을 주지 않는 것이 없다고 한다. 그렇다면 우리들은 모름지기 맑은 정신으로 그것들을 관찰하고 있어야만 될 것이 아닌가!

◇ 구두닦이는 오고 가는 사람의 발만 보고 있게 마련이다.

◇ 남을 헐뜯는 것은 자기 자신을 헐뜯는 것과는 같다고 한다. 왜냐하면 그 사람에게도 헐뜯는 입이 있으니까 말이다.

◇ 어리석은 자에게는 비밀이 있을 수가 없다. 그것은 제가 아는 것이면 무엇이든 간에 자랑 삼아 금방 말하지 않고는 못 견디니까 말이다.

◇ 따로 외우는 것도 좋다. 그러나 기록해두는 것만큼은 못하다.

◇ 빠른 경주자가 앞설 것은 당연한 이치다. 그러나 앞을 잘 살피지 못하면 넘어질 것이다. 넘어지면 빨리 달릴수록 그 상처는 클 것이다.

◇ 잘살고 싶기는 누구나 매한가지다. 그러나 힘 안 들이고 얻어지는 것은 단 한 가지도 없다.

◇ 세상만사 무엇을 막론하고 있는 그대로, 생긴 그대로, 보이는 그대로를 받아들여야 착오가 없을 것이다.

◇ 화분의 화초는 아무리 잘 매만져도 생기가 모자라고, 조롱 안의 새는 아무리 영리한 놈이라도 자연미를 잃는다. 사람도 같지 않을는지?

◇ 나는 이 세상에서 제일 위대하신 분은 내 어머님이라고 생각한다.

◇ 아들딸들의 지식이 풍부해지는 대신 비쩍 말라빠지는 부모님이 계시다는 걸 모르는 이는 없는지?

《새벗》, 1973. 1)

문단 데뷔와 작품 활동

동요 환갑에 더듬어본 그 시절

내가 문단에 데뷔한 것이 1925년이니까 약 반세기 전이다. 돌이켜보건대 내 마음은 아직 어릴 적 그대로인데 몸은 이미 다 늙어빠지고 말았으니 세월이란 긴 듯 짧아도 보이고 짧은 듯 길어도 보인다.

이제 내가 데뷔한 작품을 말하기 위해서는 몇 해 동안 거슬러 올라가야만 하겠다.

나는 열한 살까지 한문 공부를 하다가 열두 살 때부터 신학문을 배워준다는 서당이 아닌 학교에서 교육을 받기 시작하였다. 그때의 교과는 국한문을 비롯하여 역사, 지리, 산술 등으로 매우 간단하였으며 그밖에 우리 학교에서는 애국가 "동해물과 백두산……"을 매일 아침마다 상례적으로 불렀던 것이 아직도 귀에 쟁쟁하게 나타난다. 그도 그럴 것이 그때 우리 동리에서는 우리 뒤 동리인도 도롱섬에서 나서 애국운동에 일생을 바치신 도산 안창호 씨가 세운 대성학교에 다니는 이가 내 형님을 비롯하여 네 분이나 있어서 그들이 매 주일마다 돌아와서는 자기네가 배운 여러 가지 좋은 점을 죄다 가르쳐주었기 때문에 매일 조회에 애국가 부르는 법을 가르쳐주었으니 말이다. 뿐만 아니요 대성학교에서 가르쳐주는 갖가지 새 노래(그때는 '창가'라 했음)를 하나도 남김없이 가르쳐주었기에 우리들은 남이 모르는 창가를 제창 많이 불렀던 것이다. 그래서 인근에 있는 다른 여러 학교에서 우리 학교를 창가 학교라고 비꼬기까지 하였던 것이다. 그런 중에도 나는 특히 창가 명창이라는 별명을 얻을 만큼 노래를 잘했던 것이다. 그런 관계로 오는 심리 작용이었는지 나는 남몰래 가끔 노래를 지어 혼자서 흥얼거렸던 기억이 생생하다. 그러나 그것은 어디까지나 자기 혼자만의 노래일 뿐 노래로서의 지위나 가치는 전혀 말하기가 창피할 정도가 아니었을지 모를 것이라고 생각한다. 그러나 저러나 나는 어려서부터 노래를 쓸 수 있는 소질을 갖고 있지나 않았나 하는 느낌에서 적어본 데 지나지 않는다.

그런데 사람의 두뇌며 신체가 한창 자란다는 열일곱 살인 나에게 하늘은 큰 불행을 안겨주었다. 사랑의 원천이신 어머님께서 갑자기 세상을 뜨신 사실이야말로 나에게는 두고 두고 풀길 없는 한을 남겨주었다. 따라서 삼 년 동안이나 학업을 중단하지 않을 수가 없었다.

이러한 심적 영향도 없지는 않았겠지만 어쨌든 나는 어머님을 읊은 노래가 누구보다도 많은 것이다. 그중의 하나이며 처녀작인 〈따오기〉 '일명 두루미'가 내 학습장에서 쓴 것인데 그때 내 나이 스물한 살이었으니 내년이면 만 육십 년으로 '동요 환갑'이라는 새 단어가 생겨날 것이다. 참말 감개무량한 일이라고 나는 혼자 중얼거려본다.

시대 오 년간 오백 편 창작

이렇게 느낀 대로 가끔 써두었던 여러 편 중에서 세상에 내놓아도 과히 부끄럽지 않다고 보여지는 몇 편을 추려서 1923년, 1924년 두 차례나 《매일신문》, 《조선일보》 신춘문예에 응모했으나 모두 입선 자리를 얻지 못하였다. 그러나 내 자신으로서는 그렇듯 졸작은 아니라고 생각되기에 1925년에는 세 번째로 《동아일보》 신춘문예에 다시 응모하였더니 요행으로 일등 당선의 영예를 얻게 되었는데 그 동요가 바로 〈소금쟁이〉 외 네 편이었던 것이다.

동요 소금쟁이

※ 장풍밭 못 가운데
소금쟁이는
1234567
쓰고 익힌다.

바람은 심술쟁이
가끔 지운다.
그래도 소금쟁인
싫단 말없이!
1234567
되새겨가며
쓰고 또 쓰고 쓰고
쓰고 익힌다.

※창포

이것이 곧 내가 문단에 데뷔한 첫 걸음이요 첫 데뷔작이며 이어서 〈따오기〉도 비로소 햇빛을 보았다.

여기서 한 가지 밝혀두지 않으면 안 될 것이 있다. 그것은 〈소금쟁이〉는 나의 데뷔작은 되지만 처녀작은 아니라는 점이다. 따라서 나의 처녀작은 〈따오기〉임을 여기에 밝혀두는 바이다.

이제 다시 그 데뷔 시절을 회고하건대 실로 잊을 수 없는 정열의 시대라고 말하지 않을 수가 없다. 왜냐하면 내가 동요에 당선되어 문단에 이름이 오르기 시작하자 첫째는 명예 보전을 위하여 둘째는 책임완수를 위하여 짬만 있으면 노래 쓰기에만 열을 올렸기에 단 오 년동안에 무려 오백여 편의 동요를 쓸 수가 있었으니 말이다. 그러나 그 대부분을 이북에 둔 채 몸만 왔으니 참말 애석하기 짝이 없는 일이다. 그렇지만 그 후로부터 《동아일보》를 비롯하여 《어린이》며 《별나라》며 《조선문단》 등 신잡지에 연달아 실을 수가 있어서 지금도 찾아볼 수가 있음은 불행 중 다행이라고 생각한다.

그리고 한 가지 말해두지 않을 수 없는 것이 있다. 그것은 다름 아닌 정형시로서의 동시가 생긴 사실이다. 그때 나는 어떤 동요를 쓰다가 글자 수가 맞지 않고 자꾸만 산문식으로 되는 바람에 나는 문득 그때 많이 유행되고 있던 성인 시를 생각했다. 그래서 나는 다음과 같은 시를 쓴 적이 있다.

창포 한 포기

낮에는

제비가 한가롭게
팔랑팔랑 재주넘는
고요한 개굴 가엔
버들이 한 그루!

밤에는
반딧불이 애달프게
반짝반짝 왔다 가는
적막한 개굴 가엔
창포가 한 포기!

(1926. 1. 2 동아東亞 게재)

이 시는 나는 동시의 시초라고는 생각하지 않지만 어쨌든 그 후 오래지 않아서 동시라는 이름으로 가끔 지상에 나타나기 시작하였으며 이런 동시를 쓰는 사람이 점점 늘어나더니 지금은 동요를 쓰는 이는 극히 적고 동시를 쓰는 이가 판을 치게끔 되었다.

창작의 지지는 명예와 책임감

여기서 나는 어린이들에게 주는 아동문학계에도 위정의 간섭이 있었던 사실 한 가지를 말하지 않을 수가 없다.

그때가 언제인지는 명확하지 않지만 나는 교사 재직 중 다음과 같은 동요 〈땅딸보〉란 것을 지어 우리 학생들에게 가르쳐준 일이 있었다.

땅딸보

곱지도 않다는데
왜 왔던 말가
제 집이 있는데도
남의 뜰에를
소꿉을 놀자고는
다 가져가는
고놈의 땅딸보는
밉상 중 밉상!
(2절은 략略)

　이 노래는 본래 실재의 사실을 읊은 것이지만 써놓고 보니 왜倭를 풍자하였다고 보아도 조금은 틀리지는 않을 것으로 생각되기에 널리 퍼뜨리려 하였던 것이다. 그런데 아닌 게 아니라 일경 고등계는 나를 불러 그 의미를 따지는 것이었다. 즉 왜는 왜倭로 일본을 가리킨 것이 아니냐? 땅딸보는 키가 작은 일본인을 뜻한 것이 아니고 무어냐? 가져간다는 것은 물건들을 빼앗아간다는 뜻이지? 하면서 눈에는 불이 막 일어날 듯이 노기 찬 기세로 힐책하는 것이었다. 나도 만일에 어떤 일이 생긴다면 하고 생각한 적이 있었기에 미리 충분한 대답을 마련해두었던 것이다. 나는 먼저 당신들은 왜 아동문학도 이해를 못하는가 하고 전제한 후 어린이들에게는 거짓이나 왜곡은 가르칠 수도 없고 또 통하지도 않는다. 지금 당신이 하는 말은 모두가 거짓을 참인 듯 꾸민 말에 불과하며 억측이다. 그러니까 나로서는 왈가왈부할 가치조차 인정치 않으니 그렇게 알고 내 집 근처를 조사해보고 나서 다시 따져주기를 바란다고 당당히 반박을 하였다. 그래서 조사를 해보니 과연 땅딸보란 별명을 가진 애가 있고 또 그애가 장난감을 가끔 가져간 일이 있음을 그들은 알게 되었다. 그것이 사실인 데야 또다시 무엇을 말할 수가 있겠는가. 일은 끝나고 말았다.

나중에 알고 보니 그 사건은 나와 사이가 좋지 않은 김모란 교활하기 짝 없는 사람이 나를 골려주려고 어린이들한테 얻어 들은 땅딸보 노래를 그렇듯이 일본 말로 번역하여 고등계 주임에게 주고는 심한 중상과 모략을 꾀했던 것이다. 실로 괘씸하기 이를 데 없지만 나는 모른 척 덮어두지 않았으니 마음고통이 더욱 심했던 것이 아직도 기억에 생생하다.

이상으로 나의 문단 데뷔와 그 후 작품 활동에 대하여 그 대략만을 적어보았거니와 나는 피난해온 이십 년 동안에도 자기를 지키기 위하여 아니 자기를 손상시키지 않기 위하여 종전 이상 끊임없는 노력을 해왔다는 사실을 고백하면서 붓을 놓기로 한다.

《현대아동문학》 창간호, 1973)

동화와 공상

이 글을 초하기에 앞서 먼저 공상과 이상에 대한 몇 마디 말이 있어야 될 것 같아서 잠깐 적어보기로 한다.

공상이란 쓸데없는 생각 즉 다시 말해서 해봤자 아무것도 이루어질 수 없는 그야말로 헛된 생각을 가리키는 말일 것이요, 이상이란 이치에 맞는 것으로 거기에 이르기만 하면 인생을 최고로 만족시켜주리라고 상상하는 최선적 구상을 이르는 말일 것이다.

여기서 우리는 공상과 이상의 차이가 하늘과 땅 사이만큼이나 먼 것 같이 보여지리라. 그러나 연대조차 모르는 한 옛적에 있어서나 비행방석을 타고 하늘 위를 날았다든가 달나라 별나라를 제 마음대로 왔다 갔다 했다든가 하는 동화가 쓰여져 있는데 이 동화를 어린이들은 그저 흥미로워서 열심히 읽었는지 몰라도 어른들은 그것을 이치에 맞는 이상적 이야기라고 찬성했을 리가 없었다기보다도 쓸데없는 공상이라고 본 체조차 않았을 것이다.

그렇지만 20세기 지금에 와서는 그전처럼 천대를 받던 그 공상이 도리어 이상으로 변하여 현실화하고 있지 않은가. 그러면 공상과 이상의 차이는 하늘과 땅 사이만큼 먼 것이 아니라 마치 하늘과 땅이 맞붙어서 종이 한 장의 거리도 채 되지 않는다고 보아서 과히 틀리지 않는 것만 같이 생각된다.

어쨌든 공상을 그린 옛말(동화)에 대하여 내가 겪은 체험담이 생각난다. 내가 소학교에서 교편을 잡고 있던 때 일이다. 어떤 지식층으로 자처하는 한 학부형으로부터 항의 비슷한 말을 던져왔다. 한마디로 말해서 그 학부형은 공상적 동화는 어린이들에게 해롭다는 것이다. 즉 공상은 거짓말이라고 단정을 짓고 그런 거짓말을 가르치는 것은 쉽게 말해서 도둑질을 가르치는 것이나 다름이 없다는 것이다. 그리고 나아가서는 그 공상으로 인하여 정신에 이상을 일으키기도 한다고 극언한다. 얼른 들으면 일리가 없지도 않은 것 같지만 그런 사이비의 의견은 아무 논할 가치가 없기에 나는 웃어 보이기만 하고 일언반구의 대답도 하지를 않았었다.

공상적 동화를 읽음으로 해서 도둑이 된다 또는 범법인*이 된다는 말은 음식을 먹음으로 해서 위병이 생긴다는 말과 비슷하다고 보여진다. 아무리 영양이 좋은 음식이라도 지나치게 먹으면 위가 상한다고 곧장 음식은 사람에게 해롭다는 정의를 내릴 수가 있겠는가. 어쩌다가 일시적 조그만 해가 있다고 해서 그밖의 수많은 이익을 버릴 수가 없는 것이 사실이요 진리가 아니겠는가.

그러면 조금이나마 말썽이 되는 거짓말에는 어떤 것이 있는지를 여기서 잠깐 말을 해야 하겠다. 특히 어린이들의 거짓말을 크게 나누어보면 두 종류라 할 수가 있다. 즉 그 하나는 '그럴듯한 거짓말'로서 가령 학교에 간다고 나가서는 학교에는 안 가고 산이나 벌판으로 가서 놀다가

| * 법을 어긴 사람.

학교엘 갔던 듯이 꾸며대는 거짓말과 같은 것들이요 다른 하나는 '믿기 어려운 거짓말'로서 가령 산속 깊숙이 들어가서 아기 곰과 놀면서 씨름을 하고 왔다는 믿을 수가 없는 그러나 나무라기에는 너무도 천연스럽고 천진난만한 거짓말 그런 등속이다. 어쨌든 이 두 가지 거짓말이야말로 동화에는 버릴 수가 없는 커다란 중요한 요소가 되는 것을 우리는 잘 알고 있지 않은가.

그런데 '어린이는 공상의 동물이다'라고 말한 사람도 있지만 아닌 게 아니라 어린이야말로 태고인과 같달지* 아무 경험도 배운 것도 없기 때문에 자연히 머리가 무거울 만큼 공상으로 충만해 있는 것이 사실이다. 그러던 것이 차차 어른이 되면서 경험을 얻고 또 사물에 이해가 가게 됨에 따라 모든 것이 현실화하게 되는 법이니까 어린 동안은 그 공상이 그들 생활의 전부라고 보아도 과히 틀리지가 않을 것 같다.

그리고 보면 그들의 그 공상이 크면 클수록 다음날 이것들을 현실화하는 힘이 커질 것이라고 나는 본다. 쉬운 예를 들어보면 모터가 있어야 그리고 프로펠러가 있어야 비행기를 만들어 공중을 날아다닐 수 있다는 생각을 하기 전에 비행방석을 타고 구름마냥 슬슬 날아 천 리도 만 리도 갈 수 있다는 공상을 했다면 이 엄청난 공상이야말로 흥미진진한 바가 있다고는 보여지지 않는가. 또는 망망한 무변대해를 건너는 데 있어서 배나 함정을 타기 전에 커다란 거북을 잡아타고 유유히 갈 수가 있었다고 생각해보라. 그런 엉뚱한 생각이야말로 공상 중에서도 커다란 공상이기는 하지만 그 얼마나 스릴에 찬 공상이냐 말이다. 이것들이 곧 어린이들의 생명인 동시에 이것 때문에 어른들마저도 커다란 흥미를 느끼지 않을 수가 없을 것이다. 이런 어린이들이 어른이 되면 그때에는 사회의 실

| * 같다고 할지.

406

제 문제에 부딪히고는 올바른 방법으로의 공중비행도 대양횡단도 할 수 있는 문제점을 놓고 많은 노력을 쓰고 깊은 연구를 하게 된다는 말이다.

여기서 나는 공상은 과학적으로 보아도 커다란 가치가 있다고 본다. 그리고 나아가서는 이와는 정반대라는 소위 이상적으로 볼지라도 막대한 이익이 있다고 보지 않을 수가 없다고 외치고 싶다. 그뿐인가 세상에서 이르는 정육면이나 미적 관점으로 보아도 공상의 가치는 무한히 크다고 본다. 그것은 얼른 쉽게 말해서 동물을 보고, 화초를 보고 또 자연물을 보는데도 공상은 그 흥미를 더욱 도우고 도와서 많은 소득을 얻게 한다는 말이다. 가령 나무에는 요술을 부리는 '목정'이 있다든가 꽃에는 사람을 매혹하는 '화정'이 있다든가 또는 개나 소나 말들이 말을 한다든가 등등의 공상이야말로 더욱 큰 가치가 있다고 본다. 왜냐하면 그것은 그런 공상을 가짐으로 해서만이 그들은 자연과 자연물을 사랑하고 그것들에게 온정도 감사도 느낄 수가 있으니까 말이다. 따라서 어린이들의 그런 공상을 고의적으로 깨뜨려 부순다는 것은 실로 어리석은 짓이요 그런 마음씨는 아무런 취할 점도 없기에 도저히 찬성할 수가 없다.

그렇다고 동화는 어린이들의 공상을 길러주거나 장려해주는 것이라야 된다는 말은 결코 아니다. 그럴 필요까지야 무엇이 있겠는가. 그렇지만 어린이들이 그 공상을 생명처럼 여기고 있는 이상 아동문학이 그 공상을 이용하든가 응용하는 것은 어디까지나 당연하다고 나는 본다. 한마디로 말해서 공상적 동화를 옳지 않다고 생각하는 사람은 어린이를 이해하지 못하는 탓으로서 좀 심하게 평해서 그런 사람은 어린이들을 가르칠만한 자격도 능력도 없다고 보여질 뿐 아니라 오히려 위험하기 짝이 없다고 하겠다.

이제 시야를 국외로 옮겨보자. 지금 세계 여러 나라에서 읽혀지고 있는 모든 동화들의 공상적인 분야가 하나에서 열까지 모두가 완전무결하다고는 단언할 수가 없느니만큼 거기에 따르는 피해도 물론 없지 않을 것이다. 예컨대 어린이들에게 무섬증을 준다든가, 요망하다든가, 괴상하다든가 또는 이상스러운 요술로 인한 공포심이라든가 기타 미신적인 것이며 불신적인 것…… 등등의 공상 같은 것들은 자라는 어린이들의 성정을 좀먹게 하고 위축시키기도 하고 졸렬하게 만들기도 하고 나아가서는 과학적 지식을 방해하기도 하며 또는 이성의 발달을 막아주는 것도 없지는 않을 것이다.

이와 같은 여러 가지의 문제점도 내포하고 있는 것이 사실이기에 나는 이것들을 연구 검토하여 점차 완전하고도 고상하고 좋은 공상적 방면으로 인도해보자는 의도에서 이 글을 초하면서 앞으로 기회가 있는 대로 각 부문별로 자세히 따져 풀이하기를 약속하면서 우선은 이만 해두기로 한다.

《아동문학》 창간호, 1976. 6)

한정동아동문학상 제정

취지

내가 아동문학상을 제정하는 것은 오로지 아동문학 발전에 이바지하려는 의도 이외에는 아무 다른 어떤 이유도 있을 수 없음을 밝혀둔다.

나는 오십여 년 아동문학에 힘을 써오면서 느낀 바가 한 가지 있습니다. 누구를 막론하고 동요, 동화…… 등 어느 부문에고 현상에 당선이 되면 그 상을 받은 책임에선지 곧장 당선된 그 방면으로 힘을 기울임을 보게 되는 그것입니다. 아동문학 발전에 큰 힘이 되는 이 사실을 살려보자는 마음에서 나는 최근 십여 년 동안에 쓴 모든 원고료를 될 수 있는 데까지 모아왔습니다.

그런데 뜻밖에도 지난 5월에 서울교육대학과 노래동산회에서 나를 '고마우신 선생'으로 선정하여 상을 받게 되었습니다.

이 고마움에 보답하는 의미를 겸하여, 내 본래의 포부를 실현시키기 위하여 그동안 모인 오십만 원(더 늘릴 예정)을 기금으로 일을 시작한 것입니다.

본상 제정에 있어서 부상금이 소액에 지나지 않음을 부끄럽게 생각하지만 상이란 거액이라야 되는 것이 아닌 이상 상을 받는 이나 모든 사람이 이해할 줄 믿고 감히 내놓는 터이니 이 뜻을 알고 후원이 있기를 바라마지 않습니다.

1968년 10월

한정동

《아동문예》, 1976. 8)

나의 시, 나의 동화

따오기

보일 듯이 보일 듯이
보이지 않는
당옥당옥 당옥 소리
처량한 소리
날아가면 가는 곳이
어디이드뇨?
내 어머님 가신 나라
해 돋는 나라

잡힐 듯이 잡힐 듯이
잡히지 않는
당옥당옥 당옥 소리

구슬픈 소리
떠나가면 가는 곳이
어디이드뇨?
내 어머님 가신 나라
달 돋는 나라

약한 듯이 강한 듯이
또 연약한 듯이
당옥당옥 당옥 소리
애절한 소리
흘러가면 가는 곳이
어디이드뇨?
내 어머님 가신 나라
별 뜨는 나라

나도 나도 소리 소리
너 같을진대
해나라로 달나라로
또 별나라로
훨훨 활활 날아가서
꿈에만 보고
말 못하는 어머님의
귀나 울릴걸

해설

이 동요가 특별히 뛰어나거나, 또는 내 작품 중에서 제일 잘 읊어졌다고는 생각지 않습니다. 그러나 이 노래는 어디까지나 내 어머님의 교훈 그대로를 나타낸 것이기에 평생을 두고 잊을 수 없는, 아니 잊어서는 안 될 '어머님 노래'인 것이며, 이 노래가 내게는 맨 첫 번의 작품인 동시에 또 내가 동요를 쓰게 된 근본 원인도 되는 것입니다.

이상의 세 가지의 까닭으로 해서 이 동요는 나에게는 잊을 수 없는 영원한 나의 시가 되었지만 이제 독자 여러분이 읽고서도 내가 내 어머님을 생각하는 정서의 정도가 어떠하다는 것을 넉넉히 알 수 있을 것 같아서 많은 말을 피하기로 하거니와 여기에 한 가지를 보탤 것이 있습니다.

그것은 내 친구 가운데 '곽노엽'이란 유명한 시인이 있었는데, 그는

"이 노래는 누가 보아도 어머님을 생각한 것쯤은 다 알 일이지만, 그 밖에도 나는 이 노래의 어머님을 '나라의 상징'이라고 보고 있는데, 작자의 생각은 어떤가?"

하고 내 의사를 타진한 적이 있습니다. 이때 나는

"시란 본래가 함축성이 있는지라, 그 해석도 각각 다를 것이라고 한다면 곽군 자네 의견을 구태여 부정할 수도 없지만 그처럼 훌륭한 해석에 감사할 뿐일세"

하고 대답한 적이 있습니다. 한번 음미해볼 만하다고 말해두는 바입니다.

《소년》, 1974. 6

족제비와 꼬리

뜻이 같은 이끼리의 모임이라고 하지만 그 중에서 조가네 족제비는 가끔 자기만이 잘난 척, 자기만이 아는 척, 자기만이 영리한 척 뿜을 잘 빼곤 하는, 말하자면 여러 동지들에게는 언제나 어울릴 수 없는 좀 이상한 성질을 가지고 있었으므로 뜻은 비록 같을지라도 막상 일을 하게 되면 서로가 찰떡처럼 융합이 되지 못하고, 어딘가 모르게 서먹서먹한 느낌이 없지 않았습니다.

그처럼 조군은 무어든 자기가 제일이라는 자부심이 있는지라, 동지들의 의사를 모를 리가 없었습니다. 그런 기미를 알기에 조군은 타협하려기보다는 오히려 반발하는 마음이 앞서서 속으로 어디 두고 보아라 하고는 대소사를 막론하고 의논은 할 줄 모르고, 독단적 행동으로 나가곤 하였습니다.

조군은 이날도 동무들과는 어울릴 생각은 하지 않고 저 혼자 좋은 곳을 찾아가서 맛나는 것을 얻어먹으리라는 마음으로 다른 길을 택하여 어느 으슥한 산기슭에 갔습니다.

겨울에는 눈이 많이 쌓이는 것이 원칙인지라, 사람 사는 동네나 근처로 가야만 하다못해 떨어뜨린 밥알이나 누룽지 부스럭지* 한 조각이라도 얻을 수가 있겠는데, 속담에 '약빠른 고양이 밤눈이 어둡다'고 하였듯이 가장 잘 안다는 조군으로서 어째 눈만 많이 쌓이고, 사람의 자취란 찾아도 볼 수 없는 산기슭으로 왔는지 알다가도 모를 일이 아닐 수가 없었습니다. 일이 이렇게 되고 보니 제아무리 영리한 조군으로서도 뾰족한 수가 있겠습니까! 하루 종일 그 근처만 싸다니다가 먹을 것이란 그림자도 못 보고 배가 고파지는가 하면 몸과 마음이 다 같이 피곤해지고 말았습니다.

조군은 피곤을 좀 풀어보려고 눈이 먼저 녹은 잔디 언덕을 찾아가서 누웠다가 잠이 들었던 것입니다. 때마침 엿장사 할머니가 여기저기 돌아다니며 팔다 남은 엿당작을 이고 집으로 가는 발자국 소리에 놀라서 조군은 선잠을 깨고 말았습니다.

조군은 너무 갑자기 당한 일이라, 무섭기도 하고 다리가 떨려서 달아날 생각도 못하고, 얼른

"할머니! 어디를 가시는지 몰라도 여기 잔디밭이 포근합니다. 다리쉼** 이라도 하고 가시지요."

하며 앉기를 청했습니다. 할머니는 그렇지 않아도 쉬어 갈까 하던 참이라, 엿당작***을 옆에 놓으며 앉았습니다만 할머니 또한 얼른 할 말이 생각나지 않아서 보이는 대로랄지 아니면 좋은 기회였던지, 덮어놓고

"아! 너 그 꼬리가 무거워도 보이고 또 거추장스럽겠구나. 그까짓 거 쓸데없을 것 같으니 내게나 주렴."

---

* 부스러기.
** 다리쉼의 줄인 말. 잠깐 동안 다리를 쉬는 일.
*** 엿을 담은 그릇.

하고 족제비의 동정을 슬쩍 살펴보았습니다. 조군은 조군대로 여기 오기 전에 벌써 느꼈던 바가 있었습니다.

'별로 소용되는 것도 같지 않은 이놈의 꼬리를 하루 종일 질질 끌고 다니려니 더 피곤해진 것 같구나'

하고 혼자 중얼거렸더란 말입니다. 그랬는데, 지금 할머니 말을 듣고 나니 먼저의 자기 생각이 더욱 옳게 여겨지는 것이었습니다. 그래서 조 군은 다시 생각할 겨를도 없이

"할머니! 내 꼬리를 할머니께 드린다면 할머니께서는 내게 무엇을 주 시겠습니까?"

하고 물었습니다. 할머니는 무슨 조그만 생각도 주지 않을 양으로 족 제비의 말을 곧장 받아가지고

"나야 뭐! 내가 먼저 청한 일이니까 내게 있는 것이면 무엇이든지 다 좋지만 우선 이 엿은 어떠냐?"

하며 엿을 내보였습니다. 먹음직스러운 엿을 보자, 배가 고파 쩔쩔 매고 있던 조군은 무슨 다른 생각을 해볼 사이도 없이

"그럼 할머니 엿 다섯 가락만 주세요"

하고는 제 꼬리를 제 손으로 잘라주었습니다. 그러고는 단박 그 자리 에서 세 가락을 먹고 나니 새 기운이 났습니다. 그래서 조금은 의기양양 한 태도로 남은 엿가락을 옆에다 끼고 '이만하면 모두가 떠받들 듯하면 서 좀 나누어달라고 나한테 매달리겠지!' 하고는 빙그레 웃으며 길을 재 촉하였습니다.

그러나 처음에는 반갑게 맞아주던 동지들이 한번씩 보고는 모두 한 결같이 경멸의 눈초리를 하며 돌아앉고 마는 것이었습니다.

약빠른 조군인지라 그들의 경멸하는 이유를 얼른 알아차릴 수가 있 었지만 이미 엎지른 물은 다시 주워 담을 재간이 없었습니다.

조군은 속으로 '우리들의 꼬리는 우리들의 혼이요, 또 상징이니까 언제나 아끼고 존중해야 하느니라' 하시던 선친의 말씀을 생각했지만 이미 늦었는지라, 별다른 묘책이 없어서 지금까지 가끔 유혹의 눈을 보내곤 하던 붉은 여우를 찾아가지 않을 수 없었던 것입니다.

처음에는 환영도 해주었고, 대우도 매우 좋았으므로 만족한 마음으로 열심히 일을 했습니다. 그러나 조석으로 변하는 여우들의 마음이고 보면 그들을 믿은 조군은 또 한 번 바보가 되고 말았습니다. 그것은 몇 해도 되기 전에 여우들은 이용할 대로 다 해먹고, 이제는 더 쓸 만한 가치가 없다고 단정을 하고는 결국 차버림을 받고 말았으니까 말입니다.

그러면 조군의 갈 곳은 어디란 말입니까! 거기에 또 감시의 눈초리마저 끊임없이 번득이는 터라, 조군은 제집 대문밖에도 변변히 나가보지 못한 채 얼마 후에는 조군을 본 사람은 누구 한 사람도 없었습니다.

〈끝〉

해설

이 동화를 잘된 작품이라고 여기에 내놓는 것은 결코 아닙니다. 다만 내가 이북에 있을 적이 몸소 겪은 실기*적이기도 하고, 또 그때 초**잡아 두었던 것으로서 항상 통일을 바라는 피난민 신세이고 보니 우리를 배반한 그 사람을 잊을 수는 없습니다. 따라서 어느 때, 어느 곳, 어떤 경우를 막론하고 '배신자', 즉 '국혼을 팔아먹은 자'의 말로가 결국은 비

---

* 실제 있는 일을 그대로 적은 기록.
** 초기. 처음.

참하게도 망하고 만다는 것을 증명하고도 남음이 있다고 나는 믿어 의심치 않습니다.

자! 보세요. 여기에 등장한 조군도 필경은 굶어 죽었음이 분명하다니까 그 얼마나 비참한가 말입니다.

이 몇 마디로 이 작품의 뜻한 바를 알 수 있을 것 같기에 이만 줄입니다.

《소년》, 1974. 6)

어머니와 '따오기'

나의 작가 수업

이 글은 한정동 선생님이 작고하기 삼 개월 전, 본지에 기고하셨던 것으로 이제 게재하는 것입니다.

오직 전 생애를, 등단하신 후 반세기를, 동요와 함께 살아가신 선생님의 명복을 빌 뿐입니다.(편집인)

나의 작품 생활에는 수업이라고 버젓하게 이야기할 만한 뚜렷한 것이 없습니다. 그러나 작품을 만드느라고 무척 애쓴 것만은 사실이니까, 그런 것도 수업이라면 수업일 수도 있음 직하기에 몇 마디 적어볼까 합니다.

그런데 하필이면 왜 아동문학을 쓰게 되었느냐고 물어올 사람이 있으리라. 그 사유에 대한 것은 《여성동아》나 기타 잡지 등에 여러 번 발표한 바도 있고 또 이야기가 길어서 정해준 지수로는 다 쓸 수가 없기에 대강 요령만을 말해보겠습니다. 이야기는 내가 십칠 세 때의 일입니다. 그해 여름 어머니께서는 시름시름 앓다가 세상을 떠나셨습니다.

나의 생애에 있어서는 거의 백 퍼센트가 어머님 사랑의 가르침의 혜택이었으니, 그 어머님이 세상을 떠나셨다면 따라 죽지는 못할망정 호천망극하는 몸부림을 친 데도 오히려 부족하겠는데, 그때 나는 장례를 치르는 닷새 동안에 단 한 방울의 눈물도 보이지를 않았던 것입니다.

이런 사실로 말미암아 나중에 안 사실이지만 남의 말 잘하는 사람들한테 "나이 열일곱이나 된 녀석이 아직 철이 못 들다니!" 하는가 하면 "철이 못 들긴 너무 무정해서 그렇지" 그러나 그때 내가 그런 험구를 들었더라면 나는 '너무 기쁠 때 웃음보다 눈물이 나고 너무 슬플 때 도리어 웃음이 난다' 는 옛말 그대로였다고 변명을 하였을지도 모릅니다. 어떻든 나의 기둥인 어머님을 여의므로 해서 학업은 중단이 되고 농사일을 도와야 했습니다. 만 삼 년 남짓 농군이 된 나는, 스물한 살이 된 해 가을추수를 다 끝내고 나서 가만히 생각해보니 농사는 아무리 힘써 해봤자, 별다른 보람을 느끼지 못한다고 개탄한 나머지, 공부를 다시 해보기로 결심을 하고 이튿날 집안 어른들에게는 말도 아니하고 평양의 이모 댁으로 가서 공부시켜달라고 몇 번이고 졸라대서, 겨우 승낙을 받은 후 고향집 만형님한테 공부하겠다는 편지를 썼던 것입니다.

그리하여, 약 사 개월 동안 일본 말을 배워가지고 평양고등보통학교 이학년 보결 시험에 합격했던 것입니다.

그해 가을 어느 날 학비를 좀 얻을까 하여 집을 찾아가서 밤늦도록 만형님에게 조르고 졸라 단돈 팔십 전을 얻어가지고 이튿날 이른 점심을 먹고 평양 칠십 리 길을 걸어가기로 하고 길을 떠났습니다. 한 삼 키로나 가서 강 언덕에 있는 잔디밭에 앉아 잠깐 쉬고 있노라니, 난데없는 '따오기' 소리가 들려왔습니다.

웬일인지 나는 갑자기 어머님을 생각하고 (어머님과 나와 따오기는 특수한 관계가 있음) 설움이 북받쳐서 울기 시작하였는데, 어찌나 서글 펐던지 마치 어머님 돌아가신 후 오 년 동안이나 울어보지 못한 그 울음 이 한꺼번에 솟아나오는 것인지, 울어 얼마나 울었던지 기진맥진 쓰러지 고 말았습니다. 얼마 후에 깨나 보니 해는 이미 석양이 가까웠고, 갈 길 은 앞으로 육십여 리라 부득이 밤길을 걸으면서 어머님이 보호해주는 것 으로 믿고 무서움을 견디면서 주는 것으로 믿고 무서움을 견디면서 밤 아홉 시 삼십 분경에야 평양에 도착했습니다. 이날의 감격을 써둔 것이 바로 동요 〈따오기〉요 내 처녀작입니다.

그 후 몇 편의 동요를 써두었던 것이 1925년 동아일보 일등으로 당선 된 〈소금쟁이〉 등입니다.

그 당선이 나로 하여금 글을 쓰지 않으면 안 되게끔 세찬 매를 때려 주었습니다. 이것이 바로 나의 작품 활동이었음을 말해두는 바입니다.

고 한정동 선생 약력

- 1894년 평남 진남포 출생
- 평양고보 졸업(1918)
- 평양시청 서기(1918~1919)
- 《조선》·《동아》 양지 진남포 지국장 겸 기자(1930~1937)
- 진남포중학 교사(1939~1945)
- 진남 영정초등학교 설립, 교장(1945)
- 따님과 같이 월남(1950. 12)
- 부산 국제신문사 기자(1951~1952)
- 서울덕성여고 교사(1954~1961)

- 《동아일보》 신춘문예 동요 〈따오기〉 당선(1925)

이래 줄곧 작품 활동에 전념

- 저서에 『갈잎 피리』(1958. 청우), 『꿈으로 가는 길』(1968. 문예)가 있음
- 노래동산회에서 (서울교대) '고마우신 선생님' 으로 추대됨(1968)
- 한정동 아동문학상 제정(1969. 5. 3)
- 1976년 6월 23일 영면.

(《아동문학평론》 가을호, 1976)

인생과 사랑

사랑을 하고 있는 사람들은 사랑이 인생 행복의 전부인 양 극구 찬미한다. 그러면 사랑이란 무엇이냐?

인연 있는 내가 인연 있는 그를 직각直覺할 수 있을 때 일어나는 환희 그것이 아니고 무엇이겠는가. 따라서 사랑은 내 있는 모든 것을 인연 있는 그에게 다 바침으로만이 완전할 수가 있을 것이다. 그렇기에 그 인연 있는 상대를 찾아내지 못하는 동안은 찬바람 속에서 낙망과 탄식에 시달리는 감옥살이를 하는 것과 다름이 없을 것이다.

나는 일가친척이 있음을, 여러 친구가 있음을 자랑하고 감사한다. 나는 그들로 말미암아 귀중한 인연을 찾아낼 수가 있었으며 거기에서 인생의 일면을 실감할 수가 있었기 때문이다.

그러나 사람과 사람이 서로 알고 서로 접촉하고 서로 사랑하는 반면에는 어떤 상상할 수 없는 추잡함도 괴로움도 안타까움도 기다리고 있는 것이다.

오래 사랑하던 사이가, 오래 믿고 있던 사이가 어느새 서로 미워하고 서로 의심하지 않으면 안 된다는 것처럼 괴로운 것은 없으리라. 뿐만 아니라 미워한 채 의심하는 채 서로가 다 죽어가지 않으면 안 된다는 것은 더욱 괴로운 것이다.

성자聖者나 철인이 아닌 보통 사람으로서는 제아무리 힘을 써보았자, 미워함으로 받은 정의 상처나 의심으로 받은 마음의 깨진 조각은 좀처럼 보충하기 힘든 것이기에 내가 내 마음의 경솔을 책망해봤자 도저히 어쩔 재간이 없는 것이다. 그래서 그 마음에는 검은 그림자가 생기게 마련이지만 돌이켜 생각해보라. 본래 그를 믿고 사랑해서 그를 위하여 모든 것을 다 바쳤다고 하는 그것만으로 나는 벌써 자기 자신의 위한을 얻지 않았는가. 그리고 자책함으로써 마음의 구원을 받은 셈이 아니냐!

그뿐인가, 일찍이 내가 그에게 미친 그것이 순결한 사랑이요 티 없는 정직이었다면 그것뿐으로 만족해도 좋지 않겠는가. 이른바 신信도 애愛도 또 인생이란 것조차도 영원에 비기면 그야말로 찰나밖에 무엇이냐. 그런데 이제 그를 믿었기 때문에 일어날 내일의 슬픈 결과가 무서워서 마음을 쓴댔자 그것이 내게 무슨 도움이 되겠단 말인가. 그러기에 나는 그에게 의심 없는 나와 거짓 없는 내 마음을 보여줌으로 자부를 삼을 뿐이라고 말하는 자다.

그러나 나는 그 신新을 잃는다는 것은 인생의 빛을 잃음이나 다름이 없다고 본다. 따라서 무엇이나를 믿지 않는다는 것이 그의 명예라고 할 수도 없으며 더더구나 그를 위대하게도 만들 수는 결코 없을 것은 물론이요 도리어 불쌍하게 될 뿐이다. 그것은 그런 사람 마음 가운데는 사랑도 눈물도 온정도 아무것도 없을 것이 분명하기 때문이다. 그러나 '사람은 세상에 나서 웃다 울고 즐겁다 괴롭고 따사롭다 차지고 그리고 그저 그럭저럭 살다 그럭저럭 죽고 마는 것이다' 라고 생각하는 이른바 허무적인 그들이라 할지라도 이런 것은 짐작하고 있지나 않을까 한다.

우리는 저 6·25의 불의의 변란으로 말미암아 인간 전체가 죽음을 직면하고 같이 살고 같이 괴로워하고 같이 도와주던 일은 한때나마 실감했으리라고 보이건만 그때에 있어서도 사랑은 고사하고 동정심마저 내버린 사람이 있다면 아마도 믿으려 할 사람이 없을지도 모른다. 그러나 나는 그런 막다른 골목길에서 받은 마음의 상처는 영영 메울 수가 없을 것만 같다. 동시에 단 한 발만 늦었어도 내 생명을 괴뢰들에게 내던지지 않으면 안 될 절정에서 그야말로 수사에 일생을 얻은 귀중한 체험 또한 영영 잊을 수는 없다.

나는 이와 같이 피난민의 최후 한 사람으로 간신히 배를 타고 나흘 만에 부산부두에 내리기는 했지만 사고무친四顧無親한 부산에서 쌀 한 말에 구천여 원이나 하는데 단돈 이천 원밖에 가진 것이 없었으니 무슨 변통이 있어야 할 것이 아닌가!

듣자하니 그들은 일천 몇백만 원이란 큰 돈을 가지고 왔다기에 나는 붉은 지폐를 잠시 바꾸어주면 빠른 시일 안으로 벌어 갚아주거나 그렇지 않으면 이북으로 돌아만 가면(그때에는 약 삼 개월이면 넉넉히 돌아갈 수 있다고 누구나 믿고 있었기에……) 곧 갚는다는 어음이라도 쓰겠다고 간청을 했지만 당사자는 피도 눈물도 없는 단 한마디 말로 거절을 당하고 말았다. 나중에 알고 보면 그 돈은 누가 다 먹었는지 어떻게 했는지 아는 이조차 없어 고스란히 달아나고 말았다니 더욱 괘씸하게만 생각이 된다. 그렇다고 나는 그들을 원망하랴 마음은 조금도 없다. 그것은 나는 그 돈이 없었기에 내 힘을 배가하여 훌륭히 살 수가 있지나 않았나 하기 때문이다.

이런 것들로 미루어볼 때 그 소위 명예니 지위니 소유니 거대한 저택이니 대공장大工場이니…… 하는 것들은 하나의 애들 장난감에 지나지 않는다고 보아도 과히 틀릴 것 같지 않다. 그렇기에 그 장난감들에는 헤아릴 수 없는 비극이 깃들어 있다고 나는 본다.

보라, 그 배가 뚱뚱한 부자가 자기 장난감을 보고 미소를 짓고 있는 그늘에는 셀 수도 없는 수많은 사람들의 생명의 쇠사슬에 녹이 쓸고 있는 것을. 그리고 또 이제 저녁때 사이렌 소리가 요란히 울리는 광장 앞에 서서 보라. 거기에는 온종일 남의 장난감을 만들어주기 위하여 피땀을 쏟고 있던 불행한 사람들이 창백한 얼굴에 기름 묻은 검은 손을 가진 애처로운 무리들이 황혼의 차가운 공기 가운데로 사라지고 있지 않은가.

그렇다고 해서 그들이라고 그 장난감을 영원히 가지고 미소를 계속하라는 철칙도 없는 것이며 또 기름 손의 무리라고 자기가 요구하는 장난감을 가지지 말라는 법도 없을 것이 아닌가.

나는 하늘을 우러러본다. 하늘에는 헤아릴 수도 없는 무수한 별들이 반짝거리고 있다.

나는 생각한다.

'저 별나라에도 우리 인류와 같이 그런 장난감들을 만들고 있을지? 밤도 낮도 그리고 또 영원히!……'

아아, 사람은 서글픈 존재밖에 안 된단 말인가?

그렇다면

참말 그렇다면

너무나 처참한 존재가 아닌가!

사람은 나고 죽고 죽고 나고 할 뿐 인생의 수수께끼는 영원히 풀 사람은 없을 것만 같다.

《현대문학》, 1970. 12)

고향과 나

직선으로 가면 십 리밖에 안 되지만 여름이 되기 시작하면, 멀리 바라봐도 눈을 크게 뜨고 바라봐도 그야말로 일망천리인 듯 어디쯤이 끝인지 아물아물 아득하기만 한 푸른 논벌의 계속이며, 때로는 흰 구름이 그리고 까마득한 먼 산이 바람 없이 흐르는 연기인 양 지평선상을 아물거린다. 이십 리 벌판 남쪽 끝이 바로 내 고향 이리섬! 생각만 해도 내 가슴은 지금도 소년시절과 같이 꿈틀거린다.

이 넓디넓은 논벌 가운데를 보잘 것도 없는 좁디좁은 농로이기도 행로이기도 한 길이 오불꼬불 기어가고 있다. 자랑하기에는 너무도 미미하고 초라한 길임에 틀림없지만 나는 이 길에 항상 아름다운 꿈을 담지 않을 수가 없었다. 그것은 이 길이야말로 미지의 서북 중심지 평양으로도 대항도 진남포로도 연락이 되는 길이기에 나는 언제나 동경하고 따라서 어디까지나 귀엽게만 여겼었다.

이 강선평야라고도 보봉평야라고도 불리는 논벌은 한마디로 말해서 단조로운 풍경이다. 이 벌의 한자리를 차지하고 있는 이리섬을 별칭 '남포답'이라고 부르며 평양 부자들의 선망의 대상이 되고 있었지만 이 섬은 앞에는 넓은 대동강을 거느리고 삼면은 소롱개'로 둘러싸여 갈밭"과 버들의 푸르름 속에 숨어 자는 듯 아늑한 노을을 머리에 인 만절의 논틀이다. 이 단순한 풍경 가운데 고요한 마을 중에서도 가장 높직한 곳에 초라한 초가집 한 채가 소롱개를 걸머쥐고 아담하게 앉아 있는 이 집이 바로 내가 배꼽이 떨어진 곳이라서 언제 어디에 있든지 내 뇌리를 떠날 수 없는 시적 초점인 것이다.

　내 고향 이리섬은 대동강구에서 약 백오십 리 정도밖에 안 되는 말하자면 하류에 속하느니만큼 물의 혜택을 어디 보아도 가장 많이 받는 곳이다. 이 대동강의 지류가 봉상강이 되어 동리 서편을 흐르고, 이 지류의 지류 또 지류가 소롱개가 되어서 동리 뒤를 오불꼬불 감싸주고 있기에 논틀 사이를 모두 실개울로 이어놓은 듯하다. 이 실개울들이야말로 여러 가지 형태로 우여곡절 하여 모든 논틀에 물을 공급하고 있는 것이다. 그렇기에 무슨 생각에 골똘하여 논둑길을 무심코 걷다가는 문득 넓고 깊은 개굴에 봉착하게 되는 수도 있는데 그제야 비로소 잘못 온 걸 깨닫고 혼자 빙그레 웃음을 지으며 되돌아오기도 한다. 그리고 갈밭 안쪽에는 대개가 큰 둑으로 막아놓았는데 그 둑들 위에는 높고 낮고 한 검푸른 참버들 나무가 심어진 데가 많고 실개울을 따라 가노라면 군데군데 일부러 만든 봇동***이 있는데 이 봇동에는 푸른 기름이 철철 흐르는 듯한 장풍(창포)이 가 옆으로 죽! 늘어서 있어서 초여름에는 그 봇동 물면****을 불어오는 간드러진 바람이 장풍꽃 냄새를 가끔 싣고 와 선사해주기도 한다.

　이맘때면 갈잎을 따서 피리를 만들어 불곤 하는데, 그것을 더욱 홍겹

* 작은 냇가.
** 갈대밭.
*** 물웅덩이.
**** 물 수면 위.

게 도와주기 위하여선지 아니면 갈새는 갈새들대로 제 흥에 겨워선지 파란 갈밭 속 여기저기서 '갈갈갈……' 노래를 불러주는 것이다.

갈새는 참새보다는 좀 크고 메추리보다는 좀 작은 놈으로 살이 통통한 데다 매우 기운이 왕성한 새다. 나는 어머님을 생각할 적마다 고향을 그리게 되고 따라서 갈잎 피리와 갈새가 눈에 암암, 귀에 쟁쟁 들려오는 것이다.

갓 시집온 새색시가 친정어머님 생각이 간절하여 시어머니한테 단 며칠 동안만이라도 친정에 보내주기를 간청했으나 시어머니는 끝내 허락해주지를 않아서 새색시는 심화병으로 드디어 죽어 갈새가 되어 '갈갈갈 가라, 갈갈갈 가라……' 하고 운다는 것이다.

이런 이야기를 나는 어머님에게 들은 기억이 아직도 생생한데 그것이 벌써 육십여 년이나 되었으니 실로 세월의 덧없음을 새삼 느끼지 않을 수가 없거니와 지금도 그 갈새만은 매년 그맘때면 어김없이 고향의 내 집 갈밭 속을 드나들며 '갈갈갈……' 노래를 불러주고 있으리라. 그러기에 나는 '갈갈갈 가라'가 참말이 되어 남한에서 북한으로 가게 될 것이 언제쯤에나 이루어질 것인지? 망구지년에 아직 까마득하기만 하니 참으로 분통이 터질 지경이다.

벼가 자라서 논에 물이 잘 보이지 않게 될 무렵이면 물닭(뜸북새)이란 놈이 밤마다 날아와서 '캄, 캄, 캄……' 울곤 하였다. 나와 단짝인 증손이란 아이는 남달리 좀 엉뚱한 데가 있는 아이라서 그랬는지 "저놈의 물닭은 밤은 캄캄해서 싫으니 날이 쉬 밝으라고 운단다" 하고 말을 해서 "그럼 왜 밤에만 오지?" 하고 반문을 했더니, 그는 "그야 낮에도 오지만 낮은 좋으니까 울 까닭이 있겠니?" 하고 어른스런 말을 하던 기억이 또한 새로워진다. 그래서 고향을 생각할 적마다 그 동무와 물닭 또한 내 뇌리를 건드리곤 한다.

새들의 이야기가 나왔으니 왁새(학두루미의 일종) 역시 잊혀지지 않는 내 고향의 한 경물이었다. 논꼬나, 수문안 웅덩이나, 부들 봇동……등등 물이 좀 많은 곳이면 날아와서 흰 저고리에 검정 치마를 입고 빨간 댕기를 드리우고는 점잖게 한 발은 든 채 가만히 서서 물면만 뚫어져라 보고 있다. 그것이야 물론 제 먹이를 잡기 위한 것이기는 하겠지만 그는 어디까지나 유한한 듯 유유자적하는 선골의 모습 같았다. 때로 나는 '왁새 덕새 네 집에 불붙는다. 얼른 빨리 물 떠가지고 가라. 휘이 휘이이……' 하는 동요를 부르기도 했다. 그러면 왁새도 내 말을 알아들은 듯 그 널찍한 날개를 활짝 펴가지고는 훨훨 날아가곤 하였다. 생각만 해도 나는 고향의 논둑길을 걷고 있는 심정으로 가슴이 뿌듯해지곤 한다.

그리고 대동강은 우리 동리 앞에 와서는 두 줄기로 갈라져 있는데 그 것은 강 가운데에 조개섬이라는 꽤 큰 섬(육십여 년 전에도 팔십 가구가 살았었으니)이 있어서 자연적으로 그렇게 될 수밖에 없었겠지만 한 가지 이채롭달지 원줄기는 중화군 쪽으로 치우쳐 있고 물이 깊어서 언제나 배가 내왕할 수가 있지만 동리 앞 줄기는 넓이는 약 삼백 미터나 되는 강이지만 물이 쓸려 내려가면 흰 모래밭이 드러나고 군데군데 깊고 얇고 넓고 좁고 한 물웅덩이가 생기곤 하는데 어렸을 그적에 동무들과 같이 그 백사장으로 가서 모래성도 쌓고 맛도 매고 하면서 장난치기도 좋았지만 그 물웅덩이들에는 가막조개가 많이 서식하고 있어서 기다란 나무막대에다 그물 조리를 매가지고 물웅덩이로 들어가서 모랫바닥을 벅벅 긁어당기면 조개가 무수히 걸려드는데, 이른 봄에 그 가막조개를 잡아다 맹물에 담가두었다가 냉잇국에 넣어 끓이면 그 맛이 얼마나 좋은지 나갔던 며느리가 신을 거꾸로 신고 온다는 일화가 있을 정도나.

큰 강 소롱개 할 것 없이 갯장변*에는 갈게(방게)나 더벙게**들이 많이 구멍을 뚫고 사는데 이른 봄밤에 횃불을 켜들고 장변***으로 나가며 게

들이 불빛에 눈이 어두워져서 오도 가도 못하게 된다. 그놈들은 그야말로 돌멩이 주워 담듯 자루나 석유통에 집어넣는데 날이 좀 음침한 밤이면 수백 마리도 쉽게 잡을 수가 있다. 그 중에는 갈게는 아직 풀을 먹지 않았기에 물로 잘 씻어서 닦아놓으면 이 또한 고기 주고도 안 바꿀 정도로 맛이 제창 일미다.

또 한 가지 앞강 아래쪽에 딴풀이라는 섬이 있는데 그 섬 기슭에는 줄이 많이 번성해 있다. 줄 아랫 밑둥은 연하기도 하지만 그 맛이 삘기 못지않게 좋아서 아이들은 서로 다투어 따라다니게 마련이다. 내가 아홉 살이나 열 살쯤 되었던 어느 여름날 내룡이라는 동무와 같이 딴풀로 건너가서 장난도 치고 줄도 따고 하다가 물참이 되고 배는 고프고 해서 줄단(줄묶음)을 물에 띄우고는 둘이서 앞서거니 뒤서거니 헤엄을 치기 시작하였다. 보통 지금까지는 언제고 무난히 건너오고 가고 하였기에 아무 염려도 없이 건너려 하였다. 그런데 웬일일까, 약 절반 남짓밖에 못 왔는데 팔다리에 피로가 오는 것이 아닌가. 그래서 건너편을 바라보니 동무들 여러 명이 매생이(작은 배)를 타고 놀고 있는 것이 보였다. 나는 얼른 좀 와달라고 고함을 쳤지만 그들은 들은 척도 않고 그냥 장난만 치고 있는 것이 아닌가. 그것은 그들도 보통 때 생각만 하고는 내 말이 거짓이라고 여겼기 때문이었다. 나는 꾀를 내가지고 한두 번 물속으로 들어갔다 나왔다. 푸푸하며 물에 빠져 헤매는 형용을 하였다. 그제야 배를 저어와서 나는 그야말로 아슬아슬한 순간 익사 직전에 구함을 받았던 것인데 그것을 다시 한 번 가만히 생각해보건대 물이 밀리거나 쓸리거나 할 때는 물의 힘을 빌어가지고 헤엄을 치니까 건너가는 거리는 비록 배도 세

---

* 갯가.
** 털이 많은 게.
*** 갯벌.

배도 되지만 힘을 많이 들이지 않고 능히 오갈 수가 있지만, 물참에는 물의 힘을 빌릴 수밖에 없고 보니 몸의 피로가 빨려올밖에 도리가 없었음을 알 수가 있었다. 이에 나는 사람에게는 경험이 필요하다고 느꼈던 것이다.

광헌이라는 동무는 나이도 나보다 한 살 위이고 힘도 세거니와 게잡이 고기잡이…… 등등을 능숙하게 잘하므로 나는 언제고 그를 청해가지고 뭍으로 강변으로 웅덩이로 돌아다니며 여러 가지 재미있는 '잡이'를 하곤 하였다. 이 동무 또한 잊을 수가 없음은 두말할 여지가 없다.

나는 이런 동리에서 태어나고 자랐기에 평양에서 공부할 때 친구들한테서 '고기 대가리에 똥싼 자식'이니 '진흙 뜨드개'니 '흙탕물 먹이'…… 등의 놀림을 수없이 받았지만 그때마다 나는 그런 데서 태어난 것을 고맙게 여기고 자랑하고 싶다고 서슴지 않고 대꾸하곤 했다. 물이 많기에 헤엄을 배웠고, 논벌이 살지기에 쌀밥을 맛있게 먹을 수가 있고, 소룽개가 많기에 생선이 끊이지 않고, 갈밭이 무성하기에 갈잎 피리를 불 수가 있고, 버들동이 있기에 꾀꼬리 노래를 들을 수가 있고, 무연한 벌판이라 가리는 데가 없기에 하늘의 별들과 친할 수가 있는 것이다. 이 얼마나 고맙고 대견하고 또 자랑할 만한 곳이냐 그 말이다.

별 이야기가 나오고 보니 한 가지 기억에 남은 것이 문득 생각난다.

언제인지는 모르겠으나 내가 어릴 적 어느 여름날 밤, 어머님을 비롯하여 식구들이 다 같이 앉아 있는 자리에서 아버님께서는 이런 전설을 우리에게 들려주셨다.

"저 남쪽 하늘가에는 노인성이란 별이 있는데 그 중 제일 큰 별 셋이 있단다. 자 봐요, 저 큰 별 셋을 말이다. 그런데 그 가운데 별은 벌겋고 좌, 우 두 별은 파랗지 않으냐 잘 보이지, 그 가운데 별은 추수를 담당하고 있는 별로서 풍년이 들어 수확이 많게 되는 때는 거기에 따라 그 짐도 자꾸만 무거워지기 때문에 힘이 더 많이 드니까 얼굴이 차차 더 붉어지게 될 게 아니냐? 그러므로 저 별의 붉어지는 정도를 보고서 그해 농사가 잘 되고 잘 못됨을 헤아릴 수가 있다는 거지. 다시 말해서 저 별이 유난히 붉어지면 풍년이 들 것을 말해주는 것이나 다름이 없단 말이 된다고 옛적부터 전해온단다"

고 하시면서 그 별을 다시 한 번 가르쳐주시었다. 지금도 가을에 벼가 익을 무렵이면 남녘 노인성을 가끔 바라보고 고향을 그리며 아버님을 생각하곤 하고 또 어머님을 생각하곤 한다.

관서에 유명한 대동강이 내 동리 앞을 사시장철 흐르기에 밀물에 올라가는 배, 썰물에 내려가는 배는 대소선을 막론하고 한 경관이기도 하지만 때로는 밤중만 하여 여울턱을 넘는 '어기야 디야……' 뱃사공들의 처량하고 구성진 노래가 적막을 뚫고 들려올 때면 먼 데 님의 넋두리인 양 착각을 일으키고 애달파지는 때도 없지 않다.

이렇게 남들에게는 평범한 듯한 대동강이면서도 이리섬을 위하여서는 그 도도한 조수가 어디까지고 질펀하기만 한 논벌을 소룽개를 통하여 흡족하게 적셔주는데 그 소룽개가 다시금 실개천의 혈맥이 되어 이 논 저 논에 피의 물을 나누어주어 해마다 풍년을 노래하게 해준다.

이제 씨를 뿌리고 거둘 때까지의 농부들의 노고는 더 말할 것이 없거니와 김 매고 풀 베고 낟알을 거두어들일 때에 부르는 농요로서 〈기나리타령〉이야말로 정서면으로나 낭만적인 면으로나 나에게는 잊을 수가 없는 고향의 정취이기에 여기에 민요 몇 편을 들어 참고에 이바지하고자 한다.

풍년

서학산 풀 베다
이리섬 보니
노을 갠 그 속에
금물결 친다.

무제

살짝꿍 와보렴
버들동으로
너 하나 숨겨줄
안개는 끼오.

내 가꿔놨건만
나팔꽃 심사
담 너머 옆집의
뒤란에 핀다.

평계

백 리도 넘는다.
그것은 평계

이 맘은 할레도
열두 번 가오.

소룽개 천리

백 리나 이백 린
생각도 멀지만
소룽개 하나가
천 리 맞잡이

약속

이리섬 소룽섬
청산포 어구
달 뜨자 대동강
배 타고 오소.

갈밭이 우거져
못찾겠다고
갈잎을 따면은
피리가 되오.

이밖에도 나는 수많은 민요를 써두었지만 단창 연창의 본보기로 몇 편 적고 이제 붓을 거두려 하거니와 그 옛날 여기서 살고 여기서 크고 여기서 즐기고 여기서 괴로워하던 모든 사람들은 아마도 벌써 타계의 길손이 되었을 것이며, 나의 친척 친지들 중에서도 이미 볼 수가 없게 된 이가 많이 생겼을 것이다. 그리하여 내 고향 사람들은 이 섬의 아름답고 아늑한 풍경이며 향기로운 노을을 벗하며 끝없는 논길을 거닐며 희망을 말해주는 굴곡 많은 좁디좁은 농로를 중심으로 아침을 맞고 저녁을 보내며 영원토록 계속 살고 있을 것이다.

그러면 고향이여, 나의 사랑이여, 길이 복되소서. 길이 행하소서! ─ 나무관세음보살 ─

그림자와 감격

'우연한 감격치고 미묘하지 않은 것이 별로 없다' 라는 말을 들은 기억이 새삼스레 떠오른다. 따라서 어느 책에서 읽은 적이 있는 아래와 같은 이야기가 생각나기에 그 대강을 여기 소개하려 한다.

옛 전촉시대 장씨 부인이란 여인이 있었는데 그는 어느 해 가을 기나긴 밤에 하도 무료하여 눈을 감고 자리에 누워 이런저런 공상을 거듭하다가 문득 눈을 뜨자 뜻하지 않은 묘한 광경에 부닥치고는 자기도 모르게 놀라 "앗! 저런 곳에 대나무가……" 하고 외치지 않을 수가 없었다. 그도 그럴 것이, 부인은 평소 대나무를 매우 사랑했기에 앞뜰에다 대나무를 심어두고 아들딸 못지않게 날마다 쓰다듬고 완상해왔는데 달이 유난히도 밝은 그날 밤은 그 대나무가 마치 선녀라도 하강한 듯 청초한 모습을 자기 창문에다 새겨주고 있었으니 말이다. 그림에도 소양이 많은 장부인은 때를 놓칠세라 재빨리 붓을 들어 창문에 비쳐진 대나무를 보이는 그대로 종이 위에 옮겨놓았던 것이다. 그는 우연한 기회에 우연한 장난으로만 생각하고 그리 대수롭게 여기지를 않았는데 두고 보니 볼수록

꿋꿋한 곧은 줄기며 약한 듯 생기가 넘치는 가지며 청춘을 자랑하는 듯한 잎들이 그야말로 뜰 위에서 자라고 있는 진짜 대나무보다도 오히려 발랄한 듯한 실로 버릴 수 없는 훌륭한 작품이었으므로 부인은 애지중지 보관해두었다 한다.

장 부인의 이 그림이 뒷날 동양 묵화의 시초라고 말하는 이가 있지만 나는 그런 것은 아무래도 좋다고 할 만큼 마음이 쏠리지 않는 대신 다만 잊으면 안 될 것이 꼭 한 가지가 있으니 그것은 장 부인이 단 일촌의 시간 여유를 두지 않고 자연의 그 순간을 포착함으로 해서 건드리기만 해도 금방 뛰쳐나갈 것만 같은 생기에 넘치는 귀중한 그림 한 폭을 만들어 얻을 수가 있었다는 실상 그것이다.

작년 여름 어느 날 나는 감기 기운이 있어서 남향한 마루방 침대에 누워 책을 보고 있었는데 오후가 되자 내가 손수 가꾼 나팔꽃 덩굴이 창문에 비치기 시작했다. 나는 책을 덮고 그 그림자를 물끄러미 보고 있노라니 이층을 향해 높직이 올라가는 그 덩굴의 싱싱한 모습이며 그 사이사이에 피어 있는 꽃들과 손뼉보다도 큼직큼직한 기운꼴 있는 잎들이 마치 실물인 양 창문 가득히 그 자태를 아로새겨주고 있었다. 계속해서 보고 있노라니 참새란 놈이 날아와 앉으려다 앉지를 못하고 꽃 덩굴을 다치기만 하고 갔기에 나팔꽃 줄기 전체가 춤을 추듯 흔들리는가 하면 이윽고 꿀벌 한 놈이 날아와서 꽃 속(낮에 피는 특종이기에) 파묻혔다가는 곧 날아가고 또 다른 벌이 와서는 들어갈 듯 그냥 가버리기도 하고 나비도 쌍쌍 몰려와서는 앉을 듯 말 듯 하염없이 도망치고 만다. 그러고는 나팔꽃 덩굴 전체가 춤을 추는 듯 한번 활짝 웃는 듯 또는 장난을 치는 듯 설레고 있었다. 아마도 바람이 불고 지나간 모양이었다.

나는 문득 '바쁘기만 한 만유의 생활 모습!' 하고 생각해보았다. 그야말로 일순간 가만히 있지 않는 자연의 동태 바로 그것이 내 문창에다 나팔꽃 묵화를 그리고는 지우고 지우고는 다시 그리고 하는 말하자면 이전의 것은 말살하고 망각하고 그리고 잃어버리고는 또다시 새로운 자태와 새로운 마음을 가져보는 일의 연속인 것이다.

나는 문득 '내가 전촉의 장부인 같은 훌륭한 화가가 못 된다는 까닭으로 해서 그 순간적 그림자를 붙들어가지고 자기에 맞는 무슨 형태든지를 만든다는 것은 하나의 쓸데없는 장난에 지나지 않을 일일는지?' 하고 곰곰이 생각을 해보았다면 그것은 공상이라고 웃어줄 사람이 있을지도 모르겠다. 그러나 나는 또 이런 것을 느꼈다. '이 세상에 자기 모습을 거울에 비추어보고 이만했으면 됐지 하고 만족감을 가질 사람은 있을지 몰라도 그림자를 보고 쾌재를 부를 사람은 없지나 않을 것인지?' 하고 말이다.

중국 명나라 말기에 풍류를 즐기는 모소민이란 사람에게 소범이라는 애첩이 있었는데 그가 앵두를 먹을 때면 앵두가 입술인지 입술이 앵두인지를 얼른 분간할 수가 없었다고 하니 그의 아름다움을 넉넉히 짐작하고도 남음이 있겠거니와 그 아름다운 여인에게 어느 가을 쾌청한 날 국화 한 분이 보내왔는데 그 국화야말로 아담한 꽃 봉오리는 더 할 말이 모자랄 정도로 예뻤고 가지며 잎이 생생하여 기름이 자르르 흐를 만큼 윤택하기 이를 데가 없는 말하자면 힘차면서도 아름답고 청초한 국화였던 것이다. 그는 밤이 되기를 기다리고 있다가 그 국화 분을 흰 병풍으로 둘러치고 자기는 그 옆에 앉아서 휘황찬란한 등불을 켜놓고는 이렇게도 저렇게도 가지각색의 자기 모습을 그림자로 병풍에 나타나는 것을 국화와 비겨보다가 마침내는 혼잣말로 '국화꽃은 저렇게 풍부하면서도 아름답기 이를 데가 없는데 나는 어쩌면 저렇게도 말라빠진 초라한 모습이란 말인가. 아! 슬픈지고!' 하고 누구에게 들려주기라도 하듯 중얼거렸다고 한다.

소범 여인은 그때 앓던 병이 낫지 못해서 이십칠 세라는 그야말로 꽃다운 나이로 세상을 떠나고 말았다는데 이런 시도야말로 대다수의 사람들이 꽃을 자기들의 기호물인 한 대상으로 여기는 그것과는 천양의 차이라고 해도 과언은 아닐 것 같은 착상이요 행위라고 말하지 않을 수가 없다.

그러면 '너는 네 자태나 그림자를 유심하게 본 일이 있으며 있다면 무엇을 어떻게 생각했는가?' 하고 물을 이가 없지도 않으리라. 그때 나는 이렇게 대답하리라.

'세상에는 무진장한 말이 있기도 하고 또 나도 할 말이 없을 리가 없겠지만 시끄러움은 피하기로 하거니와 한마디로 꼬집어본다면 나는 그야말로 오래지 않아 사라질 물 위에 뜬 낙엽같이 바람이 부는 대로 밀려다니는 말라깽이 그것이 아니고 무엇이겠는가. 그런 그림자라면 역시 말라깽이밖에 다른 무엇을 기대할 것이냐. 따라서 내게서는 소범 여인의 한탄보다도 더 서러운 탄식이 튀어나올 것이다!' 하고……

꿈

창 밖에는 눈이 내린다. 함박눈이다. 바람은 부는 것 같지 않은데도 눈은 이리 불리고 저리 불리는 듯 빙글빙글 돌며 그러나 펑펑 쏟아진다. 내리는 눈을 보고 있던 나의 눈은 나도 모르게 그 눈들을 따라 땅으로 내려왔다. 눈은 마른 풀잎 위를, 차디찬 돌멩이 위를 아무 거리낌도 없이 마구 내려덮고 있다. 날아가는 나비마냥 가볍기만 한 눈이지만 땅 위나 돌 위에 내려앉을 적마다 가냘픈 무슨 소리라도 들리는 듯 신비스런 경지가 되어 그 눈을 보고 있노라면 내 마음은 자연히 텅 가라앉는 것이다.

눈은 산을 졸게 하고, 벌판을 잠재우고 거리를 쉬게 하고, 풀 나무 집들을 안식의 안개 속으로 이끌고 들어가는 한 고즈넉하고도 커다란 요람인지도 모른다. 그러기에 나는 눈을 볼 때마다 언제나 끝없는 수구를, 그리고 어릴 적의 일을 더듬곤 하는 것 같다. 눈은 옛 친구들의 웃음소리를 들려주는가 하면 땅 위의 모든 물건을 선악, 가불가可不可의 구별 없이 한결같이 감싸준다. 그리하여 살아 있는 자 모두가 형제자매요 친구인 듯한 느낌을 준다. 그것은 가는 사람, 오는 사람, 길이고 밭이고 벌판이고를 마구 달리는 강아지, 흰 눈 위를 겁 없이 차를 모는 운전사…… 등등 생生을 가진 모든 생물들이 다 같이 지지 않으면 안 될 무슨 운명이라도 생각하고 있는 것같이 말이다. 그래선지 이처럼 아늑하기만 한 눈을 보는 시간에 나는 내 마음으로부터 모든 미움과 모든 저주를 없이해버린다.

나는 무심코 밖으로 나가서, 눈 위를 달리는 어린이마냥 정해진 방향도 곳도 없이 그저 발 가는 대로 걸어가면서 추억에 잠긴다. 가다가는 서고 섰다가는 또 가고, 마치 얼빠진 사람처럼 멍청한 모습으로…… 이런 나를 조소하는 이가 있어도 좋다. 괴상스러운 내 모습 속에는 아직도 옛날의 꿈을 따르는 발자취가 남아 있으며 그 추억의 꿈이야말로 누구도 속박할 수 없는 나의 단 하나의 자유로운 세계이기 때문이다. 그따위 추억의 꿈은 아닌 게 아니라 한낱 꿈에 지나지 않는, 말하자면 영영 놓쳐버리고 만 과거라고는 하지만, 내가 지금 눈을 감은 채 대낮에 한길에서 꿈을 꾸고 있는 거기에 내 생의 번뇌가, 아니 희설인지도 모를 그 무엇이 있음을 나는 몰래 알고 있다.

꿈을 꾼다는 것은 서글픈 일이다. 또 괴로운 일이 아닐 수 없다. 그러나 꿈을 꾸는 것이 하나의 즐거움임을 아는가. 보라. '시는 인생의 꿈' 이라고 갈파한 사람이 있지 않던가. 따라서 인생의 모든 예술은 꿈의 소산이라고 봐도 조금도 틀리지 않으리라. 그렇기에 사람들이 좀 더 아름다운 꿈을 얻기 위하여 문학을, 경제를, 과학을 연구한다. 세상의 모든 것이 결국은 꿈의 소산이다. 하늘에서 반짝이고 있는 별을 보고 '저것은 광물질의 일종이거니' 해버리면 그만일지 모르겠으나 저 어린이들처럼 천상의 별에서 반짝이는 보석을 찾아내고, 오색이 영롱한 비단을 짜내고, 어떤 신비한 꿈을 그려내지 않는 한, 별의 진정한 의미는 알 수가 없을 것이 아닌가.

나는 연애를 꿈꾸는 청년들에게 묻고 싶은 것이 있다. ―그대들이 만일에 상대방 이성의 눈에서, 입술에서, 어떤 형언할 수 없는 신비의 자취를 찾아볼 수가 없어도 그 꿈이 이루어진다고 생각하고 있는가?라고. 아마 '그렇다'고 대답할 사람은 아무도 없을 것이다. 이와 마찬가지라면 좀 어폐가 있을지는 몰라도 세상의 모든 것은 꿈으로 시작하여 꿈으로 끝나는 것인 성싶다.

그런데 지금 우리나라의 생활현상을 보면, 많은 시골 청년들이 무슨 꿈인지를 안고 자꾸만 도회지로 몰려들고 있다고 한다. 그 꿈이 과연 옳은 꿈으로 실현될 가망이 있는지? 물론 그들의 꿈이 이루어지기를 빌고 싶은 마음이지만, 그러나 그것이 경조부박한 '미친 꿈'이라고 한다면 참으로 허망한 일이다. 세상은 이러한 데가 더러 있다. 도회에서 사는 사람들이 시골 사는 사람보다 훌륭하다고, 유명인은 무명인보다 뛰어났다고 생각하고, 예술인은 비예술인보다 우월하다고 스스로들 생각한다. 뿐만 아니라 그 생각이 무슨 진리처럼 아무 반성도 없이 지나쳐버린다.

그러나 이제 붓을 꺾어버리고 책을 찢어 던지고 시골로 가보라. 그대들은 거기 이름 없는 산간에도 진짜 예술가와 진짜 문학가가 있음에 적이 놀랄 것이다. 거기에는 여러 가지 꿈이 가득 찬 아름다운 인간의 마음씨가 있고 귀중한 희생이 있고 굳센 인내가 있고 힘찬 사랑이 있고 부드러운 힘이 있다. 모르기는 하려니와 그 아름다운 꿈의 소유자는 시나 예술을 만들려는 기색조차 없이 또 어느 누구에게도 자기를 알리려 하지도 않고 다만 스스로를 있게 한 그 땅에서 살고 믿고 사랑하고 참는다. 그리하여 고즈넉이 본래의 흙으로 되돌아가는 잠에 취하고 만다. 아름다운 이 꿈의 생활이야말로 하늘의 별처럼 빛나는 자연의 귀중한 꿈이다. 그것은 우리들이 제일로 가지지 않으면 안 될 꿈이 자연임을 깨닫게 하는 꿈의 단초로서 삶의 깊은 의미를 길어내는 영원한 고향이다.

무상촌감

무상! 이 단어를 철학적으로 차근차근 따져보자면 아마도 몇백 장의 원고지를 허비할지라도 남에게 얼른 그렇겠군 하고 머리를 끄덕이게 하기란 그리 쉬운 일이 아니라고 생각된다. 그러나 보통으로 알고 있는 그 뜻을 대강 추려보면 '상常 없다' 로 시작하여 '덧없다' '정해진 바 법칙대로 되지 않는다' '세상의 모든 것은 모두 생멸, 변환하여 상주함이 없다' '생사 흥망이 덧없이 모두 헛되다' '허무하다' …… 등등 여러 가지의 의미를 가지고 있는 말이라고 나는 알고 있다. 이것들의 의미로 미루어볼 때 우리 인류의 걸어온 발자취로서의 역사처럼 무상한 것도 그리 흔하지는 않을 것만 같이 느껴진다.

나는 언젠가 '러일전쟁' 이 일어나기 바로 전의 일로서, 남진해온 제정 러시아의 병사들의 방약무인적인 행동이야말로 눈을 뜨고는 차마 볼 수가 없을 정도였다' 는 말을 어느 선배에게서 들은 기억이 아직도 생생하게 남아 있다. 그런데 그 후 반세기가 지난 지금(1946년)에 와서는 만주 일대를 넘어 우리 북한까지 '제정 러시아' 로부터 '적색 소련' 으로 탈바꿈은 했을망정 같은 그 나라의 남진으로 해서 그 병사나 장교들의 행패? 그것도 시간의 진전에 따라서 그 정도가 진보된 모양으로 방약무인적 행동, 아니 방약무인을 훨씬 초월한 횡포와 광태는 반세기 전에 있었던 그런 종류가 아니고 참으로 눈을 뜨고는 볼 수가 없을 정도의 극악성을 감행하고 있었음을 나 자신이 실지로 보고 듣고 겪고 하였으니 다시 무엇을 더 말할 필요가 있겠는가 말이다.

이와 같이 비참하기 이를 데 없는 역경에 처해 있는 데도 불구하고 북한의 괴뢰족들은 그들 악적 상전을 닮기 위하여 동족의 귀한 피를 동족으로서 강요함을 서슴지 않고 있으니 이것이야말로

자두연두책煮頭燃豆萁

두재부중읍豆在釜中泣

본시동근생本是同根生

상자하태급相煮何太急

알팥을 삶으려고 팥깍지를 땐단 말가.

팥알은 솥 안에서 울며불며 호소한다.

너와 나 한 뿌리로 자라 볶기 그리 급한고!

라고 읊은 조자건(조조의 아들 조식으로 자건은 그의 자)의 칠보시가 무색해질 판이다. 좀 더 자세히 말하면 조비(조조의 맏아들)와 한나라 현제의 황제위를 찬탈한 후 그 아우인 조자건이 못마땅하게 여기고 있다고 해서 슬그머니 불러다 죽이려다가 위에 든 시詩를 보고는 죽음을 사해주었다고 하는데 북한 일부 괴뢰들은 아비가 아들을 아들이 아비를 소위 반동이랍시고 고발하여 극형에 처하게 하기를 식은 죽 먹기보다도 더 쉽게 하고 있으니까 말이다. 참으로 비정의 극이요 악랄하기 짝이 없을 것은 물론이며 글자 그대로 비극 중에도 참혹하기 비길 데 없는 참극이 아닐 수가 없다. 이렇게 인간으로서는 도저히 있을 수도 없는 만행을 조

금의 거리낌도 없이 감행하고 있는 비인간적인 위인들이 하는 짓이라 무엇이 어떻다고 비평할 말문이 막힐 지경이다.

이 사실을 보고 알고 있는 북한의 역사가들은 과연 어떻게 기록할 것인지? 중압하에서 역사마저 날조하지 않고는 견디어 배길 수가 없는 그들이고 보면 믿음성이 가지 않는다. 그러나 사학자로서의 긍지와 양심을 잃지 않고 있다면 어떻게 해서든지 올바른 기록을 남겨 후세에 재료가 되도록 사사로운 비기라도 없지는 않으리라고 믿고 싶기도 하다. 그렇지만 그 사실들이 너무나 엄청나게 이치에 어긋나는 야만적인 소행이라서 이것을 보는 후세인 중에는 '설마 이렇게까지 혹독하였겠는가?' 하고 회의의 눈초리로 머리를 기웃거릴 사람도 있을지 모를 일이다.

이제 이것을 약자의 처지라서 강제로 요구하는 폭력의 채찍이 등 뒤에서 몰아치는 마당에 제 비록 항장사라면 어쩔 도리가 있겠느냐고 혹 변명이 될는지 몰라도 그따위 비인간적 만행을 알면서도 정권을 잡기 위해서는 선악조차 가릴 여유가 없어졌다는 말밖에 다른 이유는 통하지 않을 것이다. 이렇게 공포정치를 해가지고 자기들의 욕심만을 채울 수가 있다고 하자. 그러나 뒷날 청사에 남을 '민족반역대죄'는 어떻게 할 것인지 욕을 하기에는 너무나도 불쌍한 작자들이 아닐 수 없다. 그뿐이랴 저번 6·25 후기에 있어 중공 오랑캐는 대체 어떤 큰 대가가 있기에 수많은 피를 함부로 뿌려서 우리의 성지를 더럽혔단 말인가.

그런데 그때 중공군 포로들 중에는 '반공' '항소' …… 등등 글자로 '자문刺文(혹은 문신文身이라고도 한다)'을 팔뚝, 가슴 등 넓적다리 등에 새긴 자가 무려 수만 명에 달했다 하며 또 자문은 안 새겼다 할지라도 마음속 깊이 그 '반공' '항소'를 뿌리박아둔 자가 그 수를 헤아릴 수 없을 만큼 많이 있다고 들었다. 그들은 원래가 중화민국의 정부군이었지만 자국 내란전에 패하여 사로잡혔기 때문에 본의 아닌 채 부득이 중공군에 편입되어 피의 재물로 한국 전선에 파견되었던 자들이라 죽어도 중공으로 다시 돌아가지 않겠다고 굳은 결심을 하고 있는 것이 숨길 수 없는 사실이라고 나는 들은 일이 있다.

이 중공군 포로들의 몸에 그려져 있는 자문이야말로 이십 세기도 후반인 오늘날에 있어서 아시아의 비극에 한 상징이라 아니할 수가 없다. 동시에 인류사상 매우 의의도 깊고 또 가장 주목할 만한 하나의 흑자 계산이라고 보지 않을 수가 없겠다.

여기서 나는 역사의 무상함을 느끼지 않을 수가 없게 된다. 따라서 이 무상한 역사가 앞으로 또 어떠한 무상을 우리에게 가져다줄 것인지? 아니면 유상하고 진정한 궤도를 밟아서 정상적인 평화진전을 가져다줄 것인지? 박식 천재인 나로서는 도저히 예상조차 해볼 능력이 없으니 심히 유감이 아닐 수 없지만 사람이 생긴 이래 세상의 철칙으로 돼 있는 '정필승正必勝 사심망邪心亡'마저 '무상無常'으로 돌리란 변칙은 절대로 없을 것을 나는 굳게 믿어 의심치 않는다. 그렇다. 확실히 그렇다. 인류가 서식하고 있는 지구는 혹 부숴질지 몰라도 하늘이 지어준 철칙만은 언제까지고 변할 리가 없는 것이다.

이에 나는 '무상'을 '유상'으로 만들 만한 능력을 가지게끔 진실한 교양을 쌓는 것만이 지금에 처해 있는 우리들의 책임이요 의무라고 부르짖어 마지않는다.

―무상無常을 팔아 유상有常을 살 사람은 과연 누구냐!―

(이상 『한국대표수필선』에서 발췌, 1982)

내 고향의 민요 정조 (평안도편)

'필자 이 글을 쓰랴 함에 당하여 먼저 양해를 구하는 바는 이 글이 민요론이 아닌 이상 민요의 정의 같은 것을 운위함은 기로의 염이 없지 않지만 필자 일찍이 민요에 대한 포부는 가졌을지언정 견문이 박하여 대관적이 못 되고 소관적이 되기 때문에 편집선생님의 지정하신 바 제목과 혹 상위되는 점이 있지 않은가? 하여 순간 민요에 대한 것을 써볼까 한다.'

민요! 이것은 두말할 것도 없이 민중의 노래이다. 조선에는 조선민요, 중국에는 중국민요, 독일에는 독일민요가 각각 특색을 갖고 불리고 있을 것이다. 그런데 조선민요 중에도 동서남북 지방을 따러 각각 다른 말 다른 곡조로 불리고 있으니 결국은 그 지방 그 지방의 민요밖에는 될 수가 없다. 이제 평안남도를 국한하여 놓고 볼지라도 서해안 제군읍과 산간 제군읍의 민요가 다 각각 다른 것을 볼 수 있으니 내가 아래에 쓰는 것도 '내 고향의 민요 정조'라고밖에 말할 수가 없다고 본다. 그러나 조선사람되고서는 아무리 타지방 민요라 할지라도 그 말을 알고 뜻을 아는 동시에 그 진의의 정취조차 모를 리가 없을 것이라고 본다. 이런 의미에서 나는 한 지방의 민요라도 조선민요가 될 수 있으며 조선의 정조가 될 수 있다고 믿는다. 그러므로 아래의 쓴 바 평안남도 서해변 제읍 소위 삼현 오읍 민요가 국한된 한 지방에 불과하지만 조선 대중의 심경을 울리어지이다 하고 심축하여 마지아니하다.

부기 이 지방의 민요는 타령, 기나리, 메나리(외 약함) 삼종이 일반 농요인 동시에 그 주가 되어 있다. 그런데 타령과 기나리는 대략 가사는 같고 곡조는 퍽 다르나 다 같이 성행하는 것으로 어린 목동들까지라도 잘 노래하고 있으며 메나리는 농요이면서도 가사가 길고 곡조가 힘든 까닭인지 모르거니와 지금에 와서는 간혹 불리나 쇠퇴하는 감이 없지 않다. 따라서 아래 예시한 민요는 타령도 되고 기나리도 된다. 그러나 타령에는 '아이공아이공 성화로구나'의 후렴이 붙는 것이다. 그러므로 타령을 혹은 '성화 타령'이라고 칭한다.

초아반토삼차벽草芽半吐參差碧
화예초개천염홍花蕊初開淺琰紅
안득황금고북두安得黃金高北斗
진수청제매동풍盡輸靑帝買東風

명나라 설혜라는 시인은 춘일만흥이라 제하고 이렇게 읊었다. 봄을 사랑하고 아끼는 마음을 과연 적절하게 그리어냈다면 그렇지 않은 것도 아니지만, 그야말로 낭만적이요 너무 폐퇴적이라고 아니할 수 없다. 이제 이것을,

제집의 꽃인들 볼 새가 언제나
기나긴 봄날이 벌에서 지는걸!

이 농요 타령과 비교할 것 같으면 전자는 봄을 사랑하였으나 아무 소
득 없는 소극적이요, 후자는 봄을 아끼기 때문에 봄의 계절을 놓치지 않
으려고 제집에 핀 꽃 쫓아 구경 못하였다는 말하자면 적극적이다. 그리
고 또 이 노래 속에는 말 못할 비애가 없다고 남모를 애달픔이 없다고 누
가 이를 것이랴! 나는 이 노래에는 인생의 흥도 비도 애도 낙도 다 섞이
어 있다고 본다.

봄밤(춘소)에서 흔히 들을 수 있는 농촌의 정취! 어슬렁 달 아래 저
멀리 들 밖으로부터 동구 앞 버들동을 새어 들어오는 하나, 둘……의 물
푸는 노래의 멜로디야말로 듣는 사람에 따라 처량하게 구슬프게 혹은 애
달프게 안타깝게, 또는 굳세게 힘 있게 가지각색으로 해석이 될 것이다.

열아믄*이라 열흘(십일) 읊어도
그냥 마른다 하나, 둘…….

스물나믄**이라 스물은 이십
이팔청춘 몸 다 넘어간다.

서른이로다 서른은 삼십
삼생연분은 다 있다건만……

* 열 남짓.
** 스물 남짓.

마흔이로다 마흔은 사십
사십 당년에 물 푸는 신세!

쉰 오십 오경 밤중에
소쩍새 운다 풍년이로다.

예순 육십 육육봉 줄룩봉
강 건너 문수봉 평양의 모란봉.

일흔 칠십 칠십 고래희인데
물드레 칠십은 잠시 또 잠깐!

여든 팔십 팔십 생 남은
솔 길러 정자 영화는 언제!

아흔 구십 구구한 사정
전할 곳 없어 들에 찬다.

백은 초백 백세청풍
백이숙제는 왜 굶어 죽었노!

이 노래는 물 푸는 농군마다 다 각각 다른 것이 많아 일일 매거하기
어려움으로 대개 어떠하다고 하는 것을 예시한 것뿐이거니와, 물을 퍼야
되는 지방에는 하룻밤에도 몇 군데씩 물을 같이 푸게 되는지라, 동족에
서 매김 노래가 나면 서쪽에서는 받음 노래를 불러 피차에 힘든 것을 잊

을 뿐 아니라, 노래를 할 줄 모르는 일꾼이라도 여기저기서 들리어오는 그 노래에 맞추어 물을 푸려면 역시 힘든 줄 모르게 논에 물이 차게 된다. 이 얼마나 굳센 노래의 힘이며 그 얼마나 힘찬 노래이냐! 더구나 매기고 받는 노래를 통하여 자기의 심정을 들어 이팔청춘이 가는 것을 아깝기도 하고 나차란 머슴은 신세 한탄도 하며 풍년이 되는 기원도 하는 등이 못다 아뢰는 듯 별별 정취를 담뿍 실은 채 이 노래는 저 멀리로 멀리로 흩어져간다. 그리하여 천금의 춘소는 깊어간다.

> 갈까나 타령에 해가 뜨더니
> 갈까나 기나리에 달 솟아온다.

농촌의 그날그날은 일출 민요하여 일입 민요라고 하리만치 농민 그들은 민요를 유일 예술로 즐기고 있다고 해도 과언이 아닐 것이다.

그들은 '침신리망세, 대월하조귀'를 매일도 매일처럼 계속하건만 조금인들 게을러질 것이랴. 도리어 부지런해지고 조금인들 피곤해지랴. 도리어 건강해짐은 그 무슨 까닭일까! 오늘도 평화한 일야를 단꿈에서 깨어 새벽 별을 이고 호미를 차고 뜨거운 피가 용솟음치는 가슴을 턱 내밀고 희망의 고개를 향하여 힘 있게 부르는

> 갈까나 갈까나 김매러 갈까나
> 그님을 따라서 나도 갈까나

이 노래 한마디에 모든 것은 다 잊어버리고 이 타령의 멜로디가 새벽 물안개를 뚫고 멀리로 멀리로 가는 것과도 같이 뭇 일꾼의 떼는 일터로 흩어져나간다. 이리하여 벌에도 산에도 골짜기에도 강가에도 일꾼의 자

취는 잊혀지나니 이 자취야말로 광명이요 희망이요 희열이다.

　　이랑도 길고 장찬밭을
　　어서나 매고 님 마중 가자

　　이 노래야말로 그 얼마나 다정하고도 힘 있는 표현이냐. 부부 사이나 애인 사이나 여럿이 모이었거나 기심을 매는 데면 다 통용이 될 노래이다. 어쨌든 자기의 힘든 것은 잊어버리고 어서 매고 같이 매주겠다는 그 심정의 아름다움이야말로 어떻다고 찬양할 말에 궁해진다. 만일 이 노래의 상대방이 있다고 하면 상대방은 역시 자기가 어서 매고 마중 갈 마음이 아니 날 수 없을 것이다. 따라서 피차의 힘든 것을 잊게 하는 동시에 타*에게 떨어지지 않기로 힘쓰는 격려도 될 것이다. 이 결정이 낱알이 되고 양식이 된다고 생각하면 이 노래 한마디의 값이 천금일런지 만금일런지! 더구나 이 노래의 깊은 뜻은 이밖에 오히려 인생으로서 결할 수 없는 '사랑' 그것임에랴!

　　갈가나 갈까나 돌아를 갈까나
　　그님을 따라서 나도 갈까나

　　어둠의 탄색장막灰色帳幕을 새어 고이 흐르는 기나리의 가냘픈 음파가 동구 밖으로부터 동구 안으로 들려오면 온종일 흘린 고한의 자취는 씻은 듯 잊어버리고 경쾌한 보조로 제각기 집을 찾아들게 된다. 이것이 변함없는 일과건만 오히려 권태를 느끼지 않는 곳에 그들의 희망은 이뤄

| * 다른 사람.

지는 것이요 날로 굳세어가는 곳에 농촌은 흥성하는 것이다.

뿐만 아니라 그들에게는 아들과 딸이 있어 품안에 안기어들고 처와 부모가 있어 문에서 기다려주며 또는 애인이 있어 피로의 키스를 보내주나니, 그날의 피로를 그날로 회복함에 넉넉하다.

유적한 농촌의 밤은 등불도 없이 냇내(연기) 겨운 쑥불 밑에서 새끼를 꼬고 신을 삼는 이도 있거니와 보리방아를 찧어 내일의 양식을 장만하는 아가씨도 있으며 혹은 내일 일을 의논하고 혹은 옛 이야기를 주고받으며 또는 아랫마을 건너 동리의 소식을 전하고 듣는 사이에 점점 깊어진다.

> 낮에는 김매고 밤에는 절구질
> 꼴 없다 마세요 마음은 붉지
> (주: 절구로 방아를 대신 쌀을 찧어)

이 얼마나 안타까운 하소연일까! 제아무리 아름다운 아가씨라도 여름날 대낮에 기심을 매는지라 얼굴은 타서 흑인이 될 것이며, 밤에조차 쉴 사이 없이 보리방아를 찧으니 손에 멍이 들고 매듭이 생겨 마치 촌목수의 먹통 같은 감이 없지 않을 것이다. 드러나 마음만은 정포은 선생의 '임 향한 일편단심이야 가실 줄이 있으랴' 에서 조금도 지지 않을 것이다. 또는 이러한 심경의 소유자라 밤 깊어 차디찬 논 위를 나르는 무심한 반딧불을 자기에 비추어보고 퍽이나 센티멘털하게 되는 것도 무리는 아닐 것이다. 이 아가씨의 사모하는 바 그 무엇일까? 빈부귀천, 왕후장상, 도회농촌을 구별치 않고 균등이 주었다고 볼 수 있는 인생의 애 그것밖에 아무것도 없음을 어찌하리오. 평화건실한 농촌에도 때로는 정적오묘의 구렁텅이가 되기도 하는 것이다.

차디찬 논길을 반딧불 성화
먼 옛 님 오시는 듯 잠 못 잡니다

오다가 얄밉게 되가는 탓에
반딧불같이도 이 속은 탄다

춤기가 채며는 꺼질 듯한데
타는 속 그대로 반딧불일세

초고의 반도 기록하지 못하였는데 벌써 소정한 공수에 이르렀으니 반상밥 먹는 듯한 감이 없지 않다. 그러나 지면 관계라면 쓴대야 소용이 없으니 후기를 기다리기로 하거니와 진정으로 사람의 심경을 울릴 만한 순정의 시(민요도 시라고 본다)는 빌딩의 나립한 도회처보다 초가삼간의 농가에서 생길 것이라고 본다. 그런고로 나는 민요는 석학인 도회 시인들의 그것보다도 흙냄새가 가득 찬 향토예술이라고 한다. 따라서 민요 중에는 야적이요 속적인 것도 없지 않다. 그러나 솔직하고 순수하며 인생의 애정미가 담뿍 실려 있지 아니한가. 인간으로서의 존귀한 맛으로 말하면 석학 거유들의 미사여구에 다할 바가 아니다. 즉, 처지와 시대와 경우에 따라 자기가 얻은 바 직감을 숨김없이 내어놓는 곳에 적나라한 대중적 가치가 있지 않은가! 보라 서벌 조개잡이 하는 사람들의 읊던

조개는 잡아서 젓 절이고
가는 님 모셔다 정 드리자

라든가 첫가을 목동들의 입에서 부르는 타령

햇조압에(조밥을 이름) 열무짠지

집집의 큰 애기 젖살 오른다.

    라든가 보면 그 얼마나 몽롱하고 무식한 말이냐. 그러나 그 솔직한
표현이며 기교 없는 어법은 드디어 굳세고도 애정미가 횡일하는 것을 깨
달을 수 있을 것이라 한다. 내 곧 민요 정취의 몇백 분의 일이라도 알릴
수가 있었다면 필자는 대만족으로 알고 이에 각필한다.

(8월 12일 병석에서)

(『민요의 연구』, 1984)

〈소금쟁이〉는 번역인가?

나는 '소금쟁이는 번역인가?'에 대하여 변명하려는 것이 아니다. 〈소금쟁이〉 작자니 다만 그 작에 대한 전말을 사회의 여러분 앞에 드리려는 것뿐이다. 나는 본래 물 많은 곳 다시 말하면 섬島이나 다름없는 곳에서 자라난 사람이다. 어려서부터 소금쟁이와는 친하였다. 그 친하게 된 이유는 이러하다. 나는 물 많은 곳에서 자라나면서도 헤엄칠 줄을 몰랐다. 그래 서당의 여러 동무들에게 여간 놀림을 받지 않았다. 그런데 하루는 '전○○'이란 사람이 소금쟁이를 잡아먹으면 헤엄을 잘 치게 된다고 하는 말을 들었다. 이 말을 곧이들은 나는 이로부터 남모르게 소금쟁이 있는 곳을 찾아가서는 잡기로 애를 썼다. 얼마 동안 애를 무한히 썼지만 소금쟁이는 한 마리도 잡지 못하였다. 그러나 결국에 헤엄만은 치게 되었다. 그래 '전○○'란 사람이 하던 말이며 소금쟁이는 언제든지 기억에서 사라지지를 않았다. 이와 같이 생각에서 떠날 줄을 모르던 소금쟁이를 시로 옮기게 된 경로는 또한 이러하다.

내가 고등보통학교를 졸업한 후에는 생활상 관계로 고향을 떠나게 되었다. 그러므로 고향을 늘 동경하게 되었다. 더욱이 내가 시에 취미를 둔 후부터는 향토에 대한 동경은 날마다 더하게 되었다. 그런데 내가 시를 쓰기 시작한 것은 1922년 첫여름 6월이다. 나는 고향을 찾았다. 그때는 바로 논에 물을 잡아넣고 혹은 갈기도 하며 이앙하는 때이다. 농가에서는 퍽 분주한 때이다.

그런데 내 고향에는 형님과 아우와 친척들이 많이 살고 있다. 다소 분주도 하려니와 나는 어린애를 퍽 사랑하는 까닭으로 나의 조카 그때 여섯 살 된 애와 돌 난 애의 셋을 데리고 들로 젖 먹이러 나가던 길이었다. 기름이나 바른 것처럼 반짝반짝 아름다운 신록의 밑으로 수문을 통하여 물이 들어오는 개울에는 장풍(창포)의 향기를 더욱 보내리만치 적은 바람이 불어오는 때이다. 마침 그 수문턱에는 소금쟁이 네다섯 놈이 물을 거슬러 올라갔다가 물에 밀려서 내려오고 또 올라갔다 내려오곤 하였다.

숱하게도 재미스러워서 "야 은섭아(여섯 살 된 아이) 저 소금쟁이가 무엇 하고 있니?" 하고 물었더니 그애는 조금도 주저치 않고 "삼촌 그것 소금쟁이가 글 쓰는구나!" 하였다. 나는 생각도 못하였던 의외의 대답에 놀랐을 뿐 아니라 꼭 그때의 실경을 그려서 시 한 편을 써보았다. 그때 바람이 조금씩 불기는 하였지만 물결이 일 만한 바람이 아니었다. 바람이 불어서 지워지곤 한다는 것은 원작을 고칠 때에 말에 궁해서 그저 잡아넣은 것이다. 그때의 실경이 아직도 눈에 휜하다.

장포밭에
소금쟁이
글씨글씨
쓰며 논다

글씨글씨
쓰지만도
물을 너서
지워진다

지워져도
소금쟁이
글씨글씨
또 써낸다

그 시의 원작은 이러하다. 그런데 말이 너무도 길어지지만 나는 어떤 까닭인지 4·4조나 8·8조를 그다지 좋아하지 않은 까닭에 이것을 자기가 좋아하는 7·5조로 고쳤으면 혹 어떨까? 하고 여러 번 생각도 하였고 또 동시에는 쉽고도 재미로운 것이 좋으려니 하는 생각으로 '글씨글씨'란 것을 좀 더 재미롭게 하기 위하여 숫자 1 2 3 4 5 6 7을 넣은 것이요, 또 지워진다는 말을 형용할 수가 없어서 바람은 불어도 안 오는 것을 억지로 잡아넣었던 것이다. 그러므로 나로서는 개작이 원작만 못하다고 생각한다. 그러나 이미 세상에 발표된 것이니 불만하나마 참고 왔다. 그런데 이렁저렁 말이 많은 모양이니 또 한마디 아니할 수 없다. 나는 보통학교 학습장에서 그런 글을 본 적도 없으려니와 내가 이 동시를 처음 발표한 것이 1923년 12월임에야 어찌합니까.

또 그뿐 아니라 나는 시 동시를 물론하고 아직껏 번역이라고는 못해보았다는 것을 말해둔다. 일후에 기회가 있으면 번역이란 것과 창작이란 것에 대하여 좀 논해보려 하지만 시의 번역이란 대체될 것인가? 나는 그 말부터 의심하기를 마지않는다.

부=그 사이에 진남포에는 지국의 사정으로 한 이십 일가량 동아일보를 보지 못하여 나의 필이 늦은 감이 없지 않지만은 구태여 번역을 아니 쓰려고 한 것이 너무도 일문작과 이상하게도 같아서 사회 여러분이 혹 오해나 갖지 않나 하여 그 시작의 유래를 대강 말한 소이입니다.

(《동아일보》, 1926. 10. 10)

동요 황금시대의
선구자

_장영미

1. 동요 황금시대를 개척한 한정동

한정동은 한국 아동문학 최초 신춘문예 당선 동요 작가다. 〈따오기〉로 널리 알려진 한정동은 1920년대 동요 황금시대에 가장 왕성하게 활동하였으며, 한국 아동문학사의 서두를 장식한 인물이다. 그가 활동하던 초기만 해도 아동문화운동가들이 대부분이었으며, 몇 사람의 신진 작가들이 있었지만 당시 독자 문단의 투고자에 머무르고 있던 사실은 그 무렵 한정동의 위치를 잘 설명해준다. 그러나 한정동의 공적은 이런 표피적인 이유 때문만 아니다. 1925년을 전후하여 일어난 동요 황금시대의 가장 큰 원동력이 되었다는 점이 그것이다. 한정동은 창가 조의 틀을 완전히 벗어나지 못하고 무미건조한 작품만이 범람하던 당시 특성을 깨뜨리고, 예술성이 가미된 동요를 보여*주었다.

| * 이재철, 『한국현대아동문학사』, 일지사, 1978, 146-147쪽.

특히 그의 창작 동요는 창가→요적謠的 동요→시적詩的 동요→동시로의 이행과정으로 변이하면서 동시문학을 발아시켰다. 즉 창가에서 요적 동요라는 과도적 변이 형태에서 시적 동요의 동시로의 확장은 한국 아동문학 운문 부문의 폭을 넓힌 것이다. 하지만 한정동은 평생 동요 발전을 위해 매진하다가 타계하였음에도 한국 아동문학사에서 그다지 조명을 받지 못하고 있다. 현대 창작 동요가 예술 차원으로 승화하였다면 그 뿌리를 찾을 때가 되었다'는 석용원의 지적에도 불구하고 동요 황금시대 선구자 한정동의 자리는 미비하다.

한정동이 한국 아동문학사에서 크게 조명 받지 못하는 이유는 다음 두 가지를 들 수 있다. 먼저, 등단작 표절 시비다. 그의 등단작 〈소금쟁이〉는 일본 동요와 유사하다는 이유로 표절 시비에 휘말리면서 《동아일보》에서 수차례 논쟁이 일었다. 하지만 이 논쟁은 뚜렷한 결론을 맺지 못하고 끝이 났다. 사실 한정동은 〈소금쟁이〉로 등단하지만 그의 이름을 널리 알린 것은 〈따오기〉다. 〈따오기〉는 〈소금쟁이〉 당선 이후 같은 해(〈소금쟁이〉 외 네 편 당선, 《동아일보》, 1925. 3. 2일 발표, 〈따오기〉, 《어린이》, 1925. 5) 5월에 발표되어 윤극영에 의해 동요곡으로 만들어진다. 한정동은 〈따오기〉는 동요란 말이 생기기 이전에 썼던 것으로 〈소금쟁이〉는 데뷔작은 되지만 처녀작은 아니라고 하면서 사실상 〈따오기〉에 더 의미를 두고 있다. 그리고 이 두 작품이 거의 같은 시기에 발표된 상황을 고려해볼 때 표절 시비 대상이었던 〈소금쟁이〉보다 〈따오기〉를 한정동의 데뷔작으로 잡는 게 이상적**일 것이라는 점도 상고해볼 수 있다. 하여 명백한 결론이 나지 않은 표절 시비로 한정동이 쌓아온 모든 업적이 무마되어서는 안 될 것이다.

---

* 석용원, 「한정동 동요 문학고」, 『숭의논집』, 1981, 28쪽.
** 이상현, 『아동문학강의』, 일지사, 1987, 265-266쪽.

그리고 당대 창작 동요에 대한 부정적 시선을 들 수 있다. 당시 창작 동요는 작품의 순수성이 결여된 채 계몽적인 작품이 많았다는 이유로 부정적으로 평가 받고 있다. 한정동이 활발하게 활동하던 시기, 한국 창작 동요는 일본의 신체시 영향을 받아 7·5조를 이용하면서 새로운 형식을 띤다. 당시 최남선의 〈경부철도가〉, 〈한양가〉 등의 작품이 있었지만 이들은 어린이들을 위한 동요라기보다 계몽적인 노래가사로 볼 수 있다. 1920년 이전에는 그 내용이 민중에 대한 계몽 내지 청소년을 위한 교육적인 측면을 벗어나지 못한 상태여서 동요가 부정적인 인상을 준다. 하지만 동요 창작이 일제의 교육 정책의 일환에서 비롯된 것이 아니라 일제의 억압 속에서 자생적으로 발생하여 민족문화운동의 일환으로 저변을 확대해갔다는 측면에서 창작 동요에 대한 가치 평가는 재고되어야 할 것이다. 때문에 당시 창작 동요는 작품의 순수성 혹은 예술성이 결여된 작품이 상당수 양산되었다는 점을 지적할 수 있으나 순수 동요의 기반을 굳혔다는 점에서 재평가되어야 할 것이다.

　한정동이 팔십 평생 창작한 작품이 육백여 편이 넘는다고 하지만 현재 전하는 작품은 그리 많지 않다. 그에 의하면, 많은 작품을 고향인 북에 두고 오거나 유실하였기 때문이다. 그의 말처럼 이번 발굴 작업을 하면서 남아 있는 작품이 많지 않다는 것과 남아 있는 작품 또한 제대로 보존되지 못하고 있는 실정을 알게 되었다.

2. 한정동 삶의 궤적*

한정동은 평안남도 강서군 초리면 이월리에서 청주 한韓씨 승규升奎의 4남 2녀 가운데 셋째아들로 태어났다. 평남평야의 중심지이면서 곡창지역인 강서군은, 강서 세 무덤의 유적이 있는 역사의 고장이면서, 도산 안창호를 배출하고 소설가 박영준이 태어난 곳이기에 문학의 고장이라고 한다.

한정동은 다섯 살이 되던 해, 가을부터 겨울 사이 두 형이 다니는 서당에 가게 된다. 글을 읽을 만한 나이가 못 되었지만, 손아래 두 살짜리 동생이 있어 둘 가운데 하나를 떼어놓으려는 집안 사정 때문에 서당에 가게 된다. 서당에 다닌 서너 달 후에 『천자문』을 다 익히고 모두 외울 수 있게 되었으며, 여섯 살에 정식으로 서당의 학동이 되어 『동몽선습』을 읽는다. 이때부터 정동은 어머니가 손수 가려 뽑은 연구緣句를 넣어 지은 시를 책으로 만들어서 배우기도 하고 또 서당에서도 배운다. 어머니를 유난히 좋아하던 정동은 어머니께 시를 배우게 되자 시가 좋아져 시를 외우기도 하고 스스로 써보기도 한다. 그리고 서당 선생님께 시를 배운 이듬해 봄, 정동은 선생님이 '봄'이라는 글감을 내주자, 서당 마당가에서 채소들 사이사이에 핀 꽃 위로 벌과 나비가 번갈아 오가는 것을 보고 시를 써서 선생님께 칭찬을 받는다. 그리고 정동이 사는 동네 어른들이 열 살 전후의 서당 어린이들에게 시를 짓게 하여 제일 잘 짓는 아이에게 상을 주는데, 이에 정동의 시가 장원으로 뽑혔다고 한다.

한정동이 이처럼 어릴 때부터 시에 유달리 관심을 갖게 된 것은 어머니의 영향이라고 한다. 한정동의 어머니는 정동이 서당에서 돌아오면 그

---

* 한정동 삶의 궤적은 한정동이 《소년 서울》에 연재한 글과 이종근의 『따오기』, 김완기의 「따오기 할아버지 한정동 선생님」, 박경종의 「곡끗! 한정동 선생님 영전에」를 참조하였다.

날 배운 것을 되풀이해서 익히게 하였으며, 잠자리 들기 전에 시를 가르쳤다고 한다. 어머니는 글을 벽에 써 붙이고 뜻을 가르쳐주며 글자 뒤에 숨어 있는 참된 뜻을 강조하였다고 한다. 이러한 어머니의 가르침은 훗날 정동이 아동문학을 하는 데 있어 정신적인 밑거름이 되었다.

이후 학교장이 추천하였던 일본 유학의 기회를 놓친 정동은 조선총독부에서 시행하는 문관시험을 치른다. 보통 문관시험에서 장원 급제를 하고 1917년 4월 3일 진남포 시청 서기로 첫발을 내디딘다. 그러나 어려서부터 몸에 밴 민족주의 사상은 정동에게 지방 서기로서 편안하게 지낼 수 없게 하였다. 한정동은 진남포와 삼화면에 있는 기독교계 각급 학교의 소년회를 중심으로 1920년대에 오늘날의 보이스카우트인 '소년 척후단'을 홍만호 선생과 함께 창단한다. 그리고 청소년 운동을 적극적으로 지원하여 민족정신을 드높이는 데 큰 역할을 한다. 이처럼 민족주의 사상이 몸에 밴 한정동은 지방 서기직을 미련 없이 버리고, 1920년 봄 사립 삼숭학교 교사로 취임, 5년 동안 교단에 서면서 아동문학가로서의 명성을 날린다. 1918년에 평양고등보통학교를 졸업한 뒤 평소에 써두었던 여러 편의 작품 가운데 몇 편을 추려서 1923년, 1924년 두 차례《매일신문》,《조선일보》신춘문예에 응모하지만 모두 낙선한다. 1925년 세 번째로《동아일보》신춘문예에 응모하여 〈소금쟁이〉외 네 편이 당선된다.

한정동이 소학교에서 교편을 잡고 있던 1928년경, 진남포에는 시나 소설을 쓰는 사람이 많았고 동요나 동화를 쓰는 사람으로는 한정동과 시인 곽노엽이 있었다고 한다. 우연한 기회에 문학도들이 모여 문학에 관계가 있는 작품을 써서 그것을 모아 감상한 후 비판회를 열자고 의견을 모았는데 한정동은 그 일의 간사직을 맡는다. 이때 한정동은 모인 원고용지가 각각 달라서 책으로 만들면 꼴이 흉할 것 같아서 등사를 하였는데 그 일로 경찰의 간섭을 받는 요주의 인물이 된다.

이후 1930년부터 1932년까지 《조선일보》 진남포 지국장 겸 기자를 맡았고 1937~1939년에는 《동아일보》에서 같은 일을 한다. 일제로부터 해방이 되면서 한정동은 점령군인 소련군에 의해 진남포 시의 인민위원회 시장직에 임명되지만 화장실에 가는 척하면서 뒷문으로 빠져나왔다고 한다. 단 몇 시간 동안 시장직이었던 일로 인해 정동은 또다시 요주의 인물로 몰려 생활고에 빠지고 부인은 빈대떡 장사로 거리에 나서게 된다. 일제 말엽 진남포 용정 병원 이현주 원장과 각계 인사들의 비밀 결사 모임인 '십인회' 회원으로 일제에 대항하고 시국을 토론 교환하는 등 민심과 여론을 유도하는 애국운동에도 적극 참여한다. 해방 이후 고당 조만식 선생이 결성한 조선 민주당 진남포 시당 창당 멤버로 이현주 용정 병원장과 함께 활동한다.

한정동은 6 · 25전쟁으로 인하여 피난민에 휩싸여 부산으로 삶의 터전을 옮긴다. 잠시 피난 왔다가 다시 고향으로 돌아갈 생각으로 가볍게 왔기 때문에 그동안에 쓴 원고를 가져오지 않아 많은 작품이 유실된다. 한정동은 1951년에서 1955년까지 《국제신보》사 기자로 일하게 되고 뒤이어 덕성여자고등학교 교사, 아동문학가협회 회장 등을 역임한다. 이때 한정동은 1958년에 동화 33편, 동요(시) 33편, 동극 3편을 한데 묶어 작품집 『갈잎 피리』를 출간하고 이어서 1968년 『꿈으로 가는 길』을 내놓는다. 덕성여자고등학교를 끝으로 교직 생활을 마감하고 피난길에 하나만 데리고 온 딸의 집에서 지내게 된다. 슬하에 4남매를 두었으며, 둘째가 아들이며, 그 중 막내딸과 함께 살았다.

평생을 아동문학에 바쳐온 한정동은 1968년 '노래동산회'와 서울교육대학이 제정한 '고마우신 선생님'으로 추대되고 재산을 털어 1969년에 '한정동아동문학상'을 제정한다. 원고료를 저축하여 모은 오십만 원이 '한정동아동문학상'의 기금이며, 이후에도 원고료를 모아 상금을 마련한다. 타계하기 이 년 전부터는 건강이 좋지 못해서 원고 청탁이 있으면 외손자에게 대신 옮겨 쓰게 하면서까지 창작 활동을 계속하였다고 한다. '한정동아동문학상'은 선생이 돌아가시기 전까지 8회 수여하였으며 이후 계속 수여되고 있다. 한정동은 1976년 6월 23일, 83세로 생을 마감하였다. 시비는 경기도 시흥군 군자면 물왕리 남대문교회 묘지에 있으며, 시비 앞쪽에는 '백민 한정동 선생 시비' 뒤쪽에는 동요 〈따오기〉가 새겨져 있다.

3. 동요 세계관*

3-1. 애상적 어조와 시대 반영

1920년대 한국은 일제 강점과 억압에 따른 서글픈 현실을 표출할 수 있는 정서가 필요했다. 망국의 슬픔과 현실의 암울함을 분출하는 데 음악적이고 율동적인 동요가 그 역할을 하였다. 당시 동요는 거의 비전문가들의 아동문화운동 차원에서 쓰여졌으며 문화운동가들의 목적인 계몽성이 주를 이루었다. 반면 한정동은 여타의 작가들과 다른 양상을 띤다. 1925년부터 1934년까지 《어린이》《별나라》에 발표한 수십 편이나 되는 그의 왕성한 창작활동과 새로움을 추구하는 양태로 동요 황금시대를 개척한 것이 그러하다.

특히 한정동은 창가 형식에서 배운 7·5조를 변용하여, 당시 부르는 동요였던 것을 시적 동요로 이행하여 한국 창작 동요사를 펼친다. 한정

---

* 한정동은 동요뿐 아니라 동화와 동극도 창작하였다. 해방 이전에는 동요에 전념하고 해방 이후에는 동요(동시)와 동화를 병행한다. 그러나 대개의 동화 작품들이 생활 이야기를 다루었기에 한정동의 작품 해설은 동요 세계관만을 조명할 것이다. 한정동이 한국 아동문학사에서 위상을 떨친 것이 동요 부문이고 그 역시 동요 작가로 일가견을 가졌다고 하였기 때문에 본고에서는 동요 해설만을 다루기로 한다.

동이 시적 동요를 통해 한국 창작 동요사를 새롭게 쓴 것은, 새로운 창작 실험 그 이상의 의미를 지닌다. 전래 동요에서 출발한 창작 동요의 원초적인 바탕은 노래이며 민요다. 대부분의 우리 민요는 4 · 4조의 기본적인 율조를 가지고 있으며 이러한 율조는 1920년대에 들어서 창작 동요가 나타나기 시작하면서 7 · 5조, 6 · 5조, 8 · 5조 등의 폭넓은 율조를 가지게 된다. 1920년대 중반, 양적 전성기를 거친 동요는 1930년대에 들어와서 부르기 위한 것이 아니라 내용 면에서 시성을 가미함으로써 본격적 예술 동요로 질적 향상을 보게 된다. 즉 글자 수를 맞추어가며 창작해오던 정형적인 동요가 자유형 동시로 넘어오는 과정을 겪게 되는데, 동요 내용면의 변화는 이른바 시적 동요의 출현을 보게 된다. 이후 창작 동요는 그외재율을 벗어나면서 동시를 낳게 하는 근간이 된다.* 동시의 발생은 신문학과 더불어 자유시의 발생과 밀접한 관계를 가지며 동시가 동요를 모태로 하여 형성되었다는 점에서 한정동의 창작 동요는 창작 실험 이상의 의미를 지닌다.

1920, 30년대 다작을 한 한정동의 창작 동요 세계는 주로 애상적인 정조를 특징으로 한다. 한정동 하면 떠오르는 작품 역시 애상을 정조로한 〈따오기〉다. 돌아가신 어머니를 그리워하면서 지었다고 〈따오기〉의 창작 동기를 밝힌 데서 보듯, 이 작품에는 어머니에 대한 사랑과 애상이 녹아 있다. "사랑의 원천인 어머니가 갑자기 세상을 뜬 사실이 두고 두고 풀길 없는 한을 남겨주었으며, 그 심적 영향으로 어머니에 대한 노래를 읊"(「문단 데뷔 작품 활동」 중에서)은 것이다. 한정동이 어린 시절 시에 흥미를 느낀 것 역시 어머니의 영향이 크며 "생애에 있어서 거의 백 퍼센트가 어머님의 사랑의 가르침의 혜택"(「어머니와 따오기」 중에서)이었

| * 박춘식, 『아동문학의 이론과 실제』, 학문사, 1993, 70쪽.

다고 할 정도로 한정동에게 어머니는 특별한 인물이다. 다음은 사모곡인 〈따오기〉다.

> 보일 듯이 보일 듯이/ 보이지 않는/ 당옥당옥 당옥 소리/ 처량한 소리 / 떠나가면 가는 곳이/ 어디이드뇨?/ 내 어머님 가신 나라/ 해 돋는 나라
> 잡힐 듯이 잡힐 듯이/ 잡히지 않는/ 당옥당옥 당옥 소리/ 구슬픈 소리 / 날아가면 가는 곳이/ 어디이드뇨?/ 내 어머님 가신 나라/ 달 돋는 나라
> 약한 듯이 강한 듯이/ 또 연한 듯이/ 당옥당옥 당옥 소리/ 적막한 소리 / 흘러가면 가는 곳이/ 어디이드뇨?/ 내 어머님 가신 나라/ 별 돋는 나라
> 나도 나도 소리 소리/ 너 같을진대/ 달나라로 해나라로/ 또 별나라로 / 훨훨 활활 떠다니며/ 꿈에만 보고/ 말 못하던 어머님의/ 귀나 울릴걸
>
> (〈두루미〉 전문, 《어린이》, 1925. 5)

우리에게 〈따오기〉로 널리 알려진 이 작품의 원 제목은 〈두루미〉(당옥이)다. 따오기를 한정동의 고향에서 두루미로 부르지만 우리는 따오기로 널리 부르고 있다. 〈두루미〉는 8·5조로 구슬픈 노랫말과 시각, 청각과 강렬한 반복을 통해 애절한 감정을 극대화하고 있다. '떠나가거나, 날아가거나, 흘러가도' 결국 닿는 곳은 어머니 가신 나라일 정도로 어머니에 대한 그리움이 간절하다. 어머니에 대한 애절함은 다음 작품에서도 드러난다.

> 혼자서 놀을라니/ 갑갑하여서/ 갈잎으로 피리를/ 불어보았소
> 보이얀 하늘에는/ 종달새들이/ 봄날이 좋아라고/ 노래 불러요
> 내가 부른 피리는/ 갈잎의 피리/ 어디어디까지나/ 들리울까요
> 어머니 가신 나라/ 멀고 먼 나라/ 거기까지 들린다면/ 좋을 텐데요.

(〈갈잎 피리〉 전문, 《어린이》, 1926. 5)*

갑갑한 화자는 갈대 잎으로 만든 피리를 부는데, 피리 소리에 종달새들이 즐거워하는 모습을 보고 그 소리가 어머니에게 가 닿았으면 한다. 자신의 외로움을 달래주었으면 하는 바람과 고운 소리를 어머니에게 들려주고자 하는 바람이 담겨 있다. 그리고 애잔한 느낌을 자아내면서 멀고 먼 나라에 간 어머니한테까지 '갈잎 피리' 소리가 들렸으면 하는 마지막 대목에서 슬픔이 고조되고 있다. 〈따오기〉도 죽고 없는 어머니를 생각하면서 슬픔을 되새긴 것이며 〈갈잎 피리〉도 어머니를 그리워하는 작품이다. 조동일은 당시 "아동문학이 불우한 어린이들의 슬픔을 함께 울어주고 위로해야 한다는 방정환의 지론을 받아들여 한정동이 어머니 없는 고아 의식을 환기시켰다"**고 한다. 물론 한정동이 〈따오기〉와 〈갈잎 피리〉에서 어머니에 대한 그리움을 애잔하게 녹이면서 감상주의를 자아내고 있지만 그의 동요를 애상적인 정조로만 특징짓는 것은 적확하지 않다.

한정동이 〈따오기〉를 지을 무렵 동경 유학생을 통해 어린이 문학잡지 등을 넘겨받았는데 그 가운데 우리 한민족을 희롱하는 만화가 실려 있었다고 한다. 하여 한정동은 어린이 잡지마저 우리 민족을 얕잡아 다루는 일본에 대한 반감을 갖고 있었을 것이다. 민족의 울분을 담은 동요로 〈굴레 벗은 말〉을 들 수 있으며, 그의 민족혼을 발견할 수 있다.

    살진 풀도 싫소 싫소/ 늘 먹는걸요/ 외양간도 싫소 싫소/ 늘 있던 데요/ 메 부리에 닫고 뛰는/ 굴레 벗은 말

---

* 〈갈잎 피리〉는 《동아일보》(1925. 4. 9)와 《어린이》(1926. 5)지 두 곳에 발표되었는데 여기에서는 《어린이》지에 발표된 것을 인용문으로 한다.
** 조동일, 『한국문학통사』 5권, 지식산업사, 1989, 539쪽.

산에 가면 높아 좋다/ 껑충껑충 뛰고요/ 들에 가면 넓어 좋다/ 달아
납니다/ 멋있게도 뛰며 닫는/ 굴레 벗은 말

벌거숭이 나도 나도/ 굴레 벗은 말/ 백두白頭 금강金剛 태백太白 한라
漢拏/ 모두 내 차지/ 거침없이 뛰며 놀을/ 내 땅이라네.

(〈굴레 벗은 말〉 전문, 《어린이》, 1930. 2)

1930년에 발표한 〈굴레 벗은 말〉은 제목에서부터 일제의 저항을 담
고 있다. 작품 발표 당시 일제의 억압 속에 있던 우리 민족적 환경을 생
각하면서 굴레 속에서 벗어나고자 하는 것이다. 가령 '높은 산이 좋고 넓
은 들이 좋다'고 하는 것과 끝 연에 '벌거숭이 나도 나도 굴레 벗은 말'
이 이를 입증하고 있다. 백두, 금강, 태백, 한라가 모두 '우리' 땅이듯 굴
레 속에서 벗어나 빼앗긴 국토를 되찾고자 하는 염원을 엿볼 수 있다. 다
음은 《별나라》에 수록한 〈엿 장사 영감〉이다.

외어깨로 엿 고리/ 둘러메고서/ 엿 사시오 외치는/ 엿 장사 영감/ 금
년은 어디 가고/ 아니 오실까

앞마당 너른 마당/ 널뛰는 마당/ 내년도 널을 뛰는 정월 보름엔/ 기어
코 또 온다고 약속했건만

엿 장사 영감님은 잊어버렸나/ 아니면 늙어늙어 꼬부라졌나/ 오늘도
정월보름 널은 뛰건만

(〈엿 장사 영감〉 전문, 《별나라》, 1928. 3)

화자는 매년 보던 엿 장사 영감이 금년에는 보이지 않자, 그에 대한
걱정을 담고 있다. 정월 보름을 즐기는 다른 사람들의 경쾌한 모습과 엿
장사 영감의 초라함이 대조를 이루면서 주변을 돌아보게 한다. 엿 장사

라는 존재 혹은 낮은 계급의 인물에 눈길을 가하는 것으로 볼 수 있지만 보다 중요한 것은 연로한 나이에 엿 장사를 다니는 한 인물에 대한 애처로운 심경을 극적으로 표현하고 있다는 점이다. 《별나라》는 창간 초부터 무산 아동을 원한다는 취지를 뚜렷이 하며 사회주의적 계급의식을 짙게 깐 아동지였으며, 프로문학의 영향을 받아 당시 성인문학보다 훨씬 더 고발적, 선동적이었다. 《별나라》가 사회주의적 계급의식을 담고 행동으로 추진해왔지만, 한정동은 〈엿 장사 영감〉에서 잡지 경향을 떠나 문학의 순수성, 즉 자기만의 세계관을 고수하고 있는 것으로 볼 수 있다.

사실 한정동의 작품에서 가장 먼저 거론하는 것은 애상적 주조이다. 널리 알려진 〈따오기〉에서 처량하게 우는 따오기 소리를 통해 어머니에 대한 그리움을 여실히 담고 있기 때문이다. 그리고 애상적인 주조는 〈따오기〉뿐 아니라 〈갈잎 피리〉에서도 드러나며, 어머니 없는 슬픔의 토로는 고아의식으로까지 연결지을 수 있을 것이다. 여기서 어머니 없는 슬픔의 토로를 애상적인 어조와 주조로 한 점에서 시대상과 연결지어 볼 수 있다. 즉 어머니 없는 슬픔은 결국 시대의 아픔을 직간접적으로 반영한 것이다. 동시에 당대의 우리 민족이 처한 울분을 벗어나고자 하는 의식(《굴레 벗은 말》)과 애처로운 환경에 처한 주변을 둘러보는(〈엿 장사 영감〉) 시선이 이를 입증한다. 굴레를 쓰고, 애처로운 환경에 처한 것은 결국 당대의 우리 민족을 여실히 반영한 것이나 마찬가지다. 따라서 한정동의 작품을 단순히 애상적이고 감상적인 주조로 국한한 것은 성급하다.

3-2. 동경하는 고향과 미를 추구하는 세계

한정동에게 고향은 추억을 곱씹는 곳이자 창작의 산실이다. "고향 이리섬 생각만 해도 가슴은 소년시절과 같이 꿈틀거리고, 어머님을 생각할 적마다 고향을 그리게 되고 따라서 갈잎 피리와 갈새가 눈에 암암, 귀에 쟁쟁 들려"(〈고향과 나〉)오는 것처럼 한정동에게 고향은 태어난 곳 그 이상의 의미이다. 그의 작품에서 자주 언급되는 갈잎, 창포, 갈잎 피리, 갈새는 한정동 고향에서 흔히 볼 수 있는 것들이다.

> 왁새! 덕새!/ 키 큰 놈의 멀정새/ 엉금 덩금/ 무엇 참고 있네/ 네 집에 불 붙는다/ 얼른얼른/ 물 퍼내고 가려마/ 휘-이 휘-이 휘-이
>
> (〈왁새 놀이〉 부분,《신소년》, 1930. 6)

고향에서 흔히 볼 수 있는 왁새를 소재로 한 동요다. 어린 시절 '왁새 덕새 네 집에 불 붙는다 얼른 빨리 물을 떠가지고 가라 휘이 휘이이' 하는 동요를 부르기도 했다는 한정동은 이 작품 역시 고향의 명물 왁새를 소재로 하였다. 그는 고향의 명물을 창작 산실로 하는데 배가 드나드는 지형적 특징을 제재로 하기도 한다.

> 강가의 반딧불/ 어디를 가니?/ 여울엔 물 말라/ 배도 없는데!
> 혼자서 건너다/ 등불 젖으면/ 오가지 못할 줄/ 너 왜 모르니!
>
> (〈강가의 반딧불〉 전문, 『따오기』에서 발췌)

한정동의 고향 진남포는, 관서에서 유명한 대동강이 동리 앞을 사시 장철 흐르면서 배가 많이 다니는 곳이라고 한다. 그래서 그의 작품에는 바다에 대한 동요를 쉽게 볼 수 있다. 평양에서 공부할 때 친구들한테 '고기 대가리에 똥 싼 자식' 혹은 '흙탕물' 등의 놀림을 수없이 받았지만 그때마다 그런 곳에서 태어난 것을 고맙게 여기고 자랑하고 싶다고 할 정도로 고향 사랑이 지극하다.

그리고 한정동은 동일한 제재로 다채로운 시성을 표현한다. 여타의

작가들과 다르게 한정동의 작품에는 유사한 제목이 많다. 하지만 동일한 제재로 다른 시선과 시성을 표출하고 있어서, 그의 작품에서 동일한 제재의 작품이 어떻게 다르고 닮았는지를 음미하는 것 또한 하나의 재미일 것이다. 다음은 봄을 제재로 한 동요들이다.

①『문화文化』두 구월九月山엔/ 아직도 흰 눈/ 들에는 파릇파릇/ 밀보리 밭을

　벌불 놓은 아이가/ 하나, 둘, 셋/ 휘파람 불며불며/ 돌아가는데
　어디서 나는지도/ 모르는 노래/ 종달새 쪼롱쪼롱/ 해가 집니다.

(〈이른 봄〉 전문,《별나라》, 1927. 4)

아직 산에는 흰 눈이 있고 들에는 새순이 돋아나는 이른 봄이지만, 봄을 반기듯 벌불을 놓는 아이의 모습이 정겹다. 이 동요에서 특징적인 것은 흰 눈과 파릇파릇한 새순의 시각적 이미지, 휘파람 소리와 종달새의 울음에서 청각적인 이미지의 결합이다. 봄을 맞는 들뜬 마음을 시각과 청각으로 고조시키고 있다.

②새 움은 예쁠시고/ 파란 냄새에/ 언덕의 아지랑이/ 입 맞추고요!
　바람도 살가울사/ 보얀 맵시에/ 들가의 밀보리가/ 춤을 추고요!
　언니요 동생일가/ 의좋게 앉아/ 봄 노래 부르면서/ 나물 캐고요!

(〈봄〉 전문,『갈잎 피리』에서 발췌)

③ (…중략…)

　봄비가 지나가며/ 장난한 자취/ 따르고 쫓아가도/ 파란 그 자취/ 산에고 벌판에고/ 한없는 자취

(〈봄비의 자취〉 부분,『갈잎 피리』에서 발췌)

위 ②, ③의 경우는 한정동의 동요가 애상조로 일관한다는 점을 무색케 한다. 7·5조의 정형동요이면서 시각적인 효과로 봄의 정취를 밝게 그리고 있다. 봄내음을 맡고 춤을 추고 노래를 부르면서 장난하는 모습이 봄의 흥겨운 정취를 여실히 드러내고 있다.

> ④ 봄바람이 놀고 있다/ 소금쟁이 동무 삼아/ 물 위에다 글씨 쓰며/ 소곤소곤 의도 좋게
>
> 봄바람이 놀고 있다/ 갈잎 피리 불다 말고/ 송아지 등 넘나들며/ 오락가락 장난친다
>
> 봄바람이 놀고 있다/ 저녁 북새 아름 안고/ 파란 풀잎 부여잡고/ 가들가들 졸고 있다
>
> 　　　　　　　　　　　　　　　　〈봄바람〉 전문,『따오기』에서 발췌)

앞에서 언급한 것처럼 ①~④의 작품들은 동일한 제재로 다채로운 시성을 표출하였다. 봄이 주는 따뜻함과 새로움의 시작이라는 의미를 담아 밝고 경쾌하게 그린 것이 인상적이다. 여기서 보다 중요한 것은 시각에 치우치면서 예술성을 띠고, 동요는 노래라는 종래의 입장에서 동요는 시라는 본질적인 마음가짐으로 변하는 것이다. 아울러 '봄'이라는 동일한 제재로 다양한 상상을 가미한 것에서 그의 동요관을 엿볼 수 있다. "시인은 풍부한 동심의 소유자가 아니어서는 안 될 것이며 특히 동요 작가가 되는 자격은 무엇보다 이 동심을 가장 많이 지닌 사람이어야 한다"(「동요에 있어서의 동심 문제」 중에서)는 그의 말처럼 동심의 눈으로 세계를 바라본 것이다.

이처럼 한정동의 동요는 요적 동요보다는 시적 동요에 치중하면서 동심을 전제로 한다. 이러한 점은 지금의 동시가 발아할 수 있는 결과를

낳았다. 동요와 동시의 차이를 보면, 동요가 일정한 형식 아래 노래 부를 것을 전제로 음악적인 것이라고 한다면, 동시는 형식에 얽매이지 않고 자유롭게 쓰면서 은유, 비유, 상징적 이미지를 중심으로 한다. 이렇게 볼 때 ①~④의 작품들은 은유와 비유를 통해 봄날의 정취를 표현하면서 그의 동요가 시적이면서 예술적인 미로 연결 지으려 하였다는 것을 발견할 수 있다.

물론 한정동 작품의 한계 또한 간과할 수 없다. 동요에서 보이는 예술성이 동화나 동극에서는 보이지 않는다. 다양한 장르를 넘나들면서 동화와 동극을 창작하지만 작품성이 뛰어나지 못한 것은 그의 작품 세계 전반을 격하시킬 수 있을 것이다. 아울러 동화와 동극에서 교훈성을 담고 있는 것 역시 문제적이다. 해방 이후 동요보다 동화를 주로 쓰는데, 대개의 내용이 교육적인 면모가 도드라지는 것은 그가 "순진한 동요는 교육의 한 방편이 될 수 없고 또 어떤 목적을 위한 보조용이 되어서는 안 된다"(「동요에 있어서의 동심 문제」 중에서)고 역설한 것을 상기한다면, 동요뿐 아니라 다른 장르에서도 창작의 일관성을 유지했어야 할 것이다. 하지만 한정동의 창작 동요는 단순히 보아 넘길 수 없다. 이는 전승 동요와 구별되는 창작 동요로의 물꼬를 텄으며 보다 중요한 것은 그의 시적 동요가 예술 차원으로 승화하여 오늘날의 동시 모태가 되었기 때문이다.

4. 길손처럼 살다 간 한정동

길 가는 손님네/ 어제도 오늘도/ 정든 땅 버리고/ 어디를 가세요/ 어디로 가세요

고개를 넘을 제/ 굽은 길 보고도/ 아버지 어머니/ 묻지고 가둘 줄/ 왜

몰라 줍니까

(…중략…)

거친 벌 지날 제/ 하느라 찬바람/ 살 몸을 찌르면/ 옷 짓는 그이를/ 왜 생각 못하오

나무숲 지날 때/ 지재재 산새들/ 의좋은 노래에/ 예 놀던 친구들/ 왜 생각 못하오

(…중략…)

(〈길손〉 일부)

위는 한정동의 시 〈길손〉 일부다. 이 시는 일본에게 토지를 빼앗기고 만주, 북간도 방면으로 방랑길을 떠나는 삼남 지방 농민들을 읊은 것이라고 한다. 정든 땅을 버리고 찬바람을 맞으며 방랑길을 떠나는 길손(삼남인들)처럼, 한정동 역시 6 · 25동란 이후 월남하여 우리 사회에서 길손처럼 살다 갔다. 이른 나이에 이별한 어머니와 북에 두고 온 처자식 등 평생 외로움을 안고 타향에서 살다 간 길손이었다. 그의 술회에 의하면, 월남하여 나흘 만에 부산에 도착해서 돈을 변통하고 싶었지만, 아무도 도움을 주지 않아 그때 절박한 심경을 생각하며 더 열심히 살았다고 한다. 피난민 시절 경제적 궁핍함 못지않게 한평생 외로움 속에서 살다 간 한정동은 한국 창작 동요사의 서두를 장식하였음에도 여전히 자리매김하지 못하고 있다. 이는 동요가 6 · 25동란 이후 쇠퇴를 맞으면서 자리를 잃었기 때문이기도 하지만 보다 큰 이유는 그의 당선작이 표절 시비로 연루되었기 때문일 것이다. 하지만 당시는 인상비평이나 인신공격에 급급하는 형편이어서 한정동의 동요에 대해서 '글 도적놈'이라는 욕설의 평문을 생각해본다면 그에 대한 평가는 재정립되어야 할 것이다.

물론 한정동이 해방 이후 외적인 조류에 밀려 동시를 쓰면서 동요를

쓸 때처럼 이전의 애조 띤 감상을 찾아볼 수 없는 것이 사실이다. 하지만 그가 남긴 업적은 1920년대 당시 요적 동요였던 것이 시적 동요로 변이할 수 있는 기틀을 마련하여, 해방 이전 7·5조의 정형틀을 가진 동시를 부르는 동요가 아니라, 시적인 형태로 변화시킨 업적이 인정되어야 할 것이다. 이번 작업을 하면서 한정동 작품이 유실된 것이 많아 작품 세계를 적확히 들여다볼 수 없는 아쉬움과 동요 황금기를 세밀히 되짚어볼 수 없다는 아쉬움이 들었다. 이렇게 본다면 가장 큰 아쉬움은 한국 동요사의 자취를 제대로 더듬어볼 수 없는 점일 것이다.

비록 우리는 한정동을 잊고 있지만, 한정동은 우리 곁에 있다. '한정동아동문학상'을 제정하여 아동문학가들이 아동문학 발전에 이바지할 수 있는 기회를 제공하면서 아동문학이 영구히 발전하기를 염원하고 있는 것이 그러하다. 이렇듯 한정동이 한국 창작 동요사를 비롯하여 한국 아동문학사에 기여하고 있는 바를 이제라도 숙지하는 것이 아동문학(가)의 임무이지 않을까.

1894년 12. 7. 평남 강서군 초리면 이월리에서 출생. 호는 성수星壽, 백민白民.

1909년 결혼, 평양 숭실학교 입학.

1910년 모친 별세, 1학년 자퇴.

1912년 평양고등보통학교 2학년 편입학.

1916년 평양고등보통학교 졸업.

1917년~1919년 진남포부 서기(속관) 근무.

1924년~1929년 진남포 사립 삼숭학교 교사.

1930년~1932년 조선일보 기자 겸 지국장.

1937년~1939년 동아일보 기자 겸 지국장.

1941년 진남포 중학교 교사.

1946년~1950년 진남포 용정국민학교. 진남포. 제1여자중학교. 진남포 여자고등학교
     교장.

1951년 1월 월남.

1951년~1953년 주식회사 국제신문사 기자.

1953년~1960년 덕성여자고등학교 교사.

1954년~1958년 아동문학협회장 역임.

1968년 서울 노래동산과 서울교육대학이 제정한 '고마우신 선생님 賞' 수상.

1969년 한정동 아동문학상 제정.

1976년 6월 23일 83세를 일기로 영면(경기도 시흥군 물왕리 가족 묘지).

※ 보다 자세한 사항은 해설(2. 한정동 삶의 궤적)을 참조.

1924년 〈일편단심 민들레〉, 〈모종〉, 《별나라》, 6월

1925년 〈꿈길〉, 《조선문단》, 1월

〈소금쟁이〉, 〈달〉, 〈갈잎 배〉, 《동아일보》, 3월 9일

〈초사흘 달〉, 〈낙엽〉, 《동아일보》, 3월 12일

〈봄은 가나요〉, 〈갈잎 피리〉, 《동아일보》, 4월 9일

〈강촌의 봄〉, 〈봄비〉, 《동아일보》, 5월 31일

〈두룸이〉, 《어린이》, 5월

〈고향생각〉, 《어린이》, 10월

1926년 〈바람〉, 《어린이》, 3월

〈할미꽃〉, 《어린이》, 4월

〈제비〉, 《어린이》, 5월

〈수양버들〉, 《어린이》, 6월

〈추석〉, 《어린이》, 10월

〈크기 내기〉, 《별나라》, 11월

〈가을 꿈〉, 〈폐학〉, 《어린이》, 12월

1927년 〈토끼〉, 《어린이》, 1월

〈강촌의 봄〉, 《어린이》, 3월 (《동아일보》 1925. 5. 31에 수록한 것을 어휘
수정하여 게재)

〈빨래〉, 〈이른 봄〉, 《별나라》, 4월

〈옛날〉, 〈물레 소리〉, 《별나라》, 5월

〈별나라 만세〉, 《별나라》, 6월

〈여름〉, 《별나라》, 8월

〈여름의 자취〉, 〈어머님의 혼〉, 《별나라》, 10월

〈기다림〉, 《어린이》, 12월

1928년 〈설날아침〉, 〈반달〉, 《어린이》, 1월

〈조갑이 살림〉, 《별나라》, 2월

〈엿 장사 영감〉,《별나라》, 3월

〈산막의 늦봄〉,《별나라》, 7월

1929년 〈설님〉,《어린이》, 1월

〈이른 봄〉,《어린이》, 2월

〈물방아 새끼〉,《별건곤》, 4월

〈봄〉,《어린이》, 5월

〈봄비〉, 〈새끼 게〉,《별나라》, 5월(〈봄비〉는《동아일보》1925. 5. 31에 수록한 것을 어휘 수정하여 게재)

〈뻐꾹새 운다〉,《별나라》, 7월

〈평양은 내 곳〉,《조선일보》, 10월 20일

〈우리나 동리〉,《조선일보》, 10월 22일

1930년 〈굴레 벗은 말〉,《어린이》, 2월

〈봄나비〉,《어린이》, 4 · 5월 합본호

〈신소년〉,《신소년》, 4월

〈오월녀 탄식〉, 〈대동강 물따라〉,《별건곤》, 4월

〈장탄가〉,《농민》, 5월

〈베 짜기〉,《신소년》, 5월

〈왁새 놀이〉,《신소년》, 6월

〈이상한 달나라〉,《신소년》, 7월

〈여름밤〉,《어린이》, 7월

〈바다와 바위〉,《별나라》, 7월

〈햇살지겠네〉,《어린이》, 8월

〈가을이 되면〉,《어린이》, 9월

〈기다림〉,《어린이》, 11월

1931년 〈흐르는 마음〉,《동아일보》, 1월

〈제석날〉,《어린이》, 2월

〈고향 그리워〉,《어린이》, 6월

〈제비야〉,《아이생활》, 7월

〈별당가〉,《어린이》, 8월

〈꼬아리〉,《어린이》, 9월

〈제비와 복남〉,《어린이》, 10월

〈야회〉,《신여성》, 10월

〈의좋은 동무〉,《어린이》, 12월

1932년 〈고치켜기〉,《신여성》, 3월

1933년 〈석발원〉,《동아일보》, 1월 10일

1934년 〈눈 온 아침〉,《어린이》, 1월

〈겨울밤〉,《어린이》, 2월

〈고향 생각〉,《별나라》, 9월

1952년 〈촛불〉,《새벗》, 6월

〈반딧불〉,《파랑새》, 9월

1953년 〈수양버들〉,《소년세계》, 4월

1954년 〈졸업날 아침〉,《새벗》, 3월

1958년 『갈잎 피리』 동요·동화집 발행

1960년 「새동무」,《새벗》, 5월

1961년 「눈보라 속의 우정」,《새벗》, 1월

1963년 〈별〉,《한국일보》, 7월 6일

1964년 〈눈처럼 흰 마을〉,《소년동아》, 1월 8일

〈개학기 표정〉,《가톨릭 소년》, 3월

〈반딧불〉,《소년한국》, 8월 6일

〈비〉,《동아일보》, 10월 3일

〈인형〉,《소년동아》, 10월 13일

1965년 〈칠월의 정서〉,《가톨릭 소년》, 7월

〈기러기〉,《새소년》, 11월

〈낙엽〉,《소년》, 11월

〈하나, 둘, 셋〉,《초등학교 어린이》, 11월

1967년 〈새해〉,《새벗》, 1월

〈나무〉,《가톨릭 소년》, 4월

〈거룩한 선물〉,《새벗》, 7월

1968년 『꿈으로 가는 길』 동화집 발행

〈흙과 나〉,《가톨릭 소년》, 6월

〈별〉,《새벗》, 11월

〈그날과 오늘〉,《새소년》, 12월

1970년 〈아름다운 나라〉,《가톨릭 소년》, 1월

〈어린이날에〉,《가톨릭 소년》, 5월

1971년 〈2월의 표정〉,《아동문학사상》, 2월

〈달밤〉,《소년한국》, 10월

1972년 〈해와 달과 사람〉,《아동문학사상》, 3월

〈제비〉,《가톨릭 소년》, 3월

1973년 「한정동 따오기 할아버지」,《소년 서울》, 10월 7～1975. 3월까지 75회 연재

1974년 「어느 시골의 크리스마스」,《소년》, 12월

■ 한정동 저서

『갈잎 피리』(동요 · 동화집), 한정동 지음, 청우출판사, 1958

『꿈으로 가는 길』(동화집), 한정동 지음, 문예출판사, 1968

『따오기』(동요집), 한정동 지음, 박경종 엮음, 서문당, 1986

■ 한정동 관련 저서

『따옥 따옥 따옥 소리 처량한 소리』, 이종근 지음, 중앙교육문화사, 1995

한국문학의재발견-작고문인선집

한정동 선집

지은이 ㅣ 한정동
엮은이 ㅣ 장영미
기 획 ㅣ 한국문화예술위원회
펴낸이 ㅣ 양숙진

초판 1쇄 펴낸날 ㅣ 2009년 11월 27일

펴낸곳 ㅣ ㈜현대문학
등록번호 ㅣ 제1-452호
주소 ㅣ 137-905 서울시 서초구 잠원동 41-10
전화 ㅣ 516-3770
팩스 ㅣ 516-5433
홈페이지 www.hdmh.co.kr

ⓒ 2009, 현대문학

값 12,000원

ISBN 978-89-7275-529-6 04810
ISBN 978-89-7275-513-5 (세트)